百部红色经典

唐山
大地震

关仁山　王家惠　著

1976.7.28
3时42分53.8秒

 北京联合出版公司
Beijing United Publishing Co.,Ltd.

图书在版编目（CIP）数据

唐山大地震 / 关仁山, 王家惠著. -- 北京 : 北京
联合出版公司, 2021.7（2023.7重印）
（百部红色经典）
ISBN 978-7-5596-5022-1

Ⅰ.①唐… Ⅱ.①关… ②王… Ⅲ.①长篇小说—中
国—当代 Ⅳ.①I247.5

中国版本图书馆CIP数据核字(2021)第015264号

唐山大地震

作　　者：关仁山　王家惠
出 品 人：赵红仕
责任编辑：夏应鹏
封面设计：王　鑫

北京联合出版公司出版
（北京市西城区德外大街83号楼9层 100088）
北京新华先锋出版科技有限公司发行
涿州汇美亿浓印刷有限公司印刷　新华书店经销
字数347千字　787毫米×1092毫米　1/16　24印张
2021年7月第1版　2023年7月第2次印刷
ISBN 978-7-5596-5022-1

定价：59.00元

出版前言

为庆祝中国共产党成立 100 周年，全面展现中国共产党成立以来中华民族辉煌的发展历程、取得的伟大成就和宝贵经验，集中体现中华民族的文化创造力和生命力，北京联合出版公司策划了"百部红色经典"系列丛书，希望以文学的形式唱响礼赞新中国、奋斗新时代的昂扬旋律。

本套丛书收录了近一百年来，描绘我国人民在中国共产党的领导下艰苦奋斗、开拓创新、改革开放的壮美画卷，充分展现我国社会全方位变革、反映社会现实和人民主体地位、弘扬社会主义核心价值观、讴歌中华民族伟大复兴中国梦的 100 部文学经典力作。

本套丛书汇集了知侠、梁晓声、老舍、李心田、李广田、王愿坚、马烽、赵树理、孙犁、冯志、杨朔、刘白羽、浩然、李劼人、高云览、邱勋、靳以、韩少功、周梅森、石钟山等近百位具有代表性的中国现当代著名作家。入选作品中，有国民革命时期探索革命道路的《革命的信仰》《中国向何处去》，有描写抗日战争的《铁道游击队》《敌后武工队》《风云初记》《苦菜花》，有描绘解放战争历史画卷的《红嫂》《走向胜利》《新儿女英雄续传》，有展现新中国建设历程的《三里湾》《沸腾的群山》《激情燃烧的岁月》，有寻找和重建民族文化自信的《四面八方》，也有改革开放后反映中国社会现状、探索中国道路的《中国制造》，同时还收录了展现革命英雄人物光辉事迹的《刘胡兰传》《焦裕禄》《雷锋日记》等。

本套丛书讲述了丰富多样的中国故事，塑造了一大批深入人心的中国形象，奏响了昂扬奋进的中国旋律。这些经历了时间检验的文学作品，在艺术表现形式、文学叙述方式和创作技巧等方面都具有开拓性和创造性，作品的质量、品位、风格、内涵等方面都具有很高的水准，都是有筋骨、有道德、有温度的优秀作品，很多作家的作品都曾荣获"五个一工程奖""茅盾文学奖""鲁迅文学奖""国家图书奖"等奖项。

为将该套丛书打造成为集思想性、艺术性、时代性为一体，展现新时代文学艺术发展新风貌的精品图书，北京联合出版公司成立了由出版界、文学艺术界的资深专家和学者组成的编辑委员会。他们从文学作品的历史价值、文学价值、学术价值、现实意义等维度对作品进行了深入细致的研读和筛选，吸收并借鉴了广大读者的意见与建议，对入选作品进行深入细致的分析与综合评定，努力将"百部红色经典"系列丛书打造成为政治性、思想性和艺术性和谐统一的优秀读物，向伟大的中国共产党成立 100 周年这一光荣的日子献礼！

谨以此书献给所有地震遇难者
所有失去亲人的同胞
所有抗震救灾的英雄们

/ 目 录 /

第一章　七彩的光芒

国家地震总局的会议室里人很多，但极静，静得沉重。

沉重的宁静被布帘轻轻拉开的声音撕裂。

随着白色布帘拉开，一幅巨大的国家地质总图呈现在人们眼前。

总局局长张勇站到图前："目前京、津、唐等地正处于地震活动的高潮阶段，预计在今年可能发生五至六级甚至更大的地震，尤其是唐山近期出现的异常现象更值得我们关注。虽然目前京、津两地还没有出现较为明显的临震现象，但从地震前兆的空间分布来看，在唐山与朝阳之间发生地震的可能性还是比较大的。周海光……"

总局最年轻的专家周海光答应一声站起来。

"总局决定派你去唐山支持地震预报工作，有困难吗？"张勇目不转睛地盯着周海光。

"干我们这行就是解决困难的，没有困难要我们干什么？"周海光显得信心十足。

"好，你到那里以后，一定要抓好分析和防震工作，有什么问题要及时向局里和唐山市政府请示汇报。"张勇显然对周海光的回答很满意，对于自己的决定也很满意。

"是。"周海光答应一声坐下。在座所有专家的目光几乎都有意无意地向周海光投来，很明显，这种异乎寻常的任命说明了这个年轻人在总局领导心目中的位置。

列车在涌动着大片绿色的原野上疾驰。

大地是万物的摇篮也是万物的坟墓，孕育生机也孕育死亡。

万物在命定的生死之间挣扎、抗争，这一过程谓之命运。

万物在这一过程中实现自己的价值。

命运将给周海光带来什么？

唐山市这座具有百年历史的现代工业重镇，如今街道一派祥和，人们根本不知道他们的脚下正在酝酿着什么，行人脚步悠闲，各种车辆也显悠闲。

人行道上，一个井盖敞开着，井口四周用绳子围了起来，绳子上挂着纸条，上面写着：人防工程检修。

戴着安全帽的工人站在四周。

唐山地震台的超凡正和一个干部模样的人说话，他本来是要到火车站去接周海光，看到这里检修，便想下去看一看。

"听群众反映这地下常冒热气，我想下去看一看，我是地震台的。"超凡堆笑说道。

"没有的事。这是军事工程，让不让你下去，我也当不了家。"干部冷漠地回复。

《唐山日报》的记者丁汉也骑车走到这里，他急着到车站去接周海光，他们是多年的好朋友。但刚到这里，就被施工的工人截住，让他绕道。

"绕道来不及呀，我还要到车站接人呢。"丁汉单腿支住车，笑嘻嘻地和工人说。

工人还没来得及说什么，就听一声巨响，一股黄色的烟雾如同一条黄色的怒龙，由井口里蹿出来，直蹿向高远的天空，天空立时昏沉如阴，随着黄色的烟雾，无数碎石和水泥自天空狂泻而下，覆盖了整个街道，行人和车辆都惊慌失措地躲避。

丁汉扔下自行车跑向井口，超凡和干部紧跟其后。

碎石泻尽，惊魂甫定的行人也朝井口跑来，工人们拼命地拦挡，但是无济于事，人们迅速把井口围得水泄不通。

到了井口，超凡和丁汉都不约而同地停住脚步。

一名工人从余烟未散的井口爬上来，一上来便倒在地上。

超凡和干部蹲下身看着工人，只见他满脸漆黑，烧焦的脸上满布水疱，烧焦的工作服紧贴在身上，他的眼睛紧闭，只能听见很微弱的呻吟。

"下面怎么了？"干部焦急地问。

"洞里突然喷出蒸汽……"工人闭着眼睛说，声音微弱。

"他们三个呢？"干部更焦急地问。

"不知道，可能已经被烧……烧……"工人没有说完便昏死过去。

干部愣了。

"救护车，快，去叫救护车……"丁汉站起来对着那些工人大喊。

超凡撕下工人身上已经烧焦的工作服，放在鼻子下闻，一副若有所思的模样。

解放军二五五医院的外科医生向文燕穿着一身军装走在医院的走廊里，她要去火车站接妹妹向文秀，文秀随市歌舞团去外地演出，今天回来。

护士丰兰抱着一摞病历追上她，边走边说："向大夫，有一个工人在防空洞里被不明蒸汽烧伤，烧伤面积在百分之六十以上，黄主任让你去看一下……"

向文燕没有说话，转身走回急诊室。

在急诊室里，护士给向文燕穿着白大褂，向文燕问："病人情况怎么样？"

"脸部和手部深度烧伤，神经严重受损。"一名医生回答。

"血压多少？"向文燕继续问。

"已经听不到了。"医生答。

"准备插管。"向文燕说罢走向病人。

护士们有条不紊地做着各项准备。

突然，病人口中喷出一股鲜血，溅在他的身体和急诊床上，也溅到向文燕洁白的大褂上。

人们都静下来，一片恐怖的寂静。

井口边，救护人员已经赶到，救护车停在一边，发动机在响，围观的人仍然里三层外三层，赶都赶不走。

超凡和干部蹲在地上，他们面前摊着一张人防工程图纸。

不远处，丁汉问一个工人："下边到底发生了什么事？"

工人心有余悸地说道："不知道，我什么也不知道。"

丁汉遗憾地转头，看到超凡和干部，走过去。

"我看这事和蒸汽无关。"超凡语气肯定。

"那你认为和什么有关？"干部奇怪地问。

"地震。"超凡更加肯定地说。

"瞎说，怎么会和地震有关？"干部以一种奇怪的眼神看超凡，似怀疑他有什么病症。

救护人员又从井口里拉出两具乌黑的尸体。

围观的人群又是一阵骚动。

干部起身和工人们一起忙碌着。

丁汉问超凡："同志您好，我是报社记者，我刚听您说此次事故与地震有关，您能详细说一下吗？"

"我无可奉告。"超凡一脸警惕。

"你是地震台的工作人员？"丁汉追问。

超凡没有说话，匆匆离去。

丁汉遗憾地合上记事本。

尸体被抬上救护车，救护车鸣笛绝尘而去，留下一片猜测与流言。

《唐山日报》报社的总编室，总编明月正在看稿子，一阵敲门声，明月抬头，看见丁汉兴冲冲地走进来。

"总编，能不能换一篇稿子下来？"丁汉说着，走到桌前。

"今天晚报的样报都已经出来了呀。是有重大题材，还是突发新闻？"明月笑着问。

"刚采访到的，是重大题材也是突发新闻，您看看。"丁汉把手中的稿子递给明月。

明月低头看稿，标题是："人防工程出现意外三死一伤，地震台认为，这起意外与唐山地震有关"。

"这篇文章发出，肯定轰动。"丁汉对低头看稿的明月说。

"丁汉，这篇报道一旦发出，会造成什么样的后果，你想过吗？"明月抬头问。

丁汉一愣："这……"他摇一摇头。

"稿子先放我这儿，你忙去吧。"明月说完，把丁汉的稿子放到旁边，又低头看稿。

丁汉往外走，觉得很遗憾。

丁汉出去，明月拿起电话。

火车站的出站口处，周海光身上背着鼓囊囊的网丝兜站立，他的脚边是一只皮箱。他的身后，是一群叽叽喳喳的歌舞团演员，向文秀也在里面，银铃似的笑声比谁都响。

向文燕站在出站口的外面张望，她发现了向文秀，抬手招呼。

周海光以为是招呼自己，也笑着抬起手，他身后的向文秀大声叫着："姐……"她也抬起手同向文燕打招呼，她对周海光做一个调皮的鬼脸，瞬间，周围腾起一片姑娘的笑声，周海光的脸一热，手不知道往哪里放。幸好这时候他看见在向文燕的身后，唐山地震台的崔坚在向他招手，他赶紧挥手，尴尬地喊："崔坚你好。"

"周台长，你好。"崔坚上前几步。

周海光验完票，朝崔坚走去。他没有发觉自己的网丝兜挂在了向文燕胸前的纽扣上，急着往前走，只想尽快摆脱身后那些歌舞团的姑娘，向文燕被他拽着，跟着他走，边走边急着喊："同志，你的网兜……"

周海光没听见，仍是往前走，向文燕不得不跟着他走，脸通红。

向文秀也出站，向前几步，不客气地朝周海光喊："喂，你的网兜，挂住人家衣服了，你没听见啊……"

周海光停下脚步，转身，卸下肩上的网兜，这才发现网兜挂在向文燕的胸前："对不起啊，我……不是故意的……"他尴尬地点头，笑笑。

文燕解着网兜，一双眼睛扫了周海光一眼，有许多不满、许多羞涩，还有羞涩中透露出的惊人的美丽。

目光使周海光一颤。他不由自主地动手帮向文燕解胸前的网兜，丝丝缕缕，缠得很紧，不好解开，越难解，向文燕的脸越红，如三月的桃花。

周海光的手刚伸到向文燕胸前，就听文秀一声断喝："干什么？你的手往哪里放呢？你这人怎么这样啊……"

周海光的手高高举起，茫然四顾："对不起，对不起……"他连声道歉。

"没教养。"向文秀依旧不依不饶。

"我……只想帮着解一下……"周海光羞得眼神迷离，分不清两个姑娘谁是谁，只是不住点头。

他太关注地下的事情，对于地面的事情往往不通。

"这忙是随便帮的吗？"向文秀狠剜一眼周海光，帮着文燕解那丝丝缕缕。

幸好崔坚赶上来，连连说："对不起，他不是有意的，对不起啊。"

姐俩到底解开了那倒霉的网兜，向文燕看一眼周海光，差一点笑出来，他仍然高举着双手，嘴里兀自嘟囔："对不起，对不起。"

向文秀也忍不住笑，笑过迅即板起脸。"对不起，对不起。"她模仿着周海光的声音。

"同志，没事了！文秀，我们走吧。"向文燕说着，拉着文秀走开。

崔坚也背起周海光的行李："周台长，我们走？"

"走，走。"周海光连声答应，跟着崔坚走。

周海光和崔坚走进唐山地震台的预报室，大家正忙着，见到周海光，都站起来打招呼，周海光几乎熟悉这里的每一个人，因而也不用怎么客气。

"周台长，你到了。听说你要来，太忙，没能去接你。"红玉笑着说。

"没关系，没关系。"周海光连声应着。

"这个您过一下目吧。"红玉说着递过一份文件。

周海光来不及坐下便看起来，边看边笑："你呀，还是老样子，这是什么？"

"水样分析报告。"红玉笑着说，"水氡持续一周处于异常状态。"红玉边说边指点着报告上的表格。

另一位工作人员也说这些日子地磁处于连续下降趋势。

周海光看着报告没有说话，只是问超凡为什么没来，红玉说照往常他早该来了，这时候超凡的电话打过来，问海光到了没有，周海光接过电话，超凡没有什么寒暄，只是说人防工程出了事，有大量炽热气体喷出，伤了人。周海光说他马上去，就挂了电话。

作为市长，向国华的家里算得上朴素，一栋二层小楼，几件简单的家具。因为小女儿文秀由外地演出回来，向国华特意早早回了家，明月到家里，向国华正坐在沙发上看报纸。明月也是特意早下班，要为两个女儿做一顿像样的饭。她把丁汉写的报道递给向国华，就要到厨房里去。哪知向国华只看了一下标题脸就沉下来："明月，这篇文章……"他抬头看着明月。

"这篇文稿是我们一个记者今天采访到的一个突发事件，我看问题严重，便压下来，先给你看一下。"明月边抽着围裙边说。

向国华没有说话，站起来在客厅里踱步，一会儿，他拿起电话打给地震台，找台长，那边是红玉接的，说台长出去考察了。向国华告诉红玉，台长回来要他马上到市长办公室来。放下电话，向国华又看了一下稿子，对明月说："我不等文秀了，马上去办公室。"

说完，就走了出去，好在明月已经习惯，没有说什么，自顾去做饭。

防空洞里漆黑一片，周海光和超凡打着手电筒在防空洞里走，虽说洞壁都是水泥浇铸的，还是有无数树根钻进来，由洞顶和洞壁垂下，隐隐约约似烟雾缭绕，看上去阴森恐怖。

"出事的地方就在前面。"超凡用手电筒晃着，对周海光指点，刚说完，忽然有无数红色的亮点向他们蔓延过来，如红色的光波。伴随光波，是一种阴森的气息，潮湿，阴腥，无声地压过来，让人喘不过气，在这光波与气波之中，像是雨打瓜田般的响声，随着光波蔓延。他俩都不由得停住脚步、屏住呼吸，不知道会发生什么事情。尤其是超凡，刚刚目睹了死人的事情，更感恐怖，不由得往周海光身边靠。

　　那是一群老鼠，一群在防空洞里长大的老鼠，不知道有多少只，也看不清多大，结成长长的队伍，向他们跑过来。两支手电筒的光亮并没有使它们停止脚步，它们径直朝着周海光他们跑来，由他们的脚下跑过去，如水一样，漫向不知道尽头的前方。周海光和超凡一动不敢动，直待老鼠跑净，才敢长出一口气。

　　他们在黑暗中对视一眼，都没有说话，继续往前走，走了没有多远就感觉很热，热而闷，出不来气，于是都把衣扣解开，大口喘气。

　　手电筒的光柱小心地在两边洞壁上扫，脚步在光柱的引领下小心挪动。

　　一片白花花的东西在光柱中呈现出来，两边的洞壁之上，有两条白色的长蛇样的东西蜿蜒。他们小心翼翼地走到跟前，发现那是两排蘑菇样的东西，白乎乎，大的像磨盘，小的像锅盖，不管大的小的，统统是一副狰狞的面目。歪七扭八，龇牙咧嘴，如地狱里的牛头马面，拥挤着，纠缠着，纠缠成两条白色长蛇，向洞的深处钻去。周海光撕下一片，放到鼻子下闻。

　　"是什么？"超凡小声问。

　　"好像是蘑菇，有股硫黄味。"周海光也小声说。

　　"不对头，哪有这样的蘑菇。"超凡的声音依旧很小。

　　周海光没有说话，扔掉蘑菇，继续朝前走。他们感到越来越热，像是走进了锅炉间，超凡说："海光，我的鞋底都要化了。"

　　周海光由背囊里取出仪器，插进洞底。突然，一股黄色的气体在离他们不远处的洞壁里喷出来，就像火车开动时喷出的气体。他们都呆呆地看着，他们此行就是要探究这种气体，如今它来了，他们却有些不知所措。手电筒朝着气体喷出的方向照去，微弱的光柱根本打不到气体的深处，却看到地上有无数死去的老鼠。插在地上的仪器红灯闪烁，发出嘟嘟的响声，周海光突然大喊一声："超凡，快走。"他拉起超凡的胳膊，和超凡一起滚到一边。

黄色的气体带着吼叫声朝他们冲过来，把他们包裹起来，由他们的身边飘过去，瞬息之间就消失了，如同它们出现时一样突然。

他们紧贴洞壁站着，呆愣愣地看着那奇怪的气体消失。周海光取出仪器，和超凡小心地往后退，突然一阵轰轰隆隆的响声，洞里剧烈地摇晃起来，洞顶的树根，洞壁的蘑菇都在晃动，土块如雨般落下。"地震了！"超凡大喊一声，周海光和他一起躺倒在洞壁根下。

轰鸣声渐渐远去，周海光显得很轻松地站起来，指着洞顶说："上面有火车经过。"

超凡不好意思地一笑，笑得凄惨。

文燕和文秀两人回到家中，一进家门，文秀就大声叫："妈，我回来了。"

明月从厨房里端着洗好的水果走出来："文秀回来了，哎哟，让妈看看，瘦了没有？"

文燕接过妈妈手里的果盘，明月便拉住文秀看，文秀就势倒在她的怀里，问爸爸怎么没有回来。文燕把果盘放在茶几上，插嘴说："老闺女就是不一样，妈都快想死你了，成天翻日历，数着日子盼你回来，知道的你是去北京演出了，不知道的还以为你发配边疆了呢。"

明月看够了闺女，认为还是瘦了，便要她们姐俩先歇着，又到厨房里忙饭。文秀趁机由包里拿出一件男式衬衣给文燕看："姐，你看这个可好？"

文燕故作惊讶："给我买的？"

文秀略显尴尬："这个……不是……"

文燕接过来比一下："我猜着了，是给爸买的。"说完，抿着嘴笑。

"哎呀，不是，不是。"文秀有些着急。

"我知道，是给何刚的，对吧？至于急成那样儿吗？"文燕笑出声来。

"怎么样，你说好看不好看？"文秀很认真。

文燕仔细打量，表情很凝重。

"怎么了？是不是颜色太嫩了？这可是最新的样子。"文秀见文燕不说话，有些紧张。

这时明月在厨房大声问："文秀啊，这次进京演出怎么样啊？"

文秀急忙将衣服藏起来，姐俩同时大声说："好。"

说完，两人便笑着滚到沙发上。

周海光回到地震台，就见台里的庄泉正和两名地质队的工程师俯身在桌子上，看一张地质图。

他还没有来得及打招呼，红玉就告诉他，向国华市长来电话，让他马上去一趟。周海光答应一声，问庄泉两位地质工程师的意见，不等庄泉说话，两位工程师就主动发表对于人防工程事情的意见：他们认为这次事件是地下岩层不稳定所致，至于什么原因，还很难下结论。周海光问是不是和地震有关，两位工程师说目前还找不出与地震无关的证据。

周海光便显得很紧张，他没有想到地震这样快就逼到面前了。

一位工作人员进来说向国华市长和梁恒副市长已经到了地震台，正在办公室里，要周海光快去。周海光便匆匆和两位工程师握了握手，然后去了办公室。

向国华正在地震台的办公室里兜圈子，周海光走进来，有人为他们做了介绍，向国华便开门见山地说："周台长，我是来了解防空洞发生的事故的，此次事故是否和地震有关？"

周海光第一次与唐山市的主要领导见面，有些紧张，但事情逼到眼前了，也就顾不得许多。他走到地球仪前指点着说："向市长、梁市长，地壳就像有无数条裂缝的蛋壳，唐山就位于这无数裂缝的一条上，裂缝下塌时造成地裂或是地震，有时会涌出炽热的气体，甚至是熔岩，也就是岩浆。"

"这是否意味着唐山会发生地震？"向国华打断他问道。他关心的不是理论，而是实际的问题。

"根据目前的情况，我认为唐山有发生地震的征兆。"周海光说得肯定。

"会在什么时间？"向国华有些紧张了。

周海光说还不清楚，还需要进一步地考察和对数据进行分析。

梁恒问会不会在近期发生，周海光说确实很难说，地震是一种很难预测的自然现象，随时都可能发生。

"如果是那样，唐山……"梁恒的话没说完就打住，看着向国华。

周海光说："我认为市政府应该立即采取防震措施，以防不测。"

向国华当机立断，让朱秘书马上通知市委常委召开紧急会议。

这样一来，周海光反而感到压力很大，他没有想到市长对地震的事情如此上心，决策又如此果断。

向国华对周海光说："周台长，你要尽快确定震级、时间、发震的地点。唐山有百万人口，是我们国家的重要工业基地，责任重大，你既不能误报更不能漏报，你我身上的担子很重，我不懂地震，可就全听你的了。"

周海光点点头，对向国华说请再给他几天时间，对唐山的情况再做详细考察。

向国华拉着周海光的手往外走，边走边说："那好吧，希望唐山能像海城那样让全市的百姓都平安度过这可怕的灾难。"

明月做好饭，文燕帮着她把饭菜摆到桌上，却见文秀背着背包由楼上下来，说她不吃饭了，要出去。明月问她去哪里，她说去何刚家，明月的脸立时便沉下，拉着文秀坐在沙发上，尽量和颜悦色地说："文秀，妈不是和你说过吗，你们俩的事情是不可能的，你怎么就不听妈的话呢？"

文秀的脸也沉了，问她为什么不可能。

文燕也笑着坐在文秀旁边，对明月说："妈，文秀和何刚在一起都这么多年了，你就别管他们的事了，再说何刚人也挺好的。"

明月的气便往文燕的身上撒："文燕，你是姐姐，又是军人、党员，在文秀的事情上你怎么那么糊涂啊。他们在一起就是不合适。"

文秀仍然只是问为什么不合适。

明月说："何刚会毁了你的前途，你清楚不清楚，成分问题是一个原则问题……"

文秀想解释，明月不容她说话就接着说："你听我说，妈不是一个嫌贫爱富的人，也不讲究什么门当户对，何刚对你好，妈都知道，对咱家有恩，妈也记着，可何刚他父亲是……"

"何刚的父亲已经去世了，再说以后……"文秀还是忍不住插嘴。

"以后？什么以后。就是再过二十年三十年也是照样受牵连。"明月的口气变硬。

"我不怕牵连。"文秀的口气也变硬。

"你……"明月一下噎住，说不出话。

"妈，我觉得我和何刚在一起很好，况且爸爸也很喜欢何刚啊。"文秀怕妈真生气，变软了口气，但搬出了爸爸，绵里藏针。

"谁喜欢也不行，我告诉你，你和何刚的事情，咱家谁说了也不算，就我做主，何刚那边的工作我去做。"明月果真生气了。

"我自己的事情不用你做主。"文秀也当真生气。

"你怎么和妈说话呢？啊？你想把妈气死啊？"明月站起来，指着文秀说，声音高了几度。

"我不管，我要和何刚在一起，吃苦受罪我愿意。"文秀也站起来，甩下这句话，就走出去。

明月看看文燕，说不出话。

文燕看看明月，不敢说话。

市委常委会在夜间召开。

本来临时召集会议，也属正常，但是开这样一个会议，却是大家没有想到的，这些常委忙地面上的事很多，地面下的事想得少。

周海光先介绍情况："在国务院〔1974〕69号文件下达两年时间内，华北及渤海地区的地震活动确实空前活跃起来，总局预测京、津、唐地区今年有发生五至六级地震的可能，前段时间在我们唐山出现的问题尤为严重。在最近几天里，又发生了一系列临震异常现象。唐山目前处在一个高度危险时期，地震很有可能随时发生。虽然我们现在还无法确定发震的准确时间，但是我认为市政府应当尽早做好防震、抗震的准备工作。"

周海光说完，常委们立时像开了锅一样议论起来。各种意见都有，但大体上可分为两派：一派认为在没有确定发震时间，没有发布临震预报的情况下就采取防震措施，不但会严重影响生产，还会造成市民恐慌，引发一系列不可预料事件，会造成很坏的政治影响。另一派以副市长梁恒为代表，认为可以先做一些准备工作。为了不惊扰市民，可以先把抗震所需的粮食、药品、车辆、燃油以及一些生活必需品准备好，在全市架起高音喇叭，广播电台组织两套人马昼夜值班，保证紧急时指挥畅通。还要组织解放军和民兵协助公安民警加强治安管理。其实这样一来，说是不惊扰市民，也已经是满城风雨了。

两种意见相持不下，大家的目光都集中到向国华的身上，会场静下来，只听到向国华的手指轻轻叩着会议桌，他在沉思。

半晌，向国华一字一顿地说："各位，今天的会议是决定我们唐山百万人口的生命和国家财产安全的会议，在座各位责任重大啊。我的意见嘛，"他略一停顿，扫视一下会场。谁也不说话，连动一下的人都没有，所有的目光都看向他，"一个字，防。我决定，立即采取防震措施，出了问题我向国华负责，有意见的可以保留意见。今天做出的决定，任何人无权泄露，包括自己的亲属子女，这是组织纪律。"

东湖，是一个开滦煤矿塌陷区形成的湖泊，深不见底，故俗称锅底坑。水深，水面又广，春日杨柳依依，夏日荷花映日，秋季蒹葭苍苍，是人们游玩垂钓的最佳去处，也是唐山的著名风景区。

夜幕下的东湖别有一番景色，杨柳、荷花、芦苇，都融进无边的夜色之中。无边夜色之中只见看不到头的水波，月光如霏霏的雨丝洒下来，融进水波之中，水波便白了，亮了，闪闪烁烁，明明灭灭。

轻微的晚风吹来遥远的蛙鸣，把无边的夜色衬得格外寂静。

文秀和何刚坐在湖边，轻轻地说着话。

"你回来也不跟我说一声，我好去接你。"何刚说。

"我给你们厂里打电话了，说你们钢厂今天搞业务比武。"文秀说。

"这次进京演出怎么样？"何刚问。

"还行。对了，前几天我和我们团长说了一下你的情况，团长说，他考虑一下，如果你能调到我们团，咱俩就可以天天在一起了。"文秀虽说刚和妈生过气，但一见到何刚，就把刚才的事情抛之脑后了，只有喜悦萦绕在她的心头。

"那样的好事怎么能落到我的头上呢，我怕是要炼一辈子钢了。"何刚有些泄气，躺在地上，看天上的明月。

"起来，你别把一切都看得那样暗淡，一切都会好起来。"文秀拉起何刚，要他为她吹口琴，吹《喀秋莎》，何刚说都吹过不知多少遍了，文秀不依，一定要他吹，于是何刚掏出口琴。

轻快的乐曲携着向往与爱慕，在晚风中流荡起来，蛙鸣也消隐了，只有这轻快的乐曲在闪烁的水波上面轻轻地游走。

文秀开始还静静地听，慢慢地，她站起来，跳起了轻盈的舞蹈，如月亮里面走下来的精灵。

何刚看着文秀，逐渐忘了吹奏，整个心都融进了文秀轻盈的律动之中。

好半晌，文秀才发觉没有了乐声，她停下来，问何刚："你怎么不吹了？"

"你跳得太好了。"何刚轻轻地说。

只这一句话，文秀便醉了，她轻轻坐到何刚身边，低声说："是你吹得好。你那首曲子写完没有？"

"还没有。"何刚低声回道。

"写完先给我听。"文秀歪着头看何刚。

"那是一定的。"何刚躲闪着文秀的目光。

文秀由包里拿出衬衣："我在北京给你买了一件衬衣，你试试，合适不？"

"合适，合适。"何刚连声说。

"什么合适呀，你还没试呢。"文秀的眼睛在夜色中很明亮。

"回去试。"何刚的声音有了紧张。

"不，现在试。"文秀的声音很坚定。

"我没穿背心。"

"我不管。"

"那好吧。"何刚难为情地脱下衣服。

文秀边给何刚穿衣服边说："你脸都红了。"

"没有吧？"何刚的语气很不肯定。

"红了。"文秀的语气很肯定。

"没有。"何刚继续否认。

"就是红了。"文秀笑了，轻轻地笑。

月亮隐进一朵云彩之中，水波也不闪烁，只有两人轻微的笑声如涟漪般荡漾。

同样的月亮照进向国华的卧室，卧室已熄灯，明月已睡着，向国华却靠在床上吸烟，香烟的亮光在黑暗中明灭，应和着由窗帘的缝隙溜进来的月光。

向国华轻轻揭开被子，要下床拿桌上的资料。

明月醒了，问："老向，怎么还不睡？"

"睡不着啊。"向国华叹一口气。

"为地震的事吧？"明月也坐起来。

"是啊，虽说海城的地震预报成功了，但是四川北部搞防震，闹得停工、停产，已经不可收拾了，唐山要是这么闹起来，怎么得了。"向国华好像比在常委会上老了许多。

"老向，你们不是已经做了安排吗？地震台不是正在调查吗？"明月关心地问。

"心里没底啊。"向国华拿起桌上的资料看起来，他让明月先睡。

太阳还没有出来，唐山便醒了。唐山在火车的汽笛声中醒来，在夜班工人回家的笑语声中醒来，在无数自行车轮子的滚动中醒来。

这座以出产煤炭、钢铁、水泥、陶瓷著称的城市，也有自己的色彩、自己的韵律。

白杨树在晨风中抖落着露珠，白杨树下翻飞着彩色的毽子，还有舒展的太极拳、一本正经的甩手疗法，更多的则是那些肌肉凸起的小伙子，他们把铁制的杠铃和石制的墩子摔得山响，把哑铃和石锁舞得翻飞，甚至光着膀子穿上跤衣，虎视眈眈地弓腰互视，戴上拳套子对着挂在树上的沙袋一顿狂击。

更多的则是在马路上长跑的人们。

这是一个酷爱运动的城市。

向文燕穿着一身红色运动服，在马路上跑着，如领春的燕子牵着风飞翔。

艳阳高照，东湖的水面涟漪繁兴。

周海光和他的同事们站在船上，专注地看着水下。

水下，庄泉穿着笨重的潜水服，在下潜。

"听说庄泉以前是潜水大队的主力？"周海光笑着问。

"可不是嘛，老台长在的时候硬给挖过来的。"超凡也笑着说。

庄泉继续下潜，水下越来越黑，突然，他感到一阵震动，水像开锅一样沸腾，搅动的水波使他难以保持平衡。不远处，一缕红色的光芒突然由水底闪现，直射上来，晃人的眼睛，又突然转向，在沸腾的水波间平行着穿刺过去，如一条游龙般穿越沸腾的水波，游向看不到尽头的远方。

庄泉紧张地牵动绳子。

周海光发现绳子在动，喊工作人员赶快拉绳子。

庄泉被拉上来，人们掀开他的潜水头盔，一股热气冒出来，他大口地喘着气。

"怎么了？"周海光问。

"湖底开裂了，出现一道暗红色的光。"庄泉说。

"上岸。"周海光只说了这两个字，便不再说话。

水面依旧波平如镜，小船在水面上缓缓而行，好像什么也没有发生。

唐山二五五医院外科办公室里，文燕正在灯箱上看 X 光片，李国栋推门进来，他是驻唐某部高炮团的连长，在这里住院，今天出院，来向文燕道别。

文燕见他穿一身崭新的军装，精神抖擞，也很高兴，对他说："这下可遂了你的心愿，终于可以回到你的连队了。"

李国栋说："向医生，你别看我刚来的时候天天闹着出院，可当真出院……还真有点舍不得……"李国栋说得拘束，拘束中可见真情。

文燕和他开玩笑，说如果舍不得就再住两天。

李国栋一笑，看看四周，似乎不知道该说什么。文燕便叮嘱他回去后要注意经常检查，说着便站起身来。李国栋答应着："我知道。我知道。那个，向医生，那我就走了。"说走，不想走，不想走，也得走，因为文燕已经起身送客。他走到门边，又转身看文燕，文燕要送他到门外，他连说不用，快步走回来，把一张纸条放在桌子上，对文燕敬一个礼，逃离一般飞跑出去。

文燕奇怪地拿起纸条，上面只写着一句话：我会给你写信的。

文燕的心里很乱，走到窗前，看着李国栋欢快地走向医院大门，临出门，还朝她的窗口望了一下。

在部队的医院，这样的事情经常发生，可是对于李国栋，文燕却说不清是一种什么感情。李国栋走出大门，不见了，她还在看，直到一个护士走进来，问她明天院里组织郊游，去不去，她才醒过神来，连说去，其实去干什么她根本没听清。

何刚正在炼钢炉前忙活，工友张勤来说有一个女的找他，他以为是文秀，他们原来约好一齐去何刚家的，他兴冲冲地来到车间外面，却是明月，心里便一紧。

明月满面笑容，要何刚陪她走一走，他们便在一条林荫小路上走，很静，何刚不说话，等着明月说。

明月例行公事似的问了一些工作生活情况，便转入正题："何刚啊，咱们都不是外人，阿姨也不和你兜圈子了，我来是要和你谈谈你和文秀的事。"

何刚不说话。

"我知道你很喜欢文秀，文秀也很喜欢你，可是……你想过没有，这样下去……你家的情况我想你比我更清楚。"

明月观察何刚的反应，何刚还是不说话。

"何刚，阿姨不是看不起你，也不是思想封建，可是你要知道，如果你和文秀结婚，不但会影响文秀，还会影响你们的下一代。难道你希望你的孩子，因为你父亲的问题低人一等吗？"

明月这番话说得语重心长，可是何刚仍不说话，明月决定等，在这个时候必须让他有一个明确的态度。何刚见明月不再说话，便说："阿姨，这些问题我都和文秀谈过，文秀她……"

不等何刚说完，明月就接上去："文秀还是一个孩子，考虑问题很简单，等她冷静下来她会明白的。你要是真喜欢文秀，就应该多为文秀的前途考虑，希望你能理解阿姨的苦心。"

"您希望我怎么做？"何刚面无表情地问。

"离开文秀。"明月的态度很坚定。

何刚早已预料过这个结果，可是真出现时，他仍然不知道怎样回答。

明月便对他说，如果他离开文秀，一切问题都由她来办，如果他希望在音乐方面发展，她也可以帮助他，甚至可以帮他去北京或者上海。

何刚的心里太乱，说他会考虑，他要去上班，就独自走了，僻静的林荫路上，只有明月孤零零地看着何刚的背影。

文秀也来找何刚，到厂门口，就见妈妈走出来，她躲到一边，很紧张地看妈妈走过，急急来到车间外面找何刚，何刚正生闷气，独自抡着大锤砸钢锭，工友来找他，他让人家说他不在。工友出来告诉文秀何刚不在，文秀反而很高兴，何刚不在，就说明妈妈没有找到何刚，她让工友告诉何刚她去他家等他，就先走了。

地震台预报室里，周海光和他的同事们正就这两天收集的情况进行综合分析。红玉递过一份材料说，总局打来电话，近两天在北京、天津也发现异常情况，指示我们密切注视唐山的动向。

超凡认为防空洞和东湖发生的情况已经是临震异常，应当立即发出临震预报。海光说："我认为就目前发生的情况，还缺乏一些依据，我们还没有摸透这些现象与地震的直接关系。"

超凡说："地电、地磁、地应力长期处于异常状态，还有自然现象，比如动物异常就一直存在，再加上防空洞和东湖的异常，说明地震已经孕育成熟，我认为必须立即发出临震预报。"

庄泉的态度则更激烈："台长，你要什么根据，难道摆在我们面前的这些异常现象还不能说明唐山即将发生地震吗？地震随时都会爆发，难道要等到岩浆喷出来才报吗？"

周海光还是坚持自己的看法："从地电、地磁、地应力、大气压分析，我认为发出临震预报的根据不足，唐山的问题很复杂，我们应当把问题搞清楚再决定。"

两个人都不再说话，但周海光由他们的眼神里读出了不满，这也是一种压力，很沉重。这时候有人来告诉他一个叫丁汉的找他，他说："就说我不在。"

他要好好想一想。

晚上，周海光坐在办公室里，看窗外的星星，他不知道面对这种情况应该怎么办，给总局打电话，想找张局长讨教，张局长又不在。他想起临来前张局长的指示："发临震预报要慎而又慎，唐山的问题会直接影响到北京和天津，甚至影响到全国，如果误报或者漏报，后果都不堪设想，这里面有政治。一个科学工作者一定要头脑冷静，千万不能冲动。"张局长的指示无疑是正确的，但他又不能不考虑同事们的意见。

他茫然地看着星星，尽管星星不能给他答案。

超凡推门进来，问他考虑好了没有，他说明天到市郊的七宝山再考察一下，超凡说到七宝山由他去得了。海光故作轻松地说还是他去，超凡明天可以和红玉一起到唐山近郊的几个观测点看一看，一来搜集数据，二来也给他们创造点条件。

超凡说："海光，你可不要乱点鸳鸯谱啊，人家红玉已经有对象了。"

海光很奇怪，问是谁，超凡说是庄泉，要不是最近工作紧张，人家就结婚了。

海光便说超凡太笨，正说着，红玉走进来，俩人都笑，红玉问笑什么，他们却不说。周海光只布置了明天的工作，超凡走出去，红玉递给海光几份资料，说有些外国的震例和唐山很相似。海光接过资料问红玉："听说你要结婚了？"

红玉说："又是超凡说的吧？"

海光没说话。

七宝山，燕山山脉的一条支系，层峦叠嶂，绵延起伏，正是春末夏初时节，山朦胧，水缠绵，树苍翠，草芊芊。向文燕和一群女兵从充满来苏水气味的医院大楼来到这山光水色之间，都显得极兴奋。一阵阵的笑声把鸟儿们惊得向白云深处躲避，把蝴蝶们惊得在酒一般醉人的阳光中群起翻飞。

女兵们爬上一个山岗，还要向另一个山岗攀登，向文燕却不想去了。她要在这里等她们，女兵们吓她，说这里有老虎，会把她做点心，也有人说这里有野人，会把她背去做媳妇，她笑笑，坐在草地上，不动。

女兵们嘻嘻哈哈地走了，她由挎包里拿出一本书，趴在草地上读起来。她是要独自享受在大自然中独处的感觉。

周海光走上来，穿着夹克装，戴着遮阳帽和太阳镜，很精干的样子。他的兴致很好，到这里来，虽说是收集数据，最主要的，还是想一个人整理一下紊乱的思绪。

他看到在草地上看书的向文燕，向文燕也看到他，周海光认出了文燕，由于他戴着太阳镜，文燕没有认出他。

"你一个人来登山？"周海光笑着问。

"不，我们有很多人，很多，都在那边。"向文燕在这里碰到一个陌生的男人，有些紧张。

周海光一笑，抱着三脚架走到山石的后面，回头看一眼文燕，文燕仍在专注地看书，他放心地摘下太阳镜。

庄泉和红玉来到一个村庄，和村口几个洗衣服的妇女聊起来。

村妇们说了许多怪事，有的说看到一群黄鼠狼，足有一百多只，大的背着小的，搬家一样，在大白天乱跑。

有的说这口洗衣服的水井，过去的水扎手的凉，这两天不知怎么了，变得温乎了，井里还老有咚咚的响声。

红玉和庄泉站起来向井口走，想看一看究竟是怎么回事。刚到井口，就听一声巨响，井口喷出十米多高的水柱，水柱把井台的辘轳都带着飞上天去。水柱之后是一股白色的气体冲出，如水蒸气一样。气体冲出后，就迅速平静，好像什么也没有发生过。

庄泉和红玉被气浪掀出好远。

洗衣服的妇女都吓得趴在地上。

有碎石由天上落下，砸在他们身上。

向国华在自己的办公室里，正在给省委打电话："李书记，我们已经做了紧急部署……目前各单位生产正常，城市的秩序良好，市民情绪稳定……有少数人也在议论……李书记你放心，有情况我会随时向省委汇报……"

七宝山上，周海光在看着测得的数据发愣。七宝山莫名其妙地增高了两厘米，他怀疑自己测得不准确，拉着尺子反复计算着。

向文燕在不远处看书，在鸟儿的啁啾声中，在山风的吹拂中，感受独处的愉悦。她忽然感到有一种气息向她袭来，一股阴森森的气息，带着土腥气，含着无数怨毒，向她袭来，使她周身寒冷难耐，寒冷中有本能的恐惧。她抬起头，不由惊呆，那是无数条蛇，有大有小，有的通身乌黑，有的金黄，有的惨绿色的身躯上布满白色、红色、黑色的条纹，统统高昂着头，吐着血红的芯子，结成漫长的蛇阵，在碧绿的草地上游走。无数红色的芯子如无数火苗在空气中燃烧跳跃，就像是由大山的肚腹中吐出来的，就像是由地下涌出来，水一样蔓延过来，朝着她蔓延过来。她惊得不知所措，站起来，惊恐地后退，边退边喊："蛇……蛇……"

周海光听到向文燕的喊声，抬头看，他看到了后退的向文燕，也看到了正向她游走的蛇群，他也惊得不知道应该怎么办，只是高喊："不要动……小心……危险……"边喊边向她跑去。

可是向文燕不能不动，在蔓延的蛇群面前她不能不动，她本能地后退，后退，一脚踩空，落入山崖下面。

超凡在东湖边走，他坚信这里还会给他提供临震的信息，因为这里被同行们称为五号闭锁区，是地应力集中与释放的点。他看到有许多孩子在这里捞鱼，根本不用什么工具，就用筛米的筛子，有的连筛子都不用，用竹帘捞，用木头框子钉上冷布捞，平静的水边一时很热闹。他走到水边，发现水面上漂着许多死鱼，孩子们是在捞死鱼。

为什么忽然有这样多的鱼死掉，会不会和地震有关系？他走到水边用小瓶取水，想带些水样回去分析，可是他好像看到水下有什么东西，待水波平稳，他惊呆了——水面下是一个死人，一个死去的女人，清晰的面孔正对着他看。

周海光费尽周折，下到山崖的下边，在山崖的下边找到向文燕。文燕昏迷不醒，裤子划了一条长长的口子，腿上流着血。他叫她，她不应。他脱下外套为她包扎伤口。伤口包扎好，她还是不醒，他只好背起她，顺着山涧走，走过乱石滚滚的泄洪道，走过潺潺流淌的小溪，走过正午走进黄昏，走进黄昏血色的夕阳。

天黑了，庄泉和红玉还在农村的小路上走，打着手电走。刚刚经历的一场事件并没有使他们恐惧，热恋的眼睛看不到恐惧，热恋的心灵不容纳恐惧，他们反而很快乐，为在繁忙中独处而快乐。

"哎，我问你，新房布置得怎么样了？"红玉低声问。

"嗯，我那单身宿舍虽说小了点，可是经过我的手一折腾，它就旧貌换新颜了，并且还……不和你说了，省得你到时候没有新鲜感了。"庄泉很得意，得意中有神秘。

"哼，实话告诉你吧，我都偷偷看过几遍了。"红玉窃笑。

"啊？真的啊？"庄泉大惊。

"骗你的。"红玉笑出声来。

"我说嘛，我一直用窗帘挡着，就怕你搞突击审查。"庄泉释然。

"唉，要不是这么忙，咱们早该结婚了。"红玉幽幽地说。

"是啊。"庄泉很有感慨。

"要不，咱们先把结婚证领了吧。"红玉往庄泉身边靠了靠。

"怎么，你着急了？"庄泉调皮地一笑。

"你才着急了呢。"红玉反唇相讥。

"你就是着急了。"

"你胡说。你胡说。"

于是便打，便追，红玉揪住庄泉，拧住他的耳朵，庄泉讨饶，红玉撒手，庄泉便抱住红玉，要吻，红玉把他推开："不许。"

"都快结婚了，还不许啊？"庄泉急。

"快结婚，不等于结婚，不许。"红玉笑。

"何必这么死板，不就是早晚的事嘛。"庄泉求。

"和你的新房一样，我怕你到时候没有新鲜感了。"红玉笑着跑。

庄泉又追。

古老的乡间小路在他们的追打嬉闹中年轻起来。

山沟里漆黑一片，遥远的天上只有月亮发着淡淡的蓝光，山高月小，此话一点不假。

周海光背着文燕在山沟里走，按照指南针指引的方向走，走向遥远的月亮。

走到一块平坦的地方，周海光身疲力竭，他把文燕放下，放在芊绵的碧草上。

文燕依旧昏沉，周海光举目四望，什么也看不见，不知道是什么地方，只听得风声阵阵，水声潺潺，遥遥地，有猫头鹰惨厉的叫声。

周海光蹲下身，由背囊里取出一条单子盖在文燕身上，手触到文燕的身体，文燕忽然说话了，昏沉中低声说着："水……水……"

周海光拿出水壶，把文燕的头放在膝盖上，给她喂水。

几口水下去，文燕睁开眼睛，幽幽的眼神注视着周海光，像是在辨别这是在死亡中还是在梦中。

"你总算醒了。"周海光微微一笑。

"我活着吗？"向文燕幽幽地说。

"你活着，你从山崖上掉下去，我又把你背出了山崖。"周海光轻轻地说。

向文燕还是有些不相信这是真的，但现实又使她不能不信，她明明躺在一个年轻男人的腿上，而这个男人为了她已经累得精疲力竭。

"离公路大约还有十几公里，你忍着点，坚持住，咱休息一会儿就走。"周海光轻声说着，轻轻把文燕的头放到草地上，文燕醒了，羞涩也醒了。

可是文燕的上半身一接触草地，就瑟瑟地抖起来，山间的夜晚很凉。

周海光脱下上衣垫在她的身下，文燕感激地说："谢谢你……"她环视四周，浓重的夜色使她害怕，猫头鹰的叫声更使她害怕，她想尽快离开这里，可是看到疲累的周海光，又不忍催他："要不咱们天亮再走吧……"她轻轻地说。

"不行，你会冻坏的，再说我还有很重要的事情，必须连夜赶路，你就受一点委屈吧。"周海光说得很真诚，向文燕却想笑，这是一个很单纯的男人，明明是他要受些委屈，却说别人要受委屈："那你能行吗？"她问，露出一丝微笑。

"没问题。"周海光说罢，走开去，用匕首削树枝，不一会儿就抱回一抱树枝来，他生起篝火，浓重的夜色立时被撕开一块空间，火光中，向文燕看着周海光，慢慢闭上眼睛。

夜已深了，超凡还在办公室里赶写材料，庄泉和红玉走进来，红玉进门就喊累，可超凡看得出，疲累中有许多兴奋。

　　"地电有变化吗？"超凡问。

　　庄泉述说了他们在小村庄的亲历，红玉拿出井里喷出的碎石样品，交给超凡。超凡也对他们说了东湖出现的新情况，并说死者的尸体已经鉴定，是吸入有毒气体致死，和他取的水样所含气体恰相吻合。

　　"这……"庄泉和红玉都很吃惊，但都没说什么，周海光不在身边，超凡也不便和他们说什么。

　　电话铃响，是向国华打来的，找周海光，庄泉握着话筒问超凡，超凡说向市长的电话已经打过几次了，可是周海光还没有回来。

　　庄泉只好告诉向国华周台长还没有回来。

　　放下电话，他们也都着急起来，按说，周海光应该回来了。

　　夜色如茧，他们如茧中的蚕，缓缓蠕动。

　　周海光背着文燕，在沉重的暗夜中走。

　　逐渐地，由他们的四周，由山石的背后，由沉重的夜色的深处，飘出七彩的光芒，一团接一团地飘出来，忽而散碎如珍珠，忽而聚拢如云朵，如星星一般闪烁，如气泡一样上升，如暗夜的幽魂悠悠地飘移。

　　文燕在七彩的光芒中醒来，罕见的美丽使她惊讶，不由得说道："啊，这是什么？萤火虫吗？"

　　"这是地下的气体冒出来后，和氧气产生的化学反应，不是萤火虫。"周海光的解释很科学，但不浪漫。

　　"好美呀。"文燕还是忍不住惊叹。

　　"这美丽的背后却隐藏着可怕的灾难。"周海光沉重地说。

　　"为什么？"文燕惊讶地问。

　　"这也是地震异常现象的一种。"周海光的话语里更多忧虑。

　　"要地震？"文燕问。

　　"很难说。"海光答。

文燕不再说话，只是迷离地看着那七彩的光芒，如走进七彩的梦中，多彩的梦让她沉迷。

何刚的家只有一间平房，一间平房隔成三间，就更小。何刚的母亲何大妈正坐在椅子上补衣裳，身旁的桌子旁摆着厚厚的一摞衣服，何大妈靠给人洗衣补衣为生。

文秀推门进来，甜甜地笑："大妈，何刚还没有回来？"

"是文秀啊，他还没有回来呢。"何大妈抬头，也是甜甜地笑。

文秀又问黑子为什么也不在家，黑子是何刚的弟弟。

何大妈说他十二点以前是从不回家的。

"那何刚昨晚什么时候回来的？"文秀有些狐疑地问。

"你刚走不一会儿他就回来了。"何大妈也不明所以地说。

"我今天去厂里找他，说他没有上班。"文秀的脸色沉了。

"是吗？文秀啊，你们俩是不是吵架了？"何大妈的笑容也没了，见文秀着急，她就急，文秀比她的闺女还亲，况且她没有闺女，文秀就是她的宝贝闺女。

"没有啊，没有。"见何大妈的笑容没了，文秀又笑了，何大妈不高兴，她就不高兴，何大妈是她的又一个母亲，况且，这个母亲比亲生的母亲更多些真诚、少些世故。

听说他们没有吵架，何大妈放心了，但又着急，为什么何刚到现在还不回来。她站起来收拾桌上的衣服，文秀很懂事地帮她把衣服抱到里间屋，少了许多在家里的任性。

何刚心情沉重地坐在东湖边，想明月和他谈的问题，越想越不知道怎么办，迷茫使他双眼满含热泪，他含着热泪吹起口琴：

……

小伙子你为什么忧愁，

为什么低着你的头，

是谁叫你这样伤心
············

俄罗斯民歌《三套车》。

于是东湖边便有了茫茫雪原之上，忧郁的白桦林的深处，隐约而来的马儿的鸾铃，有了沉重得喘不过气来的叹息和茫然。

超凡披着衣服趴在桌子上睡着了，睡在地震台的值班室里，他要等周海光。

敲门声。他起来开门，站在门外的是向国华，脸色阴沉，如夜。

"向市长，这么晚了，您……"超凡有些惊惶地问。

"周海光还没有回来吗？"向国华走进来问。

"向市长，我正在等他呢，这么晚了，您回去休息吧。"超凡拉一把椅子让向国华坐。

"心里乱哄哄的，哪能睡得着。"向国华坐在椅子上。

"也不知道他什么时候能回来。"超凡小心翼翼，不知道向国华是什么意思。

"他不回来，我就一直在这里等。"向国华依旧沉着脸，靠在椅子上。

超凡看墙上的电表，正好凌晨四点。

"他会不会出什么事？"向国华也看一眼表，问。

"向市长，您别担心，我很了解海光，他搞了很多年野外考察，有经验，不会出事。"超凡给向国华倒了一杯水。

"但愿吧。"向国华没有接水，靠在椅子上，闭上眼睛。

周海光背着向文燕走进二五五医院的急诊室，他大叫着："大夫，大夫……"

护士丰兰见是向文燕，大惊，大家都在为文燕的失踪着急，她让周海光把文燕放在床上，就去医办室找大夫。

周海光把文燕放在床上，自己也倒在地上。

丰兰找来外科主任黄涛,他们把文燕和周海光分别推进病房,输上液。不久文燕就醒了,醒了就问救他的那个小伙子在哪儿,丰兰说在另一个病房,文燕便要去看,黄涛说:"他没事儿,就是疲劳过度,等你缓一缓再去看不迟。"文燕执意要去看周海光,丰兰等人只好用车推着她去。进了周海光的病房,却见人去床空,只有输液的管子在床下垂着,滴着液滴。文燕的眼泪一下就下来了。

　　"他对你们说他叫什么了吗?"文燕抽泣着问丰兰。

　　丰兰奇怪地说:"没说,你不知道啊?"

　　文燕说她忘了问了,如今人走了,不知道他是谁,不知道他去了哪里。回到自己的病房,文燕越想越伤心,手不自觉地摸到了身边周海光的衣服,那是周海光给她披上的。如今放在床上,她请丰兰把这衣服洗一洗,衣服上有她的血,不洗,可怎么还人家呢。冥冥之中,文燕仍有一种信念,她一定会再见到那个小伙子。丰兰拿过衣服要去洗,习惯性地掏一下口袋,掏出一个小本子来,她把本子递给文燕,让她打开看一看,兴许有些线索。文燕说随便看人家的东西不好吧。丰兰神秘地一笑:"大伙儿一块儿看就没事了。"说罢就出去了。文燕打开本子,里边都是电话号码,但是有一张周海光的照片,文燕的眼睛便离不开了。

　　周海光疲惫不堪地走进地震台的预报室,大家正商量怎么去找他,周海光没有说文燕的事,只说勘测反复了几次,耽误了时间,大家也就没在意,注意力全都集中到勘测结果上。庄泉问:"地形有没有问题?"

　　周海光说地形出现变化,问题比我们预计的严重。

　　"那就立即发出预报吧。"庄泉一听就急了。

　　红玉也说:"周台长,发吧。"她和庄泉亲历的情景使她对于地震的到来毫不怀疑。

　　周海光却说震源和时间没有搞清楚前不能发临震预报。

　　"周台长,开滦煤矿已经开采了一百多年,唐山的地下是空的,经不起地震啊。"庄泉说话带了感情。

　　"地形变化就是提醒我们地震即将来临,必须马上发。"超凡也明

028

确表态。

红玉和几个工作人员也同意立即发临震预报。

周海光处于绝对的少数。他沉思一会儿，没说话，往外走。

"海光，你干什么去？"超凡问。

"到底是发还是不发，你总得有句话呀。"庄泉更急。

周海光说他要去市政府汇报，就走出去了。

向国华在办公室里来回踱步，他一踱步，别人就不敢说话，看着他走。半晌，一位姓周的常委说："周海光实在不像话，要他每天汇报工作，可昨天到现在不见人影，还有一点组织纪律性吗？"

一位办公室的干部说："地震台打来过电话，说周海光刚刚回来，还说昨天在郊区发生井喷，东湖又发现一具尸体，也与地质有关。"

向国华仍然踱步，不说话。

周海光走进来，他一进来，全部目光就都朝他射来。

"地形勘察结果怎么样？"向国华劈头就问。

周海光说地形发生变化，问题很大。

"到底什么时候地震，你给我一个说法啊！"向国华盯着周海光看了一会儿，突然抬高了嗓门儿。

"我们需要对数据和现象做分析研究,在震源和时间没有搞清楚前,我无法给你们一个明确的说法。"周海光尽量使自己的表述准确些。

一位姓林的常委对周海光的态度很不满意："周台长，你可给我们说准了，出了问题，我送你……"

他没有说出要把周海光送到哪里，但看那狠盯着周海光的眼神，不会是什么好地方。

周海光也有些激动起来："为了咱们唐山百姓少受地震之苦，为了国家的财产少受损失，就是进监狱掉脑袋也没有什么，把我送到哪里都没有关系。"

向国华也有些激动："周台长，全市人民的身家性命都扛在你的肩上了，我这几天也是寝食难安，你想想，如果出了问题，会有多么严重的后果。"

"向市长，我很清楚身上的担子有多重，也知道我面对的是什么，更清楚会有什么后果。"周海光的声音也提高了几度。

"清楚就好，如果出了问题我唯你是问。"向国华不再踱步，钉在地上一样，死死地盯着周海光。

谁也不再说话，屋子里一时极静，只听到几颗心脏搏动的声音，好像整个地球只有这一种声音。

向文燕的眼睛一直没有离开周海光的照片，文秀来看她，才放下。文秀一进门，搂住姐姐便哭，她一哭，文燕反而笑了："哭什么呀，姐没事，只是受些外伤。"

文秀止住哭，问到底怎么回事，文燕对她讲了，她惊讶道："从哪儿来的那么多蛇呀？"接着就问爸妈知道不知道这个事，文燕说还不知道，让文秀也别告诉爸妈，反正也没事了。然后文秀就问救她的那个小伙子是谁，文燕拿出周海光的照片给她看，一看，她就笑了，说这就是在火车站碰上的那个傻里傻气的小伙子。

文燕也笑，一笑，脸便红了，心好像被丝丝缕缕挂住，让人牵着走。

周海光回到地震台，没有和大家说汇报的情况，只是把超凡叫来，俩人反复对着地质图验证各种推断。

"海光，我还是认为应该早一点发出临震预报，如果大地给咱们一个突然袭击就来不及了。"临了，超凡还是这个态度。

"市政府天天逼着要说法，可张局长指示，一定要慎而又慎，一再强调预报要准确。在我们没有搞清楚以前，总不能叫上百万人天天站在马路上等地震盼地震吧？临震预报一旦上级领导批准公布于众，全市就要停工停产，如果误报了，会给国家造成多大损失？我不想早一点发出临震预报？我倒是想一头钻到地底下去看个明白呢。"周海光把心里的话给超凡说了，超凡也没有办法，只有叹气，他知道作为一个一把手身上的担子有多重。

电话响，周海光接过来，是他的妹妹梦琴。梦琴也在地震总局，她说看到了周海光报到总局的材料，也听魏组长说过周海光的压力很大，她说："哥，你能受得住吗？要不你就回来吧？"

周海光说："梦琴，你就放心吧，大哥挺得住。"

在这个时候，有一个亲人关心他，尽管很消极，也使他宽慰。

商店门外很热闹，里三层外三层，围了一大群人。

逮着一个小偷，许多人在打，更多的人看。

小偷是一个女的，躺在地上一动不动，任人们打。

"把她送到公安局去，看她还偷不！"一个女人很愤慨地嚷。

"他妈的，看着长得漂漂亮亮的，谁能想到是个贼……"一个男的响应女人，拖着小偷的头发走，像拽一只死羊，边走边愤怒地大叫。

一个小偷，一个女小偷，一个漂亮的女小偷，当然能够调动人们的各种情绪。小偷被拖到哪里，哪里就会有人踢上一脚，一个男人甚至一脚踏在小偷的胸口上，一直没有出声的小偷不由得捂住胸口惨叫一声。

一个胸大肌极其厚实的小伙子站在男人面前，只穿一件跨栏背心，通身漆黑，他的小名儿也就叫黑子，何刚的兄弟。他站到男人面前，指着男人的鼻子说："你他妈的算什么本事，打一个女的？"

男人站住，口气不软："你少管闲事，这是个贼。"

"放开她，她偷你啥了？"黑子更不示弱。

"她偷了我的钱包。"男人说着，见黑子实在不像个弱荏儿，放开了小偷。

小偷站起来，头发乱七八糟，脸上流着血，竟是极让人可怜。

"你偷了他钱包？还给他。"黑子对小偷说。

小偷摇摇头。

围观的人们不知道要发生什么事情，谁也不肯做证，都默默地等着看下回分解。

"你偷了我的包还不承认！"男人更加愤怒，狠狠打了小偷一个嘴巴，小偷的嘴角又开始往下淌血。

黑子没说话，挥起一拳，打在男人的脸上，男人的嘴角和鼻子一块儿流血，倒在地上。

没等人们反应过来是怎么一回事，黑子就拉着小偷走了。

庄泉拉着红玉来到民政局的婚姻登记处，管登记的是一位老大爷，正对一对中年夫妇苦口婆心，他们只好坐在一边等，听那老大爷说。

"有孩子吗？"大爷拉着长声问。

"有。"男人答。

"几岁啦？"大爷问。

"六岁。"女人答。

庄泉听着不对，诧异地看一眼红玉，红玉正偷着笑。

这是一对离婚的。

"你们要是离婚了，孩子跟着谁呀？商量好了吗？"大爷问。

"商量好了，孩子跟我。"男的答，不像离婚，像受审。

"跟你？那孩子不是没妈了吗？"大爷声音拉得更长。

"跟我也行。"女的说，也像受审。

"那孩子不是没爹了吗？"大爷问。

夫妇都不言语了，他们不言语，大爷继续说："过得好好的，因为芝麻绿豆大的事，就离婚，有意思吗？你们俩结婚的时候，就是我给办的结婚手续吧？肯定是我办的，别人办的无效。结婚七年，你说你们来几趟了？啊？我这儿是马戏团啊？闲得没事儿找我老头子解闷儿来了？你们呀……让我怎么说你们呢？孩子都六岁了，都懂事了，咋就不能让孩子在一个既有爹又有妈的家里边生活呢？行了，我也不跟你们说这些没用的了，想离婚就在这儿按个手印吧……"

夫妇有些犹豫。

大爷催："按啊。"

女的捅一捅男的，男的又捅一捅女的。

"快点，后边还有同志等着呢。"大爷再催。

"大爷，我们回去想想，想好了再来，行吗？"女的说了话。

"最好别来。"大爷示意他们可以走了，俩人往外走，过庄泉身边，男的低声对庄泉说："你们想好了吗？"

红玉气得白他一眼，心想：这人真是个二百五。

大爷叫下两位，庄泉俩人赶紧上前，叫一声老同志。

"你们俩因为啥呢？怎么说离就离？"大爷武断地问。

"老同志，我们不离婚，我们结婚。"庄泉赶紧声明。

"结婚？我说你们离婚怎么偷着乐呢。同志啊，今天是星期一，不办理结婚，一三五，离婚，二四六，结婚。你们明天来吧。"大爷显出和善，庄泉说他们工作很忙，能否破个例，明天就又没有空了。

"我破例行，可人家姑娘同意和你结婚吗？"大爷看着红玉。

红玉羞得低下头。

"你看，人家姑娘不同意。"大爷笑着看庄泉。

庄泉捅一下红玉，对老头说："她同意，她同意。"

"同意吗？我怎么没听人家姑娘说啊。"大爷又看红玉。

"你快说呀。"庄泉急了，拽红玉。

"有一方不同意这手续也办不了。"大爷摘下眼镜，看了眼红玉。

庄泉更着急了，再催红玉。

红玉的脸更红，低头说："同意。"

大爷侧耳："什么？不同意？"

"她说同意。"庄泉的声音倒大。

"声音太小，我岁数又大，听不见，姑娘你大点声。"大爷仍侧着耳。

"同意。"红玉的声音果然大了些。

"什么？"大爷还问。

"同意。"红玉的声音更大。

"哎，这回听见了。"大爷戴上眼镜。

庄泉说："太好了。"

大爷说："还是不同意。"

庄泉快急死了。

红玉笑笑说："大爷您就别逗我们了，我们还工作呢。"

大爷笑了："好了，不和你们开玩笑了，大爷这就给你们办。唉，年轻人结婚，老天爷都高兴哟。"大爷边填结婚证边自言自语。

何刚心烦，到厂里义务加班，炽热的钢水一烤，烦恼便都蒸发了。

文秀到家里找何刚没找到，到厂里找。还是张勤来叫何刚，何刚还让他说他没在。张勤到车间外面笑嘻嘻地说何刚不在，文秀柳眉倒竖，一把抓下张勤的安全帽，进了车间。

张勤边追边嘟囔："姑奶奶，你可别怪我，都是你妈惹的祸。"

进车间，就看到何刚，何刚一愣，然后很不自然地笑了。

文秀不说话，盯着何刚，两行泪流下来，流着泪，扭头就走，张勤在后面追着要他的帽子，文秀摘下帽子，扔在地上。

帽子在地上滚。

文秀转身问何刚："你凭什么不理我？"带着哭腔。

不等何刚说话，扭身又走，纤秀的背在颤，一直颤出车间。

黑子和小偷成了朋友，小偷叫颜静，除了他俩，还有几个黑子的狐朋狗友，他们一起挣钱。

颜静穿一身男装，倒格外精神，腰里系一根绳子，绳头上拴一只铁钩，铁钩耷拉在腰间晃来晃去，很别致。

一个青年拿出一盒烟，递给黑子一根，颜静也要："嗨，也给我冒一根呀。"

青年不太情愿地给她一根："就你冒得勤，一会儿一根。"

颜静拿过黑子嘴上的烟对火，对着，深吸一口，吐出来，吐在青年的脸上："小气鬼。"

青年不服："我小气？你给过我吗？"

颜静便笑。

一个汉子拉着一车煤，吃力地爬坡。

黑子说："颜静，上。"

颜静拿着绳子迎上去："师傅，挂不挂？"一脸是笑。

"不挂，不挂。"师傅不耐烦地低吼，头都没抬。

"师傅，挂吧，你就挂吧，就五分钱，我今天还没开张呢。"颜静扶着车把走，仍笑。

师傅仍然不挂，低着头吭吭地往上爬。

黑子几个人上去，跟着走。

颜静拽着车帮，往后拉："师傅你就挂吧，男女搭配，干活不累。"

黑子几个人也拽住车尾。

车无法前进，师傅要发火，看看黑子几个，没敢，连叫："我服了。我服了。"

颜静笑着把钩子挂在车上，黑子帮着她，拉着车走，黑子边走边快活地高叫："走起来喽。"

周海光趴在办公室的桌子上睡了，做了一个梦，梦见地壳断裂，岩浆喷涌，大地一片劫灰，只有一个姑娘的尸体横陈于空旷的大地，洁白的身体上到处是血，那姑娘竟是文燕。

他大叫一声，醒了。接着就听到敲门声，丁汉走进来，周海光问他找谁，丁汉说别逗了，不就因为我没去车站接你吗。他坐在椅子上看着海光，表示惊讶："这才几天，怎么折磨成这个样子了？"

海光无奈地承认，如今是刀架到脖子上，有些焦头烂额。丁汉说看他的样子肯定几天没合眼了，海光说一合眼就做噩梦，梦见地震，比那邢台地震还惨。

"我算服你了，我叫你不要扛这根梁，你就是不听，我认识你的时候你没这么固执啊。"丁汉笑着说。

"我是搞地震的，抓不住地震我还有什么用？"周海光仍是无奈地解释。

"我明白，你总想抓住每一场地震，像在海城那样，全城的百姓把你看作天使、救星、恩人，披红挂彩，可我认为那只是一次偶然。"丁汉说话总是往最深刻的地方捅。

海光有些不服气："也不全是，那是地震工作者多年总结出来的经验。"

"好，我不和你争，可你身上的担子当真不轻啊。"丁汉动了真情。

"唉，掉脑袋我并不怕，我就是怕如果误报了，会给国家带来巨大的损失，会影响百姓的正常生活。"周海光叹了一口气。

公园的夜晚静悄悄，只有情侣们轻微的脚步、喁喁的私语。

文秀和何刚坐在一块石头上，何刚低着头，无语。

"你怎么对将来一点信心都没有？"文秀轻轻地说。

"我出身不好，我在厂里拼命工作，就是想让别人看得起我。我写过几次入党申请书，可都因为我爸的问题被组织拒之门外。"何刚仍低着头说。

"这些都没有关系，只要我们能够在一起就行。"文秀的声音也很低，但声声入耳。

"文秀，我配不上你，你是高干子女，我是右派的狗崽子，咱们的出身太悬殊，我怕会拖累你一辈子。"何刚抬眼看一眼文秀，眼睛里有泪花，泪花在星光的映照下，如珍珠。

男儿有泪不轻弹，一旦落下，最能打动女儿心。女儿家是水做的骨肉，泪能将她融化。

文秀无语地看着何刚，半晌，轻声说："我们结婚吧。"然后，低下头。

"结婚？"何刚呆了。

女儿家一诺亦值千金，最大的承诺莫过结婚。结婚，就意味着她将化入男儿的心田。

"可是你妈……"何刚又低下头，两滴泪落下来，滴进土中，铿然有声。

"我妈的工作我去做，要是不行，还有文燕和我爸，再不行，我们偷着结，反正，我要结婚，和你，结婚。"文秀蒙住脸，哭了。泪水由指缝间流出，落在土地上，无声地润开。

何刚泪眼看天，天上有无数的星星，如无数泪滴，织成迷茫的原野。

文燕坐在病床上看书，丁汉来看她。见到丁汉，文燕很感意外，问他怎么知道的，他说到办公室来看她，黄主任告诉他的。

丁汉坐到病床边，他的眼很尖，一眼就看到床边周海光的照片："你怎么会有他的照片？"他指着照片问。

"是他救了我。"文燕脸一红，把照片往枕下掖一掖，"你认识他？"

丁汉意味深长地一笑："岂止认识，他是我最好的朋友。他可真行呀，救了市长的女儿。"

"你可不许和他说我是市长的女儿。"文燕脸更红。

丁汉答应。文燕便问周海光叫什么，在哪儿工作，丁汉一一回答，最后，他说："他是一个书呆子，工作狂。"说完，又笑，看着文燕放在枕边的书，"你可要好好谢一谢他。"

文燕没说话，眼痴痴地看窗外。窗外的蓝天上有几只鸽子掠过，有悠悠的鸽哨声。

夜晚的街道，行人稀少，昏黄的路灯下，黑子、颜静与三个青年分钱，一天"挣"得的钱，分完，三个青年走了，只剩下黑子和颜静，颜静又向黑子要烟："黑子哥给一根儿。"

"颜静，你以后少抽烟。"黑子说着，递给她一根。

"干吗那么凶啊，就不能好好说呀？你看人家何刚哥对文秀姐，多好。"颜静边说边点烟。

"文秀是我哥女朋友，你是谁呀？"黑子的话很噎人，颜静一呛，咳了几声。

"好，好，好，我什么都不是行了吧？哎，你说，何刚哥是不是有什么病啊，找个什么样的不好，干吗非找个塔尖上的，要是他妈不让她下来，你说何刚哥怎么爬上去啊。"不知是天赋，还是修为，颜静显得没心没肺，对于黑子的话竟毫不在意。

"废话，我哥又不是和她妈结婚。"黑子更显没心没肺。

"文秀姐长得是漂亮，对何刚哥也好。"颜静的语气竟有些深沉。

"我哥对文秀更好。"黑子没在意。

"男的对女的好,那是应该的,黑子哥,你想过没想过挂我?你也对我……"颜静笑,故作轻松。

"我挂你?那才叫有病呢,认识你就够倒霉了,谁要是黏上你准玩完。"黑子没等她说完就打断了她。

颜静不说话,把半截烟扔在地上,狠劲儿踩。

"回家。"黑子说。

文秀与何刚从公园里出来,在空荡荡的马路上拉着手走。道路很长,很长的道路似已有终点,他们在终点前悠闲地漫步。

几个无赖青年迎面走来,都是有名号的,为首的叫王军,为副的叫赵辉,其余两个,是随从。

看到文秀和何刚,赵辉眼一亮,亮得贼:"大哥,那不是歌舞团的那个妞吗?"

"真他妈的是缘分呢,躲都躲不开。"王军眼也一亮,亮得狂。

文秀见到他们,拉着何刚往别处走,何刚不明白,文秀低声说:"前面那几个是流氓,总去我们歌舞团闹事。"

没等他们转身,王军几个就快步迎上来,拦住他们的路。

"你们让开。"何刚大声说。

王军一把揪住何刚的衣服:"你说什么?你想找死呀?"

文秀上前推开王军,护住何刚。

"只要你和我交个朋友,我保证他没事。"王军嬉皮笑脸地指着文秀说。

"你敢碰他,我饶不了你。"文秀说着,拉着何刚就走,赵辉拽住她的胳膊。

"你放开我……流氓……你放开我……"文秀大声喊。

两个随从也上来拽住何刚。

黑子和颜静走过来,颜静眼尖,一眼就看出了事情:"黑子哥,有人欺负何刚哥和文秀姐。"

"我又不是瞎子。"黑子说着，快步迎上去，颜静紧跟着。

"你们等什么，还不把他给我废了！"王军抓着文秀对喽啰们喊。

两个随从便要举拳朝何刚的脸上打，黑子大喊一声"谁他妈的敢动手！"，走到跟前。

王军等人都愣了，不知道从哪里杀出这么一位。

黑子由身上抽出一把刀来，路灯一映，雪亮，指着王军一伙说："把他们放了，我留你们一条活命。"

两个随从一看刀有些怕，放了何刚，王军看刀也有些怕，也放了文秀。

虽然把人放了，但不服，都瞪着黑子和颜静。

颜静上下打量赵辉："瞧你这身皮，是个干部崽子吧？你可知道半个唐山市是谁罩着吗？"

"小妹，哪天我非办了你。"赵辉不服地看着颜静。

"告诉你，半个唐山是我大哥罩着，想办我？小心我砍死你。"颜静一瞪眼，赵辉一哆嗦，文秀拉住颜静，不让她惹事。

"看什么看？再看我挖了你俩的眼睛。"黑子朝王军和赵辉晃一晃刀子，他也觉得他俩看他的眼神很讨厌，有敌意，他们应该低眉顺眼才对。

王军俩人不由得后退，何刚拉住黑子，不让他惹事，黑子还不服："哥，你别管我，我非弄死他俩不可。"

颜静挣开文秀，走到赵辉面前，摘下他头上的军帽看了看："还是真的。"她顺手戴在自己头上。

"还给我。"赵辉要。

"没收了。"颜静说。

赵辉举手要抢，颜静一脚踢在他的裆上，赵辉疼得捂着小肚子，弯着腰转圈："妈的，这个丫头什么都懂，她知道哪是要害。"一边转，还一边发表感想。

两个随从上来帮赵辉，黑子出拳，一拳一个，都打倒在地上。颜静照着他们的身上猛踢，她净挨踢了，如今踢人家，过瘾。踢够了，她指着王军说："你以后再敢欺负我姐和我哥，我灭了你们。"

赵辉仍弯着腰，抬头，恶狠狠地盯着颜静看，他怕把她的模样忘了，以后找不到。颜静指着赵辉说："你大爷的，你再看我，我砍了你。"说着，就拿过黑子手上的刀走过去，文秀上前去紧抱住她不放手。

半晌没有说话也没有动手的王军指着黑子说："你的大名我知道，今天算我栽了，有种，咱们明天胜利桥下见。"

"谁不去谁是王八蛋。"黑子说。

他们认栽了，认栽就应该放他们走，黑子和颜静看着他们搀着扶着走，颜静有些意犹未尽，过去，她是老鼠，让人打；如今，她是猫，猫玩老鼠，而且是两个猫玩四个老鼠，更惬意。她认为跟着黑子走很正确。她趁黑子不备，从兜里拿出一个钱包，取出几张钞票，扔掉钱包。黑子回头看见，颜静胆怯地一笑，解释："我顺手搂的。"

地震台的预报室里，周海光和超凡、庄泉对着地质图比画着，很兴奋。东湖、七宝山、防空洞，都在一条断裂带上，所有异常情况也都发生在这条断裂带的两侧。沿着这条断裂带再往前，就是红星煤矿，周海光兴奋地说，只要到煤矿的巷道里看一看，就可以看出地下千米以内岩层的变化，他们的判断就会有扎实的依据。超凡和庄泉也都同意他的想法。至于谁去，周海光是一定要去的，超凡要和周海光一起去，庄泉却说他对那个煤矿很熟，他和周海光去。周海光也同意，最后，超凡还嘱咐周海光到了井下一定要多听庄泉的，不能乱走，走进采空区就回不来了。周海光笑着说："我又不是第一次下井。"

他们来到煤矿，在一位陈队长的带领下走进地下九百七十米的巷道。陈队长说，这几天井下的温度不知为什么升高很多，水也比前几天明显增多，井壁的岩石也出现不少裂缝，时常往下掉石头。他让他们小心，就往另一条巷道去了，庄泉说这里他很熟，不用他陪了。

陈队长走了，他俩往前走，边走边观察。庄泉说："周台长，前几天我说话有些过分了，你不会生我的气吧？"

"哪儿的话，都是为了工作嘛。"周海光说。

"听说你和红玉快结婚了？"周海光问。

"结婚证都领了，就等着忙完这一阵举行婚礼了。"

周海光的眼睛始终盯着岩壁，看不到庄泉的表情，但听得出那种掩抑不住的幸福。

"好啊，就等喝你们的喜酒了。"周海光也替他们高兴。

说着走着，庄泉忽然蹲下，他发现地上有一条不大的裂缝，两边有黄色的东西。他蹲着看了一会儿，对周海光说："周台长，这儿好像有烧化的硫黄。"

周海光也蹲下来，看了看，卸下背囊，从包里拿仪器。

庄泉趴到地上，耳朵贴在裂缝上听。

像有无数辆火车由头顶碾过，一种极其恐怖的声音响起来，漆黑的巷道里，每一块岩石都在颤抖。裂缝像被一只看不见的手迅速撕开，撕成一条深不可测的深沟，如地狱的入口。头顶有无数散碎的岩石落下。庄泉一下落入这深沟之中，他的双手攀住深沟边沿，连喊一声都来不及了，周海光摇晃着身子，对庄泉伸出手："快……快……"他也只能说出这一个字，庄泉的双手不能动，周海光抓住了他一只手腕，往上拉。突然一股刺眼的红光由深沟里直射出来，随着红光是炽热的气体涌出来，红光把整个巷道映得惨烈无比，气体烤得人睁不开眼睛，而轰轰隆隆的响声又把一切呼喊都淹没了。周海光一只手抓住一根矿柱，另一只手紧抓庄泉的手腕不放，终于把庄泉拉了上来。

红光不见了，响声不见了，炽热的气体也不见了，巷道里一时极静。周海光看庄泉，有鲜血由他的口中狂喷出来，他要把他背起来走，但是庄泉摇一摇头，由胸前的衣兜里掏出一枚钥匙，交到周海光的手里，钥匙上拴着一条鲜红的绸子。

周海光喊着庄泉的名字，可是他却闭着眼睛，一声也没有回应。

第二章　残酷的玩笑

周海光和超凡一起，把庄泉的死讯告诉红玉，红玉没有哭。周海光把那枚钥匙交给红玉，红玉仍没哭，只是眼睛呆愣愣的。越是这样，越让人害怕，周海光和超凡都不知道应该对她说什么。

骇人的沉默。

红玉起身，朝外走，周海光和超凡跟着她。

她先到自己的宿舍，拿一个大的旅行包，然后走出来。

走到庄泉的单身宿舍，红玉停下，用钥匙开锁，手颤，开不开，超凡拿过钥匙，替她开开。

两张单人床并在一起，铺着蓝色格子的床单，被褥还是庄泉平时盖过的被褥，只是新洗过，还散着肥皂的香气。

再有，就是一张办公桌了，公家的，既是桌子，也是床头柜。庄泉的家庭很困难，他的大部分工资要给家里，他没有钱，因而连结婚都不能做一套像样的被褥，更别说家具。

办公桌上摆着庄泉和红玉的照片，单人的，各装在一个精巧的镜框里，镜框是用罐头盒子制作的。那是庄泉的手艺，他没钱，但手巧。

他们还没来得及拍一张结婚照。

窗帘拉得很严实，屋子很暗，他们走进去，超凡拉开窗帘，浓烈的阳光汹涌而入，便把屋子点燃了。

屋子里一片红色。

墙壁上贴满大大小小的喜字，连屋顶上都贴着大红的喜字。

床单上，枕头上，被子上，也放着大红的喜字。

办公桌上也摆着喜字。

床的中央，是一个硕大的红色纸船，帆橹俱全，那是庄泉用红色电光纸叠的。他是渔民的儿子，他的家在海边，他喜欢海、喜欢船，他是把婚床作为一条船了吧？用它载着他的媳妇，到家乡去，到海边去，让父老乡亲看一看他的如花似玉的妻子。可是，他却死在地下近千米的巷道里。

超凡想起来，自打庄泉开始布置新房，就没有在他的屋子里住过。每晚到别人的宿舍借宿，他是想和妻子一起共同住进这焕然一新的洞房。想到这里，眼泪便无声地流下来。

红玉呆呆地看着这一切，无语。

她由提包里取出两条鲜红的缎子被面，铺在床上，还有绣着喜字的提花枕巾。然后，取出一包一包的糖果、香烟、瓜子、花生，朝屋里撒，朝床上撒。

她知道庄泉穷，她偷偷地准备下这一切，只是，被子和褥子还没有时间做，这一阵，太紧张了。

房间里谁也不说话，看着她撒。

撒完，她怔怔地看着庄泉的照片，照片上，庄泉在对她微笑。

眼泪，无声地流下来。

她突然大声喊："泉……我的泉……我给你……我给你……我给你送来了啊……"她扑过去，抱起庄泉的照片，在上面狂吻，热泪与恸哭如海啸一般崩云裂岸。

周海光与超凡都愣了。两个男人，都不知道应该怎样劝一劝她，不知道应该说什么，他们只有默默地退出屋子。

屋子的外面，是全单位的同事，不知道是谁通知的，都在屋子的外面默默地立着，全都是男人，男人们都不知道应该如何劝解红玉。只有默立。

不知是谁，低低地啜泣，接着，啜泣变为大哭，全体男人都捶胸顿足地大哭起来，哭声如海沸山崩，日月无光。

周海光用头撞墙，边撞边声嘶力竭地痛哭，超凡哭着拉他，他对超凡大叫："超凡，你打我一顿……我求你……你打我一顿好不好……"

庄泉的死震动市委常委，向国华亲自主持在市防震办公室召开会议，研究这起事故和防震问题。周海光还没到，就有人对向国华大吹冷风。

"老向，红星矿发生的事故，搞得井下工人人心惶惶，井下出现地裂，周海光又拿不出一个说法，上万名工人的生命安全得不到保障，你说怎么办？"一位常委很激愤地对向国华说。

"老向，我跟你说过多次，对防震的事一定要慎重，不能听风就是雨。好多地方搞防震，已经防得不可收拾，防得停工停产，人心不安。我看，该防的不是地震，是人……"另一名常委的话就不仅是激愤了，那弦外之音使人不安。

对于这些意见，向国华只能听，人家有话要说，总不能封住人家的嘴。

正在议论着，周海光低头走来，大家的目光朝他射去，极冷。

周海光虽没有抬头，但已感受到那目光交织的冰凉，他坐下，不等别人说话，就主动说："向市长，关于在红星煤矿发生的事故……"

"不用说了，我都知道了。"向国华打断他的话。

"我们去观察，没想到发生了意外……"周海光还想对事故做进一步解释。

"意外？周台长，你不要强词夺理了，庄泉的死，你是有直接责任的。"姓周的常委不等他说完就打断他。

"周台长，你是国家地震局派来的，我们拿你当专家，对你抱很大的希望，正常的工作是要开展，但你也不能拿人的生命当儿戏。"姓陆的常委接着发言。

"庄泉的死我有责任，请组织对我的过失严肃处理。"周海光说得很诚恳。

"周台长，处理你有什么用？啊？都什么时候了，你捋出个头绪来了吗？如果不行你也别硬撑着，我们可以另请高明……"一位下面的局长说得更凶。

这种话是周海光难以承受的，一股血涌上来，撞到脑顶，他猛地站起来，颤抖着手指那位局长，却说不出话。

向国华拍了桌子："太不像话了，你还像一个国家干部吗？我们是研究问题，不是开批斗大会。抗震、防震是一个复杂艰巨的工作，不是天气预报，叫出门的人带把伞就可以了……"他这一嚷，没人敢说话了，可是会议也无法开下去了。

周海光说："向市长，请你再给我一点时间。"

向国华点点头，表情沉闷。

周海光的心情同样沉闷，回到地震台，他想找超凡商量一下，如何在工作上、生活上给红玉一些照顾、安慰。对于庄泉的死，别人想的是责任，他想的则更多是情感，那种情感上的自责比责任更咬人的心。可是还没容他找超凡，超凡就进来了："海光，仪器记录发现重力场出现变化趋势。群防一组报告，沙河营水位突然下降两个单位，原因不明。群防三组发现一群蝙蝠在白天飞翔，群防二组报告十里铺、大墩、柏各庄等多家养鱼场出现大量死鱼，动物园也反映老虎、狮子等动物出现惊慌，在笼子里蹿来蹿去，不吃东西。"超凡说得急切，表情严肃。

没容周海光说话，另一位工作人员走进来说："周台长，地电观测站来电话说，电阻率出现下降。"

"你马上去水文站，了解一下水位下降的具体原因。"周海光对工作人员说。工作人员转身出去，又一个工作人员进来说："周台长，核旋仪记录，磁场总强度和垂直分量都有大幅下降。"

"日变形态怎么样？"周海光沉稳地问。

"从图形上看，大致还算规则，但是日变幅度有减小趋势。"工作人员说。

周海光说："你去气象局，了解近十天来的大气变化情况。"工作人员答应一声也走出去。

工作人员一出去，周海光和超凡就扑到图纸上，分析着那些复杂的曲线和数码。

"海光，我觉得现在已经到了发布临震预报的时候了。"超凡抬头对周海光说。

周海光没有说话，在地上来回走。

"海光，你还犹豫什么？这么多的问题一下子爆发，还不能说明问题吗？"见周海光始终不说话，超凡实在憋不住了。

"超凡，你要冷静。"周海光只说了这么一句，仍在地上走。

"我没法冷静！"超凡是在喊了。

"震源和时间无法确定，我怎么报？"周海光也激动起来。

"海光，如果漏报怎么办？"超凡强压怒火，力图说服周海光。

"那是最可怕的。"周海光说。

"我觉得宁可误报也不能漏报。"超凡说得沉重。周海光听得出，超凡是把心里话说了，这不仅是为了工作，也为了他周海光，超凡是爱护他的。

他一时默然。

"你要是怕这怕那，我看你还是回北京去吧。"超凡突然冒出这么一句。

周海光有些陌生地看着他。

"你现在已经站在风口浪尖上了。"超凡也许是觉得话还不够重，又补了一句。

周海光有些伤感地说："超凡，我追踪地震半年多了，费尽心血，这个时候你也要赶我走吗？连你也不信任我吗？"

"可你迟迟做不出决定，叫我们怎么信任你，难道要让唐山父老拿生命做赌注等着你的决定吗？"超凡的话说得重了，重得超出了周海光的承受能力，他痴痴地看着超凡，说不出话。

超凡却不看他，径自走了出去。

他出去，周海光就觉胸口发闷，倒在地上。

正好红玉进来，扶起海光，要把他送医院，海光说他没有什么，一会儿就会好，红玉带了哭腔，说他是累的。这使海光很感动，在这种时候，一个关切的眼神都是宝贵的。他说这个时候应该是他来安慰她，可是……红玉不让他说下去，他还是要说，直到红玉厉声喝住他，他才不说了，但他也不去医院,他让红玉去预报室看一看，如果地磁变化幅度出现畸变，大气压有什么异常，马上来告诉他。

红玉只好出去，在这个时候，个人的生命安危都不重要了，重要的是那个大分母——一百万人口。

胜利桥是一座位于市边的公路桥,桥上车流不息,桥下是干枯的河道，河道极宽，满布沙石。

胜利桥下，王军一伙耀武扬威,他们来了几十人，都带着长短家伙——铁棒和木棒。

赵辉更狠，拿着一把切西瓜的长刀片："老大，瞧这阵势，那小子哪还敢来。"他晃着西瓜刀对王军说。

王军自然与众不同，挂着一柄日本指挥刀，这也象征身份，一般的人家没有这种家伙。他挂着这家伙做军官状："再等等，他要是敢来就把他埋在这儿。"

赵辉点点头："老大放心，我都吩咐过了。"

这时有人喊："他们来了。"

俩人都略感诧异，抬头看，黑子领着十几个人正往河道走。王军一看便放心，一挥手，几十个人迎过去。

黑子、颜静和十几个人走下河滩，远远地，看见王军一伙几十号人黑压压地迎上，颜静有些怕："妈呀，他们来这么多人？"

黑子没理她，往前走。

"黑子哥，他们人太多了，这场面我可从来没见过，我看咱现在跑还来得及。"颜静的声音有些颤，得手就跑是她的惯技，与黑子隔行。

黑子瞪他一眼，没说话。颜静知道自己在扰乱军心，便不再言语。果然，她不说话，有人说了话："大哥，你看怎么办？他们人太多。"

黑子的背后插着一把大刀，扭头说："不怕死的跟我走，我非剁了王军这王八蛋。"

看着黑子走，别人也走，颜静也只好跟着走，但是她的身子却在抖，难以抑制。她对黑子说："黑子哥，你别骂我，我的身子老抖，你说这是不是精神抖擞？"

黑子没说话，王军他们已经到了跟前。

"哈哈，没想到啊，你小子真敢来送死。"王军笑得张狂。

"你敢欺负我哥我嫂子，今天你砍不死我，我就要剁死你。"黑子边走边说。

距离还有五六米，双方都停下脚步。

"这孙子玩儿得可以，出来玩命还带一美女。"王军一伙中有人赞叹。

于是好多人的目光就不看黑子，转头去看颜静。赵辉色眯眯地看着颜静："你是来献身的吧？我的钱包带来了吗？我的军帽呢？"

颜静显得很胆怯，不敢说话。

"小妹，只要你当着我们弟兄的面，脱光了衣服，我的钱包和军帽就给你了，还可以饶你不死。"赵辉以为己方在数量上占绝对优势，说话便张狂了起来。

颜静回头看一眼黑子，忽然笑了，笑着朝赵辉走，边走边解衣扣。

黑子显出紧张，不知道怎么办。

王军一伙儿的眼睛都朝颜静去了，谁见过漂亮妞儿在众人面前脱衣服呢。

赵辉露脸，很得意，是他给弟兄们造这个眼福。

颜静脱去中山装，扔在地上，里面是一件紧身小背心，丰满的胸部很"峥嵘"。

"你不是要看吗？我就叫你看个够。"颜静笑着朝赵辉走，赵辉看得呆了，王军一伙儿都看得呆了。

没觉得怎么回事，颜静就走到赵辉面前，她的脸突然一变，由背后抽出一把刀来，照着赵辉就是一刀，赵辉猝不及防，转身欲跑，刀砍到背上，出现了一条很长的口子，血流如注，他当时就倒在了地上。

黑子一见颜静竟有这手，大受鼓舞，也挥刀朝王军扑去，十几个弟兄跟着黑子打冲锋。

王军的指挥刀本来就是摆设，不会使，又被赵辉的鲜血吓蒙，还没醒过神来，黑子的刀已经晃到眼前，他只有跑，连刀都扔了。

他一跑，全体都跑，溃不成军。

黑子的十几个人大受鼓舞，一阵乱打乱敲乱砍乱剁。

赵辉见大家跑，忍痛爬起来也要跑，颜静盯着他大骂："妈的，我废了你！"一脚踢到他的裆上，他捂着裆倒下，在地上乱滚，他倒霉，欺负女人的部位老被女人欺负。

颜静还不解气，举刀要砍赵辉，突然有人喊："'雷子'来了！"颜静一愣，向远处看，赵辉趁机滚到一边。

这一声比什么都管事，双方的人都没命地跑，连赵辉也让人架着跑了。

黑子和颜静见果真是公安来了，也要跑，却晚了，几名公安已经来到面前。

一个人称大刘的公安指挥着，给黑子和颜静戴上手铐。

一个叫素云的女公安过来，对大刘说："其他的都跑了。"

黑子还充英雄："别抓我们，抓那帮菜狗去。"

大刘给他一脚，让他少废话。

颜静朝他挤眼，一笑。

然后他们都被带走。

在派出所里，颜静首先接受审问，黑子戴着手铐在窗外站着，等待审问，他不住朝屋子里看。

颜静显得满不在乎，问什么不说什么，气得大刘拍桌子："颜静，你必须老实交代你的问题，你干的那些事别以为我们不知道。"

"我干什么了？"颜静一脸无辜。

"装傻是不是？"大刘身子前仰。

"你们抓住我的手了？"颜静抬头看屋顶。

大刘气得往后仰，靠在椅子上。

素云说了话："颜静，你一个女孩子，怎么能这个样子啊？你家里人怎么就不管你呢？"

颜静笑："想管，可他们管得了吗？"

"你父母不在唐山工作？"素云又问。

"我父母和这事有关吗？"颜静显得天真。

"我们应该多了解一些你的情况，这样对你的教育会有帮助。"素云保持耐心。

"早死光了。"颜静又抬头看屋顶。

素云一时不知道说什么。

大刘也不知道说什么。

这个时候何刚和文秀来了，看见黑子戴着手铐在窗外站着，也不知道说什么，倒是黑子先开口："哥，你怎么来了？"

"派出所的人叫我来的。你怎么又去打架了？"何刚说。

他们一说话，素云走出来，见到素云，何刚赶紧说："实在对不起，又给你们添麻烦了。"

素云便介绍黑子的胡作非为，说着话，黑子插话说："胡说，根本没有我的事，是那帮人欺负我哥和我嫂子……"

"你们要配合我们做好何斌的工作，任由他这样下去，以后会出大问题的。"素云说得恳切。

文秀连连答应以后一定好好帮助他。这样的地方她是头一回来，不知道里边的规矩，还在问："颜静呢？"

"颜静的问题还没搞清楚，不能走。"素云答得干脆。然后又对黑子说："何斌，你可以走了，以后不要再闹事，如果下一次再抓住你，就不这么简单了。"

黑子满不在乎地嗯了一声。

于是素云给他解开手铐，让何刚带他走，他还问："那颜静怎么办？"

气得何刚一推他："哎呀，你先跟我们回去吧。"

向文燕的伤很快好了，好了就来找周海光，拿着他的衣服。

周海光在宿舍里，正摩挲着一块坤表伤神。那是他的妈妈留给他唯一的遗物。那时他上初中，正赶上考试，吃着早饭，妈把这块表给他戴上，怕他误了考试，他刚一出门，就发生地震，全家都砸死在屋子里，只剩下他和这一块表。

他家在邢台。

邢台地震，是当时震惊全国的大地震。

向文燕敲门，周海光开门见是向文燕，很吃惊，问她怎么能找到这里，向文燕笑着说："我可以打听啊。你病了吗，看上去气色不好。"

周海光说没有什么，只是有一点不舒服。他把向文燕让到屋子里，向文燕说是特意给他送衣服来的，同时表示感谢。说着把洗得干干净净的衣服递给他。周海光接过衣服放在床上，就没有话说，还是向文燕问他，才互通了姓名。然后，又没有话，不知道怎么回事，见到她，他便紧张。

向文燕也感觉不知道该说些什么，起身看他的桌子上摆放的一张照片，问："这是你们的全家照？"

周海光说是，便指着照片对她介绍哪个是妈、哪个是爸，还有弟弟妹妹，最后说："中间这个是我。"

"他们都在北京？"向文燕问。

周海光一阵沉默后说："邢台地震的时候，都被埋在废墟里了。"

向文燕见他很伤感，连说对不起，然后说："你选择了地震预报，就是为了他们？"

周海光说："是。我搞地震预测，就是想了解地震，掌握地震，不要让我身上的悲剧再在其他家庭重演，也算是告慰父母在天之灵了。"

"人能战胜大自然吗？"向文燕的眼睛很单纯。

"只要努力，人类终将有一天能够战胜大自然。"说到地震，周海光便有了话题，关于地震的烦恼也暂时抛开了。周海光的话渐渐多起来，他话多，向文燕就听，听得入神，也搞不清楚是地震的话题使她入神，还是周海光这个说话的人使她入神，反正，周海光给她的印象很好，她喜欢有事业心的人。

喊声震天，军威壮。

李国栋正率领着他的连队在操场上进行队列训练，以班为单位，拔正步，齐步走。

李国栋来到一班前，叫了立正，全班不动，他大声说："小四川，出列！"

一个人称小四川的小个子战士出列。

"派你个公差。"李国栋说。

"是叫我给文燕姐送信吗？"小四川一本正经地问。

战士们窃笑。

李国栋一瞪眼："少给我出洋相，赶快去完成任务。"

说着递给小四川一封信，小四川偷着朝战士们吐吐舌头，跑了。

小四川搭了团里一辆吉普，来到唐山市郊，车要到另外的方向，把他放到市郊了。下了车，他习惯性地整理军容，整理好，才发现车已走了，他的包还在车上，急得跺脚，泪都出来了，也没有办法，他知道这趟差对于连长多么重要，完不成，不好说。

跺脚没用，哭也没用，要想办法，他看到路旁地里盛开的野花，笑了，跑到地里去采野花。

市歌舞团的礼堂里，向文秀穿着练功服，独自一人在练习舞蹈，自己喊着节奏。

有口琴声，是《喀秋莎》，轻快活泼的曲子在礼堂里跳跃。

文秀四下看，却看不到人，一笑，和着《喀秋莎》的节奏跳起来，跳着跳着，忽然绊了一下，摔倒在舞台上，不动。

琴声停了，随之响起的是何刚焦急的声音："文秀……文秀……"

文秀不动。

何刚跑上台来，摇文秀："文秀，你怎么了？"

文秀突然睁开眼睛，把何刚拉进怀中。

"我死了……是想你想的……我们结婚吧。"文秀在何刚的耳边喃喃地说。

何刚望着文秀，点点头。

两个人，成了一个人。舞蹈与乐曲，也成了一个。

向文燕上班，在医办室里，偷着看周海光的照片。看着，就想起那一个美妙的晚上，她伏在周海光的背上，七彩的光芒围绕着他们，他们朝着梦走，走在梦中。想着，便笑了，此刻便有七彩的光芒环绕着她的心，心便如宝石一般熠熠。

小四川推门进来，悄悄地，背着手，看一会儿文燕，突然笑嘻嘻地问好。

文燕吓一跳，回头看是他，赶紧把海光的照片放进抽屉："哟，是小四川啊，你怎么来了，是不是哪里不舒服？"说着，站起来。

"文燕姐，我好着呢，我是专程来看你的。"小四川笑嘻嘻地说着，突然抬手，把一大把金灿灿的野花捧到文燕面前。

文燕笑着接过花："好漂亮，你送我的？"

"不是我，不是我，是我们连长，他叫我来看看你。"小四川赶紧更正。

"李国栋，他干吗送花给我啊？"文燕故作惊奇。

"连长听说你受了伤，很着急，所以就……连长本想自己来，可是训练太紧张了，再说我们部队马上就要演习了。"小四川说得流利，难怪李国栋要派他做使节。

文燕坐下，让小四川坐，小四川不坐，站着，像面对他的连长，连长的首长。

文燕问李国栋的身体可好，小四川说很好，就是晚上睡不着觉。文燕说一会儿给他开些药带上，小四川说药不顶用，他们连长是心病。文燕便看着他笑，说心病她可不会治了。她很喜欢眼前这个既憨厚又狡猾的小战士，像喜欢一个孩子，就连对李国栋，也像喜欢一个大孩子一样。

小四川问他们连长来了好多信，文燕为什么不回信，文燕说太忙了，顾不上。小四川见问不出什么，要走，文燕站起来说："转告你们连长，谢谢他的花。"

"就这一句？"小四川问。

"这一句还不够啊。"文燕说。

小四川说："够了，够了。"笑着敬礼，走了。

他走了，文燕把花插在瓶子里，看着花笑。

李国栋坐在四百米障碍的独木桥上沉思，小四川悄悄走过来，突然喊一声报告，吓得李国栋差一点掉下来："你想吓死我呀？见到向大夫了吗？"

小四川笑着说见到了。

李国栋着急地问向大夫说了什么，小四川却说想不起来了，李国栋急得要敲他的脑袋，帮他想。小四川便说想起来了："她说挺想你的，还问你身体好吗？"

李国栋再问还说些什么，小四川说就这些。李国栋有些不满足："就说了这么一点？"

"她好像还说……你挺好，她挺喜欢你的。"小四川好像忽然想起似的。

"她真这么说的？"李国栋一脸兴奋。

"她是这么说的。"小四川满脸真诚。

"太好了。"李国栋一高兴，差点由独木桥上一头栽下来，小四川忙把他扶起，李国栋一手扶着后腰，对小四川说："你圆满完成了连长交给的任务，我以个人名义给你口头嘉奖。训练去吧。"

小四川也高兴，忙敬礼，一撒手，李国栋又摔在地上。

东湖的夜晚还是那么静。

周海光独自坐在湖边，很沉闷。

水波如镜，明月泻影，像一个美丽的姑娘，在夜深人静时，在轻柔的水波中，悄悄地洗浴。

在情人的眼中这也许是绝佳的情境，在周海光的眼中这却是让人窒息的死寂。

他无奈地起身欲离去。

忽然，眼前湖水像开了锅一样，冒出无数水泡，有一层烟雾在湖面泛起，在寂静的夜晚飘荡。

周海光一惊，不由后退。

他身旁的一棵老柳树，慢慢地向湖水倾斜，粗大的树根缓缓地由泥土中拔起，发出吱吱嘎嘎的响声，倒在湖水之中，水花四溅。

周海光突然兴奋："你终于露出真面目了。"

他飞跑离开。

唐山马家沟矿的井下地电测试站，崔坚在查看仪器记录。看毕，神色紧张，抓起电话："喂，是超凡吗？"

地震台预报室里，超凡边接电话边记录。

"我是崔坚，地壳浅层介质的电阻率出现大幅度下降，范围在一百公里左右，情况很糟啊。"是崔坚的声音。

旁边的红玉也在接电话，是二中观测点的蔡老师打来的，蔡老师说："有紧急情况，磁场总强度出现大幅度下降，日变形态出现畸变。"

红玉放下电话，告诉了超凡，转身就跑，超凡问她去干什么，她说去通知台长，没出门，海光进来了。

红玉把情况向周海光说了，没容周海光说话，一名工作人员也进来急急地说："气象局通告，唐山地区出现近十年来日平均气压最低值。"

周海光和超凡对看一眼，超凡不说话。

周海光面色严峻："红玉，你马上把情况汇报省地震局和国家地震总局。"

红玉扑向电话。

"超凡，立即发出临震预报。"

超凡显然有些激动，嘴唇动了动，没说什么，也扑向电话。

市委会议室，全体常委全部到了。

向国华和周海光匆匆走进来。

向国华没有坐，双手扶着会议桌站着说："同志们，地震台已经发出临震预报，市委、市政府已向省委和国家地震总局发出急电，等待上级领导的批准，请地震台周台长谈一下具体情况。"

周海光也站在桌前："初步断定地震发生时间，会在未来的三十六小时左右，震源为唐山八十公里范围，震级为六级以上，属于大震。我建议最好在地震发生前二十四小时，撤出全城居民。"

向国华接上说："时间紧迫，我命令全市的消防车、救护车停放在市里各个广场待命，从现在起进入一级战备。同志们，我们一定要做到统一部署、统一行动，在没有接到撤离通知前，决不能引起市民的惊惶，一旦接到撤离通知，一定要在十二小时内，撤出全市的市民。大家分头准备吧。"

这可能是一个最简短的会议，向国华说完，大家一句话也没说，立即起身，人人脚步匆匆，表情严峻。

唐山动起来了，一座百万人口的大城市，处于临战状态，敌人是一种看不见摸不着无形无相的地应力——自然的力量。人力与自然力搏斗。如果说人也是一种自然的产物，人力也是一种自然力，那么就是两种自然力的搏斗——保留与涂抹的搏斗。

一辆辆救护车鸣笛而过，广场上，要道口，一排排的消防车静卧待命，全副武装的消防战士站在车上随时待发。

不时有一辆警车巡视街道。

戴着红袖章、安全帽的工人民兵在街道巡逻。

唐山驻军也投入警戒，满载战士的军用卡车时而呼啸而过。

唐山广播电台的直播车停放在市政府门前的广场上。全市的高音喇叭时刻不停地播放着乐曲。

各个单位的领导班子全部到岗值班，就连街道居委会的老太太们也戴着红袖章在所辖街道大街小巷巡逻。

市民们不知道发生了什么或者将要发生什么，他们只是感到一种重压，感到有什么重要的事情发生了或者将要发生。他们躲在屋子里发挥想象力，有的以为煤矿发生了事故，有的以为发生了战争，就是没有一个人想到危险来自地下。

周海光在戒备森严的街道上走，他不得不赞叹唐山市的各级领导应变能力之强，赞叹唐山人在即将到来的灾难面前的镇定自若，但是他也深深感到肩上的重压。这一切行动，一切人员的调配物资的流转都来自一个中心，来自于他，他的一句话。

如果……

现在他已经没有如果，一切俗世的责任，俗世的荣辱升沉都烟消云散，他只祈祷唐山能够躲过这场灾难。

地震台的全体人员当然都处于高度紧张之中，与各个观测点的联系分秒不断，台内的各种仪器也都启动起来。无数双眼睛紧盯着的是一台仪器——地震记录仪。

周海光由街道上回来，坐在自己的办公室里。他知道此刻自己需要冷静，他只需要等待汇报做出判断，这反而使他感到无事可做。他想起海城地震的时候，地震几乎是分秒不差地到来的，是在全市人民的面前眼看着发生的。甚至有这样的传说，地震台的台长看着手表，一秒一秒地数着，数到最后，他说震，地震就发生了。那时，他在海城，他在海城的预报中做出了重要的贡献。

他又想到邢台，想到那一片废墟的家园，想到废墟下面埋着的亲人，他有一种报复的感觉，一种为亲人复仇的感觉，他到底抓到它了，这个肆虐了无数世代的恶魔，如果这次预报成功，那就说明，人类距离彻底掌握地震的发生规律不远了。

一种自豪感油然而生，这种自豪使他坐不住。

地震记录仪的指针平稳地画着直线。

突然，直线变为曲线，指针似在颤抖、在诉说。

值班人员的眼睛都一眨不眨地盯着指针。

超凡和红玉拿着地震记录急速走进来。

"海光，地震发生了。"超凡的语调沉重。

"在哪里？"周海光站起来。

"河北大城发生四点四级地震。"超凡一字一顿地说。

"与各个观测点联系过了吗？各项指标变化如何？"周海光急切地问。

"联系过了，几乎各项指标都恢复正常或者接近正常。"红玉说。

一片死一样的沉寂。

一片死一样的沉寂之后，海光缓缓地说："我们误报了？"

超凡和红玉默默地点头。

泪水由他们的脸上默默地流。

"你马上通知市政府、国家地震局，撤回临震预报。"周海光一字一顿，像是很费力，说这几个字，确实很费力。

超凡一句话不说地走了出去。

在向国华的办公室里，周海光低着头，情绪低沉："向市长，我误报了。"

"误报了，你说得轻松，你知道给国家造成多么大的损失吗？"一位姓林的常委义愤填膺地说。

"给国家造成很大经济损失，我的心里很难受，我请求市政府给我处分。"周海光眼噙泪水。

"一个处分就能弥补你给国家造成的损失吗？"林常委不依不饶。

别的常委不说话，但眼神是复杂的，深不可测。

副市长梁恒缓缓地说："由于误报，确实给市政府的工作带来了诸多负面影响。但是地震台的同志在这段时间付出了艰辛的努力，也付出了很大代价，地震预报是个世界性的难题，我们要客观看待这个问题。"

向国华的语调是平稳的："大家都不要说了，主要责任是我的，我来负。我请求省委给我处分，周台长，地震预报是牵一发动全身的大事，你一定要从中总结经验吸取教训。"

周海光点点头。

他也只有点头。

就在他点头的时候，地震台的预报室里，仍然不断接到各个观测点的电话，各项指标都在恢复中，连水化分析、水氡都已恢复正常。

崔坚皱着眉头说："没想到唐山出现的异常，是大城地震的前兆，大自然跟我们开了一个玩笑。"

"开得残酷。"超凡面无表情。

"可是我们为了这个预报付出了……"红玉呜呜地哭起来。

她一哭，大家都想哭，但是哭不出来，眼泪被一种更巨大的压力压抑。

红玉呜咽着说："都是咱们沉不住气，没把问题判断清楚，就逼台长……"

"我的责任更重……"超凡深叹一口气。

"总局张局长和魏平组长都来过电话找周台长，可是他去市政府还没回来……"崔坚说了一半不说了，他知道在这个时候说什么都不恰当。

东湖，风和日丽，少游人。

一个人躺在湖边，脸上盖着报纸。

风吹来，报纸飞去，周海光的两只眼睛呆呆地瞪着蓝天。

满脸泪水。

一只蝴蝶翩翩地飞来，又翩翩地飞去。

毫无声息。

向国华的家里，文燕坐在沙发上看报纸。

文秀悄悄走来，坐在她身边。

"姐，看报纸呢？"

"嗯。"

"姐，你喝水吗？"

"不。"

"吃苹果吗？我给你削。"

"你……有事吧？"文燕放下报纸。

文秀笑。

"什么事，说吧。"

"借我五百块钱行吗？"文秀有些羞。

"五百？"文燕瞪大眼睛。

"你喊啥呀！"文秀做个手势。

"把你姐卖了也不值五百呀。"文燕放低了声音。

"那你有多少？"

"把这个月的工资加上也就二百多块吧。"文燕说。

"也行，都借给我吧。"文秀倒是不拘多少。

"你要这么多钱干啥？"文燕低声问。

文秀的嘴贴在文燕的耳朵上，很神秘。

"什么？结婚？"文燕的声音又大了。

"你喊啥呀，你怕妈听不见啊？"文秀捂住文燕的嘴。

明月还是听见了，由厨房里走出来问："谁要结婚？"

文秀看看文燕，看看妈，鼓一鼓勇气："我。"

"你和谁呀？"明月大惊，走近问。

"何刚。"文秀没有犹豫。

"胡闹。我告诉你……"明月急了。

"妈，你告诉我好多次了，我不想再听了，我已经和何刚商量好了，不管你同意不同意，这个婚我结定了。"文秀很坚定，说完起身上楼了，果真不想再听。

明月追，边登楼梯边说："文秀！文秀！你可以不为咱们这个家着想，不为你爸你姐着想，可要为你的以后着想，跟一个右派的儿子结婚，你这辈子都会抬不起头来。还有你们将来的孩子，从出生就要背上右派家属的名声，以后不管上学、分配工作、入团、入党……一切都要受影响……"

"嘭"的一声，文秀关上了门。

"你是想把我气死呀？"明月对着门嚷，门无表情。

文燕在楼下刚要上楼把妈拉下来，向国华走进来，脸阴得滴水。

"爸你……你脸色怎么这么不好？"文燕问。

"没啥，地震台误报了，心烦。"向国华边说边脱外衣。

文燕愣了。

向国华脱下外衣上楼。

文燕拿起外衣出门。

周海光喝醉了，从来滴酒不沾的他，独自喝了半瓶酒。半瓶酒，便醉了。

他摇摇晃晃地走回宿舍。

宿舍很空旷，空旷如原野，使人感觉孤独寂寥，忽而又很拥挤，拥挤如牢笼，使人感觉烦闷气恼。他把桌上的书、材料都摔到地上，连桌上的全家照都摔在地上，小镜框上的玻璃碎了，每个人的脸上身上都有无数裂纹。他发觉照片落在地上，捡起来，抱着，坐在地上哭，哭爸，哭妈，哭弟弟妹妹，哭得昏天黑地。

向文燕敲门，他没有听见，向文燕在门外听到他的哭声，推门进来，伸手扶海光，海光却不让她扶："别管我……"

还是哭。

"我到处找你，你怎么喝成这样？"向文燕无可奈何地看着他。

他认出了文燕，不哭了，呆呆地看她，半晌，一挥手："我用不着别人同情。"

"你觉得我是在同情你吗？你……太让我失望了……"向文燕很生气，走了。

看到向文燕走了，他想去追，站不起来，勉强站起来，又摔倒，摔倒，就躺在地上。

向文燕走到门外，站住，回看一眼，又走回房间。

向国华坐在沙发上看材料，明月坐在他对面，想说什么，向国华看出来，故意不抬头。文秀下楼，端一杯茶放在明月面前，明月不理她，起身上楼。文秀把茶端到向国华的面前，向国华抬头，一笑："和你妈生气了？"

文秀委屈地点点头。

"爸这些天工作忙，没有回家，想爸吗？"向国华示意她坐在身边。

文秀坐在他身边，仍点头。

"我闺女大了，没想到啊，你和何刚要结婚了？"向国华看着文秀，有许多慈祥。

"爸，你都知道了？"文秀问。

"听你妈说的。"向国华说。

"妈死活不同意我们结婚。"文秀说着，滴下泪来。

"你妈说的是气话，过两天她的气就消了。"向国华起身拿起一条毛巾递给文秀，仍坐下说："你和何刚在一起好几年了，在咱家最困难的时候，何刚一直照顾你，爸很感激他，我想和你谈谈你们俩的婚事。"

向国华停住不说，看文秀的态度，文秀很紧张，看一眼爸爸，又低下头。

"虽然说有成分不唯成分，可实际上成分会影响一个家庭的几代人。你也不是小孩子了，在过去的那些年月，你也经历了许多事情，家庭背景会给一个人带来什么后果，你很清楚。"

向国华说完，文秀点点头："爸，这些事我都想过了。"

"只要你考虑成熟了，爸爸不反对你和何刚的婚事。"向国华说出决定性的话。

文秀看着爸，泪花在眼里转。

"文秀，何刚父亲的问题，你们不要有思想负担，爸爸相信所有的事情都会一天天好起来，只要你们过得好，生活得幸福，这才是我们最大的心愿。你妈妈的工作，爸爸来做。"

文秀搂住向国华的脖子，眼泪流下来，她在向国华的耳边说："爸，你是我的好爸爸……"

周海光醒了，屋里布满醉人的阳光。他是躺在床上，身上盖着毛巾被，屋里的每一个角落都收拾得干干净净。

向文燕坐在他的身边。

他要起来，文燕把他按住，他很奇怪地问文燕怎么到了这里，文燕说她已经看了他一夜。他问昨晚是不是喝醉了，文燕说是。他又问说了什么没有，文燕惊讶地说："你连自己说了什么都不记得了？"

他说是。

"那我说了什么你还记得吗？"文燕又问。

他摇摇头。

"闹半天我白说。"文燕朝他点头笑。

"你说什么了？"他急着问。

"我说……工作上不顺心，也不能用酒精麻痹自己，一点也不珍惜自己的身体……"文燕看着他的眼睛说，他的眼睛一看她，她又垂下眼睑。

他沉默了，一提到工作，他的心就如铅一样沉。

文燕要走，说下了班再来看他，他叫了一声文燕，眼直直地看着她，她的脸一红，等着他说什么，他说："谢谢你……"

一丝失望由文燕脸上掠过，她说一声："不用谢。"就走了。

她走了，他望着关上的门发呆，好像他的魂也走了，很空，空无依靠。

红玉来找他，说是总局张局长的电话，他到办公室接电话，张局长问："唐山市政府打来电话，说你要求调离唐山？"

海光说是。

张局长说："你这是逃避责任，唐山的问题还很复杂，只要总局一天不解除警报，你就必须留在唐山。"

"局长，我留在唐山还怎么工作？别人怎么能信任我？"海光为自己申辩。

张局长说："你对自己要有信心，科学是以事实说话的。"

"局长，我还是想……"

不等周海光说完，张局长就打断了他的话："你还是想回来，是吗？你回来也可以，有两项工作供你选择，一个是看大门，一个是扫厕所。你如果同意，我马上下调令。"

周海光还想说什么，那边已是忙音。

文燕下了班来看周海光，见周海光仍是呆呆的，便拉着他去了东湖。在湖边的小山坐下，看湖里漂荡的小船，小船上的对对情侣，想让他的心情开阔些。

周海光对文燕说了张局长来电话的事，文燕问他是不是还想离开唐山，海光说是，大不了去看大门、扫厕所。向文燕问他是不是就因为误报了地震，周海光说不仅仅因为这个事情。向文燕便说他是因为受不了别人的指责，伤害了自尊，感到没脸见人，所以想逃离。

周海光低头不语，他承认这姑娘看问题很准，看到了要害，他不知道怎样回答。

"当初，你对我说，你投身地震预报事业，就是要做出成绩来，让所有的人都免受地震之苦，可你现在却要放弃自己的追求，这是逃兵，不是一个男人应该做的。"向文燕说得更尖刻了，尖刻得让周海光很难承受，也很难分辩："你认为我是那样的人吗？"他无力地问。

"如果你认为自己不是那样的人，就应该勇敢地站起来，做出个样子给人们看看，也给你自己看看，还有你那些死于地震的亲人。"向文燕的眼睛直盯着他。

"文燕，你说我行吗？"他抬起头，也看着文燕。

"你行，你一定行的，我相信你。海光，当你把我救出那个山谷的时候，你那么勇敢，那么自信，那么朝气蓬勃，那时的你，才是一个真正的男人，我相信，也是真正的你。"

文燕的目光很温柔，温柔如月亮。

他也勇敢地看她的眼睛，他的眼睛里有火跳起来，热烈如太阳。

他们的眼睛都很帮忙，嘴巴不能说的话，眼睛都说了，说得深入。

第二天，周海光到向国华的办公室，取回自己的调离报告，向国华很高兴地对他说："科学研究就是从失败走向成功的，地震预测又是尖端科学，如果我们的科学家都像你一样，遇到失败就撂挑子，我们的国家还怎么富强？千万不能听到一些不顺耳的话就站不起来了。"

　　周海光表示一定要在唐山好好干下去。

　　走出向国华的办公室，周海光发现这一天的阳光格外灿烂。

　　清晨，向文燕穿一身红色的运动服，在马路边上跑，如燕。

　　周海光也穿着短裤背心在机关门口等她，她跑来，他们一起跑。

　　夏季被他们牵着走进唐山。

　　向国华难得在家里吃一顿饭，尤其是和明月两个人吃。这一天破例，明月特意给他弄了两个可口的菜。

　　两人坐下，向国华满脸是笑，主动夹起一片肉放在明月的碗里，明月很诧异，就像看到地震的前兆。她放下碗，眯着眼看他："难得啊。有事儿吧？"

　　向国华承认有一件事情想和她商量。

　　"啥事，说吧。"明月一笑，这老头子一旦想求人，比小孩子还笨。

　　"文秀和何刚的事，我看就让孩子们自己做主吧。"向国华故意把事情说得很轻松。

　　明月放下筷子："你说得倒轻松。"

　　"你怎么就想不开呢，你看文秀那劲头，你能挡得住吗？"向国华满面春风。

　　"挡得住要挡，挡不住也要挡。"明月一脸秋霜。

　　向国华仍笑："明月，所有的事情都不是一成不变的，那些问题以后会不会影响到孩子身上，还很难说。"

　　"老向，你怎么这么糊涂啊！"明月语重心长。

　　向国华不再说话，把明月碗里那片肉夹出来，低头吃进去。

"不管怎么样，咱们没商量。"明月说完，向楼上走，她心里堵。

向国华无奈地摇一摇头。

周海光和向文燕几乎分不开了，几乎每天都会见面。

夜晚，街道寂静，迷蒙的灯光如雾，他们在如雾的灯光中在漫长的街道上徜徉。没有目的，没有方向，行走本就是目的，就是方向。

他们一直说着，没有固定的话题，说话本身就是题目。

周海光到过很多地方，很多地方成为很多的话题。他对向文燕讲西部荒凉的沙漠，沙漠中用芦苇和土筑成的古老的城墙，废弃的古城堡，被流沙掩埋的房屋，随处可见的陶罐、人骨和古老的钱币。

这个时候，向文燕是一个很好的听众，边听他讲，边展开美丽的遐想。

"你在医院……"周海光忽然转到文燕身上。

"我是医生，外科，拿刀子的。"文燕笑着说。

"我觉得你简化了你的履历。"周海光也笑。

"你还想知道什么？"文燕歪着头问他。

"你的事情我都想知道，比如说你的家庭、你的父母……"周海光也歪头看她。

"我生在干部家庭，爸妈都是国家干部，我的妹妹你见过，是舞蹈演员。"向文燕说。

"你妹妹……就是在车站……她好厉害……"周海光笑着说，似心有余悸。

"那天还算对你客气了。海光，我到家了。"向文燕站住。

周海光不由一愣，怎么这么快就到家了呢？怎么不知不觉就朝着她家走了呢？他后悔大方向没有掌握好，但是，又不好说别的，只好也站住。这里是一带平房，显得破旧："你家就在这里？"周海光奇怪地问。

"不是，前边一点，我不想让别人看见，所以就到这里吧。"向文燕说着，伸出手。

海光也伸出手，第一次，两人的手握在一起，都有些颤，舍不得放开，但又不得不放。

文燕说，要看着海光走；海光说，要看着她走。最后，还是文燕占了上风，海光先走，走出很远，回头，文燕还站在原地看。

向国华在办公室里和郭朝东谈话，郭朝东是新上任的市防震办公室主任，一个三十岁左右的青年，很精明。

"你以前在地质大队干过吧？"向国华问。

"我在地质大队搞过几年地质勘查，后来调党委工作。"郭朝东答得谨慎。

"这次派你去防震办公室当主任，责任重大啊。目前全市各条战线都在大干一百天，向国庆献礼，可地震问题总叫人提心吊胆，这样下去不行啊。"向国华点了主题。

"向市长，我会征求各方面的意见，尽快拿出一份既科学严谨又实事求是的报告，给唐山一个说法。"郭朝东很有信心。

向国华很满意地让郭朝东走了。

郭朝东由向国华处出来，就去找向文燕，他们是中学同学，这两年郭朝东带职念了两年大学，给向文燕写了有上百封信，向文燕一封也没回。

他爱向文燕，更爱她的父亲，两种爱加在一起，是最爱。

他们在街心花园里走，郭朝东问文燕为什么不给他回信，文燕只说忙。其余的，不知道说什么，向文燕一直感觉和郭朝东没有什么可说的，所以他不问，她不答，闷着头走。最后郭朝东说晚上请向文燕在全市最好的鸿运饭庄吃饭，然后去看电影，文燕说明天要去参加高炮团的演习，晚上要做些准备，便分手。

文燕走出很远，郭朝东还站在原地看，看得痴。

这是一场真枪实弹的演习，演习场上火炮轰鸣，硝烟弥漫，无数高炮炮弹射向天空，在天空炸出无数云朵。

李国栋指挥着他的连队急射。

小四川也在炮位上紧张地战斗。

突然炮位一侧发生爆炸，李国栋、小四川和几个战士倒下。

向文燕带着救护队冲上来。

小四川大声喊："卫生员，我的腿炸伤了。"

文燕跑到他面前，剪开他的裤子，给他包扎。小四川笑着说："文燕姐，你得赔我的裤子。"

"你要是要裤子就别要腿了。"文燕说。

小四川便笑："向大夫，我不行了，不要管我，你快去救连长吧。"

李国栋也在不远处躺着朝文燕喊："快救我，我不行了。"

几个战士抬着担架跑过来，护士丰兰跑到李国栋身边："你伤到哪儿了？"

李国栋挤挤眼："医生同志，我是轻伤，不要紧，你快去救别的同志吧。"

丰兰提着药箱去救别的人，李国栋便又喊他不行了，朝向文燕喊。

向文燕跑到他身边，蹲下问："你伤到哪儿了？"

李国栋说："我……我触电了……"说完便假装昏死过去。

"人家都是中弹，你怎么触电了？"文燕奇怪地问。

李国栋睁开眼睛："我……我是电工……"说完又装昏迷。

文燕一笑，双手狠狠挤压他的胸口。李国栋大叫，睁开眼睛指指自己的嘴："我上不来气儿，恐怕要这样的人工呼吸。"然后闭眼。

向文燕一脸严肃地叫过一个男卫生员："这是重伤员，你给他做口对口人工呼吸。"

男卫生员答应一声"是"，虎一样扑向李国栋，吓得李国栋双手托住他的头，连叫不用了，已经会呼吸了。

向文燕又叫过丰兰："这位伤员需要注射镇静剂。"丰兰会意，特意拿出一根巨大的针管，扑向李国栋。

李国栋睁眼，大惊，一跃而起："同志，不要管我，把药品留给重伤员同志吧。"说完撒腿就跑。

文燕和丰兰看着他笑。

周海光在办公室听红玉的汇报，说各观测点来电话说，各种动物异常也基本消失了。超凡说看来唐山的危机可以解除了。

周海光不太相信这种说法，但是也没有太多的根据反驳，有些烦，不说话。超凡和红玉出去，他就给文燕打电话，那边说文燕去高炮团参加演习，他想去接她，顺便也散散心，便走出了市区。

在郊区，他看到两个浇地的农民用铁锹拍老鼠，拍死一片，还有大量的老鼠成群结队地跑，不惧人。

周海光走过去问，农民说这两天也不知怎么了，每天都有大量的老鼠在地里乱窜，有人说是要发大水了。

周海光诧异："不是说动物异常已经消失了吗？这又怎么解释？"

高炮团演习结束，队伍拉回驻地，向文燕他们也要回去，刚要上车，就见周海光站在门前向她招手，她不上车，奔周海光来，见面问："你怎么来了？来接我？"

"我从这里路过，正好看见你出来。"周海光笑。

"笨，撒谎都撒不圆，有这样的巧事吗？"向文燕也笑，笑出一脸火烧云。

他们一起走在郊区的小路上，文燕很兴奋，但周海光怕她太累，截了一辆农民拉干草的小拖拉机，两人爬上去，并排躺在干草上，看天。

周海光说坐这种小拖拉机是一种难得的享受，它的颠簸是全方位的，上下，左右，前后，像船。

文燕说我们就是坐在船上呢，你看那天空，蓝得像海。

于是都眯了眼看天，天果然像海，他们是在大海里，坐着船，向前，前方是哪儿呢？还是海，就这样一直在海上漂，多好。

文秀在商店里买了些烟酒，都是最好的，酒是茅台，烟是中华，这些东西紧张，要特供证，文秀有。

买完出来，让王军的两个小弟兄看见，叫来王军和赵辉，王军他们便跟着她，她没发觉，一直走到何刚家。

家里，何大妈正在做被，大红的缎子被面上绣着凤凰牡丹，喜兴。

何刚让何大妈歇一歇，何大妈不歇，说干这种活儿不累。

娘俩说着，文秀走进来，见她买了这么贵的酒，何刚觉得有些过。文秀说结婚是人生的大事，不能太寒酸。何大妈倒是同意文秀的意见，说她和何刚爸结婚的时候也是风光过呢。何刚就拿起一瓶酒藏起来，说给黑子留着，他没喝过这种好酒。何大妈看着也高兴，对文秀说他从小就知道惦记黑子，很有个哥哥的样子。

文秀看着何大妈做的被子，连夸何大妈的针线好，何大妈反倒有些伤感，对文秀说："委屈你了，这么一个金枝玉叶的姑娘，结婚才做了两床被……"

文秀不让她说，她还是要说："文秀，你能嫁给何刚，是何刚的福，也是我们全家的福啊。"

文秀说："大妈，你应该说我嫁给何刚哥这么好的人，还有这样好的婆婆，是我的福才对呢。"

说得大妈的脸如被面上的牡丹花一样，喜庆层层绽放。

何刚帮不上忙，在隔壁的小屋里哼他的曲子，那是写给文秀的，听他哼，何大妈说儿子高兴了，高兴了才哼曲子。

文秀便问何刚是怎么爱上音乐的。何大妈说："何刚的父亲就喜欢音乐，他随父亲，两三岁的时候一到晚上就缠着父亲给唱歌，不给唱就不睡觉。那时候咱家住在开滦矿务局的专家楼里，都是两层小楼，独门独院，院子里有葡萄和紫藤，都是旧时代开滦的高级员司住过的。美国的一个总统胡佛还住过呢，他当时也在开滦当员司。当时咱家的隔壁是开滦的总会计师，妻子在音乐学院教钢琴，何刚的爸爸就让何刚跟着她学，学了好几年呢。至于他什么时候学的作曲，就不知道了。"

"听说伯伯是留学回来的？"文秀问。

"是呀，可有文化呢，知道从小培养孩子……"说到这里，何大妈轻轻叹一口气，不说话了。

文秀便也不问，帮大妈纫针，听何刚哼曲子。

周海光一夜没睡，翻资料。半道上碰上的那些老鼠，使他震惊，他想找根据，困了，天也亮了，赶紧换装，跑步，文燕在等他。

见面，文燕就问："你熬夜了吧？"

周海光问她怎么知道，文燕说："别忘了我是一个医生。"

周海光说他总有一个感觉，他确实抓住了这个地震，他发现历史上有和唐山情况类似的震例。

"怎么，唐山还会有地震？"文燕的脚步慢下来。

"我认为唐山震情不容乐观。"海光说得肯定。

"海光，你要认真谨慎，把问题搞清楚。"文燕说得认真。

"我会做更多的调查。"周海光说。

"看到你振作起来，真为你高兴。"文燕笑了，跑得更快。

周海光追上去，毫无倦容。

颜静出来了，黑子接她，接出来，两人坐在市委机关后院的围墙上。这里极静，里面的人不来这里，外面是一条幽僻的小马路，更没人。

黑子点着一根烟递给颜静，颜静深吸一口，一丝也没有浪费，很过瘾，然后，高举双手大喊："我胡汉三又回来了。"

喊完，又吸，吸着笑。

黑子问她里面的滋味如何，她说："别提了，我这回才知道什么是冤家路窄了。"

黑子看她的脸，青一块紫一块，很热烈，便笑："又和谁遇上了？"

"和我有仇的那几个娘们儿，嘿，都在一个号子里。"颜静又吸烟。

黑子问她是否挨打了，颜静把烟递到黑子口上吸一口："挨打我倒不怕，最可气的是这帮孙子不让我睡觉，愣是叫我在粪桶旁边蹲了一夜，差一点没把我熏死。"

"原来是这样，我说怎么这么臭呢。"黑子说。

颜静哈哈地笑："黑子哥，说实话，这两天你想我没有？"

"说实话？"黑子认真地问。

"对，说实话。"颜静也很认真。

"想了。"黑子深沉。

"真的?"颜静喜悦。

"你是怎么想的?"颜静笑眼迷离地问。

"我想啊,要是颜静关在里面永远不出来,那该多好啊。"说完,笑。

颜静不笑,朝着黑子的腿打了一拳,黑子坐不稳,晃,晃了几晃,终于没能掌握平衡,摔下墙去。

见他掉下去,颜静笑了,站起来,叼着烟,在墙上走,如履平地。

周海光在办公室里,超凡递给他一份关于唐山地震情况的评估报告,中心思想是唐山的震情可以解除了。周海光很奇怪,一者认为现在就对唐山震情下结论为时尚早;二者就是写,这份报告也应该由地震台来写,可是这份报告却是郭朝东起草的。他把疑问对超凡说了,超凡说:"人家不信任咱们嘛。"

刚说完,郭朝东就走进来,很大度地说:"报告送来就是征求你们的意见的,你们是真正的专家嘛。"很有居高临下的意味。

周海光说:"为什么这么着急就对唐山地震问题下结论?"

郭朝东说:"部分领导对地震有恐惧心理,很不利于抓革命促生产,早点做出结论,有利于工作。"

周海光"哦"了一声,没说什么。超凡却说:"郭主任,我看了你的报告,我没有什么意见。"

郭朝东很高兴地说:"这么说咱们的观点是一致的。"

这样周海光就不得不表态了,不表态,郭朝东会把超凡的意见认作地震台的意见。他说:"我认为报告中缺少重要的依据,有一些异常并没有恢复正常,动物异常现象就没有消失,现在对地震做出结论为时过早。"

超凡说这些现象都在陆续恢复中。

周海光说:"我前几天就看到大群老鼠在转移……"

超凡说动物迁移的因素很多。

郭朝东接上说:"超凡说得对,我们不能把看到的现象不加分析地都和地震联系起来。"

但是周海光仍然认为现在还不能对唐山的震情下任何结论。

郭朝东有些不耐烦地说："你我不用争了，我只是来征求意见，这份报告不用你签字负责的。"

周海光不知道还应该说些什么。

文燕和文秀在街上走，文燕问起文秀婚事的准备情况。看到一位大嫂提着几条鲜鱼走，就问在哪里买的，大嫂说就在前面的菜市场，鲜鱼很难买，如今有了。文秀便提议去买几条，她说何刚的母亲很爱吃鱼，文燕便说给爸妈也买几条。刚要转身，见到海光走过来，他是去图书馆查资料，从这里经过。见到海光，文秀就笑，笑得他不自在，然后文秀便问是巧遇还是他们约好的。海光不好说什么，文燕打岔，提议一起去菜市场。

到菜市场，他们都很奇怪，鱼很多，不用排队，也不限量，买多少都行。周海光问售货员怎么有这么多鱼，售货员说这几天很怪，养鱼池里的鱼不用打就自己往外蹦。周海光和售货员聊，文秀悄悄问文燕是不是爱上他了，文燕打她一下，说她瞎说，文秀说从她的眼神就可以看出来，不一般嘛。

周海光和售货员聊完了，就对文燕说，他还有事，先走了。然后就急匆匆地走了。文燕请他晚上到她的宿舍来，吃鱼，周海光答应着走了，头都没回。

"姐，这人怎么这样啊，说走就走了。"文秀说。

文燕没说话，只是看着海光走。

颜静把黑子领到市委大院后面一排平房前，拉开一扇门就往里钻，钻进去，让黑子快关门。黑子问这是什么地方，颜静说是机关的澡堂。黑子说你怎么不分男女就往里钻，颜静说这个地方不分男女，一、三是男，二、四是女，白天归她，她常来，享受市委干部待遇。

关上门，不开灯，里面就很黑，黑子说你是要洗澡吗，颜静说："你不是嫌我臭吗？"

黑子说："你就是臭嘛，不信你自己闻闻。"

颜静脱下外衣真闻："胡说。"她认为不臭。

"我胡说？我一路跟着你，一股一股的臭气往我鼻子里钻，把我熏得差点背过气去。我今天走得明显比往常快，你没看出来？"

"好啊，你开始嫌弃我了，我今天非臭死你不可，臭死你……臭死你……"颜静一边说一边往黑子怀里钻，黑子躲："行了，行了，你赶紧洗洗吧，我服了你了还不行吗？"

颜静哼一声开始脱衣服，脱一件扔一件，扔在凳子上："你转过身去不许看。"边脱边命令黑子，黑子听话地转过身去，面对更衣柜立着。

颜静走过，摘下更衣柜上的一面镜子："你干吗还留一手啊？"

黑子很痛苦："我冤枉死了，我根本没看见这儿有一面镜子。"

颜静不相信，让他起个誓，黑子起誓。颜静便解裤带，黑子说她既然不相信他，他就先走了。颜静却不让，说她有好些日没见何大妈了，洗完澡一起去看大妈。

黑子说："算了，你这鼻青脸肿的，别把我妈吓着。"说完果真走了。

"你浑蛋。"颜静对着他的背影大骂。

周海光骑着自行车来到水库边，正看见好多人在打鱼，他问打鱼的人，这几天鱼怎么这么多，打鱼的说这几天就是怪，鱼自己往上蹿，往常在这里一网打不到几条鱼，现在一网就是几十斤。

正说着，水面一阵喧闹，无数条鱼蹿出水面，似在逃避什么天敌："你看，这不正说着就来了。"打鱼的对周海光说。

周海光也惊讶，想坐下来多看一会儿，一个男子提着一串蝙蝠走过来。他问是怎么回事，男子说大白天蝙蝠就满天飞，掉到地上，一层，他捡起这些，放到那边树上去。

周海光便不坐了，骑上车往回返。

文秀买了鱼拿到何大妈家，何大妈自然高兴非凡，不在鱼，在儿媳的心。娘俩一起收拾鱼，何刚给床头柜刷油漆，边刷边听娘俩说笑，口里不觉就哼起曲子。

忽听门外有人喊："文秀，出来，大哥我上门看你来了。"是王军的声音。

文秀脸一沉："这帮流氓。"

何大妈问是怎么回事，文秀只说是一群流氓。

何刚听到，站起身要出去，何大妈怕出事，拦住他，自己走出去："你在屋里别出去，我就不信无法无天了。"

何大妈来到门外，门外已站了不少人看热闹，王军见何大妈出来，嬉皮笑脸地说："哎哟，我们叫文秀出来，您出来干吗呀？"

"你们要干什么？"何大妈生气地质问。

"老棺材瓤子，快叫她出来，要不我就不客气了。"赵辉帮着咋呼。

"你们这些王八蛋再不走，我叫警察了。"何大妈指着王军说。

"你要是叫警察，我就扒了你的皮。"赵辉说得恶狠狠。

文秀在屋里待不住，怕何大妈出事，走出来，指着王军说："你们都给我滚。"

王军一见文秀，涎皮赖脸地说："文秀，因为你，我们好几个哥们儿都受伤了，你看你是不是应该慰问一下啊？"

文秀说："你们想怎么样？"

王军说让文秀陪他们几天，事儿就算过去了。

"你浑蛋。"文秀气得说不出话来。

何大妈的邻居张婶见事情不好，让邻居七姑悄悄地去派出所报告。

何大妈指着王军，浑身乱颤："你们真以为没人管你们了吗？"

何刚在屋里听着不像话，拿着一根擀面杖走出来，站在文秀的前面，挡着她。见到何刚，王军等人更横起来："我看看今天谁敢管。"

他一挥手，几个喽啰就上，围着何刚一阵拳打脚踢。文秀上前护着何刚，急了眼的何大妈就去抓赵辉，王军在背后一脚把何大妈踹在地上。张婶上去扶住何大妈，大骂王军等人，王军又打了张婶一嘴巴，张婶的嘴角马上流下血来。

黑子正好回来，远远地听见家门前吵闹，看见人围了不少，知道事情不妙，抄起别人家门口的一根铁棍子就朝家跑。

王军抓住文秀胸前的衣服，文秀也抓住王军的头发："你这个流氓，我和你拼了。"文秀满脸淌泪，果真是拼命的架势。

王军的两个喽啰上来扭住文秀的双手，王军就手撕开文秀的衣服，在她的脸上胸上乱摸一气。

赵辉等人则把何刚打倒在地上，围着乱踢。

黑子如一头黑豹子般冲过来，也不说话，一棒子打在一个扭住文秀的喽啰头上，喽啰一声没吭就倒在地上，这一棒子打得太狠，连棒子都掉。黑子来不及捡，一拳打在王军的脸上，王军的脸便红光闪闪，松开了文秀，黑子这才捡起棒子，横着扫在赵辉的腿上，赵辉惨叫一声倒下了。

赵辉倒下，何刚也起来，动了手，打得另一个喽啰嗷嗷叫，像狼。

黑子是当真急了，挥舞着铁棒见谁打谁，另外两个喽啰一个让他打折了腿，一个让他踩在脑袋上，昏死过去。

何刚一把抓住王军要去派出所，王军把他踢倒，文秀也像疯了，冲上来揪住王军："流氓，我不会放过你……"

王军甩开文秀想跑，黑子赶来一棒子抢去，却打在文秀的头上，文秀惨叫一声，倒在地上。

黑子愣了，站着，不动。

王军见状要跑，张婶过来抓住他死不放手。

何大妈见文秀受伤，扑过来抱住她，一声一声地叫，已经不是人声儿。

黑子什么也不顾了，抡圆了铁棍，照王军的头砸去，王军用胳膊一挡，胳膊就折了，抱着胳膊号。

黑子还要打，派出所的人赶到，素云和大刘等人从警车上下来，喝叫黑子住手。然后，把受伤的送医院，其余的，带走。

黑子往警车上走，回头喊了一声妈，何大妈便哭了，坐在地上哭。

周海光由水库回来，直接去找郭朝东。郭朝东正给向国华打电话，他说报告已经写好，向国华问地震台的意见如何。郭朝东说地震台和他的意见完全一致，向国华打了一个沉，特意问周海光的意见如何，郭朝东说周海光有些不同意见，但他的观点不能说服大家。向国华指示："你们再认真论证，确保万无一失，再上会讨论。"

　　郭朝东刚放下电话，周海光进来了，进来就说："郭主任，报告不能提交市政府，我发现了新情况。"

　　郭朝东很不以为然，说报告再有两天就上会了。

　　周海光对他讲了水库的情况，郭朝东说："生活中这样的现象并不新鲜，再说蝙蝠的事你也没亲眼见。"

　　周海光说："我认为这与地磁变化有关。"

　　郭朝东却说："你是经过邢台地震的人，一朝被蛇咬，十年怕井绳了。"

　　周海光提醒他，作为主管领导，他不能有轻视思想，郭朝东却一笑："领导信任我，才把这副重担交给我，我怎么会有轻视思想？"

　　"郭主任，唐山的问题十分微妙，等把问题搞清楚再上会讨论不迟。"周海光最后郑重提醒郭朝东。

　　郭朝东却说："相信我吧。"好像他不仅是地震台的领导，也是地震的领导。

　　周海光无奈，只好出来。

　　向文燕在自己的宿舍里，精心弄了几个菜，打开一瓶红酒，专等周海光，这是第一次请周海光吃饭，她很重视。周海光没来，她往一只杯子里倒上红酒，端详着，想象周海光端起酒杯，和她的杯碰到一起，脸就比酒还红了。

　　敲门声，文燕紧着去开门，却不是周海光，是郭朝东。他手里提着水果，说是特意来看望向文燕，文燕不得不让他进门。

　　进得门来，郭朝东见有酒和菜，不由大喜，他说他和文燕认识这么多年，还没吃过她做的菜呢，说着拿起筷子就夹一口菜放进嘴里，文燕想都没想，脱口而出："不许吃。"弄得郭朝东一愣，愣过后问她今天请谁。文燕不知道应该不应该告诉他，就在这时候丰兰跑来说一个叫何刚的打来电话，文秀出事了。文燕便急着去看，郭朝东自告奋勇，陪她去。

文秀被送进开滦医院，一直昏迷不醒。何刚陪着她。文燕进去，叫几声，文秀不应，就哭了，虽说她是医生，遇到亲人，也不知所措，一个劲儿问大夫有没有生命危险。大夫说暂时还没有。又问是怎么回事，何刚不得不说是黑子误伤了文秀。

医生说要保持安静，让家属到外面去，文燕和郭朝东走出来，到医院的小花园里坐。

周海光由郭朝东那里出来，心情很不好，独自在马路上走了许久，想到底应该怎么办。事情很奇怪，没有郭朝东，他会时时问自己是不是搞错了，有了郭朝东的态度，倒使他坚定了自己的判断：唐山会有地震。好像郭朝东的态度也是一种异常。

这样想，想不出什么好办法，想起今天晚上文燕还要请客，赶紧走，可已经晚了。文燕去了医院，门敲不开，幸亏遇到丰兰，告诉他文燕去了开滦医院，文秀出了事，他也赶到这里。

赶到这里，就见到文燕正和郭朝东并肩坐在小花园里，很亲密。

向文燕仍在哭，她说护士刚才说了，文秀还要观察，这也说明她确实有生命危险。郭朝东安慰她，说文秀不会有事的，胳膊不失时机地搭在文燕的肩上，文燕没有觉察。

周海光却看到了。他也正急，没来得及多想。

一辆小车开过来，挡住他的视线。

文燕认出是她妈的车，对郭朝东说："谢谢你陪着我，我妈来了，你走吧。"说着站起来。

郭朝东认为明月来得很没有道理。

周海光等车过去，跑过来，叫文燕，文燕一见周海光，哇地一下大哭起来。哭着，扎进周海光的怀里，周海光也不自觉地搂住她。

郭朝东心里一颤，认为周海光来得简直荒谬。

周海光问了文秀的情况，就要和文燕一起去病房，文燕哭着说医生不让进，她要自己去，临走，还没忘问周海光吃饭了没有。周海光只是催着文燕快去。

郭朝东则说："有事给我打电话。"

文燕匆匆走了。

明月风风火火地走进病房，见到文秀昏迷在床上，插着不少管子，也不知道有多重。她拉着文秀的手叫，文秀也不应，便哭。一哭，文秀的眼睛竟睁开了，喜得明月叫大夫快来看，可是文秀的眼睛只睁开一下，又闭上，再不睁开。医生看了说她还没有苏醒，还处于昏迷状态。明月问什么时候能够醒过来，医生说还很难讲，需观察。

明月听罢更急，才发现何刚在身边，指着何刚大叫："你们把文秀打成什么样子了？啊？你给我出去，我不想看到你……"

何刚不动，眼睛直直地看着文秀，满眼是泪。

"你怎么还不走？滚……你给我滚……"明月动了粗。

旁边的医生护士提醒要保持安静，何刚便不得不走出来。

周海光和郭朝东一起朝医院外面走，郭朝东显得对周海光很亲热，问他去哪里，周海光说去台里，郭朝东说正好一路，两人便一起走。路上郭朝东问周海光和文燕认识多久了，周海光说时间不长。郭朝东不待他问便说："我和文燕从初中到高中都是同学，已经有十几年的感情了。"

周海光一惊："是吗？"

郭朝东不惊，很平常地说："我很喜欢文燕，文燕对我也极好。"

周海光的脚步便慢了，郭朝东叫他快些，他说还有一些事情，让他先走。

郭朝东便先走，走得潇洒。

向国华也来到医院，见到向国华，明月又落泪："你看看文秀让黑子打成什么样了。"她特别强调黑子两个字。

向国华没言语，只是看着文秀伤神。

文燕劝他们都回去，明月让向国华先回去，她要看着文秀，文秀不醒，她不走。

晚上，周海光坐在窗前写东西，丁汉来了，周海光见到他就高兴，高兴就埋怨，说他长时间不来看他，对他不够关心。丁汉说："还用得着我关心？有文燕关心你就够了。"

"你认识文燕？"周海光奇怪地问。

"我们是多年的好朋友了，你和文燕好上了？"丁汉也问。

周海光不回答这个问题，只点头："文燕的妹妹被人打伤了，我刚从开滦医院回来。"

听到文秀受伤丁汉也吃惊："那我得去看看，要不等文秀病好了非骂死我不可。"

海光便笑："你也有害怕的人？"颇有知音之感。

丁汉笑着说："文燕人品好，长得又漂亮，追她的人可多呢，你要加油。"

周海光也只是笑，丁汉低头看周海光写的东西，题目是"关于唐山震情未来半年的趋势"。他认真看起来。看完，抬头说："我看你是不到黄河心不死。"

海光说："不撞南墙不回头。"

两人都笑。

派出所里，王军胳膊上吊着绷带，和一位老干部模样的人由素云的屋子里走出来，素云在后面跟着，脸色极不好看。

老干部站住，对素云说："今天省里有一个重要的会议，他爸爸来不了，王部长和陈所长的老战友也是陈所长的老领导……"

素云不耐烦地一挥手："叫他父亲好好管教他，他是唐山出了名的混混儿，如果出了大事，谁也保不了他。"说完，剜一眼王军。

王军也看素云，满不在乎。

黑子让警察押着走过来，看见王军，眼就圆了，瞪着眼看他；王军见他，眼就长了，眯着眼看他。

老干部说一声"我们走了"，带着王军便走。王军走到黑子身边，悄声说："你就老老实实地接受改造吧，我出去找文秀了，如果你哥和你老娘再挡我的道，我就……"

说到这里不说了，眯着眼睛看黑子，看他的反应。

黑子果然大怒："你敢动他们，我非扒了你的皮，要了你的命！"

素云赶紧呵斥："何斌，你还想怎么样？"

王军眯着眼笑："你进去享受吧。"

黑子瞪着眼骂："我留你再活几天。"

王军和老干部走了。

黑子便朝素云骂："你他妈的是个狗屁警察，是他先打的我妈，你看他爸有权有势，就放了他，是不是？李素云，我跟你没完！"

素云没说什么，只是让警察把黑子带走。

何大妈只一个人在床上躺着。

颜静来找黑子，老远就喊："黑子哥……黑子哥……"

没人应，推门进来，一惊："大妈你怎么了？病了？"

何大妈说没病，是让人打的，就把昨天的事情说了。颜静一听就急了，尤其是听说黑子还在里面关着，更急，急着进厨房，拿出一把菜刀，边走边往军用挎包里装，边装菜刀边嘟囔："妈的，我去砍死那个王八蛋！"

何大妈急了，要起来拦她："颜静，你可不能去呀，你回来，你……老天爷呀，这可咋办呀……"

拦不住，颜静走了，何大妈摔在床下。

第三章　世界就是你

何刚由病房里出来，在院子里转一圈，又回来，不敢进去，在门口站着，由门上的窗子往里看。

明月走出来，看到何刚，立时生气："你还在这里干什么呀？"

何刚说："我要见文秀。"

"你死了心吧，你永远也别想再见文秀了。"明月的口气极坚定。

一听"永远"两个字，何刚就急了："我要见文秀，你为什么不让我进去？我要进去……"说着，推开明月就要往里闯。

一位大夫走过来拽住何刚："你也一夜没有休息了，回去睡一会儿吧，文秀没有生命危险了，放心吧。"

何刚不听，推开医生还是要进去。

文燕听到外面吵，走出来，拦住他。

何刚急得大叫："你们让我进去，你们滚开，我要看文秀……"

"何刚，你疯了！"文燕急得也大叫。

何刚一愣，继而说："我是疯了，我要见文秀，我要见文秀……"

何刚推开文燕还是要进去。

又过来两个医生，拉住他。

文燕也拉住何刚："何刚，你走吧，让文秀安静一会儿好不好？别在这儿闹了，我求你了行吗？”

何刚没办法，看一眼文燕，转头流着泪往外走。

何刚回到家里，看到何大妈在地上趴着，连忙问怎么回事。何大妈让他快去找颜静，她去找王军拼命了。

何刚把妈扶到床上，转身往外跑。

周海光接到文燕的电话，告诉他她刚从医院回来，海光问文秀怎么样，文燕说还在昏迷中，但医生说很快就能醒过来了。

周海光放心了，放下电话，红玉和超凡就走进来。红玉递给他一份当天的情况汇总，周海光放到桌子上，问情况怎么样，红玉和超凡对他介绍，说各个群防点上来的都是一些离奇的事情，他们经过分析都一一排除了。

海光问都是些什么离奇的事情。

超凡说：“道听途说呗，什么井里挖出一个比磨盘大的乌龟，什么几十条蛇盘在树上，一会儿就不见了。”

红玉说：“还有一个小水库里的水一夜间就没有了。”

超凡笑：“反正都是一些怪事，还提到有十多只猫头鹰落在一棵老槐树上，白天晚上地哭，打都打不走，当地百姓说是不祥之兆。”

周海光也笑，说听起来是很奇怪。

超凡说：“海光，我和崔坚对你看到的问题做了分析，认为目前唐山的确还存在一些残留的异常现象，但这些现象都在逐步恢复。”

“哦，这么说我是过于敏感了？”

“我们是这样认为。”超凡说得很认真。

周海光把自己写的报告递给他：“我代表台里写的‘关于唐山震情未来半年的趋势’，你给大伙看一看，有什么意见，咱们一会儿谈。”

王军家是一所独门独院的平房，刚出来，王军坐在沙发上，胳膊还吊着。几个小哥们儿来看，他们问赵辉等人还有没有事，王军说该打点的他都打点了，应该没事，最要紧的是想办法弄些钱来花。几个人都说这个事该办。

颜静来到院门口，没人，朝里走，隔着玻璃看。

王军正说得心花怒放："黑子进去了，没有两三年出不来。你们给我把他身边那个妞弄来，慢慢玩。"

颜静听得怒从心头起，捡起一块砖头砸向玻璃，玻璃碎了，屋里的人都一惊。出来，见颜静正恶狠狠地盯着他们，手里握着菜刀。

王军说："送上门来了，给我拿下。"

几个同伙扑上来，颜静见他们人太多，怕吃亏，菜刀没动，扔了，撒腿跑，见到人多就跑，这是她的职业习惯。

王军一伙追出来，追到马路上，何刚正骑着自行车找颜静。见颜静挨追，超过王军一伙，赶上颜静，颜静一见跳上车子，何刚猛骑，颜静在车后座上对王军等人笑："孙子，快跑呀。"

几个人见追不上，站住，生气。

明月在总编室里坐不住，脑子里都是文秀，何刚这个家庭已经不是什么出身问题，而是直接威胁女儿的生命，不能等待。她考虑再三，拨通钢厂党委书记的电话，把情况说得走了样，说成何刚和他的弟弟一起把文秀打成昏迷不醒，那边说一定对何刚进行严厉批评教育，明月说："我觉得他现在已经不能适应现在的工作，这只是我个人的意见，希望你考虑一下。"

郭朝东来到地震台，他已经知道周海光也写出了一份报告，要听大家的反应。

反响强烈，因为周海光的报告不但提出唐山近期有地震，而且有大震。崔坚和超凡不同意海光的意见，红玉认为周台长的意见有值得重视的地方，比较模棱两可。但是超凡的意见很明确："你的报告不能代表台里的意见。"

周海光只好说："那就代表我个人的意见。"

郭朝东要和周海光个别谈，周海光把他领进自己的办公室。

郭朝东坐下就说："你作为台长也不能一意孤行，一点群众意见都不听。"

周海光说："这只是观点上的争论。"

郭朝东说："三人行必有我师，你是不是应该谦虚一点？"

周海光说："这是对事物的看法，和谦虚没有关系。"

郭朝东说："现在是抓革命促生产，你这样做就是扰乱军心。"

周海光说："地震的确存在，如果放松警惕，就是你我的失职。"

"你怎么……难道你有先知先觉吗……你太不虚心了。"郭朝东生气，拂袖而去。

周海光也生气，坐着没动。

郭朝东出去，周海光就拨通了总局张局长的电话，张局长也正在看他的报告。张局长强调，京、津、唐的问题非常复杂，务必提高警惕。要他注意掌握第一手资料，多和台里的同志沟通，当然，也要敢于坚持自己的观点。

要有原则，又要坚持自己的观点，周海光不知道怎么具体实施，很苦恼。

何刚回到家里，何大妈急着问颜静怎么样了，何刚说把她送回家了。何大妈又要去看文秀，何刚不让去，何大妈不听："我不看一眼文秀心里不踏实。"

一针扎在心上，心淌血，还不敢让人看见。

何大妈见何刚不说话，生气，往床下爬，要爬着去看文秀。

何刚没法，给妈跪下了："妈，你就是去了医院，他们也不会让你见。"

"为什么不能见？"何大妈不懂。

"文秀她妈不让见，连我都不让见……"说着，哭了。

见儿子哭，何大妈不再坚持，猜想儿子一定遇到了难处。于是问黑子的事怎么办，何刚说："我去找过文燕了，文燕说，黑子的事不好办，估计要判。"

何大妈便哭，连声说："这是怎么了？这是怎么了？"

何刚说："妈您别急，我再想想办法，争取把黑子保出来，我明天去厂里请个假，然后再去派出所看看黑子。"

何大妈嘱咐给黑子送几件衣服去，就再也想不起自己还能做什么，哪个事情都不是她能办的。

郭朝东到开滦医院来找文燕，说文燕看护病人很辛苦，要请她吃饭。文燕说没有心情，他们便在医院的花园里散步，似乎无意，郭朝东说起他写的报告明天就要上会了，他认为唐山没有地震，更不会有大震。

文燕提到地震就敏感，问他周海光是不是同意他的观点。郭朝东说地震台所有人都同意他的观点，唯独周海光不同意："他这个人为了挽回自己的面子，就是想别出心裁，甚至可以说，他要和我争个高低，同志们劝他，他一点也听不进去。"

郭朝东似在总结。

"大家都不赞同他的观点？"文燕问。

"要是有一个人赞同就好了，想出人头地，也不能这样呀。"郭朝东说得很轻蔑。

向文燕便请他走，说她还有事。

郭朝东走了，向文燕就到地震台找周海光。周海光刚从图书馆回来，借来几套唐山周围各县的旧县志，他以为有参考价值。

他们走到街上。文燕问起明天开会的事，周海光说他还要在会上阐述自己的观点，这些天他一直埋在资料堆里，已经找出大量历史根据，支持自己的观点。

"你明天向市领导陈述的观点有把握吗？"文燕悄声问。

"地震研究在全世界都是个难题，谁也不能说有十足的把握。"

"可你是孤立的啊。"文燕的语调还是轻轻的。

"是啊，没人和我的观点相同。"周海光承认。

"你坚持自己的观点，是想让领导重视你吗？"文燕尽量把话说得委婉，她想验证郭朝东的话。

"我只想做一个普普通通的人。我是一个科学工作者，不管什么人反对我的观点，我都要说出我的观点。"周海光说得很诚恳，文燕马上感觉到郭朝东在诬蔑。她不问周海光就已经做出这种判断，其实也不是判断，只是感觉。

情人只有感觉。

文燕和周海光不知不觉走到了开滦医院，医院里静悄悄的，柔和的灯光由窗帘后面透过来。

这样的夜晚不宜谈论地震这样的话题，可是谈什么呢？谈什么也要等明天了，文燕到了，文秀等她看护。

"海光，说心里话，我不相信唐山有地震。"文燕站住悄声说，说着，看一眼那些飘洒柔和灯光的窗口。

"我也希望你说得对。"海光也站住，望一下那些窗口。

"再见。"文燕伸出手。

周海光把她的手握住："再见。"握得很紧，半天没撒开。

文燕轻声说："疼。"

周海光脸一热，撒手。

文燕笑出许多羞涩留给海光，走了，走向那洒着柔和灯光的窗口。

文燕走进楼道，见何刚蹲在病房门前："你怎么还没走？我妈还在里边？"文燕问。

何刚点头，站起来。

文燕劝他回去，说文秀这里很好，家里何大妈也需要照顾。

何刚说："文燕，我实在想见文秀，想看看她。"

"何刚，你的心情我理解，可现在你一定要克制你的感情。"文燕把声音放低，怕妈听见。

"你替我求求你妈，叫我见见文秀，哪怕就看一眼。"何刚求她，很可怜。

"我妈妈正在气头上，要是把事情闹僵了，你和文秀的事就难办了，再说你不走我妈也不会走的。"文燕委婉地说。

何刚无可奈何地点头，离开的时候，脚步迟涩。

文燕看着他走，心里酸，尤其是刚和周海光分别，知道是什么原因。

何刚走出楼门，在医院里转，围着楼转，转到楼的后面，对着文秀病房的窗口，坐在小花园的椅子上。看那窗口，那窗口的灯光，那里面是整个世界，如今，他在世界之外。

他拿出口琴，轻轻地吹起来。

琴声低回，如泣如诉，如梦如烟，在如水的夜空中飘移，如缠绵的柔丝。

晶亮的眼泪被琴声穿起，如珠玑，珠玑的帘幕，笼罩夜空。

第二天，何刚到厂里请假，进厂门就见许多人看告示，他也上前去看，才发现是开除自己的通知，原因是打架斗殴伤及他人。

两眼便模糊了，不辨东西。

工友们同情、议论，都没有听到。

张勤对他喊："何刚，有啥难处，你吱一声。"

何刚似是没有听见，只是走。

走进车间，走进更衣室，打开自己的衣箱，取出工作服，欲换，忽然抱着工作服号啕大哭，整个车间一颤。

市政府的会议室里人坐满了。

郭朝东环顾四周，有些志得意满。看对面，对面是周海光，他想看周海光沮丧，但没看到，周海光板着脸，无表情。

大家讨论的是郭朝东的报告，周海光的报告没有传阅。

梁恒首先问这份报告是否征求了地震台的意见，郭朝东说正是在广泛听取地震台同志的意见基础上才写出的。

"报告中不包含我的观点。"周海光首先声明，全场一惊，太反常。

梁恒便问："这么重要的报告，为什么没有地震台台长的观点和意见呢？"

"因为周台长的观点同志们不赞同，所以没有采纳。"郭朝东也很明确。

"郭主任，请问你在报告中说唐山没有大震，根据是什么？"周海光向郭朝东发问。

"经过海城、和林格尔、大城这三次地震，地下能量早已释放了。"郭朝东显得很轻松。

"郭主任，那唐山目前存在的问题又怎么解释？"周海光再问。

"目前各种异常已经逐步恢复。"郭朝东不满地看一眼周海光，周海光正看他，目光如锥。他一震：这个人今天要动真格的。

"照你这么说，还有部分异常没有完全恢复？"周海光紧追不舍。

"是，比如地磁、地电、动物异常，还在逐步恢复中。"郭朝东的脸沉下来，他觉得周海光像是在审贼。

"既然地磁、地电等部分异常现象还没有恢复，为什么在报告中明确做出唐山没有大震这样的结论？"周海光的眼睛一直盯着郭朝东。

郭朝东十分不满地盯他一眼，可发觉向国华、梁恒都在盯着自己，立即变脸。要显得胸有成竹，但他无法回答周海光，无法回答就用表情回答。

周海光见他不说话，自己说："在海城地震后，在唐山出现的异常持续时间长，分布面积广，我研究了这些异常的变化，仔细分析了与地震的关系，还翻阅了大量历史资料，得出结论：唐山的问题与大城地震无关，但是唐山发生大震的可能性依然存在。"

举座皆惊，他的话与郭朝东的报告大相径庭。

一阵沉默之后，林常委首先发言："周台长，难道你的观点比郭主任和台里其他同志的观点都正确吗？"

"我只是和其他同志的观点不同。"周海光脸色一沉，他知道预期的议论开始了。

"这不是观点不同的问题，这是制造紧张空气，破坏抓革命促生产，难道上次市政府被你整得还不够狼狈吗？"果然，林常委开始上纲上线，问题扯到纲和线上，肯定麻烦。

"我们在谈地震，不要乱扣帽子。"向国华到底不同凡响，及时表态制止。

听到向国华的表态，林常委不再说话。周常委接上来："周台长，你认为你的观点正确，可为什么还发生了误报？"

"地震研究是一个世界性的难题，我们并没有掌握地震的规律。"周海光呷一口水，尽量使自己冷静。

与会者有人点头。

郭朝东的面色更难看："周台长，地震在外国人的眼里是难题，可在毛泽东思想武装起来的中国人眼里，已经不是什么难题了。海城地震的预报成功，已经创造了世界奇迹。"郭朝认为抓住了周海光的话缝，乘隙而入。

郭朝东的话使周海光震惊，如果说长期在政治旋涡中生活的领导干部们会从政治的角度看待学术，那么郭朝东就完全不应该了。他始终把郭朝东看作专业地震工作者，与他的一切争论也只当作不同学术观点的争论，可是郭朝东一下子把问题提到这个高度，就很难让他回答。

难回答，也须回答，科学总是不给科学工作者以回旋的余地，对科学的责任感使他必须迎难而上。

他连组织适当措辞的时间都没有。

"海城地震的预测工作我是参加了的，我承认那是一个不错的个案，也使我获得了不少宝贵的经验。可那只是一例，大自然的运动是千变万化的，到处套用一个海城经验更是可怕的。海城地震之后，我们仍有很多漏报和误报的教训，这一点我想郭主任是清楚的，这说明了不能够用一个个案概括全部大自然的运动规律……"

向国华听出了问题，他打断了周海光的发言："目前有两种观点，周台长的观点虽然只代表他个人，但在科学上不能用少数服从多数的办法解决问题。我们还是应该多听一些不同的意见，反复论证，绝不能草率做结论。我看是不是向国家地震局申请，请他们派些专家来唐山开一个会诊会，给唐山的地震会会诊？"

他的意见马上得到梁恒和周海光的赞同。

郭朝东也表赞同，不是意见正确，而是因为那是向国华提出来的。

其他与会的人们也都赞同深入论证一下，毕竟，这是关乎百万人生死存亡的大问题。

何刚到派出所看黑子，素云领着他进了黑子的房间，一见素云，黑子仍是大骂："你算什么警察？啊？不该抓的你抓了，该抓的你他妈的放了，你等着我出去，我饶不了你。"

素云脸上白一阵红一阵，一句话没说就走了。

素云走了，黑子才想起问妈怎样，问文秀怎样，听说文秀仍在昏迷，他说："哥，都怪我，我对不起你。"

"事情已经发生了，别想那么多了。"何刚反而安慰他。

"哥，你是保我出去的吧？"黑子问。

"黑子，这次事情闹大了，我看这事……"何刚不好往下说。

"我是为了咱妈，我是正当防卫。"黑子听何刚的口气，有些急。

"黑子，你别急，不管付出什么代价，我都要把你弄出去。"见黑子急，何刚很难受，话说得非常绝对。

还想说什么，看守催着走，何刚只好走了，临出门，黑子还对他嚷："叫妈别为我担心……"

丁汉来医院看文秀，文燕送他走，在院子里，文燕对他说，黑子的事请他费一下心，想办法弄出来。丁汉说他一定尽力。他是记者，认识的人多。

正说着，何刚来了，文燕叫他；他站住，问文秀怎么样了。

文燕说："我妈现在没来，你快去看看文秀。"

何刚道一声谢，急急地走。

在病房里，文秀一个人躺着，何刚走过去，坐到她身边。拉着她的手，低声叫："文秀……是我……我是何刚啊……我看你来了……"

文秀的手指微微动了动。

这一动，何刚的眼睛湿了，俯向文秀的脸。

文燕悄悄推门进来，站住不动。

何刚俯向文秀，叫："文秀，都是我不好，我没有保护好你，让你受这么大的委屈。你快点儿醒过来吧。醒了以后，你骂我几句，打我几下，我心里也踏实啊……文秀，你睁开眼睛看看我，好吗？听话，快醒醒，快看看我，醒醒啊……"

文秀没动。

何刚的眼泪落在文秀的脸上，他用手抹去，抹去，又落。

文燕走过去，轻轻拍他的肩膀："何刚，你该走了，我妈快到了，她不想见你，我也不想让她生气。"

何刚无奈地起身，看一眼文秀，离去。

第二天文燕上班，丁汉就来找文燕，说黑子的事情他已经打听过了，只要文秀的家属不再追究，就可以放人。

文燕心里一沉，就这事难。

还没容她开口，何刚就走进来，风风火火，见到文燕就说："文燕，黑子的事，只要你们不追究，就可以放了。"他也打听了。

"唉……我妈她……"文燕长叹一声。

"文燕，我求求你，你跟你妈说。"何刚很激动，把文燕看成唯一的救星。

"我妈还在气头上，她那个样子，我……"文燕迟疑。

"文燕，黑子是无辜的，他是为了我们，我妈伤心地哭了又哭，你就帮帮我吧……"何刚声泪俱下。

"何刚，文燕是在为你弟弟的事想办法。"丁汉劝何刚。

何刚见文燕无语，转身走，很慢，临出门，又回身对文燕说："文燕，我知道，你也难，原谅我……"

文燕的心一颤。

周海光给总局打了电话，商定了专家来唐的时间，然后做一些资料的汇总工作，超凡匆匆进来说："海光，出现新情况……"

"什么情况？"周海光看超凡的神色，自己也有些紧张。

"刚刚接到气象局的电话，唐山地区出现六九年渤海七点四级地震前的类似天气现象。"超凡说。

周海光沉思一会儿，对超凡说："你去气象局分析一下气象资料。"

就为那一颤，文燕决心找妈谈一谈，虽然明知未必有什么结果。

文燕走进总编室，明月一愣："是不是文秀出什么事了？"

文燕说没有。

"那你不在医院看着她，跑到这里有什么事？"明月不解。

文燕小心翼翼地说有一点事想和她说一下。

明月看她一眼，让她说。

文燕说："是黑子的事。"

"黑子又怎么了？"明月提起这个名字就没好气。

"妈，黑子是误伤文秀的。"文燕仍很小心。

"他是出了名的地痞，早该进监狱。"明月不想听文燕说他。

"妈，你想想，本来就不是黑子的错，把黑子抓起来，何大妈和何刚该有多难受呀。"文燕有些急。

"文秀被打成那样，还在昏迷中，你怎么不想想我有多难受，你爸爸他有多难受？"明月也生气。

"妈，难道你一定要把他们拆散吗？"文燕顾不得小心了。

"你住嘴，我本来就不同意。"明月大声训斥起来。

"妈，事情已经出了，黑子也是无辜的，你就别揪住不放了。"文燕做最后的努力。

"你不要多管闲事，我自有分寸。"明月毫不通融。

文燕只有闭嘴，从小她就是一个听话的孩子，不像文秀，敢和大人顶嘴。

"还站着干吗？还不快去医院。"明月催她。

她站起来，低着头往外走，明月在后面嘱咐："我不在的时候，你不许叫何刚进去看文秀。"

文燕有气无力地答应。

文燕走了，明月还是不放心，没多大一会儿，她也到了医院。一进门就碰上何刚，看到他，何刚主动叫了一声阿姨。

她站住："我说过，你不要叫我阿姨，我不敢当。"

何刚说是特意来找她的。

明月冷笑，她知道是什么事。

"公安局说，只要你们不再追究，我弟弟就可以从轻处理。"何刚说得吞吞吐吐，明月的笑太冷，话都冻住，结成坨。

"我做不到。"明月冷冷地说，脸可刮下一层霜，何刚感觉秋季的肃杀，思维都凋零。

"阿姨，我……我求你了……"何刚竟跪下了。

明月更反感，在这里，人来人往，像什么样子，她说："你站起来，跪在这里像什么样子。"

何刚说："你不答应，我是不会站起来的。"

"我答应你，你站起来吧。"明月说。

"谢谢你。"何刚顿时感觉夏日的火热，迅速站起来。

"但是你必须答应我一个条件。"明月胸有成竹。

何刚问什么条件。

明月一字一顿地说："从今往后你永远不能再见文秀。"

何刚蒙了，傻了。

"我做不到。"半晌，他才说出这句话。

"为了你弟弟，我希望你还是考虑考虑。"明月特意加重"弟弟"两个字。

"你已经让厂里开除了我。"何刚的话没头没脑。

明月不说话。

"工作是你给安排的，开除我，我没话说，可是叫我离开文秀，我做不到……做不到……"何刚的眼泪大颗大颗地落。

"离不离开文秀，你自己考虑吧。"明月不动声色，说完转身就走。

何刚在原地站了许久，泪也落了许久。

文秀醒了，到底醒了。

文燕正坐在她身边想心事，她便睁开眼睛，四处看。

见她醒了，文燕来不及和她说一句话，就喊："医生，文秀醒了！文秀醒了！"

医生护士们跑进来做检查。

明月和向国华正在楼道里说话，听到喊声，也跑进来。

明月拉着文秀的手，又哭又笑："文秀，你认识我吗？"

文秀点头，叫一声："妈。"

向国华也俯身向着文秀："文秀，你到底醒了。"

文秀叫一声："爸。"

向国华也流下两滴老泪。

文秀转向文燕："姐，我的头好晕，心脏跳得好快。"

"你的头受了伤，又躺了这么长时间。没关系，很快就会恢复。"文燕把脸贴在她的额头上。

何刚在门外看着，泪流满面，没命地跑，跑出楼道。

文秀看看四周，像在寻找什么。

文燕给文秀喂水，文秀摇头："姐，何刚呢？他怎么不在这里？他还好吗？他受伤重吗？"

"何刚很好，受伤不重，他来看过你。"文燕说。

"姐，你快去叫他来，我要见他，我想他。"文秀拉住文燕的手。

文燕看一眼明月，无语。

"文秀，你好好养病，何刚要是爱你，他会来看你的，他伤害了你，你又何必念念不忘呢？"明月拉住文秀的手。

"妈，他们一家人都是为了保护我。"文秀微弱地说。

"文秀，你好好养病，叫你姐去找何刚来。"向国华说。

"姐，你快去，快去呀。"文秀眼盯着文燕。

何刚一口气跑到家里，对何大妈说："妈，文秀醒过来了，文秀醒过来了。"

何大妈一下就精神许多，坐起来，笑："谢天谢地，都是你爸爸，在九泉下保佑咱们。"

何刚说："妈，你就好好将养身子，不用再担心了。"

可是何大妈脸色又阴，她提起黑子怎么办。

何刚说他去找过文秀的妈了，但是明月提出的条件却没有说。

提起明月，何大妈没有好感："说不让你去，你怎么还去找她，咱家人穷志不穷。"

何刚心里说，她妈是市长的老婆，有权有势，不找她，找谁呢？可是没敢说出口。

颜静推门进来，很蔫，坐在何大妈身边，无语。

何大妈说你不在家好好休息，又来干什么。颜静说她去看黑子了，可是警察不让见。她说找何刚有事，要出去说。何刚跟她出门，她一把拽住何刚："何刚哥，黑子要判了。"

何刚一惊，问她怎么知道的，她说是在局里听说的。

何刚无语。

颜静拉着他不松手："何刚哥，快想想办法吧，再晚，就来不及了。"

何刚仍无语。

颜静滴下泪来："哥，求你了，只有你能救黑子哥。"

何刚也滴泪，仍不知道怎么对颜静说。

何刚独自一个人在僻静的小路上走，无目的，只是走。

不知不觉走到东湖边上，东湖仍是那般静，粼粼的湖水闪着眼波。

一曲忧伤的曲子流淌起来，带着泪光，带着叹息，还有阴沉的忧郁。郁结的愤懑，融进月光，融进水波，月光轻轻地颤，水波也轻轻地颤。

周海光和红玉、超凡到火车站接专家组的同志们，专家们出了站。有魏平、马骏，是总局的，还有几位是各省地震局的，都和海光熟，海光为他们介绍唐山的同志。

正热闹着，忽听天桥上一声喊："哥……"

海光抬头，见是妹妹梦琴站在天桥上对他扬手，然后飞一样跑下来，跑到跟前，扎进周海光的怀里。

周海光惊喜过望，抱住她："你怎么来了？"

"局长说让我来唐山锻炼。"梦琴抬起头看海光。

"你来怎么不提前给我打个招呼？"周海光也看她。

"我想给你一个惊喜嘛。"梦琴在周海光的怀里扭动身子，撒娇，接着说，"哥，我想你。"抬眼，眼里有泪光。

海光轻拍她的头："别哭，不怕人家笑话？"

旁边的魏平说："梦琴想你都要想出病了。"

红玉招呼大家上车。

文秀能够坐起来了，擦脸，明月给她拧毛巾，抬头看见何刚正在门上的窗口往里看，没言声走出去："你的脸皮怎么这么厚啊。"

何刚很严肃："我是来找你的。"

明月走到一边，躲开门，何刚跟着她，明月问："你想好了？"

何刚点头："我接受你的条件，我弟弟什么时候能出来？"

"明天。"明月说得轻松。

"那好，我相信你。"何刚说，不动。

明月问他还有什么事情需要帮助，何刚说："阿姨，你能不能再让我看文秀一眼？"

"不行。"明月斩钉截铁。

"阿姨，在亲情和爱情之间，你只允许我选择一个，这很残酷，你知道吗？为了母亲，我选择了前者，我希望你不要因为我做出这样的选择而怀疑我对文秀的爱。"

明月没说话。

何刚扭头，大步走了。

明月站着，看他走，心里乱。

在楼外，何刚碰到文燕，文燕说："你见到文秀没有？她一醒来就找你。"

何刚说："我在窗子上看到她了，文燕，请你告诉文秀，我永远爱她，直到时间的尽头。祝她早日康复，叫她不要想我，不要找我，我对不起她。"

文燕不解："何刚，你在说什么呀？"

何刚把一封信交给她："这封信，等文秀出院了再交给她。"

文燕接过信，何刚掉头便走，文燕喊："何刚……何刚……你去哪里？"

何刚没回头。

文燕感到有什么事情发生了，进了病房，叫出明月，在楼道里问："刚才你是不是跟何刚说什么了？"

"啊，他是为他弟弟的事来的，说了几句就走了。"明月说得轻描淡写。

"妈，你们是不是吵架了？"文燕疑惑。

"没有。"明月说得肯定。

"不会吧？"文燕看着妈，不希望妈撒谎，对女儿撒谎。

"我说只要他永远不见文秀，我可以不追究他弟弟的责任。"明月也不想撒谎，也无须撒谎，她觉得她很正义。

"妈，你这么做合适吗？你这是仗势欺人。"文燕的声高了，脸涨红了。

"我怎么仗势欺人了？打人的是他弟弟，受伤的是你妹妹，我已经是手下留情了，你还要我怎样？"明月的声也高了，脸气得白了。

"妈，你想过没有，文秀和何刚的感情那么深，他俩那么恩爱，你是要把他们往绝路上逼呀。"文燕没感到自己在教训母亲。

"你懂什么，我是在帮文秀，他爱的不是文秀，是他弟弟。"明月也没感到是在强词夺理。

"这事要是让文秀知道，看她怎么对你说。"文燕走出几步，在病房门口站了一会儿，整理好表情，然后才进去。

明月也跟着进去了。

何刚提着一大兜吃食走进家门，见妈，强颜欢笑。何大妈能下床了，下床就洗衣服。

"妈，你的病还没好利索，怎么又洗衣服？"

"病长在我身上，我心里有数。"

何刚把东西放在桌上，何大妈扶着腰站起："买这么多东西，去看文秀呀？"

"不，是给你买的。"

"给我买这些东西干什么？快去给文秀送去，她得好好补补。"何大妈坐在床上。

"妈，告诉你一个好消息，黑子明天就可以出来了。"何刚继续强颜欢笑。

"真的？"何大妈笑了，笑得真。

"妈，还有一件事，我们单位派我出趟差，现在就得走。"何刚笑着说。

"出差？文秀刚好，你不会和单位说说，让别人去？"何大妈不解。

"妈，咱是先进生产者，咋能提这样的要求呢？"

"也是，不能因为咱自己的事耽误了公家的事。"

"妈，我这次出差时间比较长，您自己可要注意身体。"何刚笑不出来了。

"没事儿，你就放心去吧，黑子也就出来了。"何大妈仍笑。

何刚不知还需说什么，什么也说不出，起身向外走去。

何大妈到门口送何刚。

何刚走出一截，何大妈叫住他："出门在外，多注意身体，别舍不得花钱，回来也别给我买这买那的。"

何刚答应："知道，妈，回吧。"

何刚走出一截，何大妈又把他叫住："文秀知道你出差吗？"

“着急走，没告诉她。”

“回头我告诉她。”

何刚边走边回头：“妈，回吧。”

一会儿，何大妈又叫：“若是时间长了，务必给我捎个信来。”

何刚笑：“知道。妈，回吧。”

何刚朝前走，走到街道拐角，回头，看见妈还在门口望，招手喊着："妈，回吧。”

妈也招手。

何刚拐弯，家不见了，前面是大路，是陌生的人流。

眼泪，便落下来。

何刚扶着电杆，痛苦地喊了一声："妈……”

文秀醒过来两天，没见何刚，问文燕："姐，你说何刚会来看我，怎么两天都没有来呀？”

文燕不说话，低头。

“姐，你去找他了吗？我想他，你去叫他呀。”

文燕抬头看明月，明月正看她，脸沉。

“姐，你快去呀。”文秀推姐。

文燕不动，也不抬头。

“你不去，我自己去。”文秀坐起来。

明月把她按住："文秀，听妈的话，你要克制自己。”

“妈，我求你了，我要见他，妈，让我姐姐把他叫来，我求你，妈。”文秀拉着妈的手。

“文秀，你好好养病，听话，啊。”明月流泪。

文燕也流泪。

文秀看出不对，看妈，看文燕。看谁，谁就避开她的目光。

“妈，何刚他不会不来看我，你把何刚怎么了？是不是你把他赶走了？”文秀仍拉着妈的手。

明月的泪大颗大颗地往下掉，扭头，走出去。

文秀在后面喊："妈……妈……"

明月没回身。

文燕坐到她身边，握住她的手："文秀，你冷静一点好吗？"

"姐，我想何刚……姐……我想……"文秀扎进文燕的怀里，哭。

"文秀，何刚他……走了……"文燕也哭，哭着说。

文秀止住哭，愣了。

"何刚他走了。"文燕再说。

"走了？去哪里了？"文秀问。

"他为了黑子，答应咱妈永远不见你。"

文燕看着文秀，有些怕。

"为什么呀？"文秀眼神茫然，茫然的眼神看文燕。

"文秀，听姐的话，别着急，好好养病，等你病好了，姐和你一起去把何刚找回来。"

文燕搂住文秀。

"姐，这是为什么呀？这是为什么呀……"文秀一头扎进文燕怀里，大哭。

整个楼道都听到哭声，人皆侧目，看不到谁哭，只看到明月在病房门口无声地擦泪。

梦琴在海光的宿舍里收拾屋子，拉开抽屉，见到文燕的照片。看一看，笑一笑，放回抽屉，继续擦桌子。

郭朝东到地震台，和专家组的专家见面。开完会，周海光回宿舍，一进门，梦琴就把他抱住："哥，开完会了？"

双手挂在他的脖子上。

郭朝东正好路过，看见了，觉得很奇怪，又退回来，看得仔细。

"开完了。"周海光看着梦琴笑。

"我在北京可是天天想你呀，你……有没有想我？"梦琴歪着头问。

"想，当然想，你都问我八遍了。"海光笑。

郭朝东脸上也现出不怀好意的笑容，笑着离去了。

"撒谎，我看你根本就不想我。"梦琴撒开海光。

"向毛主席保证，我没骗你。"海光很认真。

"我看你是整天想她吧？"梦琴拉开抽屉，拿出文燕的照片，在海光的眼前晃。

海光不好意思："一个朋友。"

"一个……那种朋友吧？"梦琴做一个手势。

海光点头承认。

"好呀你，有了女朋友都不告诉我一声。"梦琴撒娇。

海光说八字还没有一撇，话没出口，梦琴就说："等入了洞房再告诉我啊？"

海光只好承认错误，然后说他还有事，要出去，晚上请她吃好东西。

梦琴让他早点回来，海光答应着走出去。

海光出去，梦琴捧着文燕的照片反复看，女孩子看女孩子，自有一套标准。

晚上，郭朝东来到文燕的宿舍，来看她。

文燕和他话少，让他坐着，自己叠衣服，边叠衣服边没话找话："专家们到了？"

"到了。"郭朝东不傻，知道文燕的心思不在专家身上，他很知道文燕和他话少，心里难受，抬头看墙。墙上竟挂着周海光的照片，他心里更难受。

"听说……周海光的女朋友来唐山了。"看着照片，郭朝东悠悠地说。

"海光有女朋友？"文燕惊讶，停下手，抬头。

"怎么，你不知道？"郭朝东故作惊讶，装得很像。

文燕把衣服放进衣柜。

"朝东，太晚了，你走吧。"文燕说着，没笑意，也没歉意。

"我再陪你一会儿吧？"郭朝东意外。

"不用了，我明天还要上班呢。"文燕不需要。

郭朝东只好走。

文燕关上门，很猛，很响。

然后，背靠在门上，半晌没动。

清晨，向文燕穿一身红色运动衣在路边跑，依旧英姿勃勃。

在地震局门口，不见周海光等她，她在原地跑步等，仍不见来，于是就跑到机关，又跑到周海光宿舍窗下，敲窗，没有人应。

她只能跑出去，脚步迟涩。

周海光陪专家组立即在唐山展开全面考察，这是连轴转的几天，几乎没有回过机关。好容易考察基本结束，周海光回到机关，给向文燕打电话，向文燕却不在。

考察结果既乐观又不乐观，各种数据都显示异常现象已经全部恢复。

唐山将没有地震的威胁。

接下来的将是论证，周海光将怎样对待自己的观点？这对他来说是一个难题，这个难题使他把一切都忘记了。

但是不能忘记向文燕。

向文燕也不能忘记他，她给他打过电话，他不在。

这使她难免疑惑。

考察基本告一段落，周海光才想起这些朋友到唐山，还没有请人家吃一顿饭。他叫上梦琴上街，买些面粉和肉馅，想在宿舍里包一顿饺子，大家团聚一下。

海光心情很好，梦琴的心情也很好。走在大街上，两人嘴里不停地说，像小孩子。

文燕下班回家，正看见他们提着网兜往回走，不知道为什么，说不清，她转身站在路边，没叫海光。

梦琴说："哥，你怎么不叫她也一起来呀，叫我也见见，给你参谋参谋。"

说着，由文燕的身边走过去。

走过去，还在说："哥，你有了她，就不喜欢我了吧？"

"怎么会呢，你可是我唯一的妹妹。"周海光说。

说着，走远，文燕站在原地，看他们的背影，看了很久。她没见过这样的兄妹。

晚上，大家都聚在海光的宿舍，一起包饺子。丁汉也来了，他一来就更热闹了。丁汉一边和别人寒暄，眼睛一边在屋子里找，找到梦琴的眼睛，便不动了，梦琴便低下了头。

包着饺子，丁汉问怎么没把文燕叫来，海光说临上街就打过电话，文燕下班了。

马骏便问文燕是谁，海光脸一红，大家便明白，魏平说："海光，你小子不哼不哈的，找上女朋友了，也不让我们认识认识？她长得什么样？"

"就那样呗。"周海光不是贬文燕，是不好意思。

"什么就那样呗，他的女朋友啊，长得非常漂亮，还是市……是外科医生。"丁汉一高兴，差点说走嘴。

魏平说："这回梦琴要吃醋了吧？"

梦琴脸一红："你胡说，我是怕哥哥有了女朋友，就不疼我了。"说着，偷看丁汉，丁汉也正看她，又低头，擀皮。

海光笑："你想到哪里去了，我不心疼你，心疼谁呀。"

丁汉也笑："就是，你哥把你从砖头堆里抱出来，你还不到七岁，一手把你带大，走到哪里，带到哪里。"

梦琴朝丁汉一瞪眼："我知道我哥对我好。"

海光便说起，有一次家里的灯泡坏了，海光换灯泡，不小心旧灯泡掉在地上，摔了，把梦琴惊醒，看到灯泡晃悠，吓得大哭，拉着海光朝外跑，说是地震了。

众人都笑。

梦琴笑得流泪："我现在不是懂事了吗？"

然后，还流泪，是伤心，想起过去。

魏平催梦琴去给大家煮饺子，她才悄悄擦干泪。

丁汉始终看着她。

吃完饺子，海光、梦琴和丁汉在街上走。海光说要去看一看文燕，让丁汉陪梦琴。梦琴要和海光一起去看文燕，海光说："你和丁汉那么长时间没见面了，你们说说话，改天我带你去见文燕。"

梦琴噘噘嘴，没说什么。

文燕在家里吃过饭，又回到宿舍，睡不着。脑子里老是周海光在转，还有梦琴，还有他们的对话。

有人敲门，是周海光，文燕一喜，继而犹豫，不知应该不应该给他开门。

周海光见没人应，以为文燕没在，转身走，走出不远，门开了，文燕站在门口，眼里有泪。

海光诧异，问她是不是睡了。文燕说是。海光说既是这样，就睡吧，不打扰了。文燕说你走吧。

海光便走。

走出不远，文燕叫他，跑过来，扎进他的怀里哭："可是我睡不着，我睡不着。"

海光问她怎么了，她又不说。

海光便解释，这几天出去考察了，给她打过电话，她不在。

文燕只是哭，海光要给她擦泪，她推开海光："不用，没事了，你走吧。"说完，自己往宿舍走。

海光更不知怎么回事，说："你心情不好，我陪陪你吧。"

文燕说："不用了，你还是回去陪她吧。"

说完进屋，关门，海光被关在门外。

"你说什么呢？"海光敲门。

"我说什么你自己不清楚吗？"文燕背靠门。

"你把我说糊涂了，我根本不知道你说什么呢。"海光对着门讲。

"我说让你回去陪她，陪你那个女孩子，这回你听清楚了吧？"文燕靠着门讲。

"文燕，你先把门打开，听我解释啊。"

"我不想听，你走吧。"

"你误会了。"

"误会？我亲眼看见的。"

海光静下来，想了想，有些明白："文燕，你说的那个女孩是我的妹妹，是我在邢台地震的时候救出来的孤儿，虽然我们没有血缘上的关系，但是比我的亲妹妹还亲，她是随专家们一起来的，这几天一直住在我那儿。如果你接受不了的话，我也没办法。你休息吧，我走了。"

说完，便走。

门开了，文燕慢慢走出来。

海光没有察觉，仍往外走。

一双常春藤一般柔软的手臂从后面抱住他，他站住。

"除了你妹妹，还有和你亲近的女人吗？"文燕抱着他问。

"有。"海光没有回头。

文燕的手松了。

"就是你。"海光转身，将文燕抱住，抱得紧。

月亮很好，很好的月亮照下来，照在小花园里，照着丁汉和梦琴，他们坐在一条长凳上。

扯了一些别的，丁汉问她有没有男朋友，梦琴说你怎么净爱打听女孩的私事，丁汉说这是关心。梦琴说她谁也不跟，就跟着哥哥，要不哥会伤心。

丁汉大度："是呀，海光辛辛苦苦把你带大，十多年风风雨雨，不容易啊。"

一说起海光，梦琴的话便多："哥从小就对我好，从来不说我，更不打，我要什么哥就给什么。那时候我七岁吧，看到别人有姥姥，我也要，要姥姥。哥说，咱们去北京找姥姥吧。我说好啊。那时候，我不知道邢台离北京有多远，还以为出了家门一拐弯就到了呢。"

"那是你第一次去北京吧？"丁汉听得投入。

梦琴点头："是。我们没钱坐火车，哥手里只有一块钱，我们是走着去的。我走不动了哥就背我。一路上，我老是要吃要喝的，没出邢台，哥那一块钱就花没了。"

"那怎么办？"丁汉焦急。

梦琴流泪："后来哥是要饭把我带到北京的，我对哥说我想吃肉，哥就去要，被人家打得鼻血直流。不过我还是吃到了肉。"

梦琴又笑，流着泪笑。

丁汉也笑，转着泪笑。

"我的名字还是哥起的呢。"梦琴含着泪说。

"那你以前叫什么？"丁汉问得专注。

"以前的事我不记得了，我只记得，一睡觉就梦到一个女人弹琴，我好害怕。哥说，小妹你别怕，她是你的妈妈，你要记住她，哥以后就叫你梦琴吧……"

梦琴说不下去了，趴在丁汉肩上，大哭。

丁汉轻轻拍着她，看月亮，一片云彩掠过月亮，月亮躲了起来。

文燕来到何大妈家，说自己是向文燕，文秀的姐姐，何大妈高兴得不知道怎么接待。

文燕说："大妈，文秀让我来看看您。"

何大妈更高兴，连问文秀可好些。

文燕说很好，还有两天就出院了。

大妈就说想去医院看一看文秀，不知可方便。

文燕说："大妈，您身体不好，就别去了，等文秀出院，她会来看您的。"

何大妈说也好。

文燕便问何刚到哪里去了。

何大妈说："何刚出差了，听说得一阵子才能回来。"

黑子和颜静走进来，脸色都不好看。

黑子一出来就找哥，妈说哥出差了，没当回事，颜静心眼儿多，拉上黑子去厂里找，张勤说他让厂里开除了。去哪儿了，不知道。

这么说哥是失踪了，像风一样没有影子了。

黑子和颜静都很失落。

回到家，正听何大妈跟文燕说话，便嚷："妈，我哥他根本没有出差，他是让厂里开除了。我刚去了厂里。"

何大妈一听，傻了，身子晃。

黑子把妈扶住："妈，这一定是文秀她妈捣的鬼。"

"肯定是。"颜静附和。

这句话使大妈醒过神来："你们别瞎说。"接着，对文燕说："文燕，孩子们不懂事，你别往心里去啊。"

文燕很尴尬。

黑子和颜静也尴尬。

"大妈，何刚的事我再去问问。"文燕说着，起身。

"文燕，不用问了，何刚打架让厂里开除也是应该的。"何大妈很刚强。

文燕不知说什么好，说了句您多保重，就走了出来。

走出不远，就听一声拖得极长的号哭："我那苦命的儿啊……"

文秀抱着双腿坐在床上，看天。

回忆如风筝，向天上飞。

大雨倾盆，农村的小路，泥泞不堪。

何刚吃力地拉着车，车上躺着文秀，身上盖着棉被，棉被上是雨衣，雨衣难遮雨，浑身已浇透。

"何刚哥，雨太大了，别走了。"文秀由被里探出头来。

"你这么多天高烧不退，怎么不早点捎个话来，再耽误下去是有生命危险的。"何刚不回头，使劲拉。

文秀哭，拿被子蒙上头。

这是在他们下乡的时候。

艰难成为记忆，记忆却甜蜜。

文秀笑了，看着天上笑。天上一丝云彩也没有，是一片空旷的蓝。

明月进来，见女儿在笑，高兴，坐在床沿上说："文秀，想什么呢？来，跟妈说会儿话。"

文秀笑容收敛，无语，头也低下。

"文秀，你怎么了，倒是跟妈说句话呀。"明月心酸。

文秀不但无语，头都扭到一边。

明月的眼圈红了："文秀，妈求你别这个样子，好不好？妈心里也不好受……你说妈能害你吗？有什么事，等你好了再说吧。"

文秀不答，眼泪往下落，沉重如珠。

医生进来，提醒明月，文秀现在需要安静，不宜激动。

明月往外走，忽然转身："文秀，你不要这样，妈求你了，是不是妈把何刚找回来你就好了？"

文秀一震，扭回头，看妈，挂着泪："我不用你找他，我才不找他呢。他都不要我了，我找他干什么？你不用求我，我求求你，我应该求你才对啊，我求你不要再和我提何刚了，行吗？我求求你不要再到医院看我了，让我一个人安安静静地待一会儿，好吗？我求你了，我求你了，妈，心疼我的妈。"

明月哭了，捂着脸，哭着走出病房。

身后，文秀也在哭。

明月站在楼梯口哭，哭够，擦眼睛。

文燕走来。见到文燕，明月的眼睛又湿："文燕，你说文秀该怎么办呢？这样下去她非疯了不可。"

文燕的气色很冷："那也是你把她逼疯的。"

明月受不了："你这孩子怎么这样和妈说话？"

"妈，我问你，何刚被钢厂开除跟您有没有关系？"文燕是在质问。

"何刚被开除跟我有什么关系？"明月有些心虚。

"妈，你把何刚和文秀几年的感情活生生给毁了，你还嫌不够，又

109

让何刚失去了工作，你叫何家怎么生活？"文燕生气了，不大生气的人，生起气来更可怕。

"文燕，你这是跟谁说话呢？啊？我这么做是为了文秀，难道我为女儿幸福着想也错了吗？"明月更生气，气两个女儿都不理解自己，自己的爱。

"妈，我真没想到，你会用这么卑鄙的手段。"

"文燕，我是你的母亲，你怎么能这样和我说话？"

文燕的口气缓和，努力缓和："正因为你是我妈，我的心里才会这么难受。现在，何刚没了工作，人也不知道去哪儿了，文秀整天唉声叹气，神情恍惚，像这样，你就满意了？这就是你给女儿的幸福？"

明月呆呆地看文燕，不说话。

"妈，如果你真为文秀着想的话，就应该尊重文秀的意见，尊重她的选择，您没事的时候好好想想，行吗？我求求你了。"

文燕说完，朝病房走。

明月呆立，喃喃自语："为什么都来求我？我怎么了？我到底怎么了？"

周海光烦，烦就走到东湖，坐下看水，这里似与他前生有缘，今世也有缘。

一双手从后面蒙住他的双眼。不用猜，是梦琴："别捣乱，让哥安静地在这儿坐一会儿。"周海光没动。

梦琴也坐下，问他到这儿干什么来了。

周海光说："我要搜集有力的证据，来证明我的观点是正确的。"

梦琴问可搜集到了，海光说没有，梦琴便拉他回去。海光不想回去，但梦琴想回去，她天生好动，坐不住。海光只好依她，往回走，梦琴双手抱着他的胳膊走，这样走她高兴。她问什么时候让她见一见文燕，周海光却说："为什么前兆突然消失了呢？难道我的观点错了？"

梦琴吓一跳，问他叨咕什么呢，海光问她："梦琴，你觉得我的那个唐山有大震的观点对吗？"

“对，非常对。”梦琴不假思索。

周海光很高兴，这些日子以来，这是唯一一个坚定支持自己的人，忙问：“你的依据呢？”

“依据就是，你是我哥，说什么都对。”梦琴仍不假思索。

周海光哭笑不得，唯一的支持者，论据竟如此糊涂。“我若是错了呢？”他仍希望梦琴有一些关于业务的见地。

“错了也对，因为你是我哥。”

更难以作为论据。

周海光不得不苦笑：“我有什么事做得不对吗？”

“结婚不对。”梦琴的观点同样明确。

周海光问她为什么不对。

梦琴说：“你结了婚，就会把我赶出去，我不想那样。”

周海光不得不对她说已经说了无数次的话，说他不会叫她一个人出去的。

梦琴笑，笑得有些古怪：“就算你答应了，嫂子也不会答应，哥，你永远不结婚好不好？”

周海光没有觉察梦琴的古怪，无心地说：“你放心，哥绝对不会乱给你挑嫂子。”

梦琴不说话，神色黯然。

向国华拿着水杯由楼上下来，明月坐在沙发上看他，越看越来气，从来没有这样不顺眼，坐不住，站起来嚷：“你那两个宝贝女儿你也不管管，太不像话了。文燕冲着我发了两回火，文秀这两天一句话都不和我说，我辛辛苦苦把她们扶养成人，她们怎么能这样对待我？奇怪了，打人的没错，倒是都冲着我来了。”

向国华笑。他笑，她更气，又坐下，喘。

向国华收起笑容，一脸严肃：“明月，王军仗着他父亲，在唐山无法无天，和几个小流氓常欺负文秀，这次的事情是王军找到何家欺负文秀，又动手打了何刚和他母亲，他们一家人为了保护文秀，误伤了文秀，应该法办的是王军那伙人。"

"我是叫你管管你的女儿，别东拉西扯。"明月认为向国华严重跑题。

"你借这件事把文秀和何刚拆散了，文秀肯定对你有气啊，文燕对你的做法也看不惯，说明文燕在部队里锻炼得成熟了。"向国华坐下，慢条斯理地说。

"都是让你宠坏了，你知道吗？"明月生气，又站起来，指着向国华。

"啪！"向国华一拍茶几。

明月吓一跳，她没想到向国华会生这么大气。

"明月，你怎么就不想想自己都做了些什么呢？"向国华怒问。

明月不说话。

"你到公安局说三道四，这还不够，又给钢厂打电话，让钢厂开除了何刚，你这不是仗势欺人是什么？你想没想过文秀和何刚的感受？想没想过何家怎么生活？你作为母亲，这是疼爱文秀吗？你不同意两个孩子的婚事就不说了，你凭什么利用权力和关系，把一个先进生产者从厂里开除？你这样做光彩吗？我都为你感到耻辱！明月，我看你是越活越糊涂了，你还有点共产党员的样子吗？"

向国华越说越气，拿起水杯往地上一摔，水杯粉碎，然后，上楼。

明月呆了，看着向国华，一句话没有。

走到楼梯口，向国华又回身："你要尽快想办法恢复何刚的工作，找回何刚，承认错误。公安局已经在抓捕王军一伙了，我就不信没有王法了。"

说完，上楼。

明月倒在沙发上，发呆，泪珠儿一滴滴滚落下来。

鸿运饭庄是唐山最大的饭庄，也是历史最久的饭庄，客多。

周海光和梦琴坐在一个僻静些的角落。

梦琴对这里的环境很满意，周海光说文燕在这里请他吃过饭，他也在这里请她吃过饭。

"哥，你今天点的菜都是她爱吃的吧？"梦琴突然问。

"你怎么知道？"周海光奇怪。

"因为没有你爱吃的。"梦琴还想说什么，就见文燕走进来，笑吟吟的，兴致很好。周海光向她打招呼，她走过来，周海光把梦琴介绍给她，也把她介绍给梦琴。

两人笑着互看，看得仔细。

梦琴叫了一声文燕姐，叫得文燕春光明媚，拉她坐下。

服务员上菜，开始吃饭，周海光给文燕和梦琴各夹了一箸菜，文燕受着自然。梦琴看着不自在，忘了吃饭，盯着看。

"梦琴，吃饭，别光看着。"海光提醒梦琴，然后继续和文燕说话。

梦琴夹起一箸青菜，放进海光碗里。

文燕看着，心一沉。

周海光夹起一块鱼放进文燕碗里，文燕一笑，看海光，有深情。

梦琴看文燕的眼睛，不舒服："哥，你也吃呀。"话不多，有深意。

文燕察觉，不好意思，夹起一块鸡放进海光碗里："海光，别光给我夹菜，你也吃。"

海光笑，笑出幸福。

梦琴从海光碗里把鸡夹出来，放进菜盘："我哥最不爱吃鸡。"

文燕怔住，看一眼梦琴，低头吃饭，只吃进一粒米。

梦琴看见，也低头吃饭，吃不进。她站起来冲海光一笑："哥，我去洗洗手。"转身离去。

海光也看出有些不对，对文燕说："梦琴心直口快，你别往心里去。"

文燕尽量表现大度，一笑："能看出来她对你非常关心。"

"从小她就是我的尾巴。"海光说得轻描淡写。

梦琴好半天没回来，服务员却端上一盘土豆烧牛肉。

海光纳闷地问："我们没要这个菜呀？"

服务员说："是和你们一起来的那个姑娘要的，她说让你多吃点，她先走了。"

海光看看文燕，尴尬地笑："她知道我最爱吃这个菜。"

文燕无言，夹起一块牛肉，往海光碗里放，手一颤，掉下。

又夹起一块。

吃完饭，海光送文燕去开滦医院，也想一起去看一下文秀，两人在街上走，文燕半晌没话。

"文燕，你怎么了？"海光问。

文燕抬头，幽幽地说："梦琴比我了解你。"

"梦琴从小和我在一起，当然了解我了。"海光解释。

文燕又无语，低头走。

"文燕，我跟你之间的关系和她是不一样的。"海光进一步解释。

"你们之间的感情更深些。"文燕没抬头。

"那是亲情。"

解释无效。

文燕抬起头来："好了，我去看文秀，你就别进去了，我怕我爸我妈在，有时间我会打电话给你。"

说完，快走。

海光不能去看文秀了，只能看着文燕走。

看着她走出很远，他才发觉离医院还有好一段距离。

大自然不动声色地酝酿着一个恐怖的日子，距离这个日子还有二十一天。

专家组考察结束，开始和地震台交换意见。

魏平首先发言："根据对唐山地区的勘测分析，目前唐山没有出现震前异常，倒是北京和天津的形势进入了紧张状态。"

马骏也说："根据以往的经验，地震前都有临震异常发生，尤其是小震闹，大震到，几乎成为常识，可是唐山却没有，所以我认为唐山近期不存在大震的危险。"

周海光仍然坚持自己的意见："马骏，过去的经验的确值得注意，但是地震前兆突然消失这样的例子以前是没有过的。这或许是大自然在和我们捉迷藏。大家可不可以这样设想一下，这种现象本身会不会就是地震的前兆呢？"

周海光的意见又和专家组的意见冲突。

谁也不能说服谁，大家都在认真地摆自己的论据。

会议一直开到深夜。

深夜，会议室里还传来周海光的声音："难道各位不认为，在唐山出现过的异常，用和林格尔地震来解释，似乎偏西；用大城四点四级地震来解释，震级又小了点。所以我认为唐山地震依然存在。"

文燕来到报社找丁汉，想让他在报纸上登一个寻人启事，找何刚，两人在院子里碰上，就在院子里说。

丁汉说登寻人启事没问题，但是要经明月批准。怕是不会同意。他让文燕好好劝一劝文秀，别太着急，何刚那么大的人了，应该不会出什么问题，没准儿过两天他自己跑回来呢。

文燕点头，也只能如此。

丁汉接着问她和海光最近怎么样。

"还行吧，挺好的。"文燕幽幽地说。

丁汉一听就知道出问题了，问是怎么回事。

文燕说："就是觉得自从梦琴来了以后，海光和以前不一样了，梦琴对海光的感情也很深的。"

别的，她没往下说。

丁汉劝，说海光与梦琴的关系，那是两个孩子从废墟里爬出来相依为命，不容易，感情不深才怪呢。他很正经地说："文燕，相信我，海光对你是真心的。"

文燕很感激地点点头，要走，丁汉叫住她，说："海光这阵子特别忙，地震预报的事弄得他焦头烂额，我听说昨天的会上，因为意见不统一，还差一点和郭朝东大吵起来。你回头要多安慰安慰他。"

文燕一笑，笑得明朗。

黑子和颜静在路上走，一人拿着根绳子，去找活路。因为何刚闹的，他们好些天没有进项，快被钱憋住了。

　　一路走，颜静一路安慰黑子，别为何刚过于发愁，他也不是一个小孩子。可她是个存不住事的，安慰两句就忘了安慰，还提这个事。

　　"何刚哥能去哪儿呢？"一脸担忧。

　　她担忧，黑子便恨："妈的，都是王军那小子惹事，要是看见王军马上告诉我，我非宰了他不可。"

　　"黑子哥，我和你一起去杀了那几个王八蛋得了。"颜静不怕事，有事，反而兴奋。

　　"你留着嫁人吧，用不着你。"黑子哼一声。

　　"嫁什么人哪？我就跟着你，赖着你，你别想把我打发出去。"一下捅到颜静的心事，她便急。

　　"等你变成老太婆了，看谁要你。"黑子依旧不当回事。

　　"没人要更好，这辈子我就跟着你了。怎么样，够哥们儿吧？"她拍一下黑子的肩膀。

　　"跟着我？非饿死不可，就咱俩挂坡这点钱，还不够一个人吃饭的。"黑子甩了下绳子，抒发感慨。

　　颜静笑了："这话我爱听，你不会是看上我的手艺了吧？"

　　"我可不想你叫人家抓住连我一起打。"黑子斜一眼颜静。

　　颜静颓丧，朝黑子翻白眼，恨得咬牙，这确实是一个浑蛋，浑得一点缝都没有。

　　文秀出院了，向国华和明月，还有文燕一起接她出院。

　　在家里，她仍是沉默。

　　黑子与颜静受何大妈之托，来看她，他们也没有何刚的消息，她就更沉默。

　　她沉默，明月不敢招惹，向国华忙，只有文燕陪她。

　　见她实在无法振作，文燕把何刚的信给了她，给完，自己就走出去，在楼下听动静，她怕会发生什么意外。

文秀独自一人在屋子里看信："文秀你好，请原谅我的不辞而别，我知道，我的离开会让你伤心、让你难过，无论我走到哪里，身居何处，也永远走不出你的思念和牵挂，你是长长的丝线，我是永远的风筝。但我必须这样做。其实，我是多么希望每天每夜时时刻刻守候在你的身边，疼你，爱你，照顾你。可遗憾的是，我必须离开，我没有其他选择。不要问为什么，也不要抱怨任何人，更不要为我担心……"

眼泪滴下来，滴在纸上，满纸云烟。

"我走之后，你要安心养病，使自己尽快恢复过来。不管你我将来是什么样子，你都要好好地生活。假如有一天命运可怜我们，让我们在合适的时候相遇，我唯一的奢望，是你能够为我跳一支舞，而我，依然会为你吹奏那一支曲子，那只有我经常为你吹，却没有名字的曲子。现在，它有名字了，它叫——思念。"

泪水与哭声伴随止不住的哀伤四下蔓延。

泪水把时间滴碎，碎成如云母一样的星星点点，在空旷的空间中闪烁。

哭声把空间割裂，裂成丝丝缕缕，晶亮如银丝在幽深的时间中飘移。

学校大门外，几个男生把文秀围住，一个男生用一把小刀在文秀脸上晃。文秀吓得说不出话。

就在这时候，何刚走过来，推开他们，拉着文秀便走。

男生的刀子扎进何刚的肚子。

男生们跑了，文秀惊恐地看着何刚，看着他身上汩汩涌出的血。

文秀躺在床上，额头上放着叠起的毛巾。

何刚坐在小板凳上，吹着口琴，炉子上的药铫冒着热气。

何刚摸着文秀的额头，端着碗喂她吃药。

"文秀，你就别回生产队了，我干临时工挣的钱，能养活你。"何刚说。

文秀流着泪点头。

雨天，何刚赤裸着上身，把衣服撑开罩在文秀头上，两人在马路上走。

来到文秀家的小楼，何刚把衣服拧干穿在身上。

"何刚哥，这就是我以前的家，我爸恢复了市长的职务，进去见见我爸我妈，好吗？"文秀说。

"不去了，你现在是市长的女儿，我为你高兴，以后我也不用为你操心了，你回家吧，我回去。"何刚说。

文秀看着何刚，含情脉脉。

何刚看一眼文秀，转身离去。

"何刚，何刚！"文秀大喊着向何刚扑去。

何刚转身，文秀扑进他的怀里："我喜欢你，我要你一辈子照顾我……"

雨把他们浇铸在一起。

文秀挥洒着眼泪站起来，轻盈起舞，和着那熟悉的曲调，那流淌的口琴声。

破碎的时间与空间在乐曲与舞蹈中重新整合，成为一个完整的现在进行时。

夜深沉，天空没有星光，巨大的城市就是星光海。

周海光在宿舍里翻着资料。

敲门声，向文燕在海光惊喜的目光中走进来。

"梦琴不在？"文燕笑。

"她回宿舍了。文秀出院了？"海光也笑。

文燕坐在床上，翻资料，看不懂，只是随意翻。

"我最近太忙，没有时间去看你。"周海光也坐在她对面说。

"我想帮你，可我又不懂。"文燕轻轻把材料推开。

"就像我不懂医学。"海光把材料摞起。

闲聊，文燕是听了丁汉的话，来给海光一些安慰，不只是安慰，也许还有一些提醒，怕他吃亏。文燕故意往医学上扯，说医院遇到疑难病症，也是要请专家会诊的。海光问她可曾怀疑过专家的结论，文燕说没有。

"在医疗诊断方面可以用各种手段，可以直接看到人的内部器官甚至大脑。可是诊断地球就不那么容易了，我们看不到地球内部的病变，比如岩石的移动和岩浆的流动。"周海光颇多感慨。

"你一直认为唐山有大震，可你的依据是什么？"文燕笑问。

"我要是能拿出依据，就不要专家来会诊了。地震预测，不要说手段不完备，理论框架都没有完善。一切都需要摸索。"海光没笑，很认真。

"可是你要坚持你的观点，就应当拿出依据来，才能说服人。"文燕说。

"震前预兆突然全部消失，在理论上我无法解释，我认为这是非常可疑的现象。"海光说。

"可你这样根本无法说服专家们。"文燕说。

"我的预感告诉我，唐山近期有大震。"海光说。

"海光，你要接受上次的教训，我们是要相信自己，但也不能太自信了。"文燕的话逐渐严肃。

"我就是吸取了上次的教训，才认为我是对的。"海光也越来越严肃，像在会议上发言。

"海光，你面对的是国家地震局派来的专家，不是演驴皮影的草台班子。你要是认为科学的真理只掌握在你一个人的手里，未免有些狂妄了。"文燕的话说得重了，自己不觉，一颗心只在周海光的身上、在他的事业上。

周海光突然一拍桌子站起来，两眼直直地盯着文燕。

文燕从没见过他这个样子，吓呆了。

"文燕……文燕……你……"周海光的嘴唇哆嗦，说不成话，好像忍受着极大的怒火，又坐下。

"你干吗发这样大的火呀？我是为你好，怕你吃亏，才和你说这些的，没想到你……"文燕很委屈，被误解的委屈，委屈便生气，她站起身，往外走。

海光意识到自己的失态，拉她，但被她甩开。

只好眼看着她走。

明月做好了早饭，文秀出人意料地下楼，明月一见很高兴："文秀，你怎么下楼了？快上去，妈把饭给你送上去。"

文秀不理，往外走。

明月叫她："文秀，你不能出去。"

"你别管我。"文秀大声喊，喊声中有哭腔。

文秀走出去。

明月追出去。

但是，追不回来。

第四章　一曲心魂

周海光脸色阴沉，丁汉看着他暗笑，两人在街上走。

"和文燕闹别扭了，跑我这儿来搬救兵？"丁汉笑着看他。

"我心里实在憋得很，出来散散心，和你聊聊。"海光低着头走。

"你也是的，文燕她是想劝劝你，怕你吃亏，你倒好，拍桌子瞪眼睛，把人家气跑了，这下你踏实了。"丁汉说。

"我当时也不知道从哪里来的火。"周海光很有悔意。

"海光，你要知道，目前什么事都是政治第一，再说了少数服从多数也是我党一贯主张，难道你……就算你不怕，可你也要为文燕想想。"丁汉趁热打铁，对海光进行开导。

"我不是不为她想，可我是搞地震研究的，是以科学的眼光来看待实际问题，而不应当是政治。"海光仍不开窍。

"傻吧你。现在什么事不讲政治？你以为别人都和你想得一样啊？文燕关心你，你却伤了她，你说你呀？啊？"丁汉最后的话语意模糊。

海光不懂他那个"啊"是什么意思，只问他应该怎么办。

"你有空去跟她认个错，说说好话，文燕喜欢你，我想她会原谅你。我也和文燕说说。"丁汉拍拍海光的肩膀，很严重的问题，让他说得很轻松。

海光只好点头，仍是愁容满面。

文燕上班，坐在外科医办室里，面无表情，心飞着。

敲门声响起来，文燕喊了一声"请进"。

门开了，周海光笑容可掬地站在门口。

文燕心一跳，如风吹水，面动涟漪，随即收敛，保持阴沉，看一眼海光，转过头去。

周海光干站着，不知道是应该进去，还是应该回去。

半天没反应，文燕又回头，见海光还在那里站着，像被老师罚站的学生，不由露出一丝笑意，迅即低头。

一丝笑意被海光捕捉，他大胆走进来，把一摞寻人启事放在桌子上，仍站着。

文燕看到寻人启事，很高兴，但不表示，也不看，看着病历。

"文……文燕……都是我不好，我不该对你发脾气，你别生气了。"周海光终于吭哧出这一句话。

文燕抬头，见海光低头垂首，脸上亮晶晶，全是汗。

"我哪有那样大的气呀，瞧你急得一头汗。"文燕一笑。

海光立刻轻松，堆出许多笑，笑出积攒多时的歉意。

文燕拿起寻人启事看，发现里面有一张纸条："这是什么？"

"我写的检查。"海光答。

"给我的？"文燕问。

"嗯。"海光点头。

"用不着。"文燕表态。

"那你还给我，我留着下次用。"海光很真诚。

"下次？下次写检查也没有用了。"文燕板脸，但打开纸条，上面只写着三个字——我爱你。

"无聊。"文燕假装白了一眼海光，眼里有喜，接着眼光一点。

海光看着文燕笑，笑着坐下。

文燕翻着寻人启事问："这是你想的点子？"

"是丁汉帮助印的，台里的人出去考察，走到哪里，贴到哪里，何刚要是看见了，一定会和咱们联系的。"

文燕终于痛快地笑了："海光，谢谢你。"

海光没来得及表示什么，外科黄涛主任就走进来，看到文燕笑，故作惊讶地说："文燕，刚才还愁云密布呢，怎么这么一会儿就雨过天晴了？"

文燕不好意思，低头不语。

海光站起来："黄主任，您好。"

黄涛笑着说："海光，要想做我们医院的女婿，可不能欺负我们文燕呀。"

文燕赶紧说："黄主任，人家没有欺负我。"

黄涛板脸，"呵，你还没出嫁呢，就知道护着他了？"

文燕和海光都低头，羞涩。

"不开玩笑了，准备手术吧。"黄涛说。

文燕站起来说："海光，我晚上去找你。"

他们一起走出医办室。

唐山市的每一条大街小巷都以诧异的目光看着向文秀，看着这位执拗得难以置信的唐山姑娘。

她拿着何刚的照片，走遍每一条大街小巷，走遍那些数不清的小工厂、装卸队、建筑队甚至街道居委会办的残疾人福利工厂，走到哪里，就拿出照片让人家认，问见过这个人没有，没见过，就走，走向下一个目标。

唐山市没有人见过照片上的人。

她走出市区，到郊区去找。

郊区也没有人见过照片上的人。

她拿着照片又走进市区，繁华的市区使她茫然，繁华的市区如汪洋大海，她在汪洋大海里寻找一枚被风吹远的树叶。

渺茫，但执着。

仍是走，前面肯定有一个所在，她的所爱在那里等她。

不知不觉，走进熟悉的巷子，走到熟悉的门口，一惊，站住，是何刚的家。

走进去，何大妈一个人，坐在床上缝衣服。

文秀站着不动。

何大妈抬起头，惊疑，放下衣服，看，下床，擦一擦眼睛，再看。

"妈！"文秀的声音颤。

"秀儿？"何大妈的声音也颤。

扑过去，扑到何大妈的怀里，搂住何大妈大哭。

眼泪落在她的头上，是何大妈的泪。

"妈，你，好吗？"抬头，执手相看。

"妈好。秀儿，你好吗？"

"秀儿……好……"又扑进大妈的怀里，哭。

"秀儿，你……全好了？"何大妈拂着她乌黑的头发。

"妈，我全好了。"文秀撩起大妈苍白的鬓发。

"刚出院，可不能往外跑啊。"

"妈，我想你，我想我的何刚哥啊……"

又扎进大妈的怀里哭。

"好孩子，咱不哭。咱……不哭。"大妈捧起她的头，哽咽。

"妈，何刚哥到底去哪儿了？告诉我。"

"妈也不知道他去哪儿了，我那苦命的儿啊……"大妈的头伏在文秀的肩膀上，大哭。

"要是何刚哥出了事，我也不活了……"文秀搂着大妈。

"秀儿，你可不能这么想，何刚惦记你，他肯定会回来看你……也看他妈……"大妈又把文秀搂住。

泪水如流，漂洗一切杂质……

一家人在吃饭，唯独缺少文秀。

向国华让文燕上楼叫文秀下来吃饭。明月说文秀一大早就出去了，一直没回来，说着，眼看着向国华，有些怯。

向国华果然埋怨："文秀身体还很虚弱，你怎么能让她出去呢？就是出去也得有个人跟着她呀。她去哪儿了？万一出点事怎么办？"

"我说她，她根本不理我……"明月的分辩很无力。

"爸，您就别埋怨妈了，文秀不会出事的，她一定是去看何大妈了。"文燕很委婉。

明月很委屈。

文秀进来，很疲累，和谁也不说话，直接上楼了。

"文秀，你这回来了？妈给你煮了鸡汤，快来喝点。"明月故意大声。

"你自己喝吧。"声音有气无力，继续上楼。

"文燕，你上去看看你妹妹。"向国华皱眉头。

文燕到楼上文秀的房间，见文秀正在收拾东西。

"文秀，你这是要干什么？"文燕着急地问。

"离开这儿，自己生活。"文秀头也不抬。

"你想去哪儿啊？"文燕问。

"不知道，我要去找何刚。"文秀仍不抬头，把衣物往衣箱里扔。

"你去哪儿找啊！"文燕按住她的手。

文秀抬头，泪痕满脸："找遍唐山，唐山没有，找遍全国；他到天上去了，我到天上去找；他到大海里去了，我到大海里去找。"

文燕抱住她的双肩："文秀，听姐的话，好好在家养病，等病养好了，姐陪你一起去找何刚，好吗？"

"姐……"文秀扑进文燕的怀里哭。

明月端着鸡汤上来："文秀，这是妈特意给你煮的鸡汤，快趁热喝了吧。"

文秀放开文燕，低头，继续收拾东西。

明月也有些急，问她这是要干什么。

"我要走，我不在家住了。"文秀低头说。

"文秀，你让妈省点心行吗？你不在家住你去哪儿啊？"明月把鸡汤放在桌上，急着问。

"去哪儿都行，反正我不想在这个家待了。"

明月果真急了，上前抢文秀手里的东西："你这孩子怎么这么不听话啊，啊？把我气死你才甘心呢，你给我放下，哪儿也不能去。"

文秀和她抢着手里的东西："你放手，我不要你管。"

"不行，有我在，你别想出这个家门，文燕，你还愣着干什么啊，还不劝劝你妹妹。"

文秀往箱里扔，明月往箱外扔，衣服在空中飞。

"你放手！"文秀大叫。

"哪儿也不能去！"明月也大叫。

"好了，我不走了，我哪儿也不去了，行了吧？"文秀像是疯了，又把衣箱里的东西拿出来，往地上摔。边摔边哭，边叫："我不走了，我哪儿也不去了，就是死我也死在家里，这回你满意了吧？随你愿了吧？我上学你管，工作你管，恋爱结婚你还管，你管我一辈子吧！"

衣箱空了，文秀站在空的衣箱前，泪珠乱滚。

明月愣了。

文燕也愣了。

一阵骇人的沉寂。

文秀在沉寂中有些清醒，语调平和了些："妈，你不同意我和何刚结婚，也就算了，可你也不应趁人之危，让厂里把何刚开除呀！你知道何大妈多难受吗？咱家落难的时候何家待我就像自家的女儿，你们恢复了工作，何家向咱家伸过一次手吗？给你们添过一次麻烦吗？妈，我真没想到你会这么做。真的，我在这个家待得太憋气了，憋得喘不过气来，您知道吗？"

明月沉默，蹲下，捡地上的衣服，捡起，叠好，放在床上。

衣服上星星点点，是泪。

文燕也不说话，帮着明月捡。

母女三人都不说话，都流泪。

"妈，您先去吧，我和文秀收拾就行了。"最后，文燕轻声说。

明月看一眼文秀，沉默，沉默着走。

"妈，对不起……"文秀哽咽着说。

明月转身，再看一眼文秀，仍沉默，沉默着走出屋子。

明月由楼上下来，仍在滴泪，坐在沙发上无语，看楼上。

向国华仍在生气："好好的一个家，叫你弄成什么样子了？"

明月无语，看楼上，眼无神。

"你以前是多么疼文秀，什么事都顺着她来，可我就不明白，你在文秀的婚事上怎么这么固执呢？现在你把事情弄成了这个样子，再这样下去，总有一天，文秀会离开我们的。我们疼孩子、爱孩子，要讲究方法，就你这个疼法，早晚会把孩子疼出病来。"向国华很严肃。

明月扭头，看向国华："看到文秀这个样子，我心里也不好受啊，她是我的亲生女儿，你说我能害她吗？我这不是为了她好？你怎么也不明白？"

"不是我不明白，明月，我们也是年轻过的人，你怎么就不明白呢？"向国华长叹一声，上楼。

屋里收拾完了，文燕哄文秀："文秀，你这样一走，爸和妈会伤心死的，姐也不放心啊。"

"姐，我去了很多地方，都打听不到何刚，我快急死了……"文秀仍委屈地垂泪。

"文秀，你别急，今天海光他们已经贴出了很多寻人启事，明天丁汉还要到郊区和县城小镇上去贴，何刚要是看到，会和我们联系的。"文燕抚着文秀的头。

"姐，要是何刚找不到了，我该怎么办呢？何大妈该怎么办呢？"文秀伏在文燕的肩头，幽幽地抽泣。

大街上熙来攘往，人头攒动。

海光和梦琴在街上走，海光手里提着给梦琴买的各种小吃。

走着，梦琴由兜里掏出钱来交给海光，说这是几个月的工资，她忘了交给海光。海光不要，说她大了，往后的工资就自己拿着吧。梦琴不干，说要用钱的话和海光要。海光便接过来，说给她攒着，等她结婚时统统还给她。梦琴便撒娇："我才不结婚呢，我要和你过一辈子。"

"你终归是要嫁人的，再说你也不小了，这些问题也该考虑了。"海光说得认真。

梦琴说她懒得想，海光问她是不是心中有人了，梦琴说她才不会那么没出息。海光便问："梦琴，你觉得丁汉这人怎么样？"

"丁汉？挺好的呀！"梦琴一副无所谓的样子，说完，跑向路边一个小摊，那是一个卖"棋子烧饼"的摊子，这是唐山的特产，只有棋子那么大，可以在夏天放半个月色香味不变。梦琴要吃，海光便给她买，买了，在大街上就往嘴里填，边吃边挎着海光的胳膊，蹦蹦跳跳地走，没一刻闲。边走，还边埋怨海光："哥，我觉得你没有以前喜欢我了。"

"怎么会呢？"海光说。

"以前你出门总要拍拍我的脑门，上街时总拉着我的手，现在你不这样了。"

"那都是我把你惯的。"海光拍一下她的脑门。

"那你就一直惯着我得了。"梦琴仰脸看海光，海光说："赶紧回宿舍，文燕一会儿要来找我呢。"

梦琴噘了噘嘴，不再说话。

文燕来找周海光，宿舍的门没锁，但没人，她到楼下等，远远地看见海光和梦琴挎着胳膊走来，心里还是有些不舒服。

走近了，他们没看见她。

梦琴突然要海光背着她进楼，海光说大了，怕人家笑话，梦琴便"哎呀"一声，不走了，说脚扭了，海光无奈，只好背她。

梦琴紧搂着他的脖子，脸上洋溢着幸福。到楼门口，海光把她放下，说自己要到办公室取一份材料，让她自己走，梦琴不愿意，但也没办法，看着海光走出不远，突然叫一声"哥"。海光回头，问什么事。

"你……又忘了。"梦琴说话莫名其妙地有些颤。

海光回身，在她的脑门上拍两下。

梦琴笑，笑得甜。

海光嘱咐她要是文燕来了，让她等他一会儿。

海光走了，文燕也走了，低着头走，边走边踢路上的石子。

晚上，向国华躺在床上看书，明月在他身边躺着，睡不着。向国华让她吃两片安眠药，她说吃了，仍睡不着。向国华说："是让文秀的事闹的。"

明月抬起身子："老向，你说文秀真走了怎么办？"

向国华说他也没有办法，仍看书。

明月说："你是她爸爸，文秀从小就听你的，你劝劝她，啊。"明月拿下他手里的书。

向国华低头说："行，你就放心吧，我不会让孩子出走。"

"她现在一句话都不和我说，你说我可怎么办啊？"明月其实很想和向国华说几句话。

"找何刚回来，叫他们结婚，不是啥事都解决了吗？有什么难的。"

向国华说完，明月便长叹。

"明月，你知道疼爱文秀，可何大妈也一样疼爱何刚。你把何刚赶走，何大妈心里是什么滋味？反过来，要是何家这样对待咱们文秀，你受得了吗？"

明月听向国华说，一句话也没有。

"明月，这件事你做得不对，将心比心想想吧，何大妈心里有多难受啊，没有工资收入，他们怎么活啊。"

明月两眼发直，直直地看屋顶，还是一句话也没有。

距离那个恐怖的日子还有十八天。

唐山市政府的会议室特意做了布置，墙上挂着巨幅图表，每个与会者的面前都摆着一沓材料，这是一个专家组正式与市政府见面的会，市里很重视。

魏平首先代表专家组发言："专家组经过一段时间，对唐山及唐山周边地区进行了多次认真仔细的考察之后，对得到的数据进行了研究分析，排除了地球引力、潮汐等与地震无关的因素，做出以下结论：目前唐山地区的大气、地磁、地电、重力、地形、水文、自然现象等，所有参数都很正常，因此专家组认为经过海城、和林格尔、大城三次地震后，地下能量已经释放，唐山没有孕育大震的背景，近期不会有大震。"

会场一阵窃窃私语，私语中透出轻松。

大家的目光转向周海光，都知道这个人一直持反对观点，这一次面对专家组，不知道他会怎么说。

周海光果然站起来说："我看问题不容乐观，我认真分析了很多数据和震例，研究了异常现象消失的原因，我依然认为，唐山正在孕育一场大震。"

周海光要接着往下说，一位专家打断他："周台长，唐山目前已不存在异常现象，你为什么说唐山正在孕育大震？"

周海光说："大城地震不可能引发唐山地区地震异常的出现和消失，四点四级地震也不可能释放京、津、唐地区地壳的能量，我认为它只能是京、津、唐地区有大震的前兆，震源就在唐山。"

另一位专家说："我们说的是问题的普遍性，周台长的观点是问题的特殊性，从海城地震的规律看唐山不具有问题的特殊性。"

郭朝东适时接上说："学术上的争论是永无休止的，这些争论也是很有意义的，以后还有时间研究，我相信专家组的结论是正确的。"

周海光说："我有意见……"

郭朝东打断他："你的意见可以保留。"

向国华说："你们专家组对周海光的观点还有什么意见？"

魏平说："我们决定把周海光同志的观点带回北京向总局汇报。"

向国华认为是拿出结论的时候了，他面带笑容，也显轻松："专家组的同志们进驻唐山以来，工作非常辛苦，对于你们那种严谨的工作作风和积极的工作态度，我代表市政府向你们表示感谢。你们经过调查研究所得出的结论，也使我们放下了包袱，松了口气。这个结论对于唐山的工农业生产和社会主义建设是很有意义的，但是我们对地震的监测工作不能有丝毫放松，要继续认真抓紧抓好防震工作。会议结束。"

向国华长出一口气，全体与会人员也长出一口气。

人们纷纷站起身来。

周海光忽然拍着桌子大声说："不能散会，唐山有地震而且是七级以上的大震，我只是确定不了地震爆发的时间。"

人们都惊讶地看着他。

向国华也生气了："周海光，你怎么这么固执，这么多专家的意见你都听不进去。"

周海光疾言厉色："向市长，如果你轻视地震，就是对国家财产和人民生命安全的不负责任。"

会场一下静极，能听见每一个人脉搏的跳动，如岩浆在地心的滚动。

黑子、颜静和几个小青年在路边等买卖，黑子问："你们几个见到我哥没有？"

几个小青年都说没看见。

"不过我给弟兄们都通知到了，大伙都在找。"一个小青年说。

颜静问："这几天你们谁见王军那帮人了？"

"那孙子肯定躲起来了，你想想不光大哥找他，雷子也在找他，他哪还敢露面。"另一个小青年说。

黑子看看街道，皱眉："今天拉货的车怎么这么少？"

明月坐在主编室发呆，丁汉拿着报纸小样来找她："主编，今天报纸的小样出来了。"

明月看小样，丁汉指着边角上一个寻人启事说："这个寻人启事是我插进来的。

那是寻找何刚的启事。

明月不说话。

"您要觉得不合适，我拿掉就是了。"丁汉说着偷看明月，明月明显憔悴，神情也萎靡。

"我看就不要拿掉了，最好换一个位置，放在一个比较醒目的地方。"明月沉思半晌，方说。

丁汉暗笑："我这就去安排。"

丁汉往外走，明月又把她叫住："丁汉，这份寻人启事连登三天。"

颜静和黑子坐在马路边数钱，颜静张手接着，黑子一个钢蹦一个钢蹦往她手里扔，扔一个数一个，最后一个钢蹦扔到颜静手里，一共五毛。

黑子很丧气，不说话。

颜静更丧气，嚷："挂了一上午坡，累得都要吐血了，就他妈的五毛钱，这哪儿够给大妈买药啊。"

黑子仍不说话，双手抱后脑，仰在马路边，看天。

颜静长了豪气："我去火车站看看。"

"你的手又痒了，我可不想叫人把你打个半死。"黑子看着天说。

"大妈一个人在家，没人照顾也不行，你要不先回家照顾大妈，啊？你放心，我今天就是累死也要把大妈买药的钱挣出来。"

说完便走了。

何大妈在床上躺着，发高烧，黑子推门进来，何大妈问："黑子，是你回来了？"声音微弱。

"妈，是我。"黑子坐到何大妈身边，把大妈额上的毛巾放进凉水中投一投，又敷在大妈的额上："妈，我带你上医院看看吧，这样烧下去你怎么受得了啊？"

何大妈说不用，挺一挺就过去了，她让黑子坐下陪她说话。说话也没有什么说的，就是念叨何刚，不知道何刚一个人在外面怎么过。

黑子不让妈想哥，让妈休息，别的，就不会说了，陪妈说话很累。

幸亏颜静没一会儿就进了家，大包小裹，像出远门回来。

药也买了，水果也买了，罐头也买了。

颜静很兴奋地让大妈吃药，她洗水果，又吩咐黑子找改锥，开罐头，一阵乱。

"颜静，这得不少钱吧？"何大妈有气无力地问。

"没花多少钱。"颜静做大款状。

黑子死盯着她，不说话。

颜静有点怕："顺便搂的。"

黑子的脸色更黑："以后你少干这事。"

颜静吓得连连点头。

向国华很罕见地坐在沙发上，不看书，不看报，干坐。

文秀端过一杯茶来，让他喝，他也不喝。

明月让他吃饭，不吃。

娘俩没辙，站着看他。

文燕进家，见爸反常，问是哪里不舒服，向国华终于吐出两个字："没有。"

"你爸爸是让地震台那个叫周海光的台长给气的。"明月悄悄对文燕说。

文燕一惊。

向国华又说话："都是工作上的事。"

文燕咬咬嘴唇，没说话，上楼。

文秀拉住爸："爸，你就别当着我姐的面说周海光不好了，她不高兴。"

"怎么……"向国华抬头。

"你不知道，姐上七宝山郊游从山上掉下来，就是周海光救了她，周海光是姐的救命恩人，说他的坏话，姐会高兴吗？"文秀轻声说。

"周海光救过文燕？"向国华吃惊。

文秀点头。

向国华呆了。

晚饭吃得没劲，吃完饭文燕就出来，在大街上无目的地走。

郭朝东由对面走来，见到文燕，赶紧说："我到处找你。"

文燕问他有什么事。

他说："文燕，我来找你是想让你劝劝周海光，劝他早点离开唐山。"

文燕问为什么。

郭朝东说："我这也是为了他好，他在今天的会上，指责你父亲对工作失职，市里的领导都很恼火，要处理他呢。早点离开还能全身而退，晚了，恐怕没有好日子过了。"

郭朝东说得很知心，文燕生出许多感激："谢谢你，我会和他说的。"说完，独自向前走。

周海光的宿舍里，梦琴在洗衣服，周海光说明天专家组就回北京，让她和他们一起回去。

梦琴说："我不走，局长让我来锻炼，我得听局长的。"

周海无可奈何："嗬，这会儿你不听我的，又听局长的了。"

梦琴说："这叫随机应变。"

敲门声，海光开门，文燕站门口，笑吟吟，周海光赶紧请她进来，她进来，朝梦琴一笑。

梦琴也站起来，要给她倒水，文燕说不用了，她和海光说点事，梦琴说那我就到外面走走，说着，给文燕倒一杯水，放下，一笑，便出去了。

梦琴出去，文燕的笑容就没了，低头，沉默。

周海光不知怎么回事，也陪着沉默。

半晌，文燕才开口："海光，你今天会上怎么那么不冷静啊，矛头还指向了市长。"

"是郭朝东告诉你的吧？"周海光问。

文燕点头承认。

"文燕，我不是针对某个人，我认为我是对的，我就得发表自己的看法。"周海光说。

"你为什么就相信你是对的，而别人都是错的呢？"

文燕针锋相对，一点也没有平素的委婉，使周海光吃惊，也使他难以抑止冲动："文燕，你在我最消沉的时候鼓励我、帮助我，使我重新站起来，我今天能坚持我的观点，也是和你的鼓励分不开的。我不是固执，因为我相信我抓住了地震，我抓住了它。"

文燕看他一眼，话虽不委婉，眼神仍温柔，充满关切："你知不知道，你今天这样的做法，会带来什么后果吗？"

"我没想过，我当时只是要市委领导关心地震、重视地震。"

海光的语气告诉文燕，关于后果，他不仅当时没想，现在也不愿想。

文燕便有些生气了："海光，以前我不反对你，是因为你是地震台最优秀的，可现在不一样了，专家组的哪个人也不比你差，俗话说三个臭皮匠还顶个诸葛亮呢，何况今天在座的都是专家。"

周海光吃惊地看着文燕："你怎么也不相信我了？"

"不是不相信你，是我不想让你再出错。"

一个"再"字，更使周海光难以容忍，他的声高了："你不懂地震，怎么就肯定我会再出错呢？"

"海光，一个人犯错误并不可怕，可怕的是坚持错误，虚伪地不好意思承认错误和改正错误。"向文燕以为她应该把周海光的致命伤揭出来，揭出来，为了治疗。

可是周海光最受不了的就是这种把学术观点往个人品质上拉的庸俗的偏见与误解，这种偏见与误解发生在恋人身上，就更不能忍受："我们面对的是大自然，是谁也看不透的大自然。"他的声音越发高起来。

"正因为是这样，你就更应该谨慎冷静。"向文燕丝毫没有退让的意思，只有着急，就像面对一个讳疾忌医的患者。

太激动了，就说不出话了，周海光呆呆地看着文燕。

文燕也看他，盯着他，目光如锥："海光，我看你是非常希望有地震，而且越大越好，这样才能挽回你失败的面子，也好在这个领域里一鸣惊人。可你想过没有，你这样做的结果，只能身败名裂。"

周海光声音有点颤："文燕，你要这样想我，我也无话可说，但是我不会放弃自己的观点。"

半天的话全部白说，文燕极痛心："周海光同志，我真没想到，你是这么固执、这么自私的一个人。"

周海光也痛心："文燕，你真的认为我是这样的一个人吗？"

"难道你自己觉得还不是吗？"向文燕说完，起身便走。

周海光坐在椅子上没动，他站不起来了。他忽然有一种很奇怪的想法，大自然之所以毁灭人类，就是因为人类的狭隘与偏执，大自然为自己的作品痛心，所以要抹掉，就像小孩子用橡皮擦掉一个错字。

他为这种想法害怕，周身有一种冷意。

文燕顶着气回家，文秀屋里的灯还亮着，文秀躺在床上，翻影集，影集里是何刚和她的照片。

文燕躺到床上，一言不发，文秀很奇怪，问她怎么想起回家住了，文燕说心烦，想和她聊聊，文秀问怎么了，文燕一下坐起来："他太固执了，太自负了，死犟死犟的，真是一块臭石头。"

文秀问是谁。

"还能是谁，周海光呗。"

文秀有了兴趣，也坐起来，问是不是他们吵架了，文燕说是。

"是因为他和咱爸吵架的事吧？"文秀猜。

"不是，不是，他不知道咱爸是谁。"文燕对这个问题烦。

文秀问到底是什么事，文燕说："我也不知道，有时候我觉得一点都不了解他。"

"时间长了就好了。"文秀蛮不当回事。

"其实我一直都在努力说服自己，去宽容他、理解他，可有些事儿我真的是无法理解。"文燕说。

"什么事啊？你说说，我帮你分析分析。"文秀说。

"海光有个妹妹你知道吗？"文燕问。

"不知道，你不是说海光孤身一人吗？怎么还有妹妹呀？"文秀问。

"不是亲妹妹，是他从废墟里抱回来的孤儿。"

"那怎么了？"

"他们整天在一起，那股亲热劲儿根本不像是兄妹关系。"

文秀暗笑："姐,是你多想了吧?"

"不说了。关灯。生气。"文燕躺在床上,面朝墙。

"到时候周海光和别人好了,你后悔都来不及了。"文秀慢条斯理地说。

"关灯。"文燕不听。

"关了灯他也是这么回事。"文秀把灯关了。关了灯,嘴却不关,长本大套地说,像背课文:"在人生的旅途当中,如果有一天我们对我们自己的选择后悔的时候,那一定是命运在惩罚我们当初的固执任性和幼稚无知。所以,当爱情降临在身边的时候,你只有正确认识自己,把握对方,善待爱情,你才能拉住爱情的手,与之同行并因此拥有幸福而快乐的人生。"

文燕面朝墙,不理她。

文秀不管她理不理,继续念经:"记得,一位叫泰戈尔的诗人曾经这样说过:'如果你因为错过了太阳而哭泣,那么你也会错过满天繁星。'"

文燕坐起来:"开灯。"

"干吗?"文秀把灯打开。

文燕穿鞋,下床,抱着被子往外走:"我去客厅睡。"

"生我气了?"文秀奇怪地问。

文燕不说话,抱着被子走出去。

"泰戈尔真的是这样说的嘛。"文秀在后面嘀咕。

清晨,文燕照常跑步,红色的运动衣换成红色的短裤和背心。

周海光从地震台的门里跑出来,他已等待好长时间,他也好长时间没有跑步了。

见到文燕,赶紧笑。

文燕不理,扭头,朝前跑。

周海光笑着,在后面追:"文燕……都是我不好……"

文燕拐向另一条街道。

周海光在原地跑，然后，颓丧地向回跑。

地震台的院子里停着一辆面包车，专家组的同志们要返京，地震台的全体同志送行。

临上车，魏平拉着周海光的手说："海光，你的脾气应该改一改了，这样要吃亏的。我们虽然观点不同，但我们永远是好朋友，根据总局的意见，马骏和其他几位同志配合你的工作，由这个决定你也可看出，总局对于你的意见还是重视的。"

周海光点头："不用替我担心。"

魏平又对梦琴说："你要好好照顾海光，别让他太玩命了。"

梦琴笑着说："我知道。"

丁汉和梦琴坐在东湖边，丁汉也去送专家组，他和魏平等人已经成为朋友，送走，就约了梦琴到这里。

"梦琴，我说句话你别不爱听，自从你来之后，文燕和海光就经常闹矛盾。"丁汉说得很柔婉。

"他们闹矛盾和我有什么关系？"梦琴不解。

"可能是文燕对你有一些误会。"丁汉说。

"她误会我什么？"梦琴纳闷。

"文燕大约觉得你和海光的感情太深了，她很难介入。"丁汉说。

"我和我哥感情如何与她有什么关系？我哥疼我不对吗？我对我哥好有错吗？"

梦琴生气了。

丁汉劝："梦琴，你别激动，你说的这些我都理解。"

"你不理解。"梦琴很冲。

"梦琴，有句话，我一直想跟你说，也不知道现在说合适不合适。"丁汉故意不看梦琴，看水。

"什么话，你说吧。"梦琴看他。

丁汉扭回头，看着梦琴："让我替你哥分担一些对你的责任好吗？"

说罢，低头。

"丁汉，我知道你对我很好，也知道你一直都很喜欢我，可是我现在真的不会对任何男人有感情，因为我心里只有我哥。就算他结婚了，我也会守着他一辈子，请你理解我，好吗？"梦琴一点也不婉转，丁汉只有点头。

梦琴说罢也没问丁汉，自己走了。

丁汉站在湖边，看水。捡起一枚石片，朝湖水掷去。

石片在水面上跳，跳，跳。

丁汉盯着石片苦笑："唉，地震，地震……"

苦笑着嘀咕。

周海光到医院找文燕，文燕正送小四川出来，见到海光，眼一低，走过去，海光呆站着看他们。

"文燕姐，我们连长说，让你没事的时候，去我们连玩。"小四川笑嘻嘻地说。

"告诉你们连长，有时间我一定去。"文燕对这个邀请很接受。

"文燕姐，我们连长还让我问问你，为啥子不给他回信？"小四川得陇望蜀。

"放心吧，抽时间我一定给他回信。"文燕投桃送李。

小四川任务完成出色，蹦蹦跳跳地走了。

周海光在一边呆看。

文燕转身往回走，海光赶紧迎上："文燕……文燕……"

"你走吧，我不想和你吵架。"文燕眼一低，走过去。

海光在后面叫，没用，文燕进了楼。

黑子和颜静挂坡，很卖力，拉到坡顶，拉车的师傅给他们两枚钢蹦。

"就这么点？我们多给你挂了有半里路呢，再多给几分。"颜静和师傅对付。

"给你俩一人五分还嫌少呢，我送这一车货才挣五毛。"师傅说罢，拉起车走。

黑子和颜静看着手心里的钱，颇怅惘。

文秀走过来，叫黑子，见到文秀，黑子阴转晴："嫂子，是你啊。"

文秀问咱妈可好些了。

黑子说："好多了，不是啥大病，就是想我哥想的。"

文秀便问有没有何刚的消息，黑子说还没有，颜静接着说："嫂子，你放心，一有何刚哥的消息，我们马上告诉你。"

文秀说这两天她正忙着找何刚，不能看大妈，给了黑子一些钱，让给大妈买些吃的。

文秀要走，颜静嘱咐："嫂子，要是有人欺负你，就告诉我们。"

文秀说不会有人欺负她，也嘱咐："干完活早点回家，别让大妈操心。"

两个孩子都没回来，向国华和明月俩人吃着饭，向国华问有没有何刚的消息，明月说："寻人启事连登两天了，郊区和县、乡、镇的民警也帮着打听，可就是没有何刚的消息。"

向国华说："声势不要太大，别再把他吓着，搞不好，会越走越远。"

正说着，文秀进来，朝向国华一笑，说她今天去团里了。

向国华也笑说："好啊，出去散散心也好。不过还是要多注意，你毕竟还没有完全康复嘛。"

文秀答应一声，上楼。

明月极亲热地喊："文秀，你还没吃东西吧？"

没有回音，只听脚步响上去。

明月脸一热，对向国华说："我给她送上去吧。"

向国华说："你别去了，还是我去吧。"

向国华把饭送到文秀的屋里，文秀正在床上靠着。

向国华让文秀吃饭，文秀不吃，向国华说："怎么，连我这个市长的面子也不给呀？"

文秀一笑，便吃起来。

她吃饭，向国华在一边看，看着说："文秀，你对你妈的态度，应该改改了，她对你和何刚的婚事是有些看法，可总不能不让你妈有自己的观点吧？当然了，她有些事情做得很不好，可我也批评了她呀。而且现在你妈也在积极地找何刚，报纸上刊登的寻人启事你也看到了吧？"

文秀点头。

"你要原谅她，她毕竟是你母亲。毛主席说过，要允许别人犯错误，改了就是好同志嘛。"

文秀笑出声来："爸，你别给我做工作了，只要找到何刚我会原谅妈的。"

向国华也笑："既是这样，爸就不多说了，你吃了饭，早点睡吧。"说完，摸了摸文秀的头，下楼了。

郭朝东下班后来看文燕，坐在文燕宿舍里，看着墙上挂着周海光和文燕的照片，不舒服。在想象中把周海光的照片摘下来，换上自己的，和文燕并排，心里好像舒服了。

变不舒服为舒服，这需要耐心与技巧，郭朝东努力实现这种转变："以前我劝你，你总是以为我害你，现在明白我一番苦心了吧？"

文燕的脸一直阴云密布，不说话。

郭朝东以为阴云是变化的临界，他期待，身体往前凑，由椅子挪到床上，文燕就坐在床上。

文燕起身，坐在椅子上，两人互换位置。

"文燕，你千万不要勉强自己，也不要迁就别人，你和周海光的感情已经是个错误了，就不要一错再错，执迷不悟了。"郭朝东用语言掩饰略微的尴尬。

文燕仍是不说话。

"文燕，我就不明白，为什么这个时候，你就不回头看一看呀，哪怕转一下身，你就会得到一份最美丽、最真挚的爱。"

文燕无意识地转身看一眼，是墙。

"可是你没有，你仍然为一段海市蜃楼般的情感做着无谓的牺牲，仍然为一份虚无缥缈的爱付出徒劳的努力。我觉得你根本就不知道什么是爱情。"

郭朝东以老师自居。

"你说什么是爱情？"文燕终于说话，提问。

"爱情其实就是一道选择题，有时非常简单，答案也一目了然，但我们往往被一些错误的选项所迷惑。人的一生这样的题目只有一个，答错了，其实也就错了一生。"

"怎样才能不错呢？"文燕继续提问。

"那就看你自己了，有人给你一片海，你不投入到海的怀抱，却为了一潭死水苦苦挣扎，最后陷入无法自拔的境地。"

郭朝东由抽象的公式直接转入应用题。

"你说的那片海在哪儿？"文燕求解。

"在这儿。"郭朝东像一个惊叹号一般站在文燕面前，可惜是一个倒置的惊叹号。

"你胡说什么呢？"文燕毫无惊奇。

"我是认真的，文燕，我觉得如果我们走到一起的话一定会……"郭朝东春光明媚，鸟语花香。

"请你别说了好吗？郭朝东同志，我还有事……"文燕却是千里冰封，万里雪飘。

郭朝东还要继续说下去，却传来敲门声，尽管生气，还是不得不去开门，开开门，更生气，是周海光。

周海光看到文燕和郭朝东在一起，难以进退。

文燕看到周海光，也感尴尬。

郭朝东板脸："周台长，你有什么事吗？"

若是郭朝东不板脸，周海光倒踌躇，他板脸，周海光的犟脾气也上来："我找文燕。"他说着走进来。

"文燕，我想和你谈谈。"站在文燕面前，周海光直通通地说。

"改天吧，我今天太累了。"文燕面无表情地说。

"就几句话，我说完就走。"周海光也面无表情。

"我不想听，你走吧。"文燕没看周海光，低头。

周海光无奈，呆立一会儿，转身走了，没和郭朝东打一下招呼。

"文燕，我钦佩你的勇气，更欣赏你的果断。"郭朝东笑眯眯地看周海光走，欣喜之情溢于言表，对文燕大加称赞。

"你也走。"文燕仍面无表情。

"我没事儿，我陪陪你。"郭朝东不能错过这个时机。

"出去！"向文燕突然起身，大喝一声，把郭朝东推出门外。

推出去，关上门，靠在门后，眼泪便流下来。

超凡一个人在预报室里整理资料，周海光走进来，问马骏几个人都干什么去了，超凡说都出去了，周海光说："超凡，虽然我们的观点不同，我希望所有同志都不要放松警惕。"

超凡笑笑说："海光，你放心，不管怎么样，只要总局不宣布解除警报，不管大震小震，我是不会松懈的。"

周海光说他想对唐山的地形、水文、地电、地磁、地应力、气象以及自然现象等再做一次细致的观察。超凡同意，说"我和崔坚、梦琴去吧"。周海光却要亲自去："还是我去吧，顺便出去散散心。"

黑子在家里，撅着屁股在床底下掏东西。

颜静走进来，见他的姿势，笑，一脚踢在他屁股上，黑子吓一跳，从床下爬出来，抱一个纸盒子："你不去挂坡，跑来干啥？"

"挂个屁呀，绳子丢了。"颜静说。

黑子不说话，打开盒子，小心翼翼地拿出一个布包放在床上，颜静以为是什么宝物，过去看。

黑子打开布包，露出一把手枪。

这回轮到颜静吓一跳："黑子哥，你从来没跟我说过你有这玩意儿。"

"你小声点，别让我妈听见。"黑子拿起手枪看。

"你拿这个干什么呀？"颜静低声问。

"找王军那伙流氓报仇。"黑子目露凶光。

"黑子哥，我看咱用刀就行了，用这个，还不要了他们的命？"颜静胆虚。

"要的就是他们的命。"黑子说着，掖起手枪，往外走。

"等等我。"颜静跟出去。

赵辉家的大门大敞四开，屋里，王军斜躺在沙发上，赵辉挨着他，斜靠着。

一个小弟兄端来两杯水放在他们面前。

赵辉问："事情办得怎么样了？"

一个同伙小心地说："基本弄清了他们每天取钱的时间和路线，也选好了一处下手的地点。"

王军点点头。

"咱们今明两天就去看看，合适的话，就……"

赵辉的手往下切，像杀人。

王军说话："我听说，最近黑子一直在找咱们报仇？"

"对。这阵子，公安到处抓咱们，黑子也到处找咱们。"赵辉说。

"别答理他，咱们的事最重要。大伙儿都小心点，干完了咱们的大事，就离开唐山，这辈子也别想抓住咱们。"王军说。

黑子和颜静在路上走，一直走到王军家门口："颜静，你在这儿等着别进去。"黑子嘱咐。

颜静点头。

黑子轻轻推开院门，静悄悄。

往里走，走到屋门口，仍静悄悄。

一脚把门踹开，冲进去。

屋里同样静悄悄，一个人没有。

周海光要出发考察，梦琴给他收拾衣物，周海光一脸踌躇地进来，不说话。

梦琴问是不是和文燕吹了。

海光说："差不多吧，反正不理我了。"

梦琴问是不是因为她。

海光让她别瞎想。

有人敲门，开门，竟是文秀。

海光愣了一下神："文秀，是你呀，快进来，你的病都好了吗？"

"差不多了。"文秀笑着走进来，海光赶紧给梦琴介绍。

梦琴和文秀问了好，很知趣地说她去宿舍拿东西，走了。

文秀便问："你和我姐闹别扭了吧？"

海光承认。

"其实呀，我姐特别喜欢你，和你吵完架，她也挺伤心的。"文秀一脸喜笑。

"我去找过她，她不理我。"海光一脸苦相。

"你呀，肯定有什么事让我姐误会了。抽空你再去找找她，她的脾气挺好的，哄哄就行了。"文秀看着海光，想起在火车站的一幕。想笑，忍住。

海光点头。

向文燕靠在床上，看墙上海光和她的照片，别扭。起来把海光的照片拿下来，只剩下自己的，又觉得空。又挂上，把自己的照片拿下来，仍觉得空。

再把自己的照片挂上，这下不空了，但仍别扭。

文燕靠在床上呆呆地看着。

有人敲门，她没听见。敲门人敲得执着。

文燕起身去开门。

门外是梦琴。

梦琴站在门外问："我可以进来吗？"

文燕迟疑一下，请她进来，她进来，不坐，站着说："文燕姐，我来是想想问问你，你是不是真心喜欢我哥？"

文燕一脸疑惑："你问这些干吗？现在我喜欢不喜欢他还很重要吗？"

"重要，起码对我很重要。"梦琴一脸严肃。

文燕更疑惑。

"因为我不想看到我哥不高兴，我也不想让他心里难受。文燕姐，可能一直以来，你都以为我是你们情感世界的一块阴影，换句话说，你一直都把我当成了假想中的情敌，对吧？"

文燕无语。

"如果是这样，那我想告诉你，你错了。虽然我和我哥没有任何血缘关系，从某种意义上讲，我们可以恋爱，甚至可以结婚，但我要告诉你，这么多年以来，我哥一直是一个长者的角色，即使现在他要换换角色，那也未必适合他，也未必适合我。因为我们的关系已经成为一种习惯，打破这种习惯，换成另外一种关系，我会不自在。我今天找你的目的，就是想对你说，如果你喜欢我哥的话，希望你能回到他身边，关心他，照顾他，像我一样爱他，如果你还是像现在这样冷落他、伤害他，不顾忌他的感受的话，那你伤的就是两个人的心。"

梦琴说完就走，什么表情都没给文燕留下。

大雨倾盆，雷鸣电闪。

周海光冒雨走在无人的街道上。

文燕坐在桌前，看着墙上海光的照片，又把自己的照片挂上去。

久久地看着，一片迷离。

周海光浑身湿透，来到文燕窗下，仰头看文燕的窗口。

窗口亮着灯，灯光由窗帘透出，柔和、迷离。

周海光徘徊着，走到马路边，回身又望文燕的窗口，窗口远了，更柔和、迷离。

一股风吹进来，窗帘飘动，凉风夹着雨丝，吹醒文燕。

她来到窗前，欲关窗，突然看到空旷的马路边，周海光站着，站在风雨中。

文燕抬手想喊，又放下。

周海光低头站在路边，不时抬头看，看窗，进去与不进去都不重要，重要的是他在看，她在他的眼里。

文燕看着风雨中的海光，看到海光仰着脸，擦脸上的雨水。

雨水顺着玻璃流。

泪水顺着脸流。

忍不住，泪水如果可以忍住，就不是泪水。

文燕拉开门跑出去。

周海光再看一眼窗口，转身离去。

文燕跑下楼梯，跑出楼门，跑到风雨之中。

但已不见周海光的身影。

马路边又有了一个身影，向着远方望去。

远方风雨凄迷。

距离那个恐怖的日子还有十天。

周海光和崔坚、梦琴来到海边，一望无际的大海，使梦琴兴奋，使海光焦虑。

渔民反映，从七月下旬起，水位一直居高不下，而且水变得浑黄。近海无鱼。

"以前有这种情况吗？"周海光问。

"以前有没有我不知道，可我长这么大还从来没见过。"渔民说。

文燕上班，心烦，给周海光打电话，没人接。

黄涛走进来，使劲把病历摔在桌上，在生气。

"黄主任，你这是在和谁生气呢？"文燕问。

"自己。"黄涛说。

"怎么了？"文燕问。

"你说气人不气人，一群专家会诊了这么长时间，还是误诊了。让病人白挨一刀。都怪我当时没坚持自己的观点，要是我再坚持一下的话，就不会发生今天这种事了。"黄涛说着，直喘。

"你当时为什么放弃自己的意见呢？"文燕问。

"参加会诊的都是一些有多年临床经验的老专家，他们一拿出医疗方案，我也对自己的观点产生怀疑，可结果证明我是对的。"

文燕听黄涛说罢，沉默。

"幸好还是在肚子上，要是开颅，那会是个多大的医疗事故啊！"

黄涛又补一句，可文燕没听见，她在听心说话。

黄涛纳闷地瞧文燕："文燕，你怎么了，我和你说话呢，怎么不理我？"

文燕一愣："啊，黄主任，你说得对，你是应该坚持自己的观点。"

丰兰走进来，对黄涛说："黄主任，你快去看看吧。"

"又怎么了？"黄涛烦。

"刚从手术室里出来的那个病人，家属哭着闹着让医院赔病人的肚子。"丰兰说。

"你说这事闹的，走，看看去。"黄涛往外走，文燕也跟他去。

周海光和崔坚、梦琴来到七宝山，测量结果，山体比七月初又升高两厘米。海光怀疑梦琴计算错了，崔坚复算，没错。

"我看问题大了，必须再复查一次。"周海光说。

梦琴却问："哥，上次文燕就是从这里掉下去的吧？"

海光愣了。

梦琴的手指在他的眼前晃："哥，你怎么了？"

"我说再复查一次。"周海光大声说。

文燕到地震台找海光，见到红玉，红玉告诉他周台长出去考察了。

她怏怏地往回走。

家里，只有文秀和明月吃饭，话少。

文燕进来，明月高兴，招呼吃饭，文燕却说："妈，我不饿，不想吃了。"

文燕怏怏地上楼。

文秀也放下碗："妈，我也饱了。"

也上楼。

明月摇头，看着饭菜犯堵。

文秀上楼，文燕已经躺在床上，文秀说她去医院复查了，医生说再有两天就可以上班。

"好哇，病好了就可以找何刚了。"文燕应和，颇勉强。

文秀猜出几分，坐到床上，问她和海光怎么样了。

文燕把昨天晚上的事说了。

"你这个人怎么这样啊，把人家淋坏了，你就不心疼啊？"文秀故意大惊小怪。

文燕很懊丧："我今天去找他了，他不在，外出考察了。"

"你想他吗？"文秀问。

"不知道。"文燕摇头。

"想不想他你都不知道？姐，我跟你说，如果一个人的影子每天在你脑子里出现三次，那就说明你喜欢他，你在想他。"文秀笑嘻嘻。

"如果出现无数次呢？"文燕问，不笑。

"那就说明你爱上他了，而且已经到了没他不行、非他不可的地步了。"文秀拍手。

向国华敲门进来。

姐俩都站起来，文燕看爸的眼神，好像和文秀有事，便说她去陪妈，下楼。

文秀没看出来有什么事，和爸撒娇，说明天是星期天，让爸陪她去玩，她太闷。

向国华说他没空，让妈去，文秀说不跟妈去。向国华说正好明月明天下乡，一起去，一者散散心，二者也可以找一下何刚。

文秀便答应。

第二天母女俩到了一个小镇上，明月要直接去公社，办完事在公社食堂吃饭。文秀说她们先去，她一个人在镇上走走，吃饭时去公社食堂找。明月拗不过她，只好随她。

文秀在一条小巷里走，随便推开一家院门，一个六十岁左右的老头在院子里晒太阳。

有人进来，老头问找谁。

文秀拿出何刚的照片："大爷，您见过这个人吗？"

老头很郑重，从窗台上拿起老花镜戴上，忽远忽近地看："好像在哪儿见过……"

文秀大喜："您再仔细看看。"

"大凤，你来看看。"老头朝屋里叫。

一个姑娘跑出来，老头把照片递给她："你看看这人，我记得好像在哪里见过。"

文秀的心跳快起来，紧张地盯着姑娘。

"爸，这不是外边墙上贴着的那个人吗？"姑娘把照片又递给老头。

文秀心一凉。

老头儿把照片递给文秀："姑娘，你看我真是老糊涂了。"

"没关系，谢谢您。"文秀走出来。

文秀在小巷里走，又是一户人家，想一想，推门进去，一位老大娘在院里扫地。

"姑娘，你找谁？"大娘直腰问。

"大娘，您见过这个人吗？"文秀把照片递过去。

大娘接过照片，看，想，再看，再想。

文秀盯着她，不转眼珠。

"这个人我见过呀。"大娘说。

文秀不动声色："您在哪儿见过？"

大娘再想，想起："我想起来了，就是前天买完菜，钱给了他，菜忘了，这小伙子真好，把菜给我送来了。"

文秀提醒自己，不许搂大娘，怕吓着她。

大娘再看照片："就是他，没错。"

文秀哭了。

"姑娘，你怎么哭了，他是你什么人啊？"大娘把照片递给她。

"他是我的未婚夫。"文秀流着泪。

"这小伙子就在这镇上，你快去找，肯定能找见他。"大娘很热心。

"谢谢大娘。"文秀说完往外跑，大娘在后面喊："姑娘，快找呀。"

明月和司机在公社等文秀，过了吃饭的点，她也没来。不放心，开着车到镇上找。

文秀垂头丧气地在镇上走。

汽车停在她身边，明月和司机都下车。

"文秀，你怎么了？是不是不舒服了？"明月拉住文秀。

文秀扑进明月怀里哭。

"文秀，你怎么了啊？"明月搂着女儿，紧张。

"妈，我找到何刚了！我找到何刚了！"文秀抬头说。

"他人呢？何刚人呢？"明月也险些哭，急着问。

"就在镇上。"文秀说。

"他住哪儿啊？"明月问。

"我也不知道，反正就在这个镇上。我没找到他，妈，我没找到他。"文秀哭得像一个小孩子。

"孩子，别急，妈陪你一起找。上车。"明月拉着文秀坐进车里。

从一个门出来，又推开另一个门，不知道进出了多少门，文秀的汗水湿了衣裳，明月的衣裳也让汗水浸湿。

始终没找着。

明月劝文秀："文秀，你的身体刚好，这样找下去，会累坏的，要不咱先回去吧？回头再过来。"

"我不回去，我今天说什么也要找到他。"文秀擦着汗说。

"文秀，回去晚了，你爸爸会担心的。"明月仍劝。

"我不回去，我不回去嘛。"汗水擦干，泪水又下来。

司机出主意："文秀，镇上找不到他，可能在附近的什么地方，咱们去附近的村子看看？"

文秀哭着上车。

明月也坐上去。

乡村的土路上，崔坚开着车，海光坐在他身边，崔坚问："台长，你真认为唐山近期会发生地震啊？"

"对，从异常现象的消失到再一次出现，已经很能说明问题了。"周海光很干脆。

"这么说专家组的结论就值得怀疑了？"崔坚问。

"这只是我的看法，再看看吧。"海光比较谨慎。

"可是现在没有人支持你的看法。"崔坚说。

"事实可以证明一切，就怕……唉，不说了……"周海光往后一仰。

坐在后面的梦琴嚷口渴。

崔坚把车开到一个村头的井旁停下。

井旁有村民挑水洗衣，梦琴把水壶递给村民，村民由水桶里给她灌了一壶水。

梦琴喝了一口就吐了："这水有一股硫黄味儿。"

周海光接过去，闻一闻，喝一口："这水是有味儿。"

梦琴问洗衣的大嫂这水是不是一直有味儿，大嫂说这水一直是甜水，从昨天起才有一股怪味。

周海光问井有多深，村民说有五六十丈深。

他们喝了一点，又灌一壶，准备拿回去化验。

夕阳把远天镀上一层绯红，把近处的稻田也镀上一层金色。

文秀她们的车在稻田当中的机耕路上走。

几个村子都找遍了，仍没有何刚的影子。明月怕向国华担心，要回家，文秀说再找一个村子，找不到，明天再来。

娘俩达成协议。

路不好走，车开得慢。

有微弱的口琴声传过来，文秀以为耳朵惊了，想的，再听，是口琴声，是《思念》。

扒着车窗看，一个人戴着草帽，在田埂上走，边走边吹口琴。

车开过去，文秀探出头朝后看，那人仍在走，走在一片碧绿的稻田中，边走边吹着口琴，琴声凄凉。

文秀大叫停车，车没停稳就跳下来，跑。

"何刚哥……何刚哥……"边跑边喊，风帮忙，把喊声送得极远。

那人回头，正是何刚。

文秀跑，在狭窄的田垄上跑，掉到田里，水泥一身，起来再跑，蹚着泥水跑。

何刚愣在原地，好半天，才看清果真是文秀，也疯了一般跑，朝文秀跑。

近了，却都站住，对视。

"何刚哥，是你吗？"文秀哭着问。

"文秀，是我。"何刚哭着说。

两个人抱头痛哭。

半天，文秀抬头："你让我找得好苦啊……"

何刚抚着她的头发："对不起，对不起，我的秀儿啊……"

说完搂在一起，又哭。

远处，明月也擦着眼泪。

风在稻田上滚，稻子起伏战栗，凉风中有水汽，如泪丝，夹着绿色，朝远方滚动。

远方是驼色的夕阳。

一条小河在星光中静静地流，流出十里蛙鸣。

周海光独自坐在河边，心随流水回漾，随蛙鸣起伏。

梦琴由帐篷里走出来，轻轻地，走到海光身边，坐下。

海光回头："梦琴，怎么还不睡？"

"睡不着，你呢？"梦琴看那流水。

"我也睡不着，心乱。"海光也看那流水。

"哥，我有句话，不知道该不该说。"梦琴的声音幽幽的。

"这是怎么了？什么时候变成这样？跟我说话还打埋伏？"海光扭头看梦琴，梦琴仍看那流水。

"哥，我觉得自从你认识文燕以后，就经常不高兴，看见你这个样子，我心里也难受。哥，如果那件事经常使你不开心，那还不如提早结束的好。"梦琴似吐出了长久的积郁，抬头，头上是满天星斗。

海光沉默，半晌才说："真正的幸福都是与痛苦相伴的，有阳光，就有阴影，我们不能因为阴影就拒绝阳光吧？"

梦琴低头："那你是真心爱她了？"

"我……我也说不清楚。"海光把一节草茎扔到水里，草茎打着旋，随水漂走。

"是啊，爱怎么能说得清楚呢？"梦琴自语，如梦。

说完，幽幽地走了，如一声叹息般飘走。

只有周海光的身影在流水中微微地颤。

向国华独自一人在家里，看报纸。

文秀推门进来，后面跟着明月。见到向国华，文秀一下扑到他怀里："爸，我们找到何刚了。"

"找到了？"向国华也兴奋。

文秀点头。

"找到了就好，找到了就好。"向国华拍着女儿的头，反复说着一句话。

"我真没想到会在那儿找到他。"文秀抬头看着向国华。

"这都得好好谢谢你妈呀，要不是她带你出去玩，恐怕还得找些日子呢。"向国华看着明月笑。

文秀由向国华的怀里站起，抱住明月："妈。"

向国华看着抱在一起的娘俩儿，问何刚怎么没来，文秀说何刚回家看他的妈妈去了。

向国华惊讶地说："你们的衣服怎么这么脏啊？"

娘俩互相看一看，都笑了。

"赶快上楼换换衣服，等会儿下来吃饭，咱们一家好好吃一顿。"向国华说。

娘俩拉着手上楼。

文燕站在地震台的外面，抬眼看海光宿舍的窗口，窗口黑着。

文燕慢慢转身，走。

黑子腰里缠着绳子，在马路上走，迎面遇到何刚，一惊，不知道说什么好："哥……哥……你什么时候回来的呀？啊？妈都快想死你了，我先去告诉她一声。"说着，就要跑。

何刚拉住他，说他昨晚就到家了，等他，他没回家。

黑子说他和颜静昨晚卸了一夜货，早上六点才收工。

"这些日子苦了你和颜静了。"何刚看着眼前的弟弟，感慨着。

黑子不感慨，只有高兴："哥，你说哪的话呀，这是昨晚的工资。"说着，递给何刚四块钱。

何刚问给钱干什么。

黑子说："这是我跟颜静两人挣的，你买点菜，剩下的给妈。"

何刚问他还干什么去。

黑子说："你回来了，我也就放心了，我和颜静再去车站找点活。现在的活不好找，赶上一趟是一趟。"说着，已走远。

何刚在身后嘱咐："黑子，注意安全。"

距离那个恐怖的日子还有八天。

马骏和红玉在预报室里看资料，超凡抱着一堆资料走进来，马骏抬头说："总局文件上说，目前京、津地区异常现象持续出现，指示我们要密切关注唐山地区。"

超凡说："看来总局对唐山的问题不放心啊。"

红玉抬起头说："昨天的数据我都看了，没有什么太大的变化。"

"海光出去考察，不知有什么新的变化。"超凡说着坐下也要看资料。

周海光与梦琴走进来，一进来，就让梦琴先去化验水样。

马骏问有没有新情况。

海光说："七宝山地形出现变化，比七月初升高两厘米，北戴河海滩从七月下旬起，水位一直居高不下。离七宝山不远的那个村子，井水有很浓的硫黄味。"

"看来地壳活动一直没有停止。"马骏说。

"所以我们必须严密监视闭锁区，一旦出现新情况，要马上汇报。"海光的表情是严肃的。

超凡说："看来问题严重了。"他的脸色也凝重起来。

"超凡，曾经消失的异常现象又出现了，现在我们必须要做细致的调查分析，尽快预测出震级，准确找到地震中心。"

周海光说完，马骏便说："海光，你说这个地震会不会在渤海里？"

"也有可能，超凡你马上派人，要二十四小时不间断监视闭锁区的动向。"周海光说完，超凡答应一声，周海光又吩咐梦琴马上到东湖取水样，尽快分析。

梦琴走了。

屋里的人互相看看，没话，空气都重了，压得人张不开嘴。

文燕躺在宿舍里，闷闷不乐，说不清，道不明，只是郁闷。

文秀没敲门就进来，进来就嚷："姐，你看谁来了？"

文燕起来，何刚站在她面前。

郁闷没了。

"看到启事了？"文燕拉着何刚问。

"是文秀和阿姨找到我的。"何刚一味憨笑。

"这下你可心满意足了吧？"文燕看着文秀笑。

文秀更高兴："姐，我和何刚决定了，二十七号旅行结婚。"

"是吗？那我可要祝福你们了。"文燕看看妹妹，看看何刚，笑。

文秀和何刚也笑。

"你们准备去哪儿？"文燕问。

"文秀要去看大海，我们准备先去北戴河，然后去上海。"何刚说。

文燕突然板脸："文秀，你可太不像话了，姐从小什么事都让着你也就算了，怎么结婚你也要比姐早啊？"

文秀和何刚的脸都氤氲着火烧云。

一条狭窄的小巷，道平，弯多。

一个中年人拉着一车煤泥，沥沥拉拉地走，颜静在一侧帮着拉。

走到一十字路口，赵辉突然骑着自行车直冲过来，撞到车上，摔得狠。

颜静和中年人停住，回头看赵辉。

赵辉爬起来，指着颜静，一顿："又是你？我怎么这么倒霉啊。"

"你的眼睛长到裤裆里了，我拉这么大一个车，你看不见啊？怎么不摔死你。"颜静也没想到是赵辉，解气。

赵辉上前抓住颜静的衣领："你还有理了？"

"你放开我，你不放开我，我喊人了。"颜静大叫，边叫边给了赵辉一个嘴巴。

"你还有理了？你喊，你喊，我看谁敢管。"赵辉欲打颜静，拉车的汉子上前拉住。

颜静趁机又踹一脚。

一辆吉普车开过来，道窄，过不去，按喇叭，没人理。

司机下车，推开赵辉："吃饱撑的，一个大男人欺负一个女孩，快放手把路给我让开。"

"你他妈的少管闲事，快滚。"赵辉指着司机大骂。

"你骂谁呢？"司机问。

"骂你呢，怎么了？"赵辉答。

"我今天非教训教训你不可。"司机揪住赵辉便打。

颜静在一旁拍手："打得好……打得好……打死这孙子。"

路人围上来看热闹。

汽车里坐着一个女人，抱着一个旅行袋。

这是一个储蓄所的会计，旅行袋里是钱，她们是从银行提款回来。

见司机和人打起来，女会计着急，欲下车叫。

王军蒙面打开车门，抢钱袋。

女会计紧抱钱袋不放，大喊："有人打劫啦……快来人呀……"

王军抽出砍刀，照着女会计的手猛砍。女会计惨叫一声倒在车里，王军拿起钱袋便跑。

女会计抱着断臂大喊："有人打劫了！快来人啊！"

司机听到喊声，跑过来，看见车内一片血泊。

颜静也跑过来，见状大喊："不好了！杀人了！"

司机转身追，追王军，边追边喊："截住他！截住他！"

前面两个青年听见喊叫下车欲截王军，王军拐进另一条胡同，司机追进胡同，王军已不见踪迹。

颜静回到车旁，已不见赵辉，四处望，见赵辉正在一条小巷里慌慌张张地走。

"奶奶的，我看你能躲到哪里去。"颜静嘟囔着，跟下去。

素云和陈所长在派出所里接待司机的报案，来报案的还有储蓄所的所长。

"抢钱的那个人你看清了吗？"素云问。

"那个人脸上包着布，什么也看不清，只看到了他的背影，头发挺长。"司机说。

"个子多高？"素云问。

"跟我差不多。"司机指指自己。

"歹徒拿的就是这把刀？"素云指指桌上的刀，刀上有血。

"就是这把。"司机说。

"这伙亡命徒，实在太残忍了，竟敢在光天化日之下持刀抢劫。"陈所长极气愤。

"被抢走了多少钱？"素云问。

司机回头看储蓄所所长，储蓄所所长说有五万七千元整。

大刘问："会计的情况怎么样？"

储蓄所所长说："正在医院抢救，因为失血过多，现在还昏迷不醒。"

"犯罪分子既知道提款的时间，又非常清楚行车路线，所以，这是一起有预谋的抢劫。"素云看一眼大刘。

"而且作案地点也是经过选择的。"大刘说。

"素云，你把材料准备出来，马上报分局，请分局立刻派人协助侦破。"陈所长说。

素云点头。

颜静跟着赵辉，一直跟到一所废弃的厂房。

赵辉在门口望望，确信没人，才走进去。

颜静悄悄跟进去，来到一扇窗户前，往里看。

里边的三个人正是那天在王军家的人，都坐在地上抽烟。

"妈的，都在这儿呢。"颜静嘟囔。

一个蒙面人提着旅行袋走进来，解下蒙在脸上的布，是王军。

颜静的嘴张大，半天合不上。

王军把沾着血的提包扔在地上，几个人都站起来迎接。

"大哥，你可够狠的，把人家的手都给剁了。"赵辉笑。

"那该死女人不撒手，活该。"王军颇得意。

一伙人诡笑。

"老大，刚才在路口拉车的是颜静，她不会怀疑咱们吧？"赵辉问。

"为了预防万一，你们要尽快找到她，让她闭嘴，免得以后麻烦。"王军说。

颜静的舌头也吐出来，回不去。

赵辉等人点头。

颜静悄然离去。

第五章　撕裂的大地

黑子正在家门口修自行车，颜静凑到跟前："黑子哥，我跟你说个事。"

"什么事这么神神秘秘的？"黑子没当回事。

颜静把王军的事一说，黑子的眼就直了。刚要说什么，见素云和大刘骑车过来，嘱咐颜静："那女人又找上门来了，你该说的说，不该说的不说。"

颜静答应。

素云来到何家门前，下车，没等她说话，颜静就开了口："警察大姐，有事啊？"

素云说她来找他们了解一些情况。

颜静说："我们最近没招谁啊。"

黑子修车，不抬头。

大刘问黑子今天都去哪儿了。

黑子仍不抬头："想问什么就直说，别拐弯抹角的。"

"我问你今天都去哪儿了。"大刘生气，声儿也便高。

黑子斜一眼大刘，继续修车，不说话。

"你们不就是想知道那钱是谁抢的吗？"颜静说。

素云和大刘迅速交换一下眼色。

"在路口吵架的那个人是你吧？"素云问。

"不是吵架，是打架。"颜静更正。

"少废话，跟你打架的那个人是谁？长得什么样？"大刘问。

"我就知道他比我高，长得……五官端正，大众化呗，不过比大哥你好看。"颜静说完，朝大刘龇牙一笑。

"你能给我严肃一点吗？不要跟我装疯卖傻的，这件事肯定和你有关系。"素云训斥颜静。

黑子抬头了："我的警察大姐，你把我们当成什么人了？一有什么事儿，你们就来找我俩，你让这街坊邻居怎么看我们？我们以后还过不过日子？上次，别人打了我母亲，你把人家放了，反而把我抓进去。我是不是哪儿得罪你了？你怎么就跟我们没完没了？我告诉你，今天的事我们什么也不知道，你要不信，你就把我俩抓进去。"

"何斌，你别太嚣张了。"大刘简直咬牙切齿了。

黑子一斜眼，继续修车。

颜静一龇牙，看修车。

梦琴在东湖监测，看见不远的湖水中突然冒出几个碗大的水泡，她下到水中要去取水样，却昏倒在水中。幸亏两个解放军战士在湖边玩，把她救上来，送到二五五医院。

黑子和颜静这天没找到活儿，无聊，在街上溜。迎面素云领着她的女儿小冰由幼儿园出来，黑子主动说话："大姐，你抓到人了吗？"

"你想干什么？"素云没停脚。

"我帮你抓阶级敌人呀。"黑子往跟前凑。

"何斌我告诉你，如果我查出来是你干的，或是知情不报……"

"你都饶不了我对吧？"黑子接话茬儿。

素云站住，看着黑子说不出话来，她的女儿小冰看着这俩人，面露气愤。

黑子蹭到素云身边，在素云耳边小声说："大姐，别玩命了，孤儿寡母的，图什么呀。"

素云推开黑子，继续往前走，小冰问："妈，他是谁呀？"

"坏人。"素云说。

小冰回头看他们，颜静朝小冰做个鬼脸，小冰举手做开枪状："啪。"

梦琴被送到医院急救室，正好文燕来急救室有事，见是梦琴送到这里，没走，看着她。经过诊断下药，没有生命危险，文燕给周海光打电话。

电话是周海光接的，不知道为什么，听到周海光的声音，文燕有些说不出话来，沉默了一会儿，急得周海光在那边"喂喂喂"不停地叫。

"我是文燕……"听到这个声音，海光也是一愣："你……你好吗？"

"我很好，你来医院一下吧，梦琴在东湖吸入了有毒气体，中毒了，现在在我们医院急救室呢。"文燕说。

海光一听就急了："严重吗？"

"没有生命危险，不过还在昏迷之中……"

"我马上就到。"海光不等文燕说完，就挂了电话。

周海光疯了，或者至少是蒙了，车也没要，连自行车都没骑，放下电话就往医院跑，横穿马路都不减速，害得许多司机急刹车，当然，也招来背后许多骂。

文燕给周海光打完电话，看梦琴稳定了，又回她的外科上班。

她走，梦琴便醒了，醒了，先问水样还在不在，急救室的护士丰兰说在，接着她便问向文燕是不是在这个医院。丰兰说她一直看着你，刚走。正说着，周海光满身是汗地跑进来，进门就喊梦琴，梦琴叫了一声哥，周海光才稍微宽心，他问护士病情怎么样，护士说醒过来就没事了，明天就可以出院。

海光这才坐在梦琴身边，边喘气边说："你是怎么搞的，都快吓死我了。"

梦琴笑，说了事情的经过，海光说："还难受吗？我也太粗心了，走之前也没跟你交代两句……"

梦琴忽然一笑，打断他："哥，我要是死了你会哭吗？"

"别瞎说，你这不是活得好好的吗？"周海光说。

"我是说假如我死了，你会不会哭？"梦琴一定要周海光表态。

"你哪儿那么多假如啊！"周海光佯怒。

梦琴翻身，不理周海光。

周海光便哄："当然会了，我会连哭三天三夜，直到把你哭醒为止。"

梦琴才又翻过身来，看着海光笑，好像为了海光的哭，她真愿意去死，怎么哭也不醒，让他一直哭。

文燕回到外科，仍是惦记梦琴，无心工作，更想知道周海光是不是来了。和黄涛说了一声，又来到急救室，从外面看进去，见周海光正坐在梦琴身边，便没进去。

梦琴要起来，周海光不让她动，弯下腰，梦琴双手抱住周海光的脖子，海光直腰，梦琴便起来了，一边起一边笑。

文燕在外面看着，心里很不是滋味，于是更不想进去。

梦琴起来，不松手，仍紧搂着海光。

文燕看不下去，低头走了。

梦琴问海光："哥，这是二五五医院，你不去看看文燕吗？"

海光摇头："不了，这几天台里太忙，还有很多事等着我呢。"

梦琴便笑，笑着说："哥，我差一点忘了，我取到了水样，你快拿去台里化验吧。"

周海光说他不放心，梦琴说没事，让他去。

周海光便走，临走，没忘了拍一拍梦琴的脑门，一拍，梦琴又笑，笑得甜。

文燕走回外科办公室，心乱，干不下什么，总有什么事似的。站在窗前往楼下望，不知道望什么，但是还要望。

她看到周海光从楼道里出来，往大门走，心里一沉，才知道，要望的是他。

海光走到大门口，突然回身，朝她这里望。

她的心便狂跳起来，但是，躲开了窗口，坐在桌子边，摸脸，火热。

　　文秀上班了，上班就排练，心情好，练得也认真。导演说她这些日子虽然闹病，功夫竟是一点没耽误。正练着，有人叫，说有人找，走出去，是明月。文秀奇怪地问："妈，你怎么来了？"

明月看着文秀笑，笑着说："妈给你送东西来了。"

文秀奇怪，什么东西非得送到单位来呢？

明月由兜里掏出一把钥匙，放在文秀手里："我们单位去年给我分了一套房子，一直没住，你和何刚要结婚了，就先住在那儿吧。地方虽说小了点，可毕竟是个家呀。"

文秀把妈抱住了："妈，谢谢你。"

明月推开文秀，仍笑着说："回头妈再给你们买些家具，还有何刚的工作，估计等你们结婚回来也就差不多了。"

文秀双手晃着妈的胳膊撒娇："妈……你真好……"

"去忙你的去吧，下了班早点回家，我也该走了。"明月说。

文秀答应着，燕子一般跑回排练厅。

明月站在原地看着，一脸笑。

　　看到周海光走了，文燕便又想到梦琴，她自己都不知道怎么回事，这么矛盾。

下了班，便来到急救室，正见梦琴要下地拿水，文燕把她按住，倒一杯水递给她。梦琴喝着水，问文燕是不是她给哥打的电话，文燕说是，梦琴又说海光白天来过，见到没有，文燕说没见到。她让梦琴躺下，她坐在凳子上，两人说话。

梦琴笑着说："我哥一来我就特别踏实，就好像什么事都没有了似的，而且我哥还特别会照顾人。我小的时候，不懂事，天天哭着喊着要爸爸、要妈妈，我哥就一会儿系上花围巾装妈，一会儿戴上狗皮帽子装爸，那时候在我的眼里，妈妈就是系着花围巾的人，爸爸就是戴着狗皮帽子的人。"

梦琴咯咯地笑，文燕也笑，笑得有些酸楚。

梦琴说："我哥为了我，吃了太多的苦，有时他为了给我弄点吃的东西，经常被人家打。有一次他一手捂着头，一手拿着一块烧饼对我说，梦琴，快吃，还热着呢！我问他：你脑袋怎么了？他说是因为吃烧饼的时候太着急了，把自己脑袋给烫了。我不信，扒开他的手一看，流了那么多的血。我抱着他说，哥，我以后再也不说饿了，我以后再也不吃东西了。"

梦琴说着又哭了，文燕也难受，转过头，不敢看她。

"跟我哥在一起虽然苦了点，但他会让我时时刻刻感觉到很幸福很安全。"梦琴边哭边说。

文燕心里五味俱全，听不下去，对梦琴说："梦琴，你休息吧，我不打扰你了，回头我再来看你。"

梦琴让她再坐一会儿，说她明天就出院了，文燕说明天来送她，便走出去。

距离那个恐怖的日子还有五天。

郭朝东在办公室里，周海光来找他，说汇报一下情况。郭朝东问是什么事情，周海光说："根据目前掌握的情况，大震就要来临，市政府应当立即做出防震准备。"

郭朝东一听就生气："你不要太神经过敏了，专家组才走几天？上次误报你还不吸取教训。"

周海光对他这态度也很反感："郭主任，你怎么能这样轻视地震，怎么能把唐山百姓的生命当儿戏？"

郭朝东听这话急了，拍桌子站起来："周海光，你太狂妄自大了，专家组已经明确做出了结论，你还在捣乱，你是什么居心？我看你是存心要破坏抓革命促生产的大好形势。"

周海光盯着他看了好半天，才说："你不要乱扣帽子，你不向市领导汇报，我去汇报。"

说完转身就走。

郭朝东指着他嚷："周海光你给我听着，唐山地震工作由我全权来抓，你不要在我的面前指手画脚。汇报不汇报是我决定的事情，不需要你为我考虑，你再不能以你个人的观点给我捅马蜂窝。"

"我有向上级汇报的权利。"周海光扭身说，声音也很大。

"你要遵守组织原则，如果随便越级上报，我撤销你地震台台长的职务。"郭朝东气急败坏。

周海光没理他，门一摔走出去。

暮色昏黄，路灯刚亮，亮得昏黄。

黑子和颜静在昏黄的暮色中走，黑子说："王军他们还在那儿吗？"

颜静说："不知道，没准儿他们已经带着那笔钱跑了呢。"

黑子说："颜静，晚上你就不要跟我去干活了，要么在家待着，要么陪陪我妈。"

颜静问他为什么。

黑子说："王军他们不是要杀人灭口吗，我看还是防着他们点。"

颜静不在乎："没事儿，我才不怕他们呢，实在不行我跟他们拼了。"

黑子还是让她回去，她说回去洗洗脸也好，让黑子一会儿去家里找她。

颜静回到家里，门开着，她纳闷地走进去，便有一根木棒砸在头上，她昏了过去。

黑子到家里找颜静，没人，拉开灯看，发现门口有血，感觉事情不好，朝门外跑。

废弃的厂房里，五花大绑的颜静被人堵着嘴，藏在一台机器下面。

王军几个人围着一张桌子，桌上摆着五堆钱。

王军说："这点钱咱们就平分了，花的时候小心点，别太张扬了，谁要是走露了风声，翻了船，大家的日子都不好过。"

几个人点头，看着钱，既高兴又害怕。

赵辉问王军，颜静怎么办。

王军说送她上路。

赵辉问谁送，王军指指赵辉和另一个同伙说："你们俩呀。做完以后，半夜的时候，你们俩负责把尸体往东湖里一扔，不就完了嘛。"王军说着指另外两个同伙，看来他的意思这件事谁都得沾手，不能有局外人。

黑子从一台机器后面走出来。

王军看到黑子，顿时紧张，几个同伙拔出刀子向黑子围上来。

黑子拿出手枪，指着他们问："颜静在哪儿？"

刀干不过枪，几个人在枪的面前都傻了，又退，退到王军身边。

"黑子，有话好说，你冷静点。"王军也怯，但还算镇静。

"你三番五次欺负我嫂子，打伤了我妈我哥，又害得我险些蹲了大狱，我没找你们算账已经够便宜你们了，这回你们又要杀颜静灭口，你说我能饶了你吗？"黑子拿枪点着王军数落。

"兄弟，冤枉啊，你要是缺钱花你可以把钱拿走，可颜静我们实在是不知道啊。"王军仍打马虎眼。

黑子笑了，一边笑着一边往前走："少跟我废话，我数三下，你要是不把颜静交出来，这些钱就只能给你们买棺材了。"

几个人都害怕，看着枪口后退。

黑子数："一、二、三……"

枪响了，几个人一齐哆嗦。

枪里真有子弹。

他真敢开枪。

王军先说话了："颜静在这儿……颜静在这儿……"

"在哪儿？"黑子问。

"还不赶快抬出来。"王军朝赵辉等人使个眼色，赵辉和一个同伙把颜静由机器底下抬出来。

"把绳子解开。"黑子命令。赵辉给颜静解绳子，边解边看黑子的枪，那东西太吓人。解到一半，赵辉突然用刀对准颜静的喉咙："把枪放下，不然我扎死她。"他对着黑子大叫。

"快点儿，把枪扔过来，不然的话，咱们谁也别想活。"王军也喊。

颜静的手被捆着，嘴里堵着东西，不能动，嘴里呜噜呜噜地说什么，听不清。

黑子不动，看颜静。

颜静也看他，眼神里有恐惧。

"快点儿。"赵辉再喊。

黑子无奈，把枪扔给王军。

王军捡起枪，马上对准颜静："老子用刀杀过人，还没有用枪杀过人，今天我要试一试，看看用枪杀人是什么效果。"说完，一脚把颜静踢得跪在地上。然后，对黑子笑："枪声是不是很响啊？"

黑子不说话，紧盯着枪。

王军说完，一只手捂住耳朵。

赵军等人见状，也笑嘻嘻地双手捂住耳朵。

王军对黑子恶狠狠地一笑，对准颜静的头，要扣动扳机。

黑子猛冲过去。

王军慌了。

黑子已到跟前，和王军夺枪，王军与黑子打了起来，赵辉等人在一边干看，不敢动。

争夺中，枪响了，王军倒下，子弹打在他的腿上。

枪到了黑子手里，重新对准王军等人："枪是有保险的。"黑子说，话里有轻蔑。

赵辉举刀朝黑子砍来，黑子抬手一枪，赵辉倒在地上，子弹由额头穿过，由后脑穿出，打在水泥墙上，弹回来，在水泥地面上跳几跳，没影了。

赵辉再也不会动了，血由后脑蹿出，如喷泉。

其余的人都吓傻了，一齐跪下，盯着黑子。

黑子一手持枪对着他们，一手为颜静松绑，他的手不住抖，越抖，跪着的人越害怕，怕走火。

"都跪好了，不要动，谁动我就打死谁。反正我已经有一条人命了，也不在乎多杀几个。"黑子边解绳子边威胁，也是给自己壮胆。

绳子解开了，颜静站起来，但是站不稳，不停地抖，黑子把她护在身后，问："颜静，谁把你抓来的？"

颜静不敢说，仍在抖。

"说呀！"黑子大吼。

颜静指其中一个同伙，黑子的枪马上对准他。

"是王军让我去的，不关我的事啊！"同伙申辩。

"他让你死你也去死吗？"黑子问。

"爷，饶命啊。"同伙带了哭腔。

"我问你他让你死你是不是去死！"黑子追问。

"爷，饶命啊。"同伙仍关心命。

黑子用枪指着王军，王军也和同伙们一样，跪着："说，让他去死。说呀，让他去死。"

王军哆嗦着，话到口里哆嗦碎了，吐不出来："你……你……"

黑子又放一枪，枪声不哆嗦，王军马上大喊："你去死吧。"

"该死的是你！"黑子说着，一枪打在王军的头上，王军咕咚一下倒在地上。

跪着的诸同伙一见，一片鬼哭狼嚎："您就饶了我们吧，求求您了。"

颜静说话了："黑子哥，你就放过他们吧。"

黑子看着他们，半晌，说话："你们谁要是敢把这件事说出去，就跟他俩一样，小心你们的狗命。"

众人都紧忙答应。

"滚。"黑子大赦。

几个人都跑了。极快。

黑子的腿却一软，瘫在地上。颜静抱住他："黑子哥……黑子哥……"

黑子精神恍惚："我杀人了……我杀人了……"

颜静极害怕："黑子哥，咱们快跑吧，公安肯定不会放过你。"

"你要替我照顾好我妈，照顾好自己。"黑子说。

颜静答应。

黑子站起来就走，走进黑色的夜。

空旷的车间里只有颜静，泪如雨下，落在水泥地面上，作金属声。

派出所里是大刘和素云值夜班，大刘让素云回家照顾小冰，素云不好意思，说每次值夜班都是大刘照顾她。大刘说反正也没事。正说着，王军的一个同伙就大呼小叫地跑进来，说是杀人了。大刘问是谁杀人，他说是黑子。素云问在哪儿，他刚说出地址，就昏死了过去。

距离那个恐怖的日子还有三天。

地震台预报室突然紧张起来，电话铃声不断。

东湖水样分析出来结果，水氡出现严重异常。

地电观测点打来电话，今天早上地电出现异常。

地磁记录出现大范围下滑趋势。

气象台也打来电话，大气出现异常。

所有的人都集中到预报室来，都看着周海光。

周海光眉头紧锁，在地上转。

人们的眼睛跟着他转。

"大震这个星期就要爆发。"周海光突然转身说。

"我看不可能来得这么快吧？"一位专家犹疑地说。

"我看可能来得会更早。"周海光不容置疑。

"不可能。海城地震前，小震一天十几次，可唐山一次也没有发生。"马骏说。

"我坚决认为，必须马上向市委、市政府，国家地震总局发出临震预报。"周海光没有回答马骏的疑问，却提出了行动方案。

人们都在犹疑。

异常未必是大震。

大震未必是近期。

人们的思维还不能由上次预报的失败中走出来，也不能由以往的经验中走出来。

没人说话。

空气静得仿佛一根发丝落在地上都能听到轰然的响声。

郭朝东走进来。

见人们的表情，一愣。

"郭主任，你来得正好，异常现象突然出现，情况很不好。"超凡说。

"郭主任，咱们应该马上发出临震预报。"周海光说。

郭朝东没理会周海光，眼睛看几位专家："马骏，你们几位专家的意见呢？"

一位专家说："我们认为唐山近期不会有大震。"

郭朝东说："那就再观察观察，把出现的问题搞清楚。"

"不能再等了，再等就来不及了。"周海光说。

"你怎么总这样自以为是？"郭朝东皱眉。

"你们怎么总是要拿海城的经验来套唐山呢？"周海光也皱眉。

"海城的经验值得我们学习。"郭朝东反唇相讥。

"我是台长，我决定马上向市委、市政府国家地震总局发出临震预报。"周海光不想在这个时候和郭朝东争论什么，现在需要的是行动。

"你没有这个权力！"郭朝东吼起来。

"我有！"周海光也吼。

"你有地震恐惧症，邢台地震不就死了你爸你妈吗！"郭朝东什么也不顾。

周海光突然沉默，看着郭朝东，不说话，就像眼里滴下血来，如蚯蚓在惨白的脸上蜿蜒。

众人都害怕了，想劝，却不敢开口。

周海光突然挥拳，打在郭朝东的脸上，郭朝东嘴里流下血来，如小蛇，

172

向脖领里钻。

"你……你……"郭朝东指着周海光说不出话。

众人拉住周海光。

"你们别拦我。红玉,给市委、市政府、总局发临震预报。"周海光像一头激怒的豹子,在众人的手臂中挣扎、吼叫。

"不许!周海光,我现在就撤掉你地震台台长的职务,现在由马骏接替你的职务。"郭朝东也被激怒,大叫。

郭朝东没有擦干脸上的血,就来到向国华的办公室:"周海光目无领导,出言不逊,还动手打人。他的情绪非常不稳定,我已经免去周海光的台长职务,由专家组马骏接替他的工作,我认为应当给周海光一个严厉的处分。"

向国华的脸色也非常难看:"我看不用了,他是国家地震局的人,就叫他回北京吧。"

火车站,不动声色中,公安民警已经严密控制起来。数名全副武装的民警在交叉路口设卡,更有许多便衣民警在各个角落巡查。

一辆警车开来,素云和分局韩局长下车,一位民警报告,车站内外一直没有发现罪犯的踪影。

韩局长指示一定要严密把守。

素云说:"我们已经在何斌和颜静家附近布置了警力,只要何斌一出现,就立即逮捕。"

"要注意检查进出唐山的各条路口,对出境车辆要一一盘查。"韩局长指示。

素云又乘车走了。

长途汽车站距火车站不远,这里也被严密控制起来,陈所长带着全体干警在这里布控。

颜静悄悄地走在车站检票厅里,她在寻找黑子,找不见,她趁检票员不注意，溜进停车场。

素云走到陈所长身边，陈所长问："火车站那边的情况怎么样？"

素云说："没有发现何斌。"

"难道何斌已经跑了？"陈所长自言自语。

"不会这么快吧？我去停车场那边看看。"素云说着便走。

"素云，那家伙心狠手辣，手里还有枪，你要多加小心。"陈所长嘱咐。

素云答应，走进检票口。

停车场里车辆照常出出进进，看不出什么异常。

素云在上车的人群中寻找黑子。

颜静也在上车的人流中寻找黑子。

黑子没有上车，他站在车后，看着上车的人，看有没有便衣。

素云一闪身，黑子看到素云，不由暗骂，转身向车后走。

素云看到黑子的背影，像，快步由车头截过去。

黑子由车后出来，正和素云碰个对面，黑子要跑。

"何斌，你给我站住。"素云一声断喝。

黑子迅速转身，冲到素云面前，用枪顶住她的头。

颜静朝这边走来。

陈所长和大刘也朝这边走来。

颜静看到大刘，转身躲到车的一侧。

"何斌，你就不要垂死挣扎了，这周围都是警察，你跑不了。"素云说，身子不动。

"大姐，我杀一个是死，再多杀你一个还是个死，我还怕什么呀？"黑子笑，笑得狠。

"杀了我你就能跑得了吗？"素云问。

"那我也要先送你上路。"黑子答。

174

"开枪吧！开枪！"素云突然大吼。

黑子一惊，看四周："着什么急呀，还怕我一枪打不死你吗？"

素云乘黑子走神，抓住黑子拿枪的手，黑子猛夺，两人扭在一起。

枪响了。

倒下的是黑子，肩上流着血。

听到枪声，颜静朝这里跑。

陈所长和大刘也朝这里跑。

黑子肩上流着血，还在和素云扭打，要夺枪。陈所长和大刘一起冲上来，把黑子摁在地上，素云给黑子戴上手铐。

颜静探头，见黑子已被抓住，呆了。

黑子跪在地上，血往地上滴，他歪着头，朝素云说："我要是活着出来，一定要报这一枪之仇。"

"何斌，只怕你没有这个机会了。"素云说。

所有布控的民警都赶过来，黑子被带走。

颜静傻了，呆站着，流泪。

距离那个恐怖的日子还有两天。

地震台的门口停着一辆吉普车，地震台的人都聚到门口，送海光和梦琴，气氛沉闷。

超凡拍着海光的肩膀说："到北京，给我们来个电话。"

"海光，我们会想你……"红玉哽咽。

"没想到事情会搞成这样，自己多保重吧，不管遇到什么事情，你可都要挺住啊。"马骏拉着他的手说。

"你放心吧，你的担子比我重。"海光也握着他的手说，声音有些颤。

丁汉也来了，握着梦琴的手说："这段时间多关心你哥，有需要我的地方打个电话过来。"

"你可要常来北京看我们啊！"梦琴的声音也颤。

"我会的。"丁汉说。

超凡招呼海光上车，丁汉才和海光握手道别，没话，只是握手，难撤，两人眼里都晶亮，泪花闪动。

文燕走进医办室，丰兰正在填写病历，没抬头，说："刚才地震台那个叫梦琴的姑娘，给你打电话了。"

"说什么事了吗？"文燕问。

"就说让你赶紧给地震台的周台长打个电话，好像挺急。"

文燕拨电话，那边是超凡，文燕找周海光，超凡说他已经走了。

"走了？去哪儿了？"文燕问。

"你是……"超凡问。

"我是二五五医院的向文燕。"文燕说。

"海光和他妹妹去火车站了，他们今天回北京。"超凡说。

"丰兰，替我请个假。"文燕放下电话，朝外跑。

文燕着急地往外跑，在楼道里碰翻了一个护士的药盘子，她也没理，匆匆跑走。

文燕跑出楼门，又撞到一位看病的老者，她匆匆说了一句"对不起"之后，仍旧接着往门外跑。

跑出大门，撞翻了卖水果的摊子。没停，接着跑。

跑上马路，白色的大褂飘拂，绊住了文燕的脚，她一头栽在马路中央。

一辆大货车急刹车，车轮在马路上碾出两道黑色的辙迹，司机吓傻了。

文燕爬起来，拉开车门，坐进去："去火车站！"

司机仍傻着，愣神。

"去火车站，快！"文燕满面通红地大叫。

司机听话地踩油门。

文燕跑进候车大厅，找，人很多，看不见。扒着人缝找。

火车的车厢里，海光和梦琴已经上车。
坐在窗前，海光看着窗外，流泪。
"哥，你是不是想文燕了？"梦琴抓住他的手。

文燕跑进检票口，跑上站台。
火车已经开动，一个个窗口在眼前闪过。
没有，没有那个熟悉的面容。
眼泪，无声地流。
一节节车厢在泪眼模糊中闪过。
火车开走了，站台很空旷，空旷的站台上只有文燕一个人，她仍在看，看远去的火车。
没有火车了，只有纵横的铁轨，向远方伸展。
扭头，泪眼模糊中，见对面的站台有一个人，一个男人。
是周海光。
"海光……"文燕喊。
"文燕……"他也看到了她，也喊。
同时跑，跑下站台，跑到纵横的铁轨之间，站住，久久地对看。
"我……以为见不到你了。"文燕说。
"我……没想到你会来……"海光说。
他们俩情不自禁地抱到一起。
空旷的车站上，只有铁轨纵横，还有纵横的铁轨间，拥抱的男女。

一粒小石子投入水中，微小的涟漪滉漾，滉漾着两个年轻的脸庞。
周海光和向文燕坐在东湖边，由车站出来，他们就到了这里。
文燕靠在海光的肩上，看日光在湖面闪烁，看柳枝在水面垂拂，看微小的涟漪中，他们的倒影。
"梦琴一个人回北京你放心吗？"文燕问。

"北京那边有人接她。"海光说。

"你留下来不光是为了我吧？"文燕问。

"我不死心，我不能让地震的悲剧降临唐山。"海光说。

"那好吧，我带你去见一个人。"文燕说。

"谁？"海光问。

"到时候你就知道了。"文燕把手伸给海光，海光拉她起来。

文燕带着海光走进家门，向国华也刚进家。

周海光见到向国华大吃一惊。向国华笑："你是来告别的？"

"不，我是来汇报地震的情况。"周海光笑不出来。

"坐，坐下说。"向国华仍笑着说。

"关于地震的事，我要再次向您说明，唐山的情况现在很严重，七宝山地形再次发生变化，水氡也出现异常，闭锁区也出现了一系列问题，地震这几天就要来临，必须立即采取防震措施。"周海光坐下便说，一气说完。

向国华也笑不出来了："情况发生变化，我怎么完全不知道？"

"我已经向防震办公室多次汇报。"周海光说。

向国华皱起眉头。

距离那个恐怖的日子还有一天。

地震台的预报室里仍是那么忙，超凡撕下一张日历。

日历显示：七月二十七日。

电话铃响，红玉接电话："喂，我是地震台……"

照相馆里，何刚和文秀在照结婚照。

他们站在天幕的前面，天幕画的是天安门。他们各拿一本《毛主席语录》，文秀半蹲，何刚站在她身后。

闪光。

178

文秀和何刚坐在条凳子上，摄影师指挥着他们近些，再近些。

闪光。

文秀和何刚手里捧着毛主席的半身石膏像，坐在一起。

摄影师指挥着他们："笑……笑……好。"

闪光。

闪光。

黑子戴着手铐，靠墙站立，在照相。

素云、大刘和另一名公安坐在桌子后面。

黑子戴着手铐脚镣坐在凳子上，肩上缠着纱布。

"何斌，你要老实交代，这把枪到底是从哪里来的？"大刘问。

"我刚才已经说了，是武斗过后，我在死人堆里捡的。"黑子说。

"还有谁知道这把枪？"素云问。

"没人知道。"黑子翻一眼素云。

"你知道他们要杀颜静灭口，为什么不向公安机关报案呢？"大刘问。

"我不相信你们。"黑子说。

"为什么？"素云问。

"从你们上次把我抓来以后，我就知道了，你们警察其实和正义毫无关联。"黑子说。

"你给我住口。"大刘喝断他。

"何斌，你觉得我们抓你抓错了吗？"素云问。

"不错。我是杀了人，我应该偿命。可是你们为什么不问问我为什么杀人呢？"黑子抬头。

大刘站起，愤怒。

"大刘。"素云制止。

大刘又坐下："何斌，你不要太嚣张了。"坐下说。

黑子翻他一眼，不说话。

素云似有些走神儿。

市防震办公室，马骏正在向市领导汇报情况。

"海光提出的问题，我们也看到，仪器也有记录。"马骏说。

"说说具体情况。"向国华说。

"从两天前就发现了异常情况，接着水氡、大气、地磁、地电、动物异常现象也都陆续出现。今天，空军佛顶山雷达站发现严重地磁干扰，司各庄一空水井往外冒气。"

"你们能不能断定，地震就要到来？"向国华问。

"我们不能断定。因为唐山目前一次小震也没有发生。"马骏说。

"专家组的意见是正确的，根据地震工作多年总结出的经验，大震前必然发生小震闹现象，而唐山没有，所以唐山近期不会有地震。"郭朝东插话。

"还有什么要说的？"向国华环视四周。

没人说话，大家都看着他。

"郭朝东，你把目前出现的异常和两种意见，马上汇报国家地震局，我们等待国家地震局的意见，再决定发不发临震预报。"向国华说。

电波在空气中振荡：加急绝密，国家地震局，目前唐山出现大方位异常……

向国华和向文燕在市政府的花园里走，向国华说："今天是文秀结婚的日子，你去吗？"

"我一会儿就去。"文燕说。

"我忙，去不了，你给我带句话吧。"向国华说。

"说什么？"文燕笑着问。

"祝他们天长地久，白头到老吧。告诉文秀和何刚，旅行回来一定要先来看我。"

"我一定告诉他们。"文燕笑。

"爸爸看得出来，你很喜欢海光？"向国华也笑。

文燕点头。

"他是个好同志，敢坚持自己的意见，在大是大非面前敢说真话。"向国华说。

"爸，你应该相信他，最好尽快采取防震措施。"文燕严肃起来。

"已经向总局发出了电报，我想这两天就有结果了。"向国华仰头看天，天还是那样蓝，和往常没有两样。太阳还是那么艳，和往常也没有两样。

文燕笑得如阳光般艳丽。

文秀穿一身新衣服由楼上下来，朝明月笑："妈，好看吗？"

"好看……好看……"明月应着，往下却说不下去，伤感。

"妈，您怎么了？"文秀走近。

"你这一嫁，妈心里还真不是个滋味。"明月说着，低头揉了揉眼睛。

"您是不是为我担心啊？"文秀问。

"你从小娇生惯养的，出去自己过日子了，也不知你能不能习惯。你是妈身上的肉，妈怎么能不牵肠挂肚。"明月拉文秀坐在沙发上。

"妈，何家的人对我都非常好，我和何刚也在一起这么多年了，我们自己过，肯定会幸福。"文秀拉住妈的手。

"你今后和何刚一起过，要改改你的脾气，不能再那么任性了。"

"妈，我知道。"文秀晃着妈的胳膊撒娇。

"妈也没有什么好送的……"明月说着由茶几上拿起一份通知书，"我给何刚找了份工作，这是通知书。"

文秀接过去看。

"你们旅行回来就让何刚去报到吧。"明月说。

文秀搂住妈，笑了："妈，你真好。"

娘俩的脸贴在一起。

郭朝东开完会就回了家，今天他弟弟郭朝辉带着对象到家来，他要回家忙活。

两室一厅的房子，住着老两口和郭朝东，显得挤。

郭朝东到家就进厨房，母亲身体不好，做简单的饭还行，做复杂的，顶不住。父亲则一生也没有管过家务，老了，唯一的事情是养鸟。

郭朝东是个孝子。

弟弟郭朝辉带着对象刘慧进家，郭朝东还在厨房里忙。

进家，郭朝辉叫妈、爸，刘慧没叫，看着郭母腼腆地笑。

郭朝辉赶紧介绍："这是我爸，这是我妈。"

刘慧点头，弯腰，叫伯父伯母。

郭母颇为慈爱地看刘慧，笑。

郭朝辉往外掏东西，是给爸妈买的东西。

郭朝东系着围裙，端着菜出来，边擦手边和弟妹说："我实在太忙了，没能到车站去接你们，别生气，啊。"边说边笑。

郭朝辉没忘给哥哥带麻糖，郭朝东喜吃甜。

接着，坐下吃饭，郭朝东给每个人的杯里倒上酒，举杯："欢迎刘慧和朝辉回家。"

一家人碰杯。

文秀和何刚的洞房里自然热闹，虽说是旅行结婚，大家还是要来祝贺一下。

新房是文秀一手布置的，窗子上贴着红色的窗花。文秀连夸张嫂剪的窗花是一绝，张嫂连声谦虚："手生了，好多年不剪了。"

何刚领着何大妈在房间里转，看文秀布置得怎么样，何大妈连声夸好，脸笑得像花。

七姑说："何刚，看把你妈高兴的，嘴都合不上了。"

丁汉拿着一个红包递给文秀："文秀，我也没帮什么忙，这是我的一点意思。"

"你还这么客气。"文秀笑着接过来。

文燕满脸喜色地走进来，进来何刚就问："文燕，你怎么才来？"

文燕说："我有点事，何刚，文秀，爸工作忙来不了，他祝你们恩恩爱爱，白头到老，还说旅行回来叫你们一定先去看他。"

何刚和文秀都笑。

文燕问妈怎么没来，文秀说："不好意思呗。"

文燕说："妈也是的，以后还要见面，有什么不好意思的。"

文秀问为什么没把海光带来，文燕说："他呀，比爸爸还忙呢……"

歌舞团的几个女演员叽叽喳喳地进来，进来就递给文秀一个红包，说："大伙儿都排练呢，来不了，我们全代表了。"然后就教训何刚："何刚，你以后可要把我们这根台柱子照顾好，不然的话……饶不了你。"

大伙儿都笑。

他们说，今天晚上汇报演出，团里要文秀当报幕员。

文秀还没表态，何刚先说了："没关系，我们晚一点走。"

文秀问是谁出的馊主意，她们说是团长，团长说这样的婚礼才有意义。

文秀便笑了。

文秀笑，大伙儿也笑。

房间小，容纳不了许多笑声，笑声飞出去，飞到马路上，在马路上飘。

晚上，全市最大的人民剧场座无虚席，台口上方挂着大红的横幅：庆祝八一建军节文艺汇报演出。

台下坐着市领导，素云也来了，坐在何刚和黄涛的后面。

观众大部分是解放军战士，演出没开始，他们已开始拉歌，粗大的嗓子吼了一曲又一曲，震得剧场颤。

大灯灭，铃声响。

剧场静下来。

文秀穿着艳丽的演出服走出来，站在一束灯光中。

剧场一点声音也没有了。

只有文秀激情满怀的声音："尊敬的各位首长、亲爱的战友们，大家好。今晚我们欢聚一堂，共同庆祝中国人民解放军建军四十九周年，在这里，我代表全体演职人员，向驻守在我市的人民解放军官兵，致以最崇高的敬意和节日的问候……"

掌声起。

"庆祝八一建军节文艺汇报演出，现在开始。"

掌声如潮。

"首先，请欣赏开滦煤矿文艺宣传队为大家表演大合唱《中国人民解放军军歌》。"

红色的大幕随着文秀飒爽的脚步徐徐拉开。

台上台下，响起威武雄壮的歌声："向前……向前……向前……"

日已落，天尚明，西边的天际一片红云，如一抹饱蘸胭脂的水笔点在洁白的宣纸上，慢慢洇开去，洇成深深浅浅、浓浓淡淡的红，如少年的羞涩，如天地的醉意，氤氲，流淌。

流淌的醉意浸润着唐山，打太极拳的老人，下象棋的汉子，踢毽子的青年，跳皮筋的孩子，每个人的脸上身上无不有淡淡的红云变幻。

周海光看着这一切，有一种深切的悲哀，他觉得自己像一个不祥的预言者，知道，却无法言说。

一只小皮球滚到脚下，一个小孩子跳着蹦着追逐而来，他轻轻地踢还他，小孩子捡起皮球又跳着蹦着而去。

他便有一种要对他说些什么的欲望，说什么呢？

什么也不能说，只能等待。

悲哀便成为愤懑，愤懑无处宣泄，他一拳打在树干上。

树摇，摇落点点散碎的红云。

剧场里，节目已近尾声，文秀走上台："最后一个节目，是唐山市育红幼儿园的小朋友为大家表演舞蹈《北京的金山上》。"

又是掌声。

素云鼓掌最起劲，因为领舞的是她的女儿小冰。

一群小孩子穿着藏族服装，载歌载舞上场，小冰是第一个：

"北京的金山上光芒照四方，

毛主席就是那金色的太阳……"

…………

防空洞里，一股黄色的烟雾突然喷出。

喷出。消失。

又是一股。

似魔鬼醒了，长吁。

舞蹈完了，节目完了。

梁恒笑着说："这些孩子跳得真不错。"

素云笑着。

文秀宣布演出结束，梁恒与部队的领导们上台接见演员，他把小冰抱起来，站在演员当中。

台上台下唱起《大海航行靠舵手》。

素云看着小冰，眼睛湿了。

郭朝东和郭朝辉睡在一张床上，天气奇热，睡不着，两人吹着电扇说话。

郭朝辉忽然说："哥，天这么热，你去单位睡吧。"

"你是……"郭朝东不解。

"我想和刘慧……"郭朝辉有些不好意思。

郭朝东说不行。

郭朝辉说："哥，我们八一就要结婚了，证已经领了。你就给点方便吧，我们厂还没分房子，不是没条件吗！"

"你呀，一天就想这些事，还怎么进步。"郭朝东说。

"哥……"郭朝辉软磨。

"朝辉，你和刘慧的年龄还小，趁着年轻多学点东西，积极要求进步。"郭朝东说。

"哥，我不想当官，我就想结婚，过平平常常的生活，我们就满足了。"郭朝辉不听这一套。

"朝辉，你满脑子资产阶级思想，不要求进步。"郭朝东开始批评。

"哥，我和你想得不一样，你不懂得什么是爱情，什么是生活。"说着，郭朝辉下了地。

郭朝东问他干什么去，他说去看看刘慧睡了没。说着，出去了。

素云和小冰回到家里夜已深了，小冰仍兴奋，嘴里哼着"大海航行靠舵手"，爬上凳子，撕下一张日历："妈，明天就是二十八号了，咱们的腌鸡蛋可以吃了吧？"

"小馋猫，就知道吃，去洗洗脚，该上床睡觉了。"素云拍一拍她的小脸。

小冰不去，说现在就想吃，素云说明天早上就给她煮，多煮几个，让她吃够，小冰才去洗了脚，躺下，又嚷睡不着，太热。

素云给她扇扇子，哼着歌，她才渐渐睡去。

素云看一下床头柜上的表：十一点四十分。

距离大地震还有一小时。

文燕夜班，周海光来找她，说睡不着，想和她说话。文燕便知道还是为地震的事："海光，你还坚信有大地震吗？"文燕问。

"我坚信我的判断是对的。"海光说。

"肯定不会错？"文燕笑。

"我现在倒希望我是错的。"海光苦笑。

"为什么？"

"如果我是对的，可能已经太晚了，等不到明天了。"海光连苦笑也没了。

文燕看一眼墙上的表："现在已经是你说的明天了。"

海光也看表：两点四十分。

文燕翻过一页台历：一九七六年七月二十八号。

海光看台历："二十八号是你的生日。"

"你还记得？"文燕笑了。

"当然记得，下午我等你，咱们一起去吃饭，给你庆祝生日。"

文燕笑着点头。

"我该走了，今晚值班要多加小心，千万不要睡着了。"海光一边说，一边环顾四周，把办公桌推向墙角。

"你要干吗？"文燕纳闷。

"这里是房屋最安全的地方，如果地震了你不要往外跑，就钻到桌子下边，后背紧贴着墙。"海光说着，又把一个烧杯倒着放到桌子上，"烧杯一倒就是地震来了。"

文燕一下扑进他的怀里："海光我怕。"

海光紧搂着她。

车站广场上很多人在地上睡了，天热，没人愿意在候车室里待着，除了要进站的人。

车站顶上的大钟指着两点三十分。

何刚和文秀坐在候车室里，候车室里的人也大多眯着眼休息。

"几点了？"何刚问，他莫名其妙地有些焦虑。

"两点三十分，再等二十多分钟咱们就可以进站了。"文秀看看表说。

"黑子去哪儿了，怎么还没来？"何刚不住朝外望。

"你别急，黑子会来的。"文秀安慰他。

何大妈展开铺盖正要睡觉，颜静一头撞进来，进来就问何刚在哪里。

"你和黑子疯到哪儿去了？黑子呢？"何大妈生气。

"黑子哥有事。"颜静有些语无伦次。

"有啥事他哥结婚也不能不来呀。"何大妈说。

颜静还紧着问何刚去哪儿了。

何大妈没好气地告诉她去火车站了："还有十分钟就要开车了。"何大妈看看表说。

颜静一听撒腿就跑。

监狱里的犯人都睡了。

黑子是重犯，睡觉也戴着铐子。他睡得满头大汗，喘，做噩梦。

突然，他"啊"的一声大叫醒来，坐起来，喘。

犯人们也都醒了，纷纷坐起。

"看来是该死了，一连做了几个噩梦。"黑子自己嘀咕，郁闷。

"兄弟，稳着点神，活一天是一天，快枪毙的人都这样，一闭眼就做噩梦，有的不到上刑场就吓死了，我都送走三个了，你是第四个。"一个犯人拍拍他的肩说。

"枪顶到头上，没有不怕死的。"另一个犯人说了这么一句，倒头又睡。

"死我倒不怕，就是觉得冤。"黑子说。

"你杀了两个还冤呢，我才叫冤呢，他们说我是强奸，可我是未遂呀。"一个犯人施以安慰。

"你还好意思说呢！"另一个犯人插嘴。

"兄弟还没找对象呢吧？"强奸犯问。

"没有，怎么了？"黑子问。

"还没尝过女人的滋味就死，亏。"强奸犯也躺下了。

只有黑子一个人坐着，想心事。

候车室里，文秀看表。

何刚问："几点了？"

"快三点了。"文秀说。

"黑子怎么还不来？"何刚着急。

检票员的声音：前往北戴河方向的旅客，请检票进站了……

颜静在寂静的街道上疯跑。

广播声：前往北戴河方向的旅客，请您检票进站了……

文秀提起包，与何刚向检票口走。

何刚不住回头望。

走到检票口，何刚说："文秀，再等等黑子，他一定会来的。"

检票员催。

"我们这就进站……这就进站……"何刚说。

检票口只剩下他们俩。

检票员再催："走不走？不走就停止检票了。"

何刚与文秀无奈地走进检票口。

颜静跑进候车室，四处看，看到何刚与文秀的背影，大喊："何刚哥……何刚哥……等等……"

何刚回头。

一声钟响。

火车站屋顶上的大钟指向三点。

城市静悄悄，只有路灯朦胧，朦胧的路灯下，偶尔有清洁工人扫着街道。

唰唰的扫帚声更衬出城市的寂静。

托儿所里，孩子都睡着，阿姨给孩子盖上蹬开的毛巾被。

周海光在寂静的街道上走，寂静使他感到一种重压。

有一种声音在寂静的深处悠然而来，越来越近，越来越大，就像沉闷的雷声由千里之外滚滚而来。瞬息之间来到头顶，就像有无数辆火车同时开来，恐怖的声音把城市的寂静撕成碎片，纷纷而下。

周海光恐怖地抬头看天，天上是浓黑的一片，似有千重云阵压下来，压下来。

地震台的预报室里，红玉不经意地问："什么声音，不像雷声啊？"说着，声音就大了，乱了。

"是地声，地声！"马骏大喊，喊着，奔到仪器前，超凡也奔过去。

地震记录仪在剧烈跳动。

浓黑的天空出现光芒，赤橙黄绿青蓝紫，各种色彩混在一起，搅在一起，如惨烈的厮杀。光芒把浓重的夜色撕碎，扯烂，吞没。

周海光站在马路上，脚下突然发出难以形容的巨大的声音，如被囚禁的魔鬼挣脱镣铐。

一阵黑色的旋风由大地深处冲决而出，直向天庭。

黑色的旋风把一切光线都吞没了，天地之间又是一片黑暗，如蛮荒以前，混沌未开时。

旋风之后，是一片惨烈的蓝光，蓝光把天地映成魔鬼的脸色。

蓝光逝去，在瞬间的黑暗中，大地猛烈颤动起来。

千百面玻璃一齐爆裂，亮晶晶的碎片飞向夜空又纷纷落下，如流星雨。

流星雨笼罩整个城市。

大地犹如在海上漂浮，在大海的怒涛中起伏颠簸，大地成为一只没有帆樯的小船。

电线燃烧，如火蛇向前飞蹿，撒落无数火球，火球落在地上，爆炸，如焰火重上天空。

纵横交错的地下管道炽热的气体乱蹿，无数井盖在剧烈的爆炸声中飞向天空，落下，在马路上乱滚。

周海光躲避着爆炸和从天而落的井盖，他倒在地上，在地上颠簸，一根电杆砸下来，躲过，又一根电杆倒下，又躲过。

震波出现了，大地的身躯如水波一般柔软起伏，如海浪一般一波接一波地涌动，所到之处，无数高楼颓然垮下如积木。

大地裂开无数口子，裂口如惊蛇在大地游走。

有黑色的水和泥沙由裂口中喷涌而出。

国家地震总局的监测室里，地震记录仪的指针急速跳动，跳出记录纸，室内响起警报声。

唐山陡河水库，水如海浪一般怒号着，掀起冲天巨浪，恶狠狠地向架在两山之间的大坝撞击。

大坝在颠簸、在摇摆、在颤抖，一条纵向的裂缝在大坝上游走，把大坝生生撕开，撕成两半。

唐山地震台的预报室里，超凡紧抓住桌子站立。

马骏站立不稳，被甩到一边。

超凡大声喊："震级……七级以上。"

马骏翻身，趴在地上，记录。

房子突然垮下。

一片烟尘，只有一片烟尘。

二五五医院的外科值班室里，随着烧杯的碎裂声，所有的柜子都倒了，电灯剧烈摇摆，摇到屋顶上。

文燕由床上翻滚下来，没有起身，就势钻入海光为她准备的桌下。

楼板落下来，横七竖八地砸在桌子上面。

一片烟尘。

一片黑暗。

唐山在颤抖。

所有的建筑都在一瞬间倒塌。

有冲天大火和此起彼伏的爆炸。

当震动止息，唐山只有浓浓的烟尘，唐山在一片浓浓的烟尘中消失了。

国家地震总局的预报室，一切都乱了，柜子倒了，电灯碎了，水瓶水杯也碎了，墙上的镜框在摇摆。

梦琴、魏平和一名工作人员由地上爬起来。

"北京地震了。"梦琴惊恐地说。

电话铃响，魏平接，是张勇："震中在哪儿？"只问这一句话。

一个工作人员跑进来："魏组长，我们的仪器记录出格，无法判断震中在哪里。"

"张局长，仪器记录出格，无法判断！"魏平对着电话大声喊。

"我马上就到。"张勇挂了电话。

周海光站立起来，站在马路上，站在一片烟尘之中。什么也看不见。

烟尘渐散。

眼前一片废墟，废墟静悄悄，无人声。

他呆了。

呆过之后，是一声怒吼，如荒野上的狼。

这是大地震之后第一个出现的声音。

国家地震局的预报室里一片忙乱，电话声此起彼伏。工作人员出出进进。

魏平刚由一名工作人员手里接过各地地震台网发来的电报，还没看，电话又响，是中央军委叶剑英副主席办公室，魏平接过电话："我是地震局预报室。"

"地震的震中在哪里？"对方问。

"报告首长，目前正在查找，确定后立即向首长汇报。"魏平说。

放下电话，魏平便对梦琴说："你马上和各地地震台网联系。"

梦琴马上扑向电话机。

唐山醒了。

最早出现的是几个幸存者，呆呆地站立于废墟之上，赤裸，浑身灰土，流着血，呆呆地看着陌生的家园。

几处火光的映照下，家园一片死寂。

接着，是由废墟的下面发出的呼救声、呻吟声、哭声。

各种声音搅到一起，驱走死寂。

国家地震总局，张勇赶到机关，赶到机关就问："震中确定没有？"

"还没有。"魏平答。

"他妈的，震中到底在哪儿？打电话一个一个给我联系。"这位战争年代的将军，骂了街。

"已经派人联系了。"魏平说。

"马上派四部车，分四路，在方圆二百里内给我找。"张勇急得在地上来回走，一边走一边下达命令。

"是。"魏平跑了出去。

一块水泥板被顶起来，一只手伸出来，扒碎石，头钻出来。

向国华由废墟下面爬出来，站立于废墟之上。

眼前空旷，一切遮挡都没有了。

远处，有火光。

近处，一片呼救的声音。

几个人默默地抬着三具尸体，放在他身边，又默默地走开，仍去抬尸体。

刚由废墟下面被扒出的人，拖着伤残的身躯，走下废墟。

他的腿一软，跪下，看着眼前的尸体和横七竖八的楼板，流泪。

他流着泪又站起来，摇晃着身子，走下废墟。

"老向……老向……是你吗？"有人喊他，扭头，一个人朝他跑，近了，是梁恒，只穿一条短裤，脸上淌着血。

"你是……"向国华疑惑。

"我是梁恒，梁恒啊。"梁恒跑近，拉住他，大哭。边哭边问："老向，你还活着，伤着了吗？"

"我还好，你的伤重吗？"向国华声音沉重。

"我不要紧，老向，唐山平了，很多人还压在下边，我们现在怎么办呢？"

"市政府干部还有多少？"向国华问。

"没有见到几个。"梁恒撒开他的手。

"眼下当务之急，要尽快把全市人民组织起来，开展自救互救，尽快和党中央取得联系，赶快派部队来。"

向国华和梁恒边说边走，向前走。

郭朝东推开身上压的杂物，想站起来，头碰到楼板上。

只能爬，他向前爬，听到郭朝辉的声音："爸……妈……刘慧……哥……"

郭朝东向声音爬，爬到跟前，郭朝辉被交错的楼板压着，不能动，郭朝东看着，也束手无策。他抱住郭朝辉："朝辉，朝辉，是地震了，是地震了……"

"爸妈呢？刘慧怎么样了？"郭朝辉的声音很微弱。

郭朝东惊惶地向四周看，看到两条人腿露在碎楼板外面。

他的声音颤抖："我也不知道，我去看看。"

他放下郭朝辉往前爬，边爬边喊着，边扒，看到了爸妈，只是两个血肉模糊的人头。

一阵余震袭来，废墟下面也在摇晃，交错的楼板重新错位。

郭朝辉的声音也听不到了，身子也看不到了，身边一片漆黑。

郭朝东向着前边有一点光亮的地方爬去。

唐山开滦煤矿，中国第一座现代煤矿，地面建筑也全部消失了。

一位普通干部由废墟里爬出来，站在废墟之上。他姓李，四十多岁。

一个人朝他走来，他喊："你是谁呀？"

对面答："我是老曹哇。"

两人走到一起，老李说："老曹啊，矿上全平了，下边还有一万多名工人哪。"

老曹说："咱们要赶快向唐山市政府汇报这里的情况。"

老李说："我马上去弄车。"

说着，跑走。

地震的废墟上空空荡荡，只有超凡一个人，身子在外面，腿压在下面，他扒着自己的腿，喊："马骏……红玉……"

一辆红色矿山救护车拉着警报在一片废墟中行驶，车上坐着老李和老曹。

看到唐山全平了，他们吃惊。

"唐山全平了，这可怎么办呢？"老李说。

"咱们去北京，向毛主席党中央汇报。"老曹说。

汽车快速驶去。

郭朝东在废墟下面爬，一块楼板挡住去路，他朝四面看。

身边，一个女人倒挂着，血顺着脸往下流，一双眼睛没闭，直直地看着他。

回头，一个男人挤在两块楼板之间，仰着身子，肠子露出来了，四周到处是血。

郭朝东惊骇之余，急急地爬，向有光的地方爬。忽然，双腿被人抱住，回头，是一个女人，披头散发，光着身子，满脸是血，已经奄奄一息。女人微弱的声音对他说："求求你，救救我，救救我呀，我快不行了。"

郭朝东惊恐地叫着："放开我，放开我呀……"

女人紧抱不放，仍求他救救她。

郭朝东抽腿，抽不开，垂死的女人就像落水者抓住唯一的船板，抱得极紧。

"放手，快放手呀……"郭朝东绝望地大叫。

"求求你，求求你……"女人的声音逐渐微弱，手，松了。

郭朝东急急地向外爬。向有光的地方爬，向有人声的地方爬。

终于爬出地面，他呆了，他没有想到地震会这样惨。废墟上活人很少，只有七八个人身子露在外面，伸出双手求救。

到处是死人。

"唐山完了。唐山完了。"他痴痴呆呆地走，不知道走向哪里，只是念叨着一句话："唐山完了。唐山完了……"

市政府的大门也垮了，只有毛主席的塑像还完好无缺地肃立。二十几名干部赤裸着身子在废墟上扒着。

向国华和梁恒朝他们走来。

见到他们，人们围上来，这里有周常委和朱秘书。

向国华看着大家，眼酸，说不出话，但他强忍泪水，开口："同志们，我知道你们大家也有家，有亲人，有父母老婆孩子，可是你们没有回家看看。也许你们的亲人就埋在废墟下面，正面临死亡的威胁，也许你们早一点回去，就能挽救亲人的生命，但是大家都赶到这里来了，我向国华谢谢你们了。"

说着，对大家深深一躬。站直，泪早已忍不住，挂满脸。向国华流着泪说："作为市长，我对不起全市的百姓，对不起大家。"

一名干部说："向市长，我们是共产党员，党的事业和人民的利益高于一切，请你下命令，只要有市委，有党的领导，我们一定能够战胜灾难。"

向国华的声音颤抖了："我相信，我们的党员是靠得住的，我们的干部队伍是靠得住的。"

向国华弯腰，把唐山市政府的牌子由瓦砾中抽出来，一名干部接过，扶住。

"同志们，我宣布，唐山市政府抗震救灾指挥部正式成立。"

全体人员静静地看着他。

"总指挥向国华，副总指挥梁恒。目前的主要任务是：第一，要赶快弄清唐山的受灾情况，向中央和省委报告，越快越好。"

梁恒大声说："第一项我负责。"

"第二，马上和唐山附近的部队取得联系，速派解放军来唐山，人越多越好。"

周常委说："老向，我去。"

"第三，朱秘书，你尽快起草一份《告全市人民书》，号召全市人民组织起来，开展互救。"

朱秘书说："我马上起草。"

"第四就是救援工作……"

"向市长，我负责路南。"

"向市长我们几个人分头去办吧。"

几名干部纷纷请战。

向国华看着这些尽职的部下，不住点头："留下的同志，马上组织起来，做好机关自救工作，不论是死是活，凡是能扒出来的，一定要扒出来。"

大家答应一声，各自去了。

向国华转身，一口鲜血喷出来。

国家地震局，张勇一边看各地的传真电报一边听工作人员汇报。

"张局长，北京地震台来电话说，北京东南有部分房屋倒塌，北京饭店、王府井百货大楼、天安门等建筑也都受到不同程度的破坏。"魏平说。

"天津地震台来电话说，天津有大片房屋倒塌。"梦琴说。

张勇抬头："梦琴，现在还有哪些地方没有取得联系？"

"张局长，中国邮电已和全国各省市都联系上了，唯独唐山联系不上，他们没有来电话，我们也打不通。"梦琴说。

"我估计震中就在距北京二百公里范围之内。"张勇说。

电话响。

魏平接："喂……哪里？"

"我是中央军委叶剑英副主席办公室。叫局长听电话。"对方说。

魏平捂住话筒："张局长，您的电话，军委叶剑英副主席办公室。"

张勇接电话："喂，我是张勇。"

"震中找到没有？人员伤亡如何？叶副主席非常关心。"对方说。

魏平在一旁小声说："已经来过十多个电话了。"

"我们找到震中马上向叶副主席汇报。"张勇说。

唐山的街道上开始混乱。

一群灾民不顾一切地在路上跑。

有人喊："快跑呀，就要发生海啸了，再不跑唐山就要陷下去了。"

郭朝东痴痴呆呆地走，边走边念叨："爸……妈……朝辉……全完了……全完了……"逃难的人群卷过来，把他卷进去，他也混在人群中跑。

周海光在废墟上面和人们一起扒着遇难者。

一群人跑过来，有人喊："快跑啊，唐山要陷了。"

废墟上的人们丢下工具，跟着跑，逃跑的人群如滚雪球一样朝着一个不确定的目标滚动。

周海光跑下废墟，拦住逃跑的人们："站住！站住！大家不要慌，唐山不会陷下去，大家赶快救人……"

众人错愕，站住，没有人动。

只有一个人不听他的，推开人群，跑。

是郭朝东。

周海光一把揪住他："郭主任！郭朝东！"

郭朝东仍未回过神来，喃喃着："完了……都完了……"忽然神经质地对周海光大叫："别抓我，松手啊！松手啊！让我走……"

周海光也大叫："郭主任，不能走啊，救人要紧啊！"

郭朝东一愣，冷笑："现在谁还顾得上谁呀……"

人群中有人附和："就是，活命要紧，咱们赶紧跑吧……别听这个人的，还是保自己的命要紧啊……"

人群开始涌动。

周海光急了："站住。"然后，指着郭朝东说，"郭朝东，你别忘了，你是一个共产党员，现在唐山出了这么大的事，你怎么能制造谣言，蛊惑人心，跟着群众逃跑？"

郭朝东突然双手抓住周海光的衣领："姓周的，共产党员难道就不能活命吗？你整天喊地震，地震，这下地震来了，你满意了吧……你满意了吧……你赔我爸……你赔我妈……还有我弟弟……"

"你疯了！"周海光大声说。

"我疯了！我就是疯了！大家还不认识他吧？他就是地震台的台长。"郭朝东果真像疯了一样，指着周海光向人群喊。

人群激怒了，无数亲人的鲜血染红无数双眼睛。

人们顺手抄起木棍、钢筋、铁条、石块，向周海光围过来。

"你……真的是地震台长？"一个青年指着周海光问。

"我是。"周海光答。

"打死他。打死他。"郭朝东喊。

"打死他。打死他。"人们喊。

"这么大的地震，你们一声不吭，把你们都枪毙了，也解不了唐山人的气。"一个老人喊。

青年愤怒地挥拳，打在周海光的脸上。

接着是一棍，打在他的后背。

周海光一头栽在地上，口袋里掉出一块女式手表。

郭朝东捡起来，仍在喊："打死他。打死他。"

雨点似的砖头石块飞向倒在地上的周海光。

晨光小心翼翼地露出头，看唐山，由每一个缝隙钻进，看唐山的地下，埋着的人们。

向文燕蹲在桌下，已经成为土人，咳嗽不止。

边咳嗽边扒着散碎的砖石。

周海光慢慢爬起来，血糊住眼睛，耳朵、鼻子、嘴，都在流血。

脸已经看不清，脸是一团模糊的血肉。

刚爬起来，一个青年举起一棍，打在他的头上。

他再次栽倒在地上，蜷成一团，不动。

愤怒的人们没有一丝怜悯，一个人上去又是一棍。

周海光在打击下又动起来，爬，眼前没有人影，只是一片血光，他面对一片血光跪下，喑哑的嗓子发出低微的声音："打吧，你们应该打死我，是我对不起唐山人民，是我对不起唐山啊……"

一个小伙子举起铁棍，向他的头砸。

许多人也举起手中的工具，向周海光砸。

"住手！"人群中突然有一个人冲出来，扑到周海光的身上，用身躯护住他。

砸下的棍棒石块都落到那个人身上。

向文燕从碎石堆里钻出来，慢慢站起，眼前的景况使她惊骇，不由后退。

医院成为一个石堆，只有几个房间残存，残存的房间也掀去了大半，几面残墙兀立，房间里的病床、衣架、脸盆架清晰可见。

一个女患者大半个身子倾到外边，双腿被压着，黑色的头发如瀑布般倾泻。

一个年轻的女兵高悬在半空，胸口血肉模糊，一根粗大的钢筋穿透胸膛。

文燕突然大喊："海光……海光……"朝大门跑。

护住周海光的是向国华，向国华把周海光紧紧压在身下，自己的身躯承受着那些棍棒石块。

人们住手，一个青年指着向国华问："你是谁？你为什么护着他？"

向国华慢慢坐起，擦嘴角的血，看着愤怒的人们。

青年又举起棍子，朝周海光砸。

"你们都给我住手！"向国华愤怒地大喝。

青年被镇住，扬起的棍子滑落。

向国华扶周海光坐起，周海光擦眼前的血，睁眼，看向国华。

向国华站起："同志们，唐山的父老兄弟们，我是市长向国华，这些都是我的错，与地震台无关，是我对不起唐山父老，你们不能打他，要打，你们打我……你们打我……"向国华大吼着，跪在大家面前。

人群静默，人们呆了。

一位老人上前，扶起向国华。向国华站起："地震台的同志没有错，他们的亲人和大家一样，也在遭受地震的折磨，可他们不顾亲人的安危还在坚持工作，同志们，地震无情人有情，砸死的人已经够多了，难道还要杀死一个没有被地震砸死的人吗？难道还恨唐山人剩下的太多吗？"

人们无声地扔掉手里的棍棒石块。

向国华看到郭朝东："郭朝东，你怎么在这里？"

"我……我……"郭朝东低头。

"你马上回指挥部听候处理。"向国华说。

郭朝东低头离去。

"同志们，目前全市人民要团结起来，抓紧每一分钟时间，把埋在废墟下的同胞们都救出来。"向国华对着人群大声说。

人们无声地散去。

向国华扶起周海光，周海光的声音微弱："让他们把我打死吧，我想死……好好的一座城市转眼就成了墓地，我还有什么脸活着？"

"海光，这不是你的错，不是你的错。你要振作起来。"向国华对着周海光的脸说。

"我没法振作，求求你别再管我了好不好？"周海光突然大叫。

向国华狠盯着他，突然扬手，打了他一个耳光，打得周海光呆呆地看他。

"周海光，我需要你，唐山需要你，有那么多的事情需要有人去做，还有余震在威胁着我们，我命令你到抗震指挥部来，我们要尽最大的力量把死亡人数降到最低。"

周海光的眼里有了泪水。

文燕跑到大门口，大门已经成为瓦砾堆，几步即可迈过，但是她发现出不去了，整个医院大楼前面的空地已被伤员占满。

光着脊梁的小伙子用自行车驮着年迈的母亲，母亲的半边脸吊下来。

赤脚的汉子背着腿折的媳妇，媳妇的腿骨支出来，白惨惨吓人。

挺着大肚子的孕妇身上只披一件窗帘，胸前一片青山绿水。

年迈的大爷穿一件鲜艳的百折裙，抱着已经死去的孙子。

八路军、新四军和"国军""日军"在这里混为一体，这都是各级文艺宣传队的服装，被人们捡起穿在身上。

人们的目的只有一个：寻找医生，活下去。

看到向文燕，一个姑娘像见到亲人，趔趔趄趄走来："医生……救救我……"说完，倒在地上。

拉伤员的汽车来了又去，鲜血顺着车厢流，流到路上，流出长长的血辙。

还有伤员朝这里爬，爬一段，歇一段，再爬。

国家地震总局的总机室里，梦琴坐在总机前要电话："喂……给我接唐山地震台。"

"我们一直在接，唐山接不通。"对方说。

"喂，你给我接唐山，随便哪个单位都行，你给我接……"梦琴急躁。

"我跟你说多少遍了，唐山接不通，哪个单位也接不通。"对方也急躁。

文燕呆呆地看眼前的惨状。

陈医生、丰兰和另外三名护士也由废墟里爬出来，走到文燕身边："文燕姐，你还活着！"丰兰拉住文燕，要哭。

"丰兰，别哭，我们活下来就好。"文燕也拉住丰兰。

"向大夫，你看这么多受伤的，我们怎么办呀？"陈医生说。

陈医生的话被周围的人听见，听见的人大喊："我们有救了，这里有大夫，有活着的大夫。"

人们如潮水般涌过来，把他们围住，数不清的口一齐说话，听不清谁说的什么，但是能感觉到，他们都在企望能够有人给他们医药、给他们治疗。

可是，他们只有几个人，没有器械，没有药品，连一张桌子都没有。

在众人的祈求声中，向文燕一时想不出任何办法，而陈医生和护士们又都看着她。

见她无语，人们不再挤，也不再嚷，人们静下来，静得出奇，不知是谁带头，人们静静地跪下，扶着、抱着他们奄奄一息的亲人，跪下。

"大夫，大夫，救救孩子吧，我们全家就这一根独苗啊……"一位老大爷抱着已死的孙子，跪着，哭着，叫着。

"救救啊……"众人也都哭起来，哭着叫。

向文燕的眼泪落下来。陈医生和护士们的眼泪也落下来。

"大伙都站起来呀，你们这样，我们的心都要碎了。你们站起来听我说，我们大家要振作起来，你们先把亲人放下，医院的药品器械库塌了，现在大家只有一起去挖，把药品器械挖出来，你们的亲人才有救。"向文燕大声说。

"大夫，我们去扒，我们去挖。"人们嚷。

"能出把力的，跟我走。"陈医生含泪一呼，很多年轻人随他去了。

文燕对丰兰说："丰兰，你带人去找几张桌子，当手术台，看看其他还有能用的东西，也都搬过来。"

"能动的跟我走。"丰兰也含泪叫，一群人跟着她走了。

"你去找一辆能拉水的车来。"文燕对一位护士说，护士答应，跑步走了。

"你跟我去选择场地。"文燕对一位护士说，护士跟着她走。

一辆唐山牌照的红色矿山救护车在北京长安大街上疾驰。

红灯。

闯。

又是红灯。

闯。

交警走下岗楼拦截。

闯。

交警驾车追。

警笛长鸣。

救护车在新华门前急刹车，交警的车也赶到，包围。

车上下来两个人，交警们愣了，两个男人，只穿短裤，周身是灰尘，是血迹。看不清脸，脸上也是灰尘，是血，只有眼睛是白的、牙是白的。

"我们是唐山的，我们来向中央首长汇报。"老李说，说着，便一趔趄靠在车头，老曹把他扶住。

中南海会议室里，几位中央首长焦急地在地上走，时而小声说几句话，工作人员全都不出一声，空气紧张。

一位军人领进老李、老曹和司机小崔，几位首长迎过去，把他们抱住："唐山的同志，你们来得好啊。"一位首长说。

老李拉着首长大哭："首长啊，唐山平了，唐山全平了。几十万人压在下边啊，快救唐山啊。快救唐山啊。"

几位首长震惊，眼圈也都红了。

一位首长问："开滦井下有多少工人？"

"两万多人。"老李哭着说。

"你们坐下，详细说说唐山的情况。"一位首长说。

国家地震局，一位工作人员匆匆走进张勇的办公室。

"确定了吗？在哪里？"张勇问。

"确定了。唐山。"工作人员说。

张勇走向地图，魏平等人也围过去。

"根据地震台网和我们的测定，震中在东经 118.2 度、北纬 39.6 度，震源在地下十六公里，震级是七点八级。"魏平说。

"立即向叶副主席汇报，向国务院汇报。"张勇的拳头砸在地图上。

魏平答应着出去。

梦琴捂住脸，哭着跑出去。

中南海会议室的外边，各种轿车排满，各部委、解放军各总部军兵种的首长都到这里待命。

会议室里，老李几个人已经洗了脸，换上崭新的军装，坐在沙发上。

几位首长围着他们坐。

一位首长说："老李同志，你们都是从灾区来的，掌握第一手情况，我们听你们的，你们让我们怎么办，我们就怎么办。"

"快派解放军到唐山救灾，不怕多，越多越好。"老李说。

话刚落音，一位穿军装的首长站起来："命令。"

十几名解放军军官应声而进，站成一排，同时打开文件夹记录。

"命令某某军、某某军、某某军，立即向唐山开进，边开进，边收拢。"

十几名军官一齐合上文件夹，走出去。

"首长，要把全国各大煤矿的救护队调往唐山。"老曹说。

一位首长站起来："煤炭部到了没有？"

"到了。"一位部长应声而进。

"立即调集全国各大煤矿的救护队，立即登机，赴唐山救灾。"首长大声说。

部长答应一声，快步走出。

"首长，要急派全国各省市的医疗队到唐山，唐山的伤员太多了。"小崔说。

一位首长站起来："卫生部到了没有？"

"到了。"一位部长快步走进来。

"马上组织全国各大省市医疗队，火速赴唐山抢险救灾。"

"是。"部长快步走出。

枪炮齐鸣的演习场上，进攻与防御的双方交战正酣。

突然枪炮戛然而止，战士们火速登车，向唐山，前进。

部队营房里，炊事员把蒸得半熟的馒头掀到一边，一瓢水浇熄炉火，背起行军锅，登车。

通往唐山的各条道路烟尘滚滚，马达轰鸣。立刻被行进的解放军车队挤满，十万大军赶赴唐山。

天上无数飞机呼啸而过。
首长的声音："我命令空军除战备飞机外，全部运输机飞往唐山救灾。"

看不到头的大货车车队，无数工人干部往车上抢装物资。
首长的声音："国家物资总局立即调集物资，运往唐山。"

医院里，刚刚走下手术台的医生，把橡胶手套一甩，白大褂都来不及脱，马上登车。
飞机场上，穿着白色大褂，手提简单医疗器械的医生、护士跑步登机。
首长的声音："各省市医疗队必须以最快的速度到达唐山。"

矿井里，全副装备的矿山救护队员匆匆撤离，向罐笼疾进。罐笼提升。
井口，罐笼刚停稳，救护队员跑步登车，卡车疾驰。
首长的声音："全国各大煤矿的救护队全部飞赴唐山，救灾。"

第六章　消逝与永存

监狱倒了，没死的犯人们站在废墟上，乱哄哄一片。

"呵呵，原子弹爆炸了。"一个犯人说。

"狗屁，是氢弹。"另一个犯人说。

"管他妈的什么弹，只要咱活着，叫他们死光才好。"又一个犯人说。

"你们他妈的傻蛋，啥弹也不是，这是地震。"黑子说。

大伙才明白，向四周看。

大墙都倒了，监狱与外面的废墟连为一体，监狱成为空白，一片空白中，只有一段天桥还在，天桥摇摇晃晃。

"黑老大，你说得对，那你说咱们怎么办？"一个犯人问黑子。

"怎么办？老天有眼，不叫咱们死，那咱就走。"黑子冷笑。

"咱敢走？"一个犯人有点怯。

"你他妈的是关傻了，有什么不敢的，天都塌了，地都陷了，该死的都死了，就剩下咱们这帮人了，你要是不想走就在这儿等死吧。"黑子表示轻蔑。

"弟兄们，走啦。"众犯人异口同声。

如一盆脏水泼下，向四处流。

枪声响。

黑子□□□天桥上站着一名狱警,只穿短裤,手端冲锋枪,对着下面。

"不许动□□动就打死谁。"狱警喊。

都不动。

黑子看狱警。

众犯人也看狱警。

他只一个人。他们是一群人。不怕。

"听我口令,都给我蹲下!"狱警喊。

"都什么时候了?你们把老子关得时间够长了,现在老子自由了,老子要回家看看。"一个犯人喊。

"蹲下!"狱警喊。

"我妈还在家呢,我要回去看看。"黑子喊。

黑子喊完要走,众犯人又乱。

枪又响。

"谁也不能走。"狱警喊。

都害怕了,都蹲下。

大地又摇晃起来,众犯人如蹲在船上,船在浪中。

天桥塌下来,狱警栽到地上,再也不动。那是一个很年轻的狱警,还没刮过胡子。

犯人们又乱。

黑子趁乱溜走。

一道手电光在废墟下扫。

素云被砸断的床板和碎石压住,往前爬,爬不动。喊:"小冰!小冰!"

边喊边用手电扫。

"妈妈……妈妈……你在哪儿……你快来呀……"小冰的声音。

素云用手电照,小冰压在桌子旁,横七竖八的楼板压在桌子上,桌子咯咯响。小冰大声哭。

"小冰别怕,妈妈在这儿,你能动吗?"素云喊。

"妈妈，我不能动，我疼，妈妈你快来呀。"小冰哭。

"小冰，你忍着点，妈妈这就过来。"素云听小冰哭，泪便下来。

素云使尽力气扒碎石，边扒边和小冰说话："小冰，你和妈妈说话，和妈妈说话。"

一阵余震。

小冰的哭声没了。叫，也不应。

"小冰……小冰……"素云撕心裂肺地叫，边叫边扒。

何大妈带领着街坊们在废墟里扒人，都累了，没有饭吃，没有水喝，天又格外热，人们都有些疲惫，打不起精神。

一辆破烂的吉普车缓缓开来，车上站着一个年轻姑娘，手拿用硬纸板卷的话筒喊话："同志们，唐山市委领导的市抗震救灾指挥部已经成立了，总指挥向国华同志呼吁全市人民振作起来，积极开展自救互救工作。我们每一个人都要发扬互助友爱，互相帮助的精神……全市的共产党员们，更要冲锋在前，积极发挥党员的模范带头作用，把生的希望留给群众，把死的危险留给自己，争分夺秒，把埋在废墟下的亲人们救出来……"

这是地震后唐山市抗震救灾指挥部派出的第一辆宣传车。

废墟上的人们听到这声音都抖擞起来。

何大妈说："大伙儿都卖把力气，快点扒，早点把咱们的亲人救出来……"

人们继续在废墟上面活动起来。

二五五医院用木桩塑料薄膜搭起医疗棚。

医疗棚外扔着残肢，排着尸体，凝固着淤积的血。

不远处是一张桌子，桌子前排着长长的队伍，都是轻伤员，两名护士在为他们上药。

重伤员都躺在地上，长长的队伍，看不到头。文燕满头大汗地从医疗棚里出来，看着长长的队伍，不禁深叹。

一位老太太一瘸一拐地走来，领着一个叫兰兰的小女孩，兰兰背着她的小弟弟。老太太对文燕说："大夫，你先给这个可怜的孩子看看吧，这孩子排在最后，我和大伙儿说了，大伙儿让她先看。"

兰兰的眼睛看着文燕，有很多祈求，很多希望。

文燕扳起孩子的头，翻翻眼皮，摇头："小姑娘，你的弟弟……死了。"

"阿姨，您再给看看吧，我把弟弟扒出来的时候，他还能哭呢。"兰兰说。

文燕不知道应该怎样和这个小姑娘说。

"刚才来的路上，他还叫我姐呢。"兰兰仰着头，看着文燕说。

文燕不能说话，仅仅几个钟头的时间，就使她见了太多的死亡，眼泪已经干涸，但是在这个背着小弟弟的小姑娘面前，她的眼睛又酸了。

兰兰见文燕不说话，没失望，把弟弟抱在怀里，哄："好弟弟，快叫姐姐，哭两声也行啊……你醒醒啊，姐姐把所有好玩的东西都给你还不行吗？你醒醒啊。"

老太太擦眼泪。

文燕转过身去。

地震台的废墟上仍是空荡荡的，只有海光一个人，用一根铁棍撬起楼板，把超凡血淋淋的腿拿出来。

"马骏和红玉他们呢？"海光问。

"都遇难了。"超凡说着，眼圈又一红。

海光坐在废墟上，低头，半天才说话："余震还是要想办法报，目前小震密度很大，几小时后就可能会有六级以上的大震，如果我们能报出来，就可以减少很多伤亡。"

"可仪器都砸坏了。"超凡说。

"你再到别的观测点上去看看，也许会有办法。"海光说。

超凡点头。

"你的腿还能走吗？"海光问。

"试试。"超凡说。

"来。"周海光站起来，把超凡扶起来，扶着他在废墟上走，走两步，撒手，让他一个人走。

"没问题。"超凡有些高兴。

"你快去吧，有情况到指挥部找我。"海光说。

超凡顺手捡起一根木棍，拄着，一瘸一拐地走了。

陡河水库的水仍然像开锅一样翻腾，一波一波地朝大坝狠撞，掀起十几米高的水柱，退回，再撞。

大坝微微地颤，纵向的裂缝悄无声息地蜿蜒向前。

"小冰，再坚持一会儿我们就得救了。"素云对小冰说。

上面是何大妈的声音："孩子别怕。"

水泥板掀开，浓烈的阳光欢呼着涌入，素云看到小冰的头和胳膊露在外面，身子全部埋在碎石下。

两个男人下来搬开素云和小冰身上的碎石，把她们抬出来。

见到何大妈，素云叫了一声大妈，眼泪就出来了。

一辆红色公交车停在市委门前，车前竖着唐山市人民政府的牌子，这就是抗震救灾指挥部的办公地点。

人们上上下下地忙碌。

周海光走上汽车，对向国华说："向市长，我刚从地震台来，总局派来的专家全部遇难，台里只有超凡活着，我已派他去监测余震。"

向国华问目前最需要他们做的是什么。

周海光说："最重要的是马上派人去陡河水库，了解水库受灾情况，陡河水库高出唐山十多米，储量三千六百立方米，如果大坝出现问题，唐山将是一片汪洋。"

向国华问需要多少人，话还没落音，一名工人就气喘嘘嘘地跑来，径直跑上车，找向国华，向国华问有什么事。他说他叫郑浩，是陡河水库的工人，他说水库要垮了。

车上所有的人都紧张起来。

"别急，你把情况说清楚些。"向国华说。

"大坝下陷，纵向开裂一千五百米，横向断裂每隔五六米就是一处，眼看就要垮掉。"郑浩说。

向国华额头淌下大颗汗滴。

陈医生由医疗棚里出来，急切地对文燕说："文燕，有一名肝破裂伤员，目前没有血浆，没有消毒设备，我也没做过这么大的手术。"

文燕还没说话，一直守在医疗棚门前的一位姑娘就说了话："大夫，你救救我妈吧，我求你了。"

两个小青年抬着一块门板，急急走来，径直走到文燕跟前，放下，门板上躺着黄涛。

文燕见是黄涛，呆了。

黄涛倒笑："文燕，你还活着？"

文燕点头蹲下："黄主任，你哪里受伤了？"

"我没事，腿断了。"黄涛说得轻松。

文燕马上叫人来把黄主任抬进去，黄涛不让："别叫，目前我是轻伤，先给重伤员和老百姓看吧。"

姑娘又来到文燕面前，还是恳求救救她妈。

文燕没说话，她也无法说话，在这种条件下做这种手术她听都没听说过。黄涛听见，问文燕："她哪里受伤了？"

"是肝破裂，我们目前没有手术条件啊。"文燕说。

姑娘仍哭。

黄涛说："文燕，这个时候要打破常规手术程序，先给伤员输血。"

"黄主任，我们没有血浆啊。"陈医生说。

"把伤员腹内积血抽出来，再推进去，要快。"黄涛说。

陈医生进去，黄涛让文燕把他抬进去，他来做手术。

"黄主任你行吗？"文燕问。

"你怎么这样婆婆妈妈的，救人要紧。"一贯好脾气的黄涛发起脾气。

文燕只好叫人。

向国华在公交车狭窄的空间里来回走，他走，大家就不得不坐下。

"市长，如果大坝垮掉，唐山将是一片汪洋。"郑浩仍在着急地嚷。

"应该马上组织全市撤离。"周常委说。

有人马上表示支持。

"现在这个局面，怎么组织？即使能够组织撤离，废墟下面的人怎么办？井下的矿工怎么办？伤残人员又怎么办？"向国华站住，一连几个怎么办问得车内的人都噤口不言。

超凡一瘸一拐地走上车来，海光一见，站起来问："超凡有事吗？"

超凡说："海光，马家沟的仪器我收拾好了，根据分析，大约六小时后有一个七级以上的余震。"

医疗棚里用办公桌搭成两个手术台，两个手术台都在忙碌。

黄涛被抬进来就让把伤员放到地上，准备手术。

人们把肝破裂的伤员放在一张门板上，黄涛跪起，操刀手术，脸上滴着大颗的汗滴，文燕在旁为他擦汗。

腹部切开，大量积血涌出。

黄涛大声说："加大输血量。"说着话，他的胸前却有大量鲜血涌出。

公交车里，众人都看着向国华，一声不吭。

向国华的拳头砸在车座上："狭路相逢勇者胜，同志们，我们只有一条路，就是不惜一切代价，保住大坝，保住唐山。"

"向市长，办法只有一个，尽快把水库的水放光。"周海光说。

黄涛的衣服已经被汗水湿透，前胸则被血水湿透，汗水和血水混融，黄涛的衣服便呈淡红色。

文燕见黄涛的胸前不断流血，惊骇，但正在手术，不敢说话，只盼手术快些完结。

手术终于做完，黄涛说："可以缝合了。"

陈医生说："我来吧。"

文燕要扶黄涛起来，黄涛不动，摇，全身晃。文燕一惊，招手叫人，黄涛咚的一声倒下。

文燕叫着黄主任，撕开他的衣服，胸前有一个大洞，明显是被钢筋扎的。

他也是到自己的医院来求医，见到医院的状况，却没说。

一个求医的伤员，挽救了另一个伤员。

文燕轻轻地啜泣。

医疗棚里所有的人都肃立。

两个年轻人进来，抬起黄涛，往外走，文燕摘下一位医生的军帽，戴在黄涛头上，这是唯一的装裹了。

"下一个。"文燕的眼泪都没擦，站到手术台边喊。

公交车里，人们为大坝焦急。

"现在去哪里找人，就是有人，那闸门有四十吨重，也难打开。现在已经没有时间了，七级以上的大震就要来到，你们再看看这天，大雨也要来了……"周常委说。

说得有些悲观，但是实情。

车下有些骚动，有人欢呼：解放军，解放军来了。

车内的人都向下看。

一队解放军战士已经跑步来到车前，不多，一共十六个，带队的是连长李国栋。

唐山地震后第一批来援的解放军战士是跑步进入唐山的。

李国栋跑上汽车："请问哪一位是向市长？"

"我就是。"向国华走到车前。

李国栋立正敬礼："报告首长，驻唐某部高炮团连长李国栋带队报到。我们营在地震中也伤亡惨重，能够抽出的兵力全部带来了，一共十六人，请首长指示。"

214

向国华跨前一步握住李国栋的手："李连长，你们来得太及时了，现在有一项非常艰巨的任务。"

"首长请指示，再艰巨的任务我们也保证完成。"李国栋大声说。

"现在陡河水库大坝随时有垮塌的危险，我命令你在五小时之内开启闸门，把水库的水放出来。"

"请首长放心，我们保证完成任务。"李国栋又是一个敬礼。

然后，李国栋说，为了加强联系，他们特意带了报话机，可以给指挥部留一台。

"太好了。"向国华说。

周海光站起来："向市长，我也去，那里的情况我熟悉。"

向国华紧握住周海光的手，一字一顿地说："海光，我们没有退路啊。"

"我知道。"周海光说。

"我等着你们胜利的消息。"向国华大声说。

周海光和战士们一起跑步前进。

大坝在危险中，在连续的余震和连续的水浪撞击中颤抖。尽管周海光有着充分的心理准备，见到大坝的状况，还是有心惊胆战的感觉。

必须把水放出去，放水必须提起闸门，可是没有电，闸门有四十多吨重。

"有发电机吗？"海光问郑浩。

"有，砸坏了。"郑浩说。

"有没有手动设备？"海光再问。

"有。"郑浩带他们来到机房，那是一个绞盘，靠人推，是以防万一的。

"这东西不知多少年没用了，还能不能用都不知道。"郑浩指着绞盘说。

机房里的响声很大，那是水在撞击闸门。

"李连长，没别的办法，只有从这里提起闸门。"海光看着李国栋。

"四十多吨重，能行吗？"郑浩也看李国栋。

"不行也要上。"李国栋说完便往外走。

　　郭朝东没有去指挥部,向国华的那一句话给他的震动太大,听候处理,那就是说他的政治生命很可能就此结束,结束了,干什么呢?他在自家的废墟上面转,想把爸妈和弟弟弟妹的尸体扒出来,也想把家里还值些钱的东西扒出来,可是家已经与许多人家砸在一起,很难扒,甚至很难辨别。家没了,亲人没了,政治生命又要结束了,他不知道应该怎么办。

　　他发现不远处,一个人哭着死去的亲人,哭得古怪,他看,发现那人边哭边把死者手上的表摘下来,戴在自己胳膊上。

　　他走过去,仔细看那人,认识,是市政府机关的保卫干部常辉。常辉再次把死者的手表装进兜里的时候,郭朝东抓住他的手:"你身为保卫干部,不保卫国家财产,却趁火打劫,发国难财,你不要命了!"

　　那人吓一跳,回头,是郭朝东,两腿一软,跪下了:"郭主任,你是好人,你放了我吧,千万不要说出去,要不我就完了。"

　　郭朝东沉着脸说:"大伙都在救人,你怎么……"

　　常辉抬起脸看他,不像要为难他的样子,胆大些:"我家人都死光了,我还能活几天?不拿白不拿,这时候谁能管谁呀。"

　　"若在平时,我非送你进监狱不可,看在你能活下来的分儿上……"郭朝东略一沉吟,常辉便嗅出他的心事,感恩戴德地说了一些好话,还把两块表递给郭朝东。郭朝东不要,他硬塞进他的兜里,郭朝东赶紧走。走出好远,还看见常辉站在原地,双手抱拳,朝他舞动。

　　战士们已经在大坝两头布了岗,断阻了行人。李国栋和周海光由机房里出来,马上命令紧急集合,战士们迅速排成两列,李国栋大声说:"同志们,摆在我们面前的是四十吨重的闸门,我们的下面就是唐山市,如果我们不把这水放出去,唐山人民就要遭殃,我们就是豁出了命,也要把这个闸提起来,保住大坝,保住唐山。大家有信心没有?"

　　"有!"战士们齐声答应。

　　"四人一组,行动。"李国栋的命令一下,战士们就冲进机房,冲在最前面的，是个子最小的小四川。

谣言如风，人们纷纷传言，陡河水库大坝就要倒塌，唐山将被淹没，许多人又开始逃离。

郭朝东也听到传言，而且，他比别人更知道大坝在这样强烈的地震下会是一种什么景象，知道大坝一旦出现问题绝难解决，因此比别人更信。

他来找向文燕，想和她一起走，他爱她，这些年一直没有移情别恋，何况向国华还活着，万一唐山能够保住，有文燕，他的政治生命尚有回黄转绿的希望。

见到郭朝东，文燕也很激动，毕竟是故人，虽然只过了一夜，就如经过一场惨烈的战争，见到活下来的故人倍感亲切。郭朝东拉住她的手，没说几句话就直奔主题："文燕，咱们走吧，坝要垮了，再不走来不及了。"

文燕刚由手术台上下来，医疗棚里的崇高与这种话太不相宜，她很惊讶，但仍温柔地说："朝东，我们都是党员，我还是一名军人，在这个时候，怎么能只顾自己呢？"

"文燕，留在这里只能白白送死。"郭朝东也为文燕在这种情况下仍这样固执吃惊，更着急。

"我不走，伤员需要我，你怕死，你走。"文燕说完就往医疗棚里走。

郭朝东拉住她："你不能进去，快跟我走吧。"

"你放开我，放开我！"文燕觉得他很肮脏，被他拉着，是一种玷污。

"文燕，我喜欢你，我不能眼睁睁看你死。"郭朝东仍做最后的争取。

"你这个胆小鬼，你给我滚！"文燕发火。

"文燕，你骂我什么都行，只要你跟我走。"郭朝东不放手。

"放手。"文燕抬手，打了郭朝东一个嘴巴，"郭朝东，我真为你害臊。"

说完，走进医疗棚。

郭朝东被打愣了，愣怔怔地看着文燕走。

周海光和李国栋紧随战士们冲进机房，战士们喊着号子推动绞盘，闸门一点一点地上升。

喊得最响的是小四川的四川口音。

被文燕打了，不但情感这根弦彻底断了，就是将来唐山万一保住，政治生命也彻底了结，郭朝东更加绝望。

在绝望中走，在绝望的废墟上走，不知走到哪里，走到哪里都是绝望，他忽然想到人为什么活着，人活着有什么意义。

有废墟挡住去路，抬头，是一家银行，大楼没有完全塌。

他忽然想起常辉，想起他跪在自己面前说的话："我家的人都死绝了，我还能活几天，不拿白不拿……"

他在银行废墟前逡巡，犹豫，然后，走进去。

素云正带着小冰走过来，见有人进入银行，立刻警觉，对小冰说："小冰，你在这里等妈妈，妈妈进去看看，不要乱跑啊。"

小冰问她要去干啥。

素云说："妈妈是警察，有人钻进金库了，妈妈去看看，这是国家的钱，不能让坏人拿的。"

小冰听话地点头。

指挥部的人们都非常紧张，坐立不安，连梁恒也有些坐不住，对向国华说："老向，时间不多了。"

"你们都坐下，坐下。"向国华说。他比谁都紧张。让大家坐下，他走下车，抬眼看天，天上乌黑的浓云一层一层地堆叠，层层堆叠的浓云往下压。

金库没有完全倒塌，在堆叠的水泥板和水泥柱之间可以看到大量的现金，多到郭朝东长这么大都没有看到过。

他有些晕，站在那里愣神儿。

素云警惕地从一块楼板后面钻出来，四下看，往里搜寻。

郭朝东抓起大把的钞票，两手抓满，可是却发觉没有地方放，他脱下裤子，把裤腿扎住，往里装钱，装满，急急往外走。

突然一个人抓住他的腿，那是金库的看守，他生命垂危，却还抓住郭朝东："这钱不能拿。"

"放开我。"郭朝东异常恐慌，像见到魔鬼。

"这是国家的钱，你不能拿。"那人仍坚定地说。

郭朝东捡起一块水泥，高举过顶，闭眼，砸下去。

那人惨叫一声，不动。

郭朝东也瘫在地上，喘着粗气，然后走了。

素云听到叫声，追过来，只看到一个模糊的背影，她喊"站住"，郭朝东听见，更急地绕着交错的楼板走，不见了踪影。

风怒号，水滔滔。

战士们的号子声在风水声中高扬。

闸门在一点一点地提升。

水，在水库里怒号哮叫的水，由闸门的底部喷出来，向天空铺展，呈弧线落下，发出震耳的轰鸣。

战士们欢呼："水出来了！水出来了！"

一个战士突然昏倒，另一个战士去扶他，绞盘便只有两名战士顶着，他们顶不住巨大的压力，绞盘猛烈回转，小四川和另一名战士被打出去，绞盘迅速回转，闸门一点一点地回落。

周海光飞身扑过来，高速倒转的手柄打在他的腹部，几乎把他打飞，一口鲜血由口里飞射出来。他把整个身体抵在绞盘上。

李国栋扑过来，死死抵住绞盘，大喊："来人！来人！"

在大坝上的战士们冲进来。

郭朝东慌慌张张地走出废墟，四下张望，一条裤腿松开，钱落下来，慌忙捡。

"我妈妈说了，这是公家的钱，不能拿。"郭朝东抬头，见是一个小姑娘站在他面前，无邪的眼睛盯着他。

"国家的钱你不能拿。"小冰见郭朝东抬眼看她，再说。

郭朝东突然起身，抓起小冰，远远地扔出去。

小冰惨叫着，跌落在碎石堆上。

郭朝东背着他的钱匆匆离去。

素云追出来，不见郭朝东，只听到小冰的哭声，奔过去，抱起来，叫："小冰……小冰……"

"妈妈我什么也看不见……妈妈我什么也看不见……"小冰哭着说。

素云抱着小冰跑，朝医院跑。

已经成为平地的监狱废墟，颜静在扒，扒她的黑子哥，边扒边哭："黑子哥……黑子哥……"

没有任何痕迹，她绝望地趴在地上，哭。

郭朝东一直在跑，跑到一个僻静之处，在一棵树下刨坑，把钱埋起来，才松一口气。

站起身，就见宣传车缓缓地开来，年轻的姑娘在车上广播："凡是打砸抢者，哄抢财物和发国难财者，如果警告不听，就地正法。"

他的脊梁湿湿的，冰凉。

姑娘的声音仍在响："全市的公安干警民兵都要动员起来，保护好我市的重要部门，凡是造谣惑众、煽动群众制造恐慌者，一经发现，立即镇压，绝不手软。"

郭朝东的两腿抖动，制止不住。

三个背枪的民兵走来，又走过去。

郭朝东便后悔刚才的举动，唐山已经走出初始的混乱，走进秩序。

黑子已经进城，朝着自己的家走，在家中没有找到何大妈，到人群里找。

颜静迎面走过来，脸上犹有泪痕。

两人交臂而过，都一惊，回头。

"颜静？"

"黑子哥！"

颜静不顾人多，扑进黑子怀里。

郭朝东蹲在一片废墟下，看着废墟上面忙着救人的人们发呆。

他捡起一块砖头，向着自己的头拍，第一下，没到头就弹回来，他怕。

咬牙，闭眼，双手抡圆，再拍，砖头砸在头上碎了，鲜血横流，他倒在地上。

两个人中年人走来，看到满脸是血的郭朝东："他还活着。"

两人把郭朝东抬起来，走了。

黑子和颜静找一处偏僻的废墟坐下，黑子说："再歇一会儿，咱们就去找我妈……"

颜静答应。

"多亏我哥和文秀去旅行结婚了，要不然……"黑子为哥哥嫂子庆幸。

颜静却跪下了，双手扶着他的膝盖，哭："何刚和文秀他们……没走……"

黑子大惊："怎么没走？"

"我在火车站把他们叫回来了。"颜静哭着说。

"你……"黑子举手，在半空停住。

"我本来是想让文秀找找人，救救你，哪怕让你蹲一辈子监狱，保住命就行。所以我把他们叫回来了，没想到……"

"嘿！"黑子的拳头落下，砸在石板上。

"黑子哥，你骂我吧，打我两下也行啊。"颜静仰着脸，看他。

"都怪我……都怪我……"黑子拼命打石板，拳头溅血。

"黑子哥，你别这样……别这样……"颜静抱住他的手。

素云抱着小冰跑进医疗棚，喊："医生……快来看看我的孩子……

医生……"

文燕迎上来，蹲在小冰面前。

满脸是血的郭朝东也让人抬进来，进来就看到小冰，吓得他一动不动。

"医生，小冰的眼睛严重吗？"素云问。

"视网膜严重受损。"文燕说。

"能治好吗？"素云紧张。

"很难说。"文燕叹口气，站起。

郭朝东松口气，闭眼。

素云伤心地哭。

文燕劝她："别哭，你和女儿能活下来，就已经是万幸了。"

"既然活下来了，为什么还要让她这样啊……"素云抱起小冰，号啕大哭。

一道闪电划过长空，雷声紧接着来了。

公交车里，报话员在紧张地呼叫："连长……连长……"

向国华站在他身边，不时看向车窗，车窗外，密集的雨点斜着打下来，流成水帘。

"首长，还是联系不上。"报话员抬头说。

"会不会出事了？"梁恒沉重地说。

"继续联系。继续联系。"向国华又开始在车里走。

呼叫又开始："连长……连长……"

大坝上，七八个战士横躺竖卧，任暴雨抽打，报话机在一边放着，里面传出焦急的呼唤，但是战士们连抬起身子的力气都没有了。

仅一天的时间，文燕的医院在群众的帮助下，又搭起几间简易护理棚。小冰坐在护理棚的病床上，素云守着她。

"妈妈，我的眼睛还能治好吗？"小冰问。

"能，小冰的眼睛一定能够治好。"素云说。

"妈妈，那我以后还能看到你了？"小冰拉着素云的手不放。

素云的眼泪又流下来："能，小冰以后一定能够看到妈妈。"

小冰让素云抱，素云抱起她："小冰，那个坏人长得什么样？你还记得吗？"

"记得，可是我看不到了，妈妈，你能抓住那个坏蛋吗？"小冰抱着素云的脖子问。

"能，妈妈一定抓住他。"素云咬牙。

机房里，战士们只穿短裤，仍大汗淋漓。

绞盘在转，闸门在提，滔滔的流水如江河狂泻。

"不能停下，一定要提到最高！"李国栋边推边喊。

周海光和小四川几个战士一起推着绞盘。

忽然，绞盘不动了。

周海光吐出一口鲜血，身体伏在绞盘上，几个战士死命抵住绞盘。

郑浩兴奋地跑进来："连长，闸门提到头了，可以松手了。"

李国栋和几个战士同时瘫倒在绞盘下，李国栋靠着绞盘叫："海光……海光……"

海光不应。

"快出去，就要地震了。"李国栋喊。

几个战士如酒醉般站起，互相搀扶着走。

李国栋摇摇晃晃地站起，背起海光，往外走。

海光嘴角的血顺着李国栋赤裸的脊梁流。

外面是狂风，大雨。

公交车在强烈的余震中晃动。

车上的人都紧抓住车上的扶手。

呼叫没有停止。

仍没有应答。报话员摘下耳机。

向国华和梁恒在晃动中站起来。

这时耳机中传来李国栋的声音："指挥部，指挥部，我是李国栋，我是李国栋。"

向国华抓起耳机："我是指挥部，请讲，请讲。"

"首长，大坝保住了。大坝保住了。"李国栋的声音。

"谢谢你们！谢谢你们啊！"向国华大声说，热泪纵横。

天黑了，医疗棚外燃起火把，医疗棚内燃着蜡烛。

伤员抬进抬出，医生轮番上阵。

文燕刚停下手，两个青年抬进一名伤员，放在手术台上，文燕端着蜡烛看，惊呆了，是明月，她还没有来得及去看一下的妈妈。

蜡烛掉在地上，护士打开手电筒。

"妈，妈，你哪儿受伤了？你说话呀。"文燕扑到明月身上。

明月无神的眼睛看着女儿，燃起一丝笑意，但，说不出话。

"妈，你忍着，我给你检查。"文燕说着，为明月做检查。

"妈，你的肋骨和大腿骨折，肝脏可能砸坏了，我这就给您做手术。"

几个护士做手术准备。

两名解放军战士又抬进一个伤员，是周海光，躺在门板上，浑身是血。

"大夫，快一点，他是抢救水库大坝受伤的。"战士进门就喊。

周海光被抬到另一张手术台上，一位护士给他做检查："向大夫，他的心跳很弱，怎么办呀？"

"大夫，你一定要救活他呀，是他们保住了大坝，保住了唐山呀！"战士叫。

文燕的泪下来了，她叫丰兰："丰兰，你给我妈上夹板，先固定大腿，马上输液。"

丰兰答应着过来。

文燕看着明月，明月也看着文燕，看着，一笑："文燕，去吧，妈不要紧。"

文燕含泪点头，明月看着女儿，闭上眼。

文燕走到海光身边，护士已经在挤压海光的心脏："向大夫，他的心脏就要停止跳动了。"

文燕俯身，见是海光，眼紧闭，像死了。

"海光！"一声撕心裂肺的长叫。

通往唐山的各条道路上，车轮滚滚，烟尘蔽天，中国人民解放军十万大军从不同的方向赶赴唐山。

文燕的双手使劲挤压着海光的心脏："海光……海光……你醒醒啊……你不能死……你一定要活……"哭声与泪，同时挥洒。

周海光紧闭双眼，一动不动。

"海光，你睁开眼睛看看我，看我呀，我是文燕，我是文燕呀！"文燕坐到海光身上，双手挤压心脏。

丰兰喊："文燕姐……你妈她不行了……快来……"

文燕抬头，泪眼模糊，往明月的病床看了一眼，却还是离不开。

丰兰喊："阿姨……你一定要坚持住……阿姨……"

文燕继续挤压海光的心脏，边挤压边叫："妈……妈……妈呀……"

海光的喉结动了一下。

护士喊："他有脉搏了！他有脉搏了！"

一阵剧烈的咳嗽之后，海光吐出血来。

"血，血，快给他输血。"文燕叫。

"我们没有血浆！我们没有血浆啊！"几个护士哭着叫。

一名战士抬起胳膊："我是 O 型血。"

另一名战士跑出去，迅即有几名战士冲进来："我是 O 型血。"

明月睁大眼睛，看文燕，呼吸急促。

丰兰看她："阿姨……阿姨……"

明月头一歪，吐出血来。

文燕边给海光做人工呼吸边看着自己的母亲。

一条管子把海光和一名战士连接起来，年轻的血液在奔流。

海光睁开眼睛，一片模糊，一片模糊中是文燕的影子。

周海光的影子也模糊了，在泪光中模糊。

丰兰在叫："阿姨……阿姨……文燕姐你快来呀……"

"你来。"文燕对一名护士说，护士接替她。

她奔向明月："妈……妈……你别怪我……"

明月睁眼，笑一笑，头歪向一边。

"妈……妈……我的妈妈呀……"文燕扑到明月身上，大哭着叫出一声，就昏死在明月的身上。

"飞机……飞机……"有人叫，公交车里的人都探头往天上看，天上出现两架银灰色的飞机，在唐山上空盘旋。

向国华快步下车，朝天上看。

飞机撒下降落伞和传单，传单如雪片飘飞。

废墟上的人们都伸出手，欢呼起来。

向国华看着传单，大声喊："同志们，党中央、毛主席十分关心咱唐山人民，已经派出解放军和医疗队来唐山了。"

一片口号声如狂潮席卷唐山广漠的废墟。

向国华头一低，吐出一口血。

唐山市的每一条马路都变窄了，路边的废墟侵占道路，被侵占的道路边排列着死者和伤者，解放军的军车就在这狭窄的道路上缓缓而进，看不到头，好多是空车，因为车的行进速度太慢，战士们已经跑步向指定地点挺进。

向国华在路边看着这不见首尾的绿色长龙，眼含泪水："唐山有救了，百姓有救了。"他喃喃自语。

有干部来找他，说部队首长要见他，他走回指挥部，在公交车前停着一辆军用吉普，一位部队首长站在车前等他，经过介绍，他知道对方是抗震指挥中心的邓参谋长。

两双手便紧握在一起："你们辛苦了。"邓参谋长说。

"全市人民都在盼望解放军。"向国华说。

邓参谋长说，中央和省委已在飞机场联合成立了抗震指挥中心，目前北京军区、沈阳军区、济南军区、昆明军区、空军、海军、铁道兵、工程兵的先头部队已进入唐山，展开了救援工作，大部队可陆续到达。他是来接向国华去机场开会。

向国华说："我代表唐山市人民感谢党中央，感谢解放军。"

他们一齐上车，向机场进发。

文秀在黑暗中摸索。她只穿着背心短裤，压在床板下面，空间很小，但可以活动。她使劲推头上的床板，床板纹丝不动，她很怕："何刚哥……何刚哥……你快来救我呀……你快来呀……"文秀边喊，边用双手乱扒一气。

何刚离她不远，但被几块水泥板隔开，水泥板四周是碎石烂瓦。

何刚这边空间较大，但直不起腰，听到文秀的喊声，何刚喊："文秀……是地震……你别慌……我就快扒到你了，你别怕，静静地待着。"

"何刚哥，你在哪儿？你快来呀……我快憋死了……"文秀带着哭腔喊。

"文秀，你一定要挺住啊，我就快扒通了……"何刚喊，手没停，扒那些填满空隙的碎石烂砖。

废墟的上面，解放军战士跑步到来，展开营救。

何刚的双手已鲜血淋漓，淋漓的鲜血洒在碎石上面。染着鲜血的碎石被扒到身后，终于扒开了堵在床前的水泥板，文秀的手伸过来："何刚哥……何刚哥……"

何刚抓住文秀的手："别怕，别怕了，我抓住你了。"

在充满死亡的废墟下面，握住一双有力的手，就是握住生命。

何刚拉文秀，文秀拉着何刚的手往外钻，终于钻过来，他们到了一起。文秀先是大口喘气，边喘边痴呆地看何刚，然后，抱住他，号啕大哭。

何刚轻拍着她的背："文秀，别怕，是地震，地震过去了。"

文秀不哭了，向四处看，然后问："何刚哥，你伤着没有？"

"没有，你呢？"何刚也问。

文秀动了动胳膊和腿："我也没有，我醒过来的时候，什么也看不见，你也不在我身边，我怎么喊都没人应。"

"咱们活着就已是万幸，我想不仅是咱们的房子塌了，可能唐山的房子都塌了，埋在下边的人不仅仅是咱俩……"何刚说。

"那大妈和黑子，还有我爸我妈和文燕……"文秀又急。

"别想那么多，如果真是那样，中央一定会派解放军来救咱唐山人的。"何刚安慰文秀。

"咱们能不能出去？"文秀说着，又流泪。

"能，一定能。"何刚给文秀擦泪。

向国华来到机场，机场已是一片繁忙，数不清的飞机频繁地降落起飞，机场的指挥系统全部震毁，幸存的机场调度员在露天靠目测指挥着几十秒钟一个架次的飞机起落，创造着世界航空史上的奇迹。

各种物资已堆积如山。

何刚与文秀如蚕，在密闭的茧中蠕动。

他们不停地爬，爬不过去，就挖。

文秀的体力渐渐不支，何刚让她躺着，自己挖。

"何刚，快热死人了，你知道咱们这是朝哪儿挖呢？"文秀喘着问。

"不知道，反正朝上挖就没错。"何刚挖着说。

"到处都堵得严严实实。何刚，你闻是啥味呀？"文秀问。

"好像是汽油。"何刚微皱眉头，手下加快，文秀也加入进去，边挖边喊："有人吗？救救我们……快救救我们……"

李国栋率领着他的战士们来到一栋五层楼房边上，现在这里仅有两层还露在地表，断垣残壁，摇摇欲坠。

一位干部向李国栋介绍："李连长，这栋楼房原先是五层，整体陷入地下三层，楼房和我们的加油站一起陷了下去，加油站共储存有十多吨柴油，十四吨汽油，分别装在两个储油罐和三十个油桶里。"

"看来情况十分危险。"李国栋说。

"在救援时，要严防明火，切割机不能使用。"干部说。

"明白。"李国栋回答。

黑子和颜静到处找何大妈，远远地，看到何大妈正走下废墟："黑子哥，那不是大妈吗？"颜静喊。

黑子也要喊，但张开嘴，又闭上，看着妈带人抢险，急匆匆走下废墟，低下头："颜静你去，我就不见我妈了，我妈要是问我你就说没见。"

颜静朝何大妈跑，边跑边叫，何大妈见到颜静，大喜："颜静，你还活着！"

"大妈，我活得好好的，你好吗？"颜静笑。

"我好，见到黑子了吗？"大妈问。

颜静摇头。

"黑子不会出事吧？你去帮大妈找找他。"大妈说。

颜静点头，又哭："大妈……大妈……"

何大妈奇怪，问她怎么了，她说："大妈，何刚哥和文秀嫂子没有走。"

何大妈一听就呆了，半晌说不出话，急得颜静不住叫。

"我这就去找何刚和文秀。"何大妈说完就走。

见何大妈走远，黑子……

又爬上一层，何刚爬上来就坐下喘，文秀接着爬上来，坐下，眼就直了。

她的前方有两个死者，一个是男的，倒挂着，一个是女的，坐着，如木雕，两眼直看着文秀。

文秀一声惨叫，扑到何刚怀里，何刚紧抱着她，像对待孩子一样，哄："别怕，别怕。"

文秀抬头看何刚："咱们已经爬上来两层了，怎么还在底下，咱们肯定是出不去了。"

"文秀，你要有信心，咱们一定能出去。"何刚说。

"你别骗我了，都三天了。"文秀绝望地喊。

"文秀，咱们……一定能出去。"何刚的声音也微弱。

"你别骗我了，你说我们能出去，可出路在哪儿呢？咱们会被火烧死，烟呛死，渴死，饿死。"文秀嚷。

"文秀，你冷静点，咱们……"何刚很温柔。

"你叫我怎么冷静？我们就这样被埋在地底下，可能就这样再也出不去了，我怎么能冷静？"

"文秀，你一定要有信心，咱们……"何刚依旧温柔地哄。

"我都要死了，还有什么信心？"

何刚突然也大声喊起来："文秀，只要还有一丝希望，我们就不能放弃。"

他一喊，文秀不喊，抓起一块砖头砸地："我想活，可我们的出路在哪里呀。都怪你，都怪你呀。要不是你为你的弟弟，我们现在已经坐在海滩上了，现在可好，我们要被活埋在这里边。"边砸，边数落，最后又变成歇斯底里的狂叫。

"文秀，别说了，谁能想到会发生地震呢？"何刚的声调又低下来。

文秀看着何刚，哭起来。

余震又来了，何刚把她揽进怀里，护在身下。

一块楼板连同碎石砸下来。

烟尘笼罩了他们。

街道两旁已经搭起不少简易的防震棚，大片的防震棚中，有大片的帐篷，五颜六色，帐篷外面飘扬着旗子：

解放军总医院

海军总医院

空军总医院

上海医疗队

河南省医疗队

仍有军车在狭窄的街道上缓缓而入。

晨光大明，战士们横七竖八地躺在废墟上面。他们浑身是泥、是血、是灰尘，双手血肉模糊，许多人的指甲全部脱落，来得太急，谁也没有带任何器械，战士们是用一双手和那些坚硬的水泥板，那些裸露的钢筋，那些碎砖烂瓦作战。

路边架着大锅，大锅热气腾腾，战士们在等待吃饭。

李国栋也和指导员坐在路边，部队的自救结束，增援的队伍上来，他的队伍也扩大了。

"没有机械，战士们的手都扒烂了。"指导员说。

"听团长说，机械很快就能调进唐山。"李国栋说。

炊事班长喊："粥熟了，大伙来喝粥吧。"

战士们从挎包里拿出搪瓷缸子，站起来，站起来，又坐下去，谁也不动。

炊事班长奇怪："来吧，一夜没吃没喝了，每人都有，够吃。"

仍没有人动。

大家都看着炊事班长。

炊事班长奇怪，看李国栋。

李国栋也在看他。

他转身，他的大锅让一群孩子围住了，孩子们围着热气腾腾的粥锅，盯着，不转眼珠。

个个尘灰蔽体，伤痕累累。

炊事班长的眼睛酸了："孩子们……去，拿碗去。"

兰兰在这里面是最大的，她还拉着一个小男孩，他说他叫天歌，她对着炊事班长摇头，孩子们也摇头。

李国栋走来，把自己的缸子递过来："老班长快盛，快盛啊。"

盛满，李国栋把粥递给兰兰，兰兰接过来，递给天歌。

战士们都走过来，递过自己的缸子，粥，由战士的手里传到孩子们的手里。

"谢谢解放军叔叔。"兰兰说。

"谢谢解放军叔叔。"兰兰说,孩子们也说。

"别谢了,别谢了,孩子们快吃吧。"炊事班长抹着眼泪。

"老班长,咱还有几桶压缩饼干?"李国栋问。

"还有五桶。"老班长答。

"咱们留一桶,其余的给孩子们分分。"李国栋说。

老班长答应着去搬饼干。

"同志们,粥没有了,大家吃压缩饼干,十分钟之后上废墟。"李国栋对战士们说。

街两旁的死尸不见少,反而多起来,那是新被扒出来的。

黑子和颜静走在街道上,时不时要从尸体上面跨过去,踩着尸体间的空档走。

"黑子哥,咱们离开唐山吧,今天的警察好像多起来,我怕……"颜静说。

"走?去哪里?"黑子问。

"反正离开唐山,他们就抓不到你,去哪里都行。"颜静说。

"不管去哪里,都得找到我哥和文秀,要不我心里不踏实。"黑子说。

"那……"颜静没往下说。

"颜静,你放心,现在唐山大乱了,地下埋着的人还扒不过来呢,除了你和我妈,没人惦记我。"黑子施以安慰。

"我听你的,不过还是小心一点。"颜静说。

黑子点头。

颜静说到废墟上看一看何刚和文秀的下落,让黑子到防震棚里等她。

黑子点着头和她分手。

素云仍在二五五医院的护理棚里看着小冰,小冰说饿,想吃家里腌的鸡蛋,素云说到家里给她扒扒看,就把小冰托付给同室病友,走出护理棚。

走到离家不远的地方，一个熟悉的身子晃过来，素云抬眼，是黑子。

黑子也看到了她，相距不过七八米，都站住了。

黑子突然转身跑，素云大叫："何斌，站住……站住……"

黑子钻进一所没有塌得十分彻底的废墟之中，素云想都没想，也追进去。

废墟里空间较大，塌下来的楼板和水泥梁乱七八糟地戳在地上，头顶有多块楼板悬挂着，晃来晃去，好像再过一分钟就会落下来。

一条六七米长的水泥梁横在屋顶，大量阳光由残破的屋顶泄下来。

素云一边观察环境一边小心搜索。

黑子躲在几块交错的楼板后面，恶狠狠地盯着这个冤家路窄的女人，女警察。

"何斌，你出来，你跑不掉的！"素云边走边喊。

黑子抄起一根铁棍，悄悄逼近她。

废墟上面是动物世界。

动物园里的动物都跑出来，结成一个紧密的群体，小心地在废墟上巡行。

狮、虎、狼、熊、猴子、梅花鹿、豪猪。

没有了本能的吞噬搏杀，规避逃离。在强大的自然灾害面前，动物，知道了生命的相互依存。

废墟的下面，黑子站到素云面前，怒视。

素云也怒视着黑子："何斌，你跑不了的。"

"天堂有路你不走，这可怪不得我了。"黑子咬着牙说。

"你不要继续犯罪了，我必须把你送回监狱去。"素云说。

"现在是什么时候？天塌了，地陷了，谁也别想管我。"黑子说。

"只要还有一个警察在，你就别想胡作非为。"素云说着，逼近一步。

黑子冷笑，举起铁棍，砸下。

素云迅速躲到水泥板后面。铁棍砸在水泥板上，碎屑飞溅。

又是一棍。

素云又躲到一块水泥板后面，铁棍砸在钢筋上，火星飞迸。

素云迅速由水泥板后面闪身而出，一脚踢在黑子的腰上，铁棍落地，黑子向前踉跄两步，扑倒。素云扑过去，压在黑子身上，反扭他一只胳膊，顺手向腰间摸，摸手铐。

但是没有手铐，黑子趁机翻身，一脚蹬在素云的肚子上。素云被蹬得直后退，被碎石绊倒，坐在地上。

黑子冲上来，不说话，恶狠狠地盯着素云，步步逼近。

素云坐着，亦盯着黑子，后退。

黑子捡起一块大石头，高举过头："是你逼我的，今天你不死我就得死。"

素云绝望的眼睛盯着石头。

黑子凶狠的眼睛盯着素云的头。

"死去吧……"黑子大叫一声，石头照准素云的头，欲砸下。

余震来了，石头落地，落在素云身边，黑子被甩出很远。

但是头顶的水泥梁落下，直冲着黑子和素云砸下来。素云来不及动一动，看一眼下落的水泥梁，闭上眼睛。

水泥梁落下来，把素云和黑子都砸在下边，一边一个，但，都没死，幸亏黑子那一块大石头，担住水泥梁，留下生的空隙。

有空隙，但不大，水泥梁压在黑子和素云的胸上，他们都需双手托住水泥梁方能呼吸，水泥梁如跷跷板，这边劲大，那边受压，那边劲大，这边受压。

谁也不松手，谁也不能松手，谁也不愿松手。

"你活着？"素云看一眼黑子。

"你没死？"黑子看一眼素云。

黑子用力，水泥梁歪向素云，素云痛苦地支撑着。

黑子这边的空隙便大，想爬出来，稍微松手，素云用力，水泥梁歪向黑子，黑子又被压住，嘴角流出血，不得不再用力气托住。

水泥梁平衡，谁也压不住。谁也走不脱。

"你是女人，我看你能挺到啥时候。"黑子歪着头说。

"女人又怎样？我看你能挺多久。"素云歪着头说。

谁也不说话，都用劲，水泥梁一会儿歪向这边，一会儿歪向那边。

头顶上，一块悬挂的水泥板摇晃，摇晃，欲坠。

废墟顶上的水泥板压下来，压缩空间，文秀与何刚的活动余地更小了。

文秀坐，头恰好顶着水泥板。

"何刚哥，你说，我们还能熬下去吗？"文秀问。

何刚舔舔嘴唇："能，一定能。"

"我好渴……"文秀有些迷离。

"文秀，你再忍忍，就快出去了，他们一定会来救咱们。"何刚也渴，但不说。

"四天了，他们会来吗？我……忍不下去了……"文秀的眼前晃动着大海的波涛，似乎要淹没一切。

何刚看一眼文秀，没说什么，向一个洞里钻。钻进去，往前爬，前面好像有什么声音呼唤他，呼唤他往前。

他推开一块水泥板，看到一根断裂的水管，水管里滴着水。

何刚用手接水，一滴，两滴，水比眼泪还吝啬，滴到手上，没了。

何刚用嘴接，一滴，两滴，极慢，他耐心等。

终于不再滴，他往回爬。

爬到文秀身边，文秀正焦急地等，听到声音，叫："何刚哥，是你吗……"

何刚爬到他身边，把她搂进怀里，口对口。

一丝水汽湿了文秀的唇，文秀吮吸着，像饥饿的孩子吮吸母亲干瘪的乳房。

"水……水……"水润出文秀一丝笑意。

文秀笑，何刚也笑，笑得干涩。

"你喝了吗？"文秀问。

"喝了。"何刚说。

这时传来重重的敲击声和人的说话声。

两人都不言语，静静地听，果真是有人在敲击、在说话。

"何刚，咱们有救了。"文秀说。

何刚点点头，拿起一根木棍，一下一下，敲击堵在面前的楼板。

月光走进废墟，不解地看着废墟下的一男一女。

素云和黑子仍在水泥梁下，看月亮，月亮被废墟切割，是破碎的。

两人都极度疲乏，都不敢松懈，都盼着对方垮下。

"天都黑了，你还能撑多久？"黑子看一眼素云说。

"你能撑多久，我就能撑多久。"素云看着黑子说。

黑子有些受不住，肩上的枪伤时时作痛："这样撑下去咱们谁也别想活。"黑子看素云，素云不说话。

"我的肩膀让你打伤了，我快挺不住了，你呢？"黑子问，话里有妥协。

"和你一样。"素云说，话里有疲倦。

"反正你我谁也出不去，我看还是都别用力了，让它保持平衡？"黑子探寻。

"你是杀人犯，我是警察，我们之间没有平衡。"素云拒绝。

"现在还分什么杀人犯和警察。"黑子慨叹。

素云不说话。

黑子试探将胳膊放松。

他放松，素云也放松。

水泥梁微微一晃，然后平衡，平衡的水泥梁对谁都不构成威胁，但谁都在警惕，注意水泥梁微妙的重力变化。

"这根水泥梁有几吨重。"黑子说。

"它是咱们生死的平衡。"素云说。

黑子便笑："好啊，有本事你就来抓我，反正只要一旦打破平衡，不是你死就是我亡。"

素云便怒："何斌，你不要耍花招。"

这时头顶上轰然作响，有碎石滚落。

头上的水泥板在晃，滚下碎石。仅只一块碎石，小如拳，两人听着，却如山崩。

谁都在注意头顶，注意头顶上随时摇晃的水泥板，它一下来，谁也没命。

"要是那块板掉下来，咱俩谁也活不了。"黑子说。

黑子有恐惧便说，说了，减轻恐惧；素云有恐惧不说，她是女人，女警察，在男罪犯面前，要坚强。她只是盯着头上的水泥板。

二五五医院的护理棚里，小冰在哭："妈妈……你快回来呀……我害怕……我不吃咸鸡蛋了……你快回来呀……"

一个女病友哄她："小冰乖，别哭了，你妈妈去给你扒咸鸡蛋，这就回来了……"

小冰仍哭："我要妈妈……我不吃咸鸡蛋了……我要妈妈呀……"

水泥板停止晃动，黑子和素云都松一口气。两人的手也放松，谁也不说话。

沉默如死亡一样沉重，黑子受不住，要说话："想什么呢？"

"想我女儿，你呢？"素云应答。

"想我妈和我哥。"黑子说。

"你挺孝顺的。"素云说。

"其实，我从监狱废墟爬出来时，就想到了你，我以为你死了。"黑子说。

"我和女儿的命是你妈妈救的。"素云说。

"我妈救你，不是叫你抓我的。"黑子斜一眼素云。

"可我是警察。"素云斜一眼黑子。

"我恨的就是你这样的警察，王军打了我妈，你们放了他，反而把我抓起来；他们抢钱，绑架颜静杀人灭口，我为民除害，你一枪打伤我……"黑子气愤。

"你杀了人，就应当受到法律的制裁。"素云严厉。

"只要你死了就没人知道我还活着。"黑子威胁。

"你妄想，天一亮就会有人进来。"素云警告。

"那我就先压死你。"黑子说着身子欲动。

素云早就警惕，先动，水泥梁歪向黑子，黑子哇地一下又吐出血。

他咬牙托起水泥梁。素云也咬牙托着。

"警察怎么样？告诉你，要死，咱俩一起死。"黑子咬牙说。

平衡被紧张打破，又由紧张实现。

平衡是紧张的僵持。

废墟上，一名战士从一个半人高的洞口钻出来，李国栋问："情况怎么样？"

"是一个孕妇，肚子很大，里边空间非常小，孕妇双腿压在楼板下，疼得直叫，我已经给她打了强心针。"战士说。

"拿个千斤顶来。"李国栋想一想说。

"连长，里边的汽油味特别重，一定要小心呀。"战士提醒。

"连长，我进去。"小四川自告奋勇。

"你一个小孩子，懂得什么？那是个孕妇。"李国栋说。

"孕妇谁没见过，我妈生我弟弟就是我送到医院的。"小四川竟见多识广。

一个战士站在洞口朝里喊："大嫂你挺住，我们这就救你。"

里面传出孕妇的呻吟。

"连长，我个儿小，方便。"小四川再请战。

"一定要小心。"李国栋边嘱咐，边往他的腰上拴绳子。

小四川提上千斤顶，下洞。

月亮走了，太阳来。月亮和太阳换班，素云和黑子却没人换班，都精疲力竭，想用力都没有了，水泥梁重新在松弛中达到平衡。

两人都如泥般瘫在地上，都警惕地注视着对方。

"你说你一个妇道人家，非追着我赶尽杀绝的干吗呀？"又是黑子先说话。

"不是我赶尽杀绝，你犯了法，就得接受制裁。谁叫我是警察呢？"他说，素云便应。

"警察？警察就是不把人送去挨枪子儿就不甘心的人？"黑子冷冷地笑。

"你怕死？"素云冷冷地问。

"我不怕死，可是我想活着，你结过婚生过孩子，可我长这么大，连女人是啥滋味还不知道呢，就这么死了，冤。"黑子激动。

素云看一眼他，无语。

狭小的通道光线极暗，小四川打着手电往前爬。前边，孕妇的呻吟越来越清晰。

"大嫂，你再忍忍，我来救你了。"小四川喊。

爬到孕妇身边，孕妇说："我的腿断了。"说得有气无力。

"大嫂你忍着点，别怕了，我们这就出去了。"小四川说着，支起千斤顶，一下一下压，压住孕妇的楼板一点一点升高。

小四川说着，拉起孕妇，孕妇发出惨叫。

"……，我慢慢拉。"孕妇惨叫，小四川也有些急。

小四川急了，仰卧在地上，把孕妇放在自己身上，大喊："快拉……快拉呀……"

外边的战士被余震震得东摇西晃，李国栋大喊："拉，快拉呀，要塌了……"

几个战士背起绳子，摇摇晃晃地跑。

小四川紧抱孕妇，身子在犬牙交错的水泥块上划过，在碎石烂砖上划过，在锋利的钢筋头上划过。

碎石如雨，如雨的碎石由洞顶落下，打在钢筋上，冒出火花。

小四川的身后忽然起火，火焰追逐他。

"快拉呀……快拉呀……"小四川紧抱孕妇喊。

李国栋也在洞外喊："快拉，着火了，要爆炸。"

战士们拉着绳子快跑。

小四川出来了，如耕地的犁，头和肩顶着碎石烂砖，被拉出来，孕妇在他的身上，他的手没松。

刚出来，洞就塌了，一股烟尘升起来。

李国栋见状大喊："快停下。快停下。"

战士们跑过来，围住小四川。

小四川已经昏厥。

"快送医院抢救！快送医院！"李国栋喊。

战士们背起小四川和孕妇，朝废墟下面跑。

小四川的后背血肉模糊，鲜血如雨洒在废墟上，在阳光照射下，闪烁红色，如野花。

文燕他们的医疗棚干净多了，也正规多了，文燕他们也换上新军装，新的白色大褂。人也多了，幸存的医生护士能工作的全部归队。

几个战士背着小四川和孕妇跑进来："医生，快抢救。"

孕妇捧着肚子，不住惨叫。小四川不叫，无声。

孕妇和小四川分别放在两张手术台上。

于医生说："向大夫，看来孕妇要临产了，我是产科医生，我来吧。"

文燕说："她的腿断了。"

"我一起处理。"于医生说。

文燕走向小四川，顺手拉上帘子，一间棚子一分为二。

看到小四川的伤势，文燕倒抽一口冷气，虽然大地震中什么惨状都有，但这样的伤势仍然触目惊心：背上的衣服都没有了，整个背部血肉模糊，几条半寸宽的大口子，仍在冒血。

孕妇在惨叫。小四川没声音。

文燕叫进一个战士："他的伤势太重了，你马上叫车来，火速送机场。"

战士跑出去，小四川睁开眼，侧头，看文燕："文燕姐……文燕姐……"

文燕低头，细看，大惊，俯下身："小四川，是你吗？"

"是我，文燕姐。"小四川声音微弱。

文燕的眼睛酸，泪，忍不住。

"文燕姐，你咋个哭了？我挺得住。"小四川够英雄。

孕妇又是一声惨叫，接着是婴儿哇哇的哭声。

于医生大声说："生下来了，是个男孩。"

小四川笑了，文燕含着眼泪，也笑了。

孕妇在哭，边哭边喊："解放军同志，感谢你救了我们娘俩。"

小四川仍笑着："谁让俺是当兵的，有啥子好谢的。"说着，闭上眼睛，呼吸也开始急促。

文燕俯身叫："小四川，你睁开眼睛，睁开眼睛呀。"

小四川睁开眼睛："文燕姐，你还没赔我裤子呢。"

"姐一定赔你。小四川你要挺住啊！"文燕的泪又下来。

"文燕姐，连长爱你。"小四川说。

"小四川，我和连长都爱你。"文燕说。

小四川又笑了，笑得满意，笑着，闭上眼睛。

呼吸停止。

静极，只有婴儿和孕妇的哭声。

何大妈来找何刚和文秀，废墟上，李国栋正指挥战士们组织群众撤离，何大妈刚刚迈上废墟，就有几个战士拦住她："大家快离开，这里到处都是汽油，随时会爆炸，赶快离开。"

李国栋也奔过来，大声喊："大伙快点撤……快点撤……"

何大妈一听更急，不顾一切地拉住李国栋的手："我儿子、儿媳还在里边，快救救他们……"

李国栋略一沉吟，喊一声"跟我来"，冲进废墟，几个战士也跟着他冲进去。

废墟中只有楼梯和楼梯口还保持着原样,烟雾封锁视线,家具在燃烧。

李国栋和战士们一边顺着楼梯往下跑一边喊:"有人吗……有人吗……还有人吗……"

何刚和文秀听到有人喊,激动得大叫:"我们在这儿呢……我们在这儿呢……"

可是没有回应。

文秀颓丧地说:"何刚哥,别喊了,没用的,我们的嗓子都喊哑了,不会有人听到我们的叫声。"

何刚还在喊:"我们在这儿呢……"边喊边用棍子敲击水泥板。

烟越来越大,何刚不住咳嗽。

李国栋和战士们在浓烟滚滚的废墟里面寻找,他们听到几块楼板后面传出极微弱的声音,撬开楼板,发现四五个人躺在一个房间里,都已奄奄一息,战士们背起这些人便往外跑。

何刚与文秀仍在敲击着水泥板,沙哑的嗓子喊着救命,但声音在他们自己听起来都很困难。

轰的一声,楼道里燃起明火,汽油流淌出来,如小溪一般,火追着汽油走,如火蛇般蹿。

李国栋的肩上抗着一位伤者由一间屋子里出来,站在门口,看走廊,走廊里已经到处是火,火把废墟化为灰烬。

李国栋又扭头看屋子,屋子里轰的一声也燃烧起来,火苗由门口,由他的身边往外蹿,与走廊里的火汇合。

李国栋只有往前走,向走廊里走,尽管前面也是火。

只跨出一步,他就倒在地上,倒在一片火焰中。

几个战士冲过来接应他,但是隔着五六米远,冲不过来,李国栋站起,对身上的伤者说："兄弟，你忍着点吧。"他隔着火墙把伤者扔出去，扔给对面的战士，大声说："你们把他带出去。"

战士们接住伤者，但是李国栋已经遍身是火，燃成一个火人。

一个火人在烈火中跌扑，滚动，抽搐。

战士们要冲过去抢出他们的连长，但是楼顶塌落下来，连楼板都在燃烧，燃烧的楼板彻底阻塞了通道。

绿色的生命消失得那样彻底，消失于地下的火焰之中，一点痕迹都没有留下。

何刚和文秀仍然在用棍子捅面前的水泥板，一下一下，尽管没有希望，还是在捅。

忽然，棍子捅了出去，水泥板倒下，他们兴奋地钻出去。外面是走廊，走廊里是火，何刚拉着文秀在走廊里跑，寻找楼梯，沿楼梯向上，向上，就是希望。

在楼梯口，文秀的脚踩进一块破碎的水泥板，破碎的水泥板没有水泥，只有网状的钢筋，文秀的脚卡在钢筋的网中，拔不出来，越急，越拔不出来，文秀叫何刚："我的脚卡住了。"

何刚蹲下身，双手撕那钢筋的网，撕不开。

文秀拔脚，拔不出。

他们的身后，火焰如龙般席卷而来。

他们的头顶，也一下着起明火。

何大妈不顾战士们的阻拦，站在废墟的入口，急切地朝里看。

几个战士背着伤者跑出来，何大妈细看，不是。战士们对她喊："大妈快离开，就要爆炸了……快……"

大妈还是不动，一个战士拉着她撤离。

一边跑，一边回头望。

文秀的脚终于出来，何刚拉着她，跑上楼梯，上面是长长的走廊，走廊的尽头就是废墟的入口，他们已经看见入口处的人群，兴奋地边跑边喊："我们在这里……我们在这里……"

大妈回头，看见文秀和何刚，甩开战士，向回跑。

文秀和何刚也看到了何大妈，叫着，跑，脚下是汽油，汽油比他们跑得快，身后是火，火也比他们跑得快。

头顶一块燃着的木梁落下，落在流淌的汽油中，汽油腾地燃烧，他们的前面便也是火了。

他们在地下的火海中跑向地面。

何大妈看不到儿子与儿媳，只看到火焰喷出来，不顾一切要往里冲，去接应何刚与文秀，两名战士把她死死抱住。

接连几声巨响，入口塌下来，楼房塌下来，浓烟灰尘冲天而起，什么也看不见了。

待尘埃落定，废墟上面静悄悄。

战士们不说话。

群众不说话。

沉重的静寂中，只有何大妈拖着长腔哭，边哭边说："孩子啊，不管你们是死是活，我一定把你们扒出来！"

第七章　重写的不仅是城市

阳光浓烈，浓烈的阳光洒下来，蒸腾水汽，也蒸腾汗水。

素云和黑子都已满头大汗，仍然互相警惕地盯着对方。

"你母亲那么善良，你怎么会变成这个样子？"素云先打破沉默。

"我也想当一个好人，可世道不容许我当好人，从小我就被人欺负，为什么，就因为我爸是右派。我爸、我妈、我哥都是善良人，可善良有用吗？我爸不是照样被人打死了。"黑子应答。

"所以你就要打别人？"素云问。

"毛主席说枪杆子里面出政权，谁欺负我，我就和他打……"黑子振振有词。

"打不过呢？"

"用刀子。"

两人又对视。

"暴力不能解决任何问题，只能使你走向犯罪。"素云说。

"你说得轻松，如果我爸不是右派，我现在肯定也参军了，没准儿也是一个警察。"黑子说。

素云再看黑子，无语。

"你爱人呢？"黑子突然问。

"我女儿刚出生不久，他就在一次执行任务中牺牲了。"素云说。

"他也是警察？"黑子问。

"是一个好警察。"素云答。

"难道你们警察都不怕死？"黑子奇怪。

"警察也是人，我也想活着。"素云有些伤感。

"你一定很想你的女儿？"黑子问。

素云点头。

"如果我叫你出去，你能放我一条生路吗？"黑子又回到主题。

"我一定要你回监狱去。"素云摇头。

"你怎么这么顽固不化呢？"黑子又恼。

"因为你是罪犯。"素云冷静。

黑子想动一动身子，素云双手托水泥梁："不准动。"

"你别紧张，我不会做小动作，我只是想动一动身子。"黑子看一眼紧张的素云。

素云不用力，让他动，"再这么下去我们都会被砸死。"黑子动一下身子，眼往上看。

素云也往上看，头顶上那块水泥板仍悬着。只一眼，便又看黑子，他的危险也不小。

张勇来到唐山，到唐山便来看周海光，海光还在二五五医院的护理棚里。

张勇见面便说："我知道你受了很大委屈。"

海光说："局长，我没什么，台里的人只有超凡活了下来，专家组留下的都……"

"超凡怕也不行了。"张勇说。

"怎么……"海光一惊。

"他一直守在仪器旁，就一个人，两腿没有及时治疗，都感染了，我们找到他的时候，他已经不能动了，恐怕要截肢……这还是最好的结果。"张勇说。

"他现在在哪里？"海光急着问。

"已经送到医疗队了，我回去，准备把他带到北京治疗。你放心吧。"张勇说完，长叹一声。

"这场地震，咱们的损失太大了，我……"海光哽咽。

张勇没让他往下说，要说的，他都知道，说了，徒伤心，在这个时候，他不想让海光伤心。

"这次地震波及很广，从渤海湾到内蒙古，从黑龙江以南到扬子江以北，都感到了摇晃。"张勇说。

"局长，这次地震唐山伤亡惨重，地裂缝穿过路南区，主要裂缝沿东北方向延伸，宽三十米，长十六公里，一路穿过民房、围墙和沟渠，原来在地面上的农研所、东新街小学、地委党校、唐山十中、二十九中都消失了，一座工业城市在短短几秒钟后就变成一片废墟，我是有责任的。"周海光话语沉痛。

"海光，你不要自责，你尽心了。"张勇说。

"可惜呀，唐山这次地震早就在我们的监视中，就是没有报出去，实在遗憾……"海光长叹一声。

张勇没说话，看着远方，远方是一片废墟，远方的远方，仍是一片废墟。

"你杀人的时候就没想到死吗？"素云问。

"就因为不怕死，别人才怕我。"黑子说。

"那现在怎么又……"素云不往下说。

"我被关进监狱的时候，我知道我完了。我想了很多很多，我想我妈、我爸、我哥、我的朋友，我才二十二岁，就要结束人生，结束我的一切，一想到这些我的心便颤。没想到老天爷开恩不让我死，我出来了。我自由了。"黑子深沉地说。

"你没有自由，你必须回去。"素云很现实。

"阳光热，可阳光多好呀，谁也别想把我送回去，我绝不回去。"

黑子眯着眼看阳光，阳光无偏私，对谁都照射。

护理棚里，护士给伤员们检查伤情，小冰仍哭着闹："妈妈……我要找妈妈……"

女病友对一个男青年说："你带着孩子去找找吧，这可怜的孩子，昨晚哭了一夜，孩子的妈是昨天走的，现在还没回来。"

青年问小冰知道不知道妈妈去哪儿了，小冰说妈妈给她扒腌鸡蛋。

青年又问她是否知道家在哪里，小冰说了地址，青年说："小冰不哭了，叔叔知道你家的地方，叔叔带你去找妈妈。"

小冰止住哭，跟着青年走。

黑子和素云对看一眼。

"你也怕死？"黑子问。

"我是女人，我有一个可爱的女儿，你见过的。"提到女儿，素云的口气便软，"她的眼睛瞎了……孩子很可怜，她从小就失去父爱，我不能让她再失去母爱。"素云说着，流下泪来。

她流泪，黑子也感觉不自在。

"我不能死，不能死，要是我死了，女儿可怎么办呢……我答应过她一定治好她的眼睛，我对不起她……我要是走了，她可怎么办呢……"

警察不见了，只有女人。

女人的眼泪使黑子沉默，半晌才说："你会出去的。"

素云望一眼他，竟有感激。

远远地，似有孩子的喊叫声，素云侧耳听，越听越清晰，是小冰，小冰在喊："妈妈……你在哪儿……妈妈……妈妈呀……"

素云听着，浑身颤抖起来，两手扒身边的碎石。

她一动，黑子便紧张，往上托水泥梁。

素云泪流满面："我女儿……是我女儿……小冰……小冰……"边叫，边扒。

黑子看一眼素云，看她满面泪水，双手松下来。

素云双手乱扒着身下的碎石："小冰……妈妈这就来……妈妈这就来……"

小冰在外面喊："妈妈……妈妈你快来呀……妈妈……"

黑子听小冰叫，看素云哭，一动不动。

张勇走了，周海光觉得应该把这次地震的预报工作做一总结，反正在医院没事，便写。

正写，郭朝东走进来，头上包着纱布，一脸微笑。

海光一愣。

"海光，听说你受伤了，我……我来看看你……"郭朝东走到跟前，极自然。

"你也受伤了？"周海光看他一眼，问。

郭朝东说他是外伤，不要紧，医院已经通知他到外地治疗。

周海光便也安慰，说到外地要安心治疗。

郭朝东的眼突然直了，直直地盯着海光，突然跪在他面前："海光，都怪我呀，都怪我呀，要是我早听你的话，就不会死这么多人。"

眼泪如自来水一样流下来，郭朝东左右开弓，打自己的嘴巴，边打边叫："我不是人……我不是人啊……我不该叫群众……"

周海光一时没了主意，赶忙说："郭主任，你不要……"

郭朝东不听他，仍打："都是我一时失去理智，我糊涂，我糊涂呀……"

最后他竟咕咚咕咚地磕起头来。

周海光忙下床："郭主任，你不要这样，这不是你的错，是大自然的错……"

"是我……都是我……我是唐山的罪人……我有罪呀……"郭朝东痛哭流涕。

周海光把他扶起来，站起来，他还在说："海光，我对不起你呀，我对不起你呀……"

周海光很感动，安慰他："郭主任，过去的事就让它过去吧，能活下来就很幸运了，咱们要往前看啊。"

水泥，碎石，烂砖，堆成堆，如坟。

坟在动。文秀由下面钻出来，漆黑一片，顶上几乎没有空间。

她在一片漆黑中叫："何刚，何刚，你在哪儿？何刚……"

何刚的身上压着一块水泥板，不能动，听到文秀叫，小声说："文秀，我在这儿。"

听到声音，文秀向他爬，爬着摸，摸到，脸上黏，是血："何刚，你怎么样？伤得重吗？"

"我没事儿。我没事儿。"何刚连连说。

文秀抱住何刚哭。

何刚摸着文秀的脸。

"我们还能出去吗？"文秀哭着问。

"有解放军，我们一定能出去。"何刚摸着她的脸说。

"何刚，你疼吗？"文秀也摸他的脸。

"有一点，你呢？"何刚也问。

"都是我拖累了你。"文秀又哭。

"不要这么说。"何刚说。

又是余震，又是碎石烂砖如雨般落，何刚把文秀揽进怀里。

碎石如雨，落在身上，已不觉疼，素云只是盯着头上晃动的水泥板。

黑子也盯着它。

水泥板在余震中摇，吓人。

素云身边的碎石已扒开不少，身子与水泥梁有了些微的距离。

距离便是生命。

只要水泥梁保持平衡，她就能抽出身子，但是要保持平衡必须有黑子的配合，也就是说，他必须不用力托水泥梁。

距离还不全是生命，平衡才是生命。

素云含泪看着黑子："我女儿不能没有妈妈，我要出去，我要出去。"

250

"你要是走了，我就得死，我才二十二岁呀。"黑子也朝她嚷。

"你杀了人，反正是要死的。"素云的声音更大。

"我死了，我哥我嫂子要是也出了事，我妈她怎么活呀！"黑子也提高声音。

"我女儿还那么小，她不能没有妈妈，不能没有母亲呀，你让我出去，你让我出去。"素云简直疯狂，尤其是看着头上摇摇欲坠的水泥板，更狂，大声地哭。

警察不见了，只有母亲。

又传来小冰的声音："妈妈，你在哪儿啊……我饿了你快来呀……妈妈你在哪儿啊……"

黑子听了，也心酸，看一眼素云，看一眼头上的水泥板。

素云也沉默，看黑子。

黑子看素云，脸上有了微笑。

"你笑我不像警察？"素云问，眼皮间还有泪。

"你更像个母亲。"黑子说。

两人对视，第一次，目光没有敌意。

"你出去吧，我跟你走。"黑子轻声说。

素云抬头，水泥板还在晃，晃。

黑子看着素云，水泥板对于他已不重要。

摇晃的水泥板突然下落。

素云大喊一声："快出去。"用劲，拉水泥板，向自己身上拉。

黑子喊："素云！"然后，闭眼。

水泥梁重重压在素云身上，压出一口血，由口里喷。

黑子睁眼，水泥板没落下，被半空中一根钢筋挂住，来回晃。扭头看素云，水泥梁压着，只有喘息。

黑子迅速爬出来，想压起水泥梁，但压不动，他跑到素云身前："你忍着点啊，忍着点。"他想把水泥梁搬起来，但如蜻蜓撼石柱。

他有些束手无策，朝素云嚷："素云，你怎么这么傻呀，我是个杀人犯，本来就该死，你能活，为什么救我呀！"

"我是警察。"素云声音微弱。

"你是个傻瓜。"黑子嚷。

素云又吐出一口血。

黑子急得四处看，看到远处有一根铁棍，他捡过来撬，水泥梁被撬起。

黑子抱起素云："我送你去医疗队。"

"你一定要回监狱。"素云奄奄一息。

"我答应你。"黑子大声说。

"我女儿……"没说完，眼闭上，两行泪无声地流。

"素云，你挺住，你一定要挺住，你要活，你一定要活着。"黑子一边说着，一边往外走。

身后，水泥板落下来，砸起一片烟尘。

黑子抱着素云，朝着阳光走，走出废墟。

不远处，小冰仍在对着空旷的废墟喊："妈妈，你在哪儿……"

素云睁开眼睛看，眼泪不停地流，嘴唇动，没出声。

黑子也挂了泪，低头看素云。素云似在说话，极细微，听不清，俯下身，细听，素云在说："小冰……妈妈对不起你……妈妈爱你……小……小……"

没说完，头一歪，歪在黑子怀里，嘴角的血还在流，泪也在流。

黑子把素云放在地上，跪下："都是我害了你，都是我呀，素云，如果我还有明天，一定做一个好人。"

青年抱着小冰走过来，黑子站起，抱过小冰，抱到素云身边，拿着她的手，摸素云的脸。小冰高兴："妈妈，我可找到你了，妈妈，你别睡了，快起来咱们走吧，我饿了。我饿了。咱们回家吧。"

黑子无语。

青年也无语。

小冰摸到素云脸上的血："妈妈，你怎么了？妈妈，你是不是流血了？妈妈，你和我说话呀？"

黑子说："小冰，你妈妈……她……她死了……"

小冰大哭："妈妈，妈妈，你不要丢下我呀，妈妈，我听你的话，我再也不要咸鸡蛋了……"边哭边爬，爬到素云身上，摸脸，鼻子，嘴，眼睛，眉毛，搂住素云，脸贴在素云脸上哭。

黑子抱起小冰，小冰抓住素云的衣服不放，仍哭喊着要妈妈。

浓烈的阳光照在医院的废墟上，在一个僻静的角落，是晾晒绷带的地方，文燕正在晾绷带。

周海光慢慢走过来，找文燕，见到文燕，没说话，悄悄走过去，从后面搂住她。

文燕扭头，看着海光，不动。

海光也看文燕，目光深沉。

"你的伤还没好就要出院了？"文燕说。

"指挥部的事情太多。"海光说。

"我好担心你呀。"文燕转过身，搂住海光。

"我永远和你在一起。"海光也搂住她。

"无论再发生什么事情，都无法把我们分开。"文燕说。

海光低头，大睁眼睛，看文燕。

文燕仰头，紧闭眼睛，等海光。

唇吻到一起。

黑子背着小冰，在街上走，低头，悲哀。

小冰在他的背上昏睡。

大刘走过来，远远地，看黑子面熟，擦身而过，认出黑子，也认出黑子背上的小冰。

回头叫："小冰……小冰……我是大刘叔叔……"

黑子转身，见是大刘，跑。

大刘喊："何斌，你站住……站住……"

黑子不停，跑。

大刘追。

黑子拐向废墟的后面。

街道两边的防震棚排起来，防震棚里透出灯光。

颜静蹲在防震棚里，黑子背着小冰走进来，颜静一喜。

"有我哥的消息吗？"黑子见面就问。

"何刚哥和文秀嫂子出事了。"颜静说。

"他们死了？"黑子一惊。

"死没死不知道，废墟油罐爆炸把他们埋在了里边。"颜静说。

黑子低头不语。

颜静看到他背上的小冰："黑子哥，这不是那个警察的孩子吗？那个警察呢？"

"为了救我，她死了。"黑子说。

颜静不解地看着黑子和小冰。

黑子说他要带着小冰去治眼，颜静问去哪里，黑子说："我也不知道，反正要走，刚才在回来的路上，我碰上大刘了。"他嘱咐颜静照顾他妈，颜静却说："我和你一起去，有什么事我还可以帮帮你。"

"那好，咱们一起走，连夜就走。"黑子想了想对颜静说，颜静二话不说，随着黑子走出防震棚。

何大妈在废墟上，几个邻居也跟来，找何刚和文秀，战士们扒，她们也扒。

夜深了，都还没吃饭。

兰兰领着几个孩子走来。

"奶奶，给我们一点吃的吧。"兰兰仰着头看大妈。

几个孩子就这样每天在废墟上流浪。

"你们家里人呢？"何大妈问。

"我家只剩我一个人了。"兰兰说，她的手里还领着天歌，"他也是。"兰兰指一指天歌。

"奶奶，我没有家了。"另一个女孩哭，也领着一个小男孩，哭着说，"他是我弟弟。"

小男孩见姐姐哭，便也哭，饿得哭。

女孩叫姚雯，男孩叫姚平。

何大妈伤心，叫七姑："七姑，七姑，快把咱那半个茄子拿来。"

孩子们满怀希望地看着何大妈。

"奶奶这里也只剩半个茄子了，你们分着吃了吧。"七姑拿来半个茄子，何大妈递给兰兰，兰兰小心地分成几半，分给几个孩子，几个孩子，一人也就一口，茄子便不见了。

"七姑啊，你看这些孩子都饿成什么样了！"何大妈看着他们叹气。

兰兰没吃。

何大妈问："你怎么不吃？"

"我不吃，我能挺得住，留给他们吃，我大。"兰兰说。

何大妈摸着她的头说："真是一个好孩子。"

兰兰说："奶奶，谢谢你，我们走了。"

何大妈问："你们去哪儿？"

"我带他们找地方住去。"兰兰朝何大妈鞠躬。

几个孩子也懂事地鞠躬。

大地震，仅仅几秒钟的大地震，就让孩子长大了。

大的领着小的，走，前面是一片黑暗的废墟。

何大妈忍不住，喊："孩子们，你们不要走了，跟着奶奶吧。"

兰兰转身，盯着何大妈，半晌，哇的一声大哭，跪下哭："奶奶，我代我的爸爸妈妈给你磕头了。"

几个孩子也学样，跪下，哭。

何大妈也哭，哭着一个一个拉起孩子。

"奶奶，我真不知道带着他们怎么办哪。"兰兰抱着何大妈的腿哭。

"七姑，你把孩子带回咱们的棚子吧，不能叫孩子们再遭罪了。"何大妈说。

七姑哭着答应，带着孩子们走。

何大妈又走回废墟，找自己的儿子和儿媳。

周海光回到指挥部就投入工作，连和向国华坐一会儿的时间都没有，好容易向国华有了空，说和他说一会儿话，和他走到路边，谈的仍是工作。

"天气太热，尸体正在加剧腐烂，必须尽快掩埋。"向国华说。

"部队目前已经在清理。"周海光说。

"我怕大规模的流行病和瘟疫随时暴发，要动员全市的医疗队伍，把可能暴发的疫情压下去。"向国华说。

"中央已从上海、广东、甘肃等地调来二十多支防疫队和一百多万支疫苗，还有军用防化喷洒车，喷雾器，今天已经抵达唐山。"周海光说。

"防疫工作一定要抓紧，还有孤儿收养的工作进展怎么样？"向国华问。

"全市孤儿估计有五至六千，目前主要以家庭和街道为单位组织收养。"周海光说。

"海光，这些孩子要尽快送走，这里的条件太差，万一瘟疫发生，后果不堪设想。"向国华说。

"我已经给指挥中心和国务院写了报告。"海光说。

"这些孩子是唐山的心头肉啊，走，到医院看看去。"向国华说着便走，周海光跟着他。

何刚与文秀都不能动了，文秀迷迷糊糊地趴在何刚旁边，何刚拿一块砖头，机械地砸着压在身上的楼板。边砸，边看文秀，看着，脑子便放电影一样，时空错乱地转：

一会儿是雨中，文秀扑进他的怀里："何刚哥，我喜欢你，我要你一辈子都照顾我。"

一会儿是文秀在狭窄的田埂上跑，边跑边叫他，摔下去，爬起来，再跑。跑进他的怀抱："你让我找得好苦啊……"

想着，摸着文秀的脸，自语："我还不能死，我得看着你出去……"

血从他的肚子不断往外流，染红身下的碎石。

文秀迷迷糊糊地说："我渴……"

何刚似想起什么，在背心口袋里摸，摸出一张火车票，看着，笑，摇文秀："文秀，文秀，你看这是什么？"

文秀迷迷糊糊地抬头："火车票？"

何刚把车票放在她的手里，文秀看着火车票，泪往下流。

"文秀，你把这张车票收好。"何刚说。

"那一张呢？"文秀问。

"那一张不知什么时候掉下去了，有了这张票你就可以上车了。"何刚说。

"不，要走，我们一起走。"文秀说。

"嘘，文秀，你听……"何刚侧耳。

文秀也侧耳。

"各位旅客请注意了，开往北戴河方向的第 183 次列车已经开始检票了，有去往北戴河方向的旅客，请你到检票口检票上车，列车进入第二站台……呜……呜……呜……火车开了……"

何刚的声音很微弱。

文秀听得很入神。

废墟上面，一个战士趴在废墟上，侧耳听："我好像听到了什么声音。"

另一个战士也趴下，侧耳："我怎么没听到？"

"别说话。"第一个战士说。

几个人都趴下听。

"我肯定，我听到了。"第一个战士兴奋地说，然后趴下，喊："有人吗？再敲啊。"

再听，又没了声音。

这时一辆吊车开过来，何大妈由车上下来，战士们高兴地围过去："大妈，从哪儿找来的吊车？"

"汽车公司刚刚修好的，这下可好了。"大妈也高兴，"早点有吊车不知又有多少人可以得救啊。"

战士们指挥着吊车扬起长长的吊臂。

文燕在医疗棚里忙着，丰兰跑来说没有药了。

"你去和附近的医疗队联系……"文燕说。

"医疗队支援我们的药还没到。"丰兰说。

"医院大楼里不是还有一个门诊药房吗？走，我们去扒。"文燕说着就往外走，丰兰说："那太危险了。"

文燕说："救人要紧。"

陈医生要去，文燕让他在这里处理病号，她和丰兰去了。

文秀趴在何刚身上，何刚依旧给她讲着他的北戴河之旅："北戴河车站到了。北戴河车站到了。文秀，我们到站了。"

文秀点头。

"我们来到这里，来到阳光、沙滩、海洋之间，阳光明亮温暖，海水碧绿清莹，那沙滩呀，纤尘不染，玉洁冰清。这里是梦幻世界，是人间天堂，在浪花翻滚的海边散步，让阳光暖暖地洒在身上，让海水凉凉地在脚下轻漾，与沙滩上横行的小蟹窃窃私语，听高天上海鸟唱着远方……"

遥远的天际隐隐约约响起雷声，何大妈提着一桶绿豆汤过来，招呼战士们和吊车司机停下来，喝绿豆汤。

边喝边议论。

司机说："这该死的余震就没个完，刚刚扒开，一震，又填上了，急死人。"

"师傅，埋上了你就再把它吊开嘛。"何大妈笑着说。

司机也笑："大妈，你老就放心吧，我们一定给你把两个孩子扒出来。"

"谢谢，多谢你们了。"大妈连连说。

何刚不说话了，脑袋耷拉着，似沉睡。

文秀趴在他身上，呼吸急促。

文秀叫："何刚……何刚……"

何刚睁眼。

"我上不来气。"文秀说。

"文秀别慌，这里的空间太小，空气越来越少了。"何刚说着，呼吸也困难。

这时外面传来很大的声音，是砸东西的声音。

文秀沙哑着嗓子说："何刚，你听，好大的声音。"

何刚说："再坚持一会儿就能出去了。"说着，一阵猛烈的咳嗽，血顺着嘴角流下。

文秀轻轻拭去他嘴角的血，看他，流泪。

何刚抚着文秀的脸："别哭，别哭，我们一定要坚持住。等我们出去，我们还要上北戴河呢。"

小四川救出来的那位产妇在护理棚里，几个护士给孩子做了一套小军衣，拿来给孩子试，正试着，向国华和周海光走进来，向国华看着孩子，问叫什么名字，产妇说："他还没有名字呢，市长，您给起一个名字吧。"向国华想了想说："是解放军救了你们，你们要永远记住他，我看这孩子就叫军芽吧。"

大家都说好，正说着，余震又来，棚子摇晃。

余震一来，丰兰就趴在地上，过去，起来，却不见了洞口，文燕还在里面，急得发疯似的大叫："快来人呀……快来救文燕……文燕出事了……"

这一喊，整个医院都震动了，医生护士们没命地往废墟上跑。

护理棚里的伤员们凡是能动的也都跑出来，向废墟跑。

在场的解放军和群众也向废墟跑。

向国华和周海光由产妇的棚子里出来，也跑上废墟。

人们迅速把洞口扒开，陈医生第一个钻进去，洞小，容不下更多的人，向国华和周海光只得守在洞口等。

天上浓云聚集，浓云的背后，有隐隐的雷声。

陈医生抱着文燕走出来，人们围过来，叫着文燕，文燕不应。

向国华接过文燕，叫，文燕不应。

周海光扑过来，叫，文燕不应。

于医生摸摸文燕的脉搏，摇摇头。

几个护士当场轮流为她做人工呼吸，无效。

打了强心针，无效。

军人们都摘下军帽，默立。

一片静默。

一片静默中，一声拖长的哭号："老天爷呀，你睁开眼看一看呀，这么好的姑娘你都不放过呀……"是那个产妇，也拄着棍子赶来了。

她一哭，人们都哭，哭声如海潮在废墟上澎湃。

周海光愣了，似乎还未醒悟眼前发生着什么，只是看天，看天上的乌云堆积，乌云的背后，闪电发狠地把乌云撕裂。

有人捅一捅他，他才低下头，由向国华的怀里接过文燕，抱着，走，不知道向哪里走，跟着人们走。

走进帐篷里，护士们为文燕洗去脸上的灰尘，文燕很安详，像是正做着一个甜美的梦，嘴角有一丝微笑凝固。

向国华蹲在文燕身边，为她掸军装上的灰土，拉着她的手："文燕，你是一个好孩子，更是一名好军人，爸爸有你这样的女儿非常骄傲……非常……骄傲……"

苍老的泪滴滴下来，滴在文燕的脸上，脸便如露润芙蓉一般鲜艳。

向国华缓缓站起，一名干部悄悄拉他到一边，悄悄说："市长，我去找辆车，把文燕送到外边火化吧。"

向国华缓缓地说："她是军人，她应该和死去的唐山人民和牺牲的战士们在一起。"

几个战士无声地走来，抬起文燕，向汽车上抬，这时，周海光才醒，才知道眼前发生着什么，他喊："文燕……文燕……"向文燕扑去，战士们把他拽住，他甩开战士，扑到文燕面前，抱住文燕，大哭："燕……我的燕子啊……你醒一醒啊……你不能把我一个人丢下啊……我的文燕啊……"

战士们再把他拽开，拽住他，抬文燕上汽车，汽车开动，海光甩开战士们，拼命地追，挥洒泪雨。

向国华叫一声周海光，没说出什么，头一低，吐出一口血。

风来了，吹起废墟上的灰尘。

雨，倾盆落下，洗去飞扬的灰尘。

雷声隆隆，电光闪闪。

天地之间是一片浓黑，浓黑中只有电光闪动，只有雨注晶亮。

空间太小了，空气太少了，还有难耐的闷热，出不来气。

文秀依偎着何刚，睡了，或者说，昏睡。昏睡中还不住舔嘴唇，她渴。

何刚也处于半昏迷中，半昏迷中看着文秀，看她干渴得皲裂的唇，把自己的手指放进口里，咬，血便流出来，悄悄地，把流血的手指放进文秀口里，文秀便吮吸，如婴儿。

何刚看着，手不疼，心疼。

文秀慢慢睁开眼睛："我们还能支持多久？"

"我们要坚持，我们一定能活着出去。"何刚说。

"何刚，如果出不去，那我下辈子，下下辈子，都要和你在一起。"文秀说。

"如果只有一个人出去呢？"何刚笑，笑得勉强。

"死的那个，就在奈何桥上等，一直等到那一个追上来，再一起走。"文秀仍迷迷糊糊。

何刚搂着文秀，哭，已无泪，体内的液体几近干涸。

暴雨如注，暴雨洗着广大的废墟上遍地的血痕与泪痕。

拉着文燕尸体的卡车在暴雨中行驶。

文燕躺在卡车里，暴雨抽打她的脸，她的身躯，她的口里如呕吐一样，吐着泥汤。

暴雨把天空也洗得洁净，把星星也洗得洁净，洁净的天空中，洁净的星星闪烁清新的光芒。

周海光坐在离指挥部不远的一片废墟上，四周无人，看天，看星星，泪光与星光一齐闪烁。

星星是苍天的脸颊上凝固的泪滴。

远处，传来隐隐约约的哭声，哭声苍老，苍凉，在广漠的夜空中，在广漠的废墟上，缓缓地游走。

周海光仔细听，是向国华，在这夜深人静的时刻，找一个空旷无人的地方，自己在哭。

他没有动。

同一个星空之下，何大妈仍和战士们一起在废墟上扒着。

"文秀。"何刚喘，喘着叫，"答应我一件事好吗？"

"你说吧。"文秀应着，也喘。

"如果我死了，你一定要好好活下去。"何刚说。

"不会的，我不让你死，我不让你死。"文秀哭，有声，无泪，声音亦沙哑。

"文秀，不管怎么样，你都要好好活下去，好好地生活。"何刚仍说。

"何刚，你不会有事的。你不会有事的。你……要坚强……"轮到文秀来鼓励何刚了。

何刚深情地看文秀，抚摸她的头发，眼睛，鼻子，唇，文秀温驯如小猫。

"何刚，我爱你……"文秀的脸贴在何刚的手上，唇贴在何刚的手上。

"我也爱你……"何刚说。

文秀抬起手，抚他的脸，他的头发，眼睛，鼻子，唇。

"不要说话了，空气不够两个人用了。"何刚轻轻说。

文秀听话地伏在他身上，很快昏睡过去，其实她压根没有真正清醒。

何刚看着昏睡的文秀，把唇凑上去，吻，轻轻地，吻她的眉，腮，唇。

然后，拿起一根钢筋，用尽力气，戳进自己的肚子。

"秀，等你，一起到来世。"说了最后一句话。

黏稠的血缓缓地淌，淌在碎石上，碎石如脂。

阳光走进来，走到文秀的脸上，抚摸，文秀不觉，仍在睡。

一个战士趴在刚刚扒开的洞口，朝里看："里边有人。我看见了，有人，好像还活着。"

战士们全都欢呼起来。

"快扒！用手扒！用手！"乱嚷。

楼板掀开，文秀和何刚全部裸露在阳光之下：何刚半躺着，靠在身后的楼板上，身上压着碎石和楼板，文秀偎着他，浑身是血。

两人的脸紧贴在一起，如新房里，熟睡的新郎和新娘。

战士们一瞬间很静，谁也不说话，看。

怕惊醒他们。

何大妈挤上来，看，颤。

医生们跑来，战士们分开何刚和文秀，抬出来，抬到担架上，给文秀输上液，朝废墟下跑。

再搬开何刚身上的水泥板，他的身子几乎被拦腰砸成两截。

何大妈看着何刚，一句话没说，昏倒在废墟上。

尽管居民们都搭起了防震的棚子，指挥部还在那辆公交车上办公，指挥部没有工夫搞自身建设。

周海光正向向国华汇报情况："向市长，送孩子的时间定在月底。"

"太好了，把孩子们送出去，我的心里就踏实了。"正在看材料的向国华抬头。

"石家庄用八天就改建好了一所育红学校，能容纳一千名孩子，学校把一切都准备好了，问我们还有什么特别的要求？"周海光说。

"生活方面我并不担心，要嘱咐学校这些孩子最需要的就是爱。我希望孩子们到了那里，就像回到家一样，等咱唐山的情况好了，咱们就把孩子们接回来。"向国华说。

一名部队的通信兵跑上来说："首长，文秀和何刚救出来了，现在送到上海第二医疗队去了。"

"向市长，快去看看吧。"海光说。

向国华匆匆下车。

文秀在帐篷里静静地躺着，向国华悄悄走近，坐在凳子上，拉住文秀的手。

"她很顽强，在废墟下整整坚持了七天。"医生介绍。

向国华颤抖着伸出手，摸文秀的脸。

文秀慢慢睁开眼睛，看陌生的四周，看向国华。

"文秀……文秀……我是爸爸……"向国华轻声喊。

文秀的眼睛直直地盯着向国华，不敢相信眼前的景象是真实的。

捏一捏向国华的手，向国华也捏一捏她的手。

是真的。仍疑惑。

"爸，是你吗？"轻声问。

"文秀，是我，是爸爸。"向国华轻声说。

"妈和姐呢？她们都好吗？"轻声问。

"你妈和你姐都……走了。"

向国华的眼里转着泪花。

文秀的眼里转着泪花。

两双眼睛对看，越看，越模糊。

文秀抱住向国华的胳膊，突然撕心裂肺地喊一声："爸爸……"

大哭。

帐篷的外面，何大妈给何刚擦净身体，换上一身干净的衣服，换了干净衣服的何刚静静地躺在担架上。

何大妈坐在他身边，守着他，眼泪静静地流。

向国华来到何大妈身边，蹲下，抚着何刚的头，无语。然后，拉住何大妈的手："您老要挺住啊。"

何大妈无语，只有泪，眼珠不动，眼珠一直盯着何刚的脸。

突然帐篷里传出文秀的哭叫："何刚……何刚……你在哪儿啊……我要何刚……我要何刚……"

半晌，文秀走出帐篷，反而很安静，在护士的搀扶下，一步一步地挪，一名护士在身边举着输液的瓶子。

文秀走到何刚身边，蹲下，仔细看何刚的脸，脸上有一丝毛巾留下的线头，她轻轻摘去。

轻轻地抚摸，脸，眼睛，眉毛，鼻子，唇。

何刚的眼睛向着天空。

文秀也抬眼向天空望，天空如经水洗，碧蓝，碧蓝的天上有几朵白云飘移。

俯下身，脸，贴在何刚的脸上，不动。

向国华和何大妈在一边站着，静静地看，无语，亦不动。

文秀抬起头，看何刚似熟睡的面容。低头，把唇送上，吻，额头，眼睛，唇，直至脖颈。然后抬头，露出一丝微笑，看着何刚："我陪你一起走，我们坐火车看海去……"

她突然拔掉身上的输液针管，趴在何刚的身上紧紧抱住，脸贴在一起，就如在废墟中。

"爸，妈，就把我们埋在一起吧。"她抬头对向国华和何大妈说。

说完，闭眼，唇边有一丝微笑。

旁边的人都呆了。

向国华流着泪，挥手。

几个战士走过去，硬把文秀和何刚分开，文秀抱住何刚不放，终于哇的一声大哭起来："不要把我们分开。我要和何刚在一起。我要和何刚在一起。"

几个护士过来紧紧抱住她，战士抬起担架。

文秀挣开护士，扑向何刚，拉住何刚的手不放。哭，如山崩海啸。

她发现何刚的拳紧攥着，紧攥的拳中握着那一张火车票，露出半截。她揪住那半截火车票："何刚，把车票给我……把车票给我吧……"

何大妈看着，一下坐到地上，仰天长叫："我那苦命的儿啊……"

向国华再也看不下去，扭头，再挥手。

护士扭住文秀，战士们抬起何刚飞跑。

文秀的手里撕下半截火车票。

紧攥着半截车票，眼一黑，昏死过去。

"唐山站"三个字倒了，仍然倒在废墟里面，但是唐山火车站没倒，地震后，唐山火车站仅用了几天时间就在纵横交错的中国铁路网线上站立起来。

唐山火车站今天格外热闹，今天是唐山地震孤儿大转移的日子。

很早，许多唐山市民就来到车站广场，等着送这些孩子。

孩子们也早早来到广场。

广场上挂着醒目的横幅，上面写着：祖国处处有亲人，唐山永远是你们的家。

几百名年龄不等的孩子，在民政部门干部和特意配备的老师的带领下，在广场上排成整齐的队伍，等待出发。

服装都是唐山市统一做的，男孩子是蓝上衣黄裤子，女孩子是花格子上衣蓝裤子。每个孩子都背着新书包，书包里是洗漱用具和水果，最显眼的，是每个孩子的胸前都挂着白色的布条，上面写着姓名、年龄、籍贯。

丁汉在废墟的高处拍着照片。

何大妈和文秀也来送孩子们，因为兰兰几个孩子也要走。

何大妈看着孩子们，不住流泪，兰兰拉着天歌跑过来，拉着她们的手哭，不走："奶奶，文秀阿姨，我们不走，把我们留下吧。"

何大妈和文秀看着两个孩子，不知说什么好，见她们不说话，兰兰竟然跪在她们面前，哭着说："奶奶，你就把我们留下吧，求求你了！"

何大妈赶紧拉起她，说："你们不想走，就留下来给奶奶当孙子孙女吧。"

听何大妈说了话，兰兰和天歌抱着何大妈跳。然后跑去，找到姚平和姚雯，把书包里的鸡蛋水果掏出来，往他们的书包里装，还一本正经地嘱咐姐姐："姚雯，你要好好照顾弟弟，千万别忘了我们，我和天歌还有奶奶、文秀阿姨一定会去看你们。"

姚平和姚雯便哭了。

她们一哭，很多孩子都哭了。

一个六岁的小哥哥拉着一个四岁的小弟弟。弟弟哭，哥哥不会哄，也哭。

一个八九岁的小姐姐带着一个五岁的小弟弟，姐姐在哭，弟弟却笑，边笑边刮脸皮，羞姐姐。

一个男孩子脖子上挂着一个缝纫机机头，压得直咧嘴，但不放，那是他家留下的唯一值钱的东西。

周海光走来，看着这孩子连鞋带都没系，拖在脚下，蹲下，给他系好。拍拍他的头，不知道说什么好。

丁汉拍着照片，也在哭。因为他看到好多孩子都手端一个镜框，里面是全家照，他们长大后，所有的亲人都要到照片里去认了。

何大妈流着泪说："多可怜的孩子啊。"

旁边一位老者说："比起那几千家绝户的家庭，他们好歹还剩下棵苗啊。"

姚平老远地跑过来，拉住文秀，只为问一个问题，为什么一些孩子胳膊上戴着两块手表，文秀告诉他："一块是他妈妈的，一块是他爸爸的。"

"那我的爸爸妈妈为什么没留给我和姐姐表呢？"姚平仰头问。

文秀没说话，摘下自己的手表，给他戴上。

哭声越来越大。

一辆吉普车在一片哭声中开到广场，在广场一侧停下，车上下来的是向国华和梁恒。向国华明显变老了，头发也白了很多，下车，见到这样多的孩子，这样大的哭声，就一个趔趄险些摔倒，幸亏梁恒扶住他。

丁汉和许多记者急急地围上来拍照。

向国华走到孩子们中间，蹲下，抱起一个小女孩，看她胸前的布条，问身边民政部门的干部："这个孩子是谁家的？"

干部说："她家只活了她一个，不知道她姓什么。"

向国华没再说话，站起来环顾四周，四周是一片孩子的哭声。

他走出人群，走到放着麦克风的桌子前，双手撑在桌上，低头，不语，他不想让孩子们看到他的眼泪。

文秀、何大妈、周海光站在一起，看着他。

他慢慢抬起头，叹一口气，扬手，手在颤，苍老的泪滴还是不住落下来，落到胸前，扑扑噜噜地往下滚。

"孩子们，你们是不幸中的万幸，你们今天就要到新学校去了，我来送送你们，说几句心里话。"向国华开始讲话，声音也如手臂，在颤。

说不下去，停顿。

"孩子们，不要伤心，咱们唐山是震不垮的，你们是唐山的孩子，是唐山的未来，唐山的父老乡亲永远都会想念你们，唐山永远是你们的家啊。孩子们，眼下我们这里条件差，没办法好好照顾你们，等度过这个困难时期，我向国华亲自接你们回家。孩子们，唐山永远是你们的家啊，不管你们走到哪里，一定要回家啊！"

又说不下去，停顿。

广场上孩子们哭声很大，大人的哭声更大，每一个大人都哭，看着孩子们哭。

向国华的脸上已是老泪纵横，再也说不出什么。颤抖着伸出手，朝孩子们挥动："孩子们……上车吧……唐山送你们……"

孩子们排着队朝站里走。

向国华没动，看着孩子们，身子猛地一晃，一口鲜血狂喷出来，栽倒在地上。

梁恒和周海光跑过去把他扶起。

文秀喊着爸爸，扑过来。

救护车在大街上疾驰。

车里，文秀紧抱着向国华。

向国华慢慢睁开眼，拉着文秀的手，抚摸她的脸："文秀，听爸的话，好好生活下去，妈妈、姐姐我们都非常爱你，你一定要好好生活，这样我们才能放心。"

文秀说不出话，含泪点头。

向国华拉住周海光："海光，求你一件事，好吗？"

"向市长，你说吧，什么我都答应。"周海光说。

"以后，你要好好照顾文秀。"向国华说完，周海光的眼泪便流下来："您放心，我会的。"

向国华又对文秀说："文秀，爸爸把你托付给海光，这样爸爸妈妈还有你姐姐也就放心了。"

文秀搂着向国华哭。

向国华的手松开，滑落。

"爸爸……爸爸……"文秀喊。

"向市长……向市长……"周海光喊。

"爸爸……爸爸呀……"文秀一声撕心裂肺的喊叫。

唐山大地震后的第十个月。

新学校第一天开学，兰兰和天歌坐在教室里，只有十七个学生，每一个空位上都放着一朵小白花。

小学生们表情严肃。

新的女教师走进教室，兰兰喊起立，全体起立。

女教师对大家鞠一躬，大家坐下，女教师低头，见讲桌上也放着一朵小白花。拈起来，看，轻轻放下，对大家说："小霞老师不在了，从今天起，我是你们的老师。"

学生们倒背手坐得笔直，眼泪在小脸上流，谁也不擦。

"现在我们开始点名。"女教师说完，拿起花名册。

点一个名字，没有应答。

点一个名字，没有应答。

四十五名的花名册，只换来十七声"到"。

点完名，教师哭了。

学生们也哭了。

宽阔的马路上拉着一道红色横幅，横幅上写着：唐山市首届残疾人轮椅大赛。

一排排轮椅整装待发。

超凡把信号枪递给周海光，周海光举枪。枪响。

轮椅出发，你追我赶，在十个月前充满死亡的土地上，充溢着笑声。

抗震纪念碑广场，抗震纪念碑高耸云霄。

汉白玉的阶石上摆满鲜花。

阶石的下面，是一溜长桌，桌上铺着红色桌布，摆着鲜花和糖果。兰兰、天歌等孩子们在桌子周围吃着糖果。

管乐队吹起欢快的曲子，二十对新人在欢快的曲子中走来，在鲜花、彩带、纸屑中走来。

青春的脸上洋溢着甜美的笑意。

梁恒走到桌前，大声说："新人们，亲友们，下面，请这次婚礼的主持人，我市副市长周海光同志致辞。"

周海光在掌声中走到麦克风前："我能代表市委、市政府，为今天的二十对新人做主婚人，感到非常荣幸。我代表市委市政府，祝贺你们组成新的家庭，祝你们夫妻恩爱，白头到老，永结同心。灾难已经过去，生活还要继续，我们唐山人的生活会一天比一天更美好！"

乐声又起。

亲友们围住新人们，举行他们各不相同的仪式。

小孩子们在人缝里钻着，打闹着。

梁恒走到周海光身边，和他一起看着被亲友包围的新人："海光，你和文秀的事……"

"文秀还没考虑好呢。"海光笑。

"你是个市领导，不能光做主婚人嘛，也得起个带头作用啊。"梁恒说。

周海光没说话，看着一对新人被一些青年男女围在一起咬一个苹果。苹果由一个男青年抻着，两人的口刚咬到，苹果便抻上去，唇便吻在一起，吻出一片笑声和掌声。

"走，一起感受一下。"周海光说着，拉着梁恒走过去。

文秀的房间很简单，一张小床，一个五斗橱，最醒目的是五斗橱上何刚的放大照。

收音机里放着音乐。

文秀坐在床上，兰兰和天歌缠着她，要她教她们跳舞。

何大妈走进来，板脸："这两个孩子，整天黏着阿姨教跳舞，阿姨累一天了，哪还有精神，赶明儿奶奶教你们扭秧歌。"

兰兰和天歌撇嘴。

"怎么，不信啊？不信奶奶扭给你们看。"何大妈说着，便扭。

"奶奶扭得真难看。"天歌说。

兰兰和文秀便笑。

"不好看。不好看。我们才不学呢！"兰兰笑着说。

"看不上我这两下子就算了，以后想学我还不教了呢。"何大妈故作生气。

文秀朝兰兰和天歌挤眼，两孩子一边一个拉住何大妈的胳膊。

"奶奶的秧歌扭得好不好？"文秀拍着手问。

"好！"孩子们一起答。

"再来一个要不要？"文秀仍问。

"明儿要。"孩子们答。

何大妈笑，每个孩子脑袋上拍一下，拿着暖壶走出去。

文秀站起来："兰兰，天歌，阿姨今天高兴，就教你们跳个舞好不好？"

孩子们齐声说好。

文秀便在地上跳起来，还是那么轻盈，还是那么灵动，还是那么妖娆。

跳着跳着，就忘了是在教孩子，好像在舞台上跳，在东湖的边上跳，和着隐隐约约的口琴声，和着熟悉的曲子，跳，旋转，好像在稻田里，在狭窄的田埂上跑，好像在废墟中，在燃着火的走廊里跑，便有一个影子和她一起旋转，旋转……

文秀突然栽倒，昏晕。

两个孩子大叫："奶奶奶奶，文秀阿姨昏过去了！"

何大妈跑进来叫文秀，不应："兰兰，天歌，你们快去叫海光叔叔回来。"

两个孩子飞一样跑出去。

病房里，阳光照进来，照在文秀脸上，搔她的睫毛，她醒了，慢慢睁开眼，见周海光坐在床边的椅子上，睡着。她轻轻地坐起来，坐起来，海光便醒了。

"你醒了？"海光问。

"陪了我一晚上，你受累了。"文秀有些不好意思。

"你说哪去了，这不是应该的嘛。"海光一笑。

"教孩子跳舞的时候昏倒了。"文秀一笑。

"文秀，你的身体受过伤，还没有完全恢复，可不能……"周海光还没有说完，一位医生走进来，让病人家属跟他到办公室来一下，周海光跟着他走出病房。

在办公室，医生拿着 X 光片对周海光讲："您爱人得的是一种很可怕的病，您看一下这张片子。"

周海光有些紧张："片子我看不懂，大夫您说吧。"

"这么跟你说吧，她很可能会瘫痪。"医生把片子放在桌子上。

"你说什么？瘫痪？怎么会呢？"海光急了。

"她在地震中砸伤了颈椎，导致颈椎开裂。"医生说。

周海光愣愣地看着医生，半天，才说："这种病是什么症状？"

"症状嘛，浑身无力，什么活也不能干，慢慢的体内脂肪逐步向颈椎渗透，最后就会导致高位截瘫。"

医生说得很专业。

海光很痛苦。

"能治好吗？"海光问。

"唯一的办法就是手术，可是目前国内最好的医院，做这种手术的成功率也在百分之五以下，几乎就是不可能。"医生说。

海光低头，再也说不出话。

"如果护理得好，病情发展会慢一些，今后你可要受累了。"医生对海光很同情。

海光问目前需要不需要住院，医生说没有必要，但要多给她精神安慰，不要让她累着，千万不能再跳舞，有空经常给她做做按摩，还要定期来医院做检查。

医生说得很详细。

海光道一声谢，站起，碰翻了椅子，他连忙扶起，再道一声谢，出来。

仿佛是天生，周海光心里的事全挂在脸上，脸出卖心。他一进病房，文秀就看出蹊跷，问他医生说的什么事，他又不说，只说医生嘱咐以后不能跳舞了。再问，说要好好休息，不能干重活儿。

"还有别的吗？"文秀笑。

"别的……别的就没有了。"海光跟着笑。

"我既然啥病都没有，你干吗那么紧张？"文秀收起笑。

海光不说话，只是笑，笑得做作。

文秀又笑："怪不得我姐看上你呢。"

海光莫名奇妙地看着她。

"她就喜欢你这个憨劲儿。"文秀说。

"那我身上还有你喜欢的地方吗？"海光问。

文秀不说话。

"怎么不说话？"海光再问。

"和你一样，装傻。"文秀笑，笑出顽皮。

黑子拉着一车蜂窝煤来到一家门口，看门牌，敲门，出来一个青年："送煤的？"

黑子点头。

"搬进来吧。"青年待答不理。

黑子往里搬煤，院子里晒着衣服床单，青年嘱咐："看着点，别把衣服弄脏了。"说完，进屋。

黑子往里搬煤，煤没碰到床单，头碰到了，头也黑，床单上留下黑印，没注意，继续搬。青年走出来，见到床单上的印子，生气，推黑子一把，黑子坐在地下，手上的煤全碎了。

"你眼睛长裤裆里了？啊？我刚给你说的你没听到是不是？啊？"

黑子站起来："对不起，我……我刚才……"

又一个青年由屋里出来，大约是兄弟俩："你他妈的还跟我这儿叫唤什么呀？床单脏了，煤也摔碎了，你他妈的还有什么说的？快滚！"比头一个还厉害。

黑子不滚，站着，不说话，两个青年问他为什么还不滚，他说："你们还没给我钱呢！"

"我还没叫你赔我的床单和煤呢，还想要钱？"一个飞起一脚，踢在黑子的小肚子上，黑子捂着肚子跪在地上。跪在地上，还说："我靠力气吃饭，挣点钱不容易……"

另一个又给他一嘴巴："废什么话？滚！"

黑子站起来，攥紧拳头，盯着俩人，半晌，拳头松开，一声不吭，走出去。

颜静又在挨追，一群人追她，边追边喊："抓贼……抓住她……抓小偷……"

颜静疯跑，拐进一个胡同，胡同里停着一辆吉普，她钻到车底下，人们追过去，颜静钻出来。笑，拍拍身上的土，笑，打开钱包翻，大怒："啊呸，真他妈的小气，这么大一个钱包就他妈的三毛钱，还好意思追我，也……也不嫌寒碜！"骂，把三毛钱装进兜里，钱包扔了。

黑子靠在床上，窝囊。颜静兴高采烈地进来，提一兜水果，进来，就发觉黑子不对劲，近前，见脸肿着，摸一摸，心疼："黑子哥，是不是又有人……"

黑子把她的手拨开："没有，送煤时没留神碰的。"

"什么不留神碰的，你骗鬼去。"颜静嘟囔着，拿起水果刀削苹果："黑子哥，你怎么越变越窝囊了，要是搁以前早就把他们剁了。"边削边说。

黑子不说话，盯着那一兜苹果。

颜静把削好的苹果递给他，不接，沉脸："从哪儿来的钱买苹果？"

颜静笑："我挣的。"

黑子问怎么挣的，颜静不耐烦："你干吗问那么多？快吃吧。"又递。

"说，钱是哪来的？"黑子的眼立起来。

"我……我没偷……"颜静胆怯。

黑子站起来，把一网兜苹果摔在地上："狗改不了吃屎！"

颜静手里的苹果也掉到地上，看着苹果在地上滚，委屈："我是为了你和小冰呀。"

"我告诉过你，小冰的眼睛里不能有半点脏东西。"黑子指着颜静吼。

颜静不语。

"你走，我不想再见到你。"黑子说。

"黑子哥，我再也不偷了。"颜静怯怯地说。

"这话你都说过八百次了，我没法相信你，你走。"黑子不依不饶。

"黑子哥，你就再相信我一次吧，好吗？啊？"颜静撒娇。

"要我相信你，除非太阳从西边出来。"黑子转过身，不理她。

颜静急了，奔到桌子边拿起刀子，把另一只手放到桌子上："你不相信我，那好。"举刀便剁。

黑子奔过去抓住她的手，颜静挣脱："你不相信我，我剁了手指给你看。"

黑子夺刀，颜静不给："我是贼……你不想见我……你别管我……你走开呀……"

一刀砍下，黑子挡，没砍到自己手指，砍到了黑子胳膊，血顿时流下来。

当啷一声，刀掉了，颜静愣了。

黑子也愣了。

对看。

"黑子哥，我不是故意的……"颜静哭，边哭边取来毛巾为黑子包扎。

"你不要命了？"黑子的口气也缓和。

"我只是想让你和小冰吃得好一点，穿得好一点嘛。你每天在外边干活挣那么一点钱，舍不得吃，舍不得喝，看你那么委屈自己，我看着心里难受……我难受……"颜静扎进黑子怀里哭。

"委屈不委屈是我自己的事，和你有什么关系啊？"黑子搂着颜静说。

"有，从我跟着你那天起，我就把你的事儿当成我自己的事儿了。"颜静含泪看着黑子。

"颜静，我会害了你的，你还是回唐山吧。"黑子不敢看颜静。

"黑子哥，我不需要你可怜，也不想让你迁就我。哪怕你打我、骂我，只要你别赶我走。"颜静说。

"颜静，你傻呀，你干吗非要和我在一起，和一个杀人犯在一起，整天过着提心吊胆的日子……"黑子说。

"我愿意，黑子哥，我失去父母后，受尽了欺负，自从我跟着你，就再也没人欺负我了，我跟你挂坡、扛麻包、啃馒头吃咸菜，我觉得非常幸福。只有你能保护我，在你的身边我感到非常踏实，黑子哥，不管你走到哪里，是天堂是地狱，我都要跟着你！"颜静说完，搂住黑子，号啕大哭。

黑子也紧搂住她，没泪，只有血从毛巾渗出。

何大妈心里不好过，文秀一住院，更不好过，家里空。想何刚，想黑子，想出许多泪。

文秀进家，大妈赶紧抹泪，问怎么这么早就出院，文秀说是医生让出院的，没什么大事儿。问两个孩子哪儿去了，何大妈说又去参加集体婚礼，接着，就问文秀她和海光的事到底怎么样了。

文秀说："妈，我的事你就别操心了。"

何大妈说："你看看人家，都能响应市里的号召，组织新家庭，一对一对地办了婚事，什么师傅跟了徒弟，同事跟了同事，小姨子跟了姐夫，大嫂子跟了小叔子，光咱这街道……"

"妈，照你这么说，咱唐山不是乱套了？"文秀笑着打断她。

"啥叫乱套啊，这日子总得过起来吧？你跟妈说说，你和海光的事咋样了？让妈也有个思想准备。"

文秀低头："不咋样。"

"文秀，你倒是咋想的？啊？"何大妈急。

文秀说，她不知道。

"还想何刚呢？"何大妈轻声说。

文秀点头。

何大妈叹气："唉，你呀，叫妈怎么劝你，何刚走了快一年了，你年纪轻轻的，守着我这孤老婆子倒算是个啥事呀？你说海光哪点不好？这么长时间海光天天陪着你，冰天雪地里都是海光去拉水、拉煤、洗衣服，给孩子们做饭，陪你去看病，给你去买药……"

"妈，海光对我好我知道，可我还是忘不了何刚，自从我和何刚认识，他就天天照顾我，为了我他吃了那么多苦，遭了那么多罪，何刚一天福都没有享就离开了，我永远也忘不了他……"文秀说着，又要掉泪。

"文秀，市委号召活下来的人们重组家庭，对生活重新定位，不就是让大伙忘记过去的伤心事，号召大家重新去爱，开始新生活吗？"何大妈看着文秀很伤心。

"妈，市委没说重新去爱，再说我也做不到。"文秀说着，提着水壶走出去。

周海光正在办公室里看唐山市重建规划图，秘书进来说报社总编丁汉要见他，海光说赶紧让他进来，丁汉已经进来了，进来就说："官当大了，见你都难了。"

海光起来让座："别阴阳怪气的好不好？什么时候回来的？"

"昨晚上。"丁汉坐下说。

"你回来怎么不告诉我？"海光也坐下。

"太晚了，就不打搅领导了。这是梦琴让我带给你的。"说着，把一大兜东西交给海光。

周海光问梦琴什么时候走，丁汉说就这两天，海光说："青藏高原条件艰苦，这一去就是两年，可真够她受的。"

丁汉也说担心她能不能挺过来。海光问他是不是心疼了，丁汉说有点，海光反安慰他："没事儿，那些地方我都去过，到那儿去锻炼锻炼也好，梦琴懂事多了，也不那么娇气了，对了，我可就这么一个宝贝妹妹，你要是欺负她……"海光含笑看丁汉。

"我欺负她？"丁汉一脸蒙冤状，挽起袖子让海光看，胳膊上两块紫色的掐痕。

海光大笑。

"对了，别光说我俩了，你和文秀怎么样了？"丁汉放下袖子。

"我也说不清楚，恐怕……文秀心里还一直惦记着何刚……"海光不笑了。

"回头我帮你做做工作。"

丁汉说得轻松。

海光点头。

东湖边上，仍然和过去一样那么静，周海光站在湖边，把一朵小白花挂在一棵小树上。文燕是和唐山死者一起埋葬的，是集体坟墓，坟墓离东湖不远，周海光便把这里作为她的墓地，堆起一个小土堆，种上一棵小树，时常来看一看。因为在这里，他们曾一起度过许多好时光。

他站在湖边自语："文燕，文秀在地震中伤得很重，你爸爸在临终前把她托付给我，让我好好照顾她，医生说文秀可能瘫痪，以后她就不能独立生活了，她身边不能没有人，所以，我想和文秀做个伴，分担一些她的痛苦，陪伴她度过这一生，我想你会同意我这样做，对吗？"

说着，看着湖水，湖水荡着涟漪，波光闪烁，似无数眼睛，诉说什么，是什么，却难猜。他不想猜，他的心才是文燕的坟墓，是她灵魂的住所，心怎样想，就是文燕怎样想了，他信。

海光抬头，看远方，远处有一个很熟悉的身影，他站起来，走过去。

文秀也在湖边，拿着一朵鲜花，白色，一瓣一瓣地揪，往水里撒，白色的花瓣在水上漂，轻轻起伏，如心绪："何刚，你身上的伤好了吗？我好想你，好担心你呀。你自己一定要好好保重，我会永远记住你，如果当真有一座桥，你就在那座桥上等我吧，我会来，我会和你一起重回人间，圆我们前生的梦……"

心如是说。

海光轻轻走来，文秀觉出，擦脸，脸上有泪光闪烁。

海光无语，看水上漂动的花瓣。

"咱们走走吧。"半晌，海光轻声说。

说完，转身走开，文秀跟着他，仍无语。

一对情侣在湖边亲吻，极投入，没理会他们的经过。

两人都轻轻地走过，走过，回头看，再走。

"他们真幸福。"文秀轻声说。

"其实，我们……"海光也轻声说。

"海光，我身上的伤虽然好了，可心上的伤却永不收口，时时滴血。"文秀幽幽地说。

"死去的，不能复生，我们还年轻，还要在这个世界上生活下去……"海光也幽幽地说。

"海光，你就一点也不想我姐吗？"文秀看天上的星。

"想，我的心就是她的影集，她是我永久的珍藏，可我不能也不应该放弃责任……"海光也抬头，看天上星。

"何刚的影子天天在我的脑子里转，我曾想过忘掉他，可是……难。"文秀说。

"文秀，我明白。"海光站住。

文秀也站住，低头不语。

"文秀，我想和你在一起，手挽着手，相互搀扶着，在关爱中度过每一天。将来遇到痛苦也好，欢乐也好，我都与你共同承担、共同分享。"海光看一眼文秀。

"海光，我知道你对我好，可是你说的我做不到，至少我现在还做不到，你别怪我，我知道这都是我不好，你再给我点时间，好吗？"文秀低头，说完又朝前走。

郭朝东结婚了，新房布置得够现代，坐在铺着雪白桌布的圆桌前，等妻子吃饭。这是一种享受，郭朝东很知足。

妻子王雪洗了澡，穿一身出口转内销的真丝睡衣，娉娉婷婷地走出来，没喝酒，郭朝东就醉了："你今天真漂亮。"

"是吗？那你爱我吗？"王雪笑吟吟地坐在他的腿上。

"不知道。"郭朝东搂着妻子，笑。

"不知道，那你为什么还要和我结婚？"王雪娇笑着点他的额头。

"咱们这些地震中活下来的人，还有什么爱不爱，抓紧时间好好生活、好好享受吧。"郭朝东的手不往正地方走，王雪打下他的手："你就是晚上喜欢我。"

"我白天上班嘛。"郭朝东攥住王雪的手。

"坏死了你。"王雪说着起身，要吃饭，门铃响，郭朝东开门，是常辉。手里提着礼物，进门就埋怨郭朝东结婚也不通知他，让他一番心意无法表达。

"结婚有什么好说的，来那么多人我烦。"郭朝东说着，让常辉到屋里，给王雪做了介绍。如今常辉是郭朝东的部下，郭朝东地震后被安排到机关保卫处当处长，算是降职使用。

郭朝东邀常辉一起吃饭，常辉也没客气，看着郭朝东的摆设，眼直，就连郭朝东用开瓶器打葡萄酒瓶子，他也没见过，拿着软木塞玩，边玩边嘿嘿地笑。

郭朝东举杯，两人干下一杯，常辉忍不住，便说："郭处长，你这套电器、家具可真好啊。"

"怎么，喜欢？我找人给你也来一套。"郭朝东很得意。

"你的电器可是唐山头一份，我哪能买得起。"常辉很羡慕。

"常辉，挣钱不花那是傻瓜，等死了把钱留给谁呀？"郭朝东又举杯，两杯下去，话便多："人生苦短啊，你全家人，我爸妈和我弟弟都死了，我弟弟八一就要结婚了……生命太脆弱，命运太无常了……"

常辉不懂这些，懂现实："郭主任，把你安排到保卫处当处长太亏了，周海光是你的部下都当副市长了。"

郭朝东摇手："那……那些都是虚……虚的，副市长有什么了不起？死……死了还不是一堆臭肉，以前我太傻，以为只要……要革命，只要做一个好人，生活就会……一天天好起来，一场地震我全明白了，那……那些都是他妈的虚的，未来也他妈的太虚，咱要抓住每时每刻，好好享受，过一天算一天，人不为己，天诛地……灭……"

常辉朝郭朝东竖大拇指："郭……处长，我一直在寻找真理……真正的真理，找了一圈儿……原来真理在这儿，真理就是你郭处长……"

"你跟着我，不……不会吃亏的。"郭朝东趁酒劲，什么都敢说了。

"那是……"常辉点头。

"可你得记住，凡事都给我机灵点，我身边可不养笨蛋……"郭朝东这就不像酒话了，常辉边点头边寻思。

市长梁恒在他的办公室里听公安局易局长汇报工作。

"监狱失踪犯人的情况查清了吗？"梁恒问。

"基本上查清了，地震中有三十七人被砸死，有十八人在救人时被余震砸死，有七人跑出后继续为非作歹，被就地正法，其余的人都主动回到监狱，目前外逃犯人三人，其中两名盗窃犯一名杀人犯。"易局长说。

"工商银行的案子有眉目了吗？"梁恒问。

"到目前还找不到一点线索，这个案件的唯一证人就是素云的女儿小冰，可是小冰又落到何斌的手里，何斌目前下落不明，我们已经派人去查何斌和小冰的下落了。"

外地某城市的街道居委会，大刘推门进来，对一位女同志说："我是唐山市公安局的，查找一个罪犯，请你们给予协助。"说着，拿出照片，"这个罪犯叫何斌，小名黑子，见过吗？"

女同志看着照片摇头。

"你有没有见过一个瞎眼睛的小女孩？"大刘再问。

"没有。"女同志说。

一位姓吕的医生正和黑子、颜静谈小冰的病情，小冰坐在一旁的椅子上听。

"小冰眼睛的伤好了，炎症也消了，但要恢复视力还需要做第三次手术治疗。"吕医生说。

"大夫，小冰眼睛还要做手术啊？"黑子有些吃惊。

"手术还要多少钱啊？"颜静也有些吃惊。

"手术啥时候做啊？"黑子问。

"小冰的眼睛需要一段恢复的过程，连续手术孩子吃不消的，再说也很不安全。"吕医生说。

颜静问要等多长时间，医生说要看恢复情况，"她的眼睛在恢复阶段不能发炎，不能受惊吓，你们要好好照顾她。"医生嘱咐，颜静点头。

"你们把拖欠的住院费交了，明天就可以出院了，等小冰恢复好了再做第三次手术。"吕医生说。

小冰听说出院很高兴，连说："太好了……太好了……明天我就可以回家了。"

一位护士进来说已经问过住院部，小冰的手术费、住院费和药费总共380元。

黑子和颜静都傻了，你看我，我看你，最后颜静问："吕大夫，我们的钱不够，能不能和医院说说缓几天？我们肯定来交钱。"

吕医生表示很为难："这……这不行，我们这已经是照顾你们了。"

黑子和颜静再一次你看看我、我看看你，无言。

大刘在街上走，在一个烟摊前站住，问卖香烟的老头："大爷，您一直在这儿卖烟吗？"

"我在这儿卖烟有一段时间了。"老头说。

"您见过这个人吗？"大刘给老头看黑子的照片。

老头不解地看大刘，大刘说："我是唐山市公安局的，我在找这个人。"

老头一笑："这街道上整天人来人往的，我哪能记住这么多的人。"

大刘也笑着把照片交到老头手上："大爷，这张照片就放您这儿，你老操个心。"

老头答应，大刘转身走，颜静走来要买烟，老头冲大刘喊："同志，我要是见到人怎么办？"

"我就住在前边的长虹饭店206号房间，也可以向当地派出所报案。"大刘转身说。

颜静看到大刘，大惊，赶紧低头。

凑不够钱，黑子来血站卖血，问一次能卖多少，医生说一次三百，黑子问三百是多少，医生给他比画，他失望："就抽那么点啊？"

医生说不少了。黑子说他需要钱。

"谁不需要钱啊，那钱比你命还重要啊。"医生说着，转身做准备。黑子嘟囔："您说对了，钱就是比我的命重要。"

大夫要抽血了，黑子恳求多抽些，大夫说最多五百，黑子说："再多点，再多点，我有的是血，来的时候我喝了六大缸子水，你就放心抽，我有的是……"

"你有神经病呀？啊？"医生生气了。

"大姐您快点吧，我还急着上厕所呢。要不……"

医生不友好地看着黑子。

针头扎进胳膊，血，顺着管子流。

大街上车水马龙，颜静却觉孤独，心事重重地走。走到一家古玩店，站住，看，摸胸前，摸出一块玉佩，碧绿，如一汪水。握着，再抬头，看招牌。最后咬牙迈上台阶，又站住，走下来。

这块玉佩是她的妈妈临死前给她的，家传旧物，她身上，只有这么一件母亲的东西。

颜静的眼泪滚下来。最后，再咬牙，走进古玩店。

黑子正一个人就着开水咬馒头，颜静进来，一脸愁云。

"怎么了，有人欺负你了？"黑子问。

颜静闻言一愣，继而明白自己失态，忙笑："啊，黑子哥，我好着呢，没人欺负我。"

黑子放心，他便愁："小冰明天就能出院了，可咱们的钱……我想明天去和医院的领导说说，宽限几天。"

"黑子哥，不用愁了，咱们的钱够了。"颜静笑着，掏出钱，放在桌上。

黑子吃惊："从哪来的？"

"是干净的。"颜静坦然。

"干净的？难道天上掉下馅饼来了？"黑子又怒。

"我……我没……"颜静急。

"你没，难道是别人送你的，狗改不了吃屎！你给我滚！"黑子大吼。

颜静不动，怯怯地看黑子。

"你还站在这儿，还不快滚。"黑子大叫，拉起颜静往外走。"这次真不是偷的啊，你为什么就不相信我呢？"颜静边走边分辩。

"我不会相信你的，你滚，你滚！"黑子边拉边喊。拉到门外，一推，回身进屋，关门。

颜静一脚把门踢开，满脸泪，看着黑子，不说话。抡圆胳膊，狠狠打了黑子一个嘴巴。

黑子一愣。

颜静摔上门，捂着脸哭，哭着跑。

黑子用拳头狠砸门框，泪水也滚下来。

夜，陌生。街道，陌生。人，陌生。

颜静在陌生中走，走着流泪，流着泪嘟囔："何斌，你是个浑蛋，王八蛋，你别想抛开我，我跟你磕到底。"

路也陌生，不知道前边是哪里，她觉得像孤魂野鬼，在漫长得没有尽头的荒郊野外漫游。

郭朝东在保卫处的办公室里，公安局的老黄正向他交代："这是我们公安部门在清理我市重要部门废墟时清理出来的遗物，这是清单，东西都在这个箱子里，请你们验收。"

郭朝东看清单，老黄打开箱子，把遗物一件一件地往桌上摆，都是些小件。郭朝东叫："小任，你过来，把这些东西拿到遗物招领处去。"

小任拿着清单和箱子走出去。

老黄很郑重地又掏出一块表来："还有这块表。"

郭朝东看，一惊，正是周海光的表，他捡起来，却不知道掉到哪里了。

"这块表是在清理银行金库时捡到的，它和一起刑事案件有关，如果有人认领，一定要马上和我们打招呼。"老黄说得郑重。

郭朝东这才想起是掉在金库里了。

他递给老黄一根烟，点着，很随便地问："这个案子还没破呀？"

"没有，这个罪犯很凶残，砸死了一个库管员，还把一个七岁女孩的眼睛弄瞎了，局里把这个案子作为大案要案来抓。"老黄吸着烟说。

郭朝东觉得浑身冷："有线索了吗？"

"目前正在寻找那个女孩。找到那个女孩，案子肯定会有重大突破。"老黄说。

郭朝东哦哦地点头，想心事。

老黄告辞走出去，他还在点头，及至意识到老黄已走，又叫："老黄……"

老黄已走到门外，又回来："还有什么事？"

郭朝东有些吞吞吐吐："老黄，我看……我看这块表好像很眼熟。"

老黄来了兴趣："你见过？知道是谁的？"

"这我可说不好，说错了，不是成了诬陷领导干部了吗？"郭朝东卖关子。

"领导干部？我说郭处长，这怎么是诬陷呢，你只是提供线索，如果根据你提供的线索破了这个案子，你可就是功臣啊。"老黄又坐在郭朝东对面，等着他说。

"那你可不能说是我举报的。"郭朝东想了想说。

"这你放心，我们对举报人一定会保密的。"老黄说。

郭朝东再想，再拿起表来看，然后说："这块表有点像是周海光……周副市长的。"

老黄一愣，也想，然后拿了表离去。

老黄走了，郭朝东自语："周海光，你完了，这个替罪羊你是当定了，没办法，老天帮我。"

颜静在街头电话亭左近徘徊。

颜静走进电话亭，拿起电话。

大刘正靠在床上看报纸，电话响，一个女子声音："你……你……是唐山公安局的吗？"

"我是……你是……"大刘说。

"我……我有情况要举报。"女子说话吞吐。

"你别急，慢慢说。"大刘说。

"我……发现了你们要找的何斌。"女子说。

"在哪里……我知道……我马上就到。"

大刘放下电话，拿起枪，出门。

黑子在医院的走廊里，端着个水盆向小冰的病房走，颜静匆匆跑上来，见到颜静，黑子一喜，但故意沉脸，不理，往前走，颜静拉住他，没等她说话，黑子便说："你怎么还没走？你走吧，别回来了。"

颜静告诉他今天别回住处了，警察已经知道他们的住处，会来抓他。黑子不信："你别跟我耍花花肠子！"

颜静说："黑子哥，我说的是真的，你相信我，千万别回去。"

"我的事不用你操心，你走，你走吧。"黑子是要彻底教育颜静，让她去根儿。

颜静生气："那好，你不信我的，我走行了吧？"

黑子看一眼颜静，不说话，朝病房走。

颜静看着黑子，心里七上八下，不知道怎么办。

梁恒和公安局易局长坐在他的办公室里，他面前放着周海光的那块手表。

"海光震后一直忙于指挥救援工作，你也是知道的，这件事应该和周海光没有关系，再说是块女表，也不大可能是他的。"梁恒看着桌上的表说。

周海光匆匆走进来："梁市长，你找我？易局长，你也在。"

"找你来，是想了解一点情况。"梁恒说。

没等梁恒往下说，周海光就看见了桌上的表，很高兴："梁市长，这表是从哪里来的？"

梁恒和易局长交换一下眼色。

"这块表你认识？"梁恒问。

周海光仍很高兴地说："这块表是我的，是我母亲留下的遗物，我把表丢了，心里一直惦记着，我去遗物招领处看过，没看到，这下好了，终于找到了。"

梁恒心里沉，看易局长，易局长看周海光，表情严肃："这块表就是在工商银行金库里的那块。"

周海光一惊："这块表怎么会在那里？"

"这就要问问你自己了。"易局长仍严肃，话不好听了。

周海光看梁恒，梁恒也看他，看一眼，目光转向别处。

"周市长，你写一份关于你在地震过程中的材料，说清楚你在震后都去过哪儿，表是什么时候丢的，并且你所说的事都要有证明人。"易局长说。

周海光激动了，声音提高："你们是不是怀疑我盗窃金库？"

梁恒板着脸说："海光，你一定要冷静，这件事情公安局会调查清楚的。"

"周副市长，我们不会冤枉一个好人，也不会放过一个坏人。"易局长说。

周海光看看两人，不说话，大步走出去。

梁恒说："海光现在是副市长身份，你们一定要慎重，我向省委汇报。"

丁汉约出文秀，在一条林荫小路上走，一路无言。丁汉问："你怎么不说话？"

文秀一笑："说什么？"

"说说你和海光吧。"丁汉也笑。

"我和海光有啥好说的？"文秀问。

"你们两个在一起都快一年了，海光对你那么好，你们就没打算结婚？"丁汉故意不看文秀，看树。

"海光对我照顾，对我好，我知道，可那和结婚是两回事。"文秀看脚下。

"你对海光真的没有一点感觉？"丁汉觉出事情难办,歪着头看文秀。

"说实话，如果没有海光陪着我，我可能早就活不下去。"文秀抬眼看丁汉，眼睛湿润。

"那你为什么不和海光组成一个家庭，在一起……"丁汉乘势紧逼。

"我不能，我不能，你不要问我，不要问我好吗？"

文秀流着泪向前跑。

晚上，灯光很柔，文秀坐在小凳上洗脚。海光坐在床上，似有心事："文秀，家里的活你不要干了，要好好休息，活儿，我下班回来干。"

"我没事，不用休息。"文秀抬头看着海光。

"不行，医生说你必须休息。"海光的口气很硬。

文秀不说话，低头洗脚，突然身子一阵发麻，险些摔倒。海光扶住她："你怎么了？"

"我的身子突然发麻，没事了。"文秀说，又要洗，海光蹲下，握住她的脚，为她洗起来。文秀不知说什么，却知应该说些什么，否则，更尴尬，便笑："你把我的脚弄痒了。"说着，抽脚，溅起水花，溅在海光脸上，海光便憨憨地笑，抹一把脸上的水，又握住文秀的脚。洗完，擦干，抱起文秀，文秀不得不搂住他的脖子，尽管很别扭。海光把她放到床上，文秀松手，头扭向一边。

"早点睡吧。"海光说，像哄孩子。

文秀一笑，海光端着水出去，文秀闭眼，眼泪便流下来。不擦，任它流。

梁恒让周海光陪着他看一下施工工地，海光知道，他主要是想找一个机会谈一下关于表的问题。由升降机里出来，周海光说："梁市长，我们在建设新唐山时，一定要吸取唐山地震的教训，唐山地震死亡二十四万人，房屋百分之九十五倒塌，这和我们震前房屋的质量、结构有直接关系，日本、美国都发生过七级以上的地震，但他们的死亡人数和房屋倒塌没有超过百分之十。"

梁恒说："我们必须吸取国际上的先进经验，结合我们唐山市的地质结构条件，使唐山的房屋都具有抗八级以上地震的能力。"

接着，梁恒便说："海光，上边派来了工作组，对你的事情进行审查，市公安局也立案开展调查了，我相信你，不过你要有心理准备，正确看待这件事情。"

周海光说："梁市长，这件事我昨天想了很多，我会配合公安局和工作组，做好调查工作。"

"你能这样想，我就放心了。"梁恒说。

周海光却绝没有想到一块表的事会闹到这么大。

工作组一到倒是雷厉风行，调查工作进展很快，其实也没有什么好调查。一是郭朝东的检举，再有就是周海光自己写的材料，材料交上去，工作组很快就要求和梁恒及周海光谈一次话。

谈话在工作组的办公室进行，工作组金组长开门见山："周副市长，在你的交代材料中，你主要是表白自己如何救人，如何做救援工作，对金库的事完全避而不谈，就连表在什么时候丢的都说不清楚，恐怕您这份材料……"

周海光说："金组长，其他的事情我确实不知道啊。"

"周副市长，这些年我的主要工作就是审查干部，很多人一开始都是避重就轻，拒不交代，到最后，还不是一个个都低头认罪了吗？"

金组长的态度一上来就如此明朗，使梁恒大感意外，有些坐不住："金组长，周海光说的的确是事实，我可以做证，周海光是副市长，我希望工作组能慎重调查周海光的问题，不要过早下结论。"

梁恒的话使周海光颇感安慰，故此态度也较冷静："金组长，我没有什么可隐瞒组织的，该说的我都说了，我希望组织上尽快调查清楚。你们谈吧，我在办公室里等着。"

说完，走出去。

他出去，金组长就对梁恒发牢骚："老梁，你真是糊涂，群众对你在周海光问题上的做法意见很大，你的态度很暧昧，有包庇周海光的嫌疑。"

梁恒也不客气："金组长，我说的都是事实，如果组织上信不过我，也可以审查我，停我的职，我都接受。"

金组长也没想到梁恒作为一市之长如此顶牛，一时不知说什么。正好郭朝东走进来，金组长便说："郭处长你来得正好，你对周海光的检举揭发非常及时，态度也非常鲜明。"

郭朝东看一眼梁恒，梁恒眼一翻，不看他，他很尴尬，低头。

"老梁，我看对周海光的审查和监督，就交给保卫处，由郭处长负责吧，你有意见吗？"金组长说。

"谁来负责还是由你们工作组来定吧。"梁恒的态度颇冷。

"那好，从今天起对周海光进行停职审查，郭处长你们要切实负起责任来，认真审查周海光的问题，有必要的话可以采取隔离审查。"

金组长说得很不客气。

郭朝东答应得很客气。

第八章　陌生的家园

　　周海光来到东湖,坐在文燕的坟前,坟前的小树上又多了一朵小白花。

　　"文燕,我被停职了。他们怀疑我是杀人盗窃犯,我现在的工作是写交代材料。"

　　说完,苦笑,抓一把土添在坟上。

　　"文燕,难得我今天这样清闲,可以陪你多待一会儿,说说心里话。"

　　说完,苦笑,再抓一把土添在坟上,土,由指缝里慢慢地撒。

　　晚上,文秀的房间,文秀坐在床上泡脚。周海光进来,眉头紧锁,文秀问他有什么事,他说没事,问大妈和孩子们哪儿去了,文秀说兰兰和天歌想七姑,大妈带他们去了。

　　周海光搬张小凳子坐下,为文秀洗脚,很自然。文秀说自己来,海光不让,文秀只好让他洗。

　　洗着,文秀说:"海光,我想和你说个事。"

　　海光没抬头:"啥事,说吧。"

　　"我昨晚梦见何刚一个人坐在海边,他一定是等着我,等我陪他一起看大海、看日出。"文秀说。

　　海光抬头看一眼文秀,不说话。

"我想去海边看看。"文秀说。

"文秀,你爸走后,我也算是你的亲人了吧?"海光突然问。

文秀点头。

"既然是,你就要听我的话,我知道,你和何刚的感情很深,经历过生死考验,我敬佩你们,羡慕你们,可你不能仅为死去的人活着,还要为活着的人想想,你也要为自己的明天想想。"海光边洗边说。

"我只是想去海边陪他看日出,这是我们的约定。"文秀没多想,脱口而出。

"文秀,那只不过是一个梦,何刚已经死了,你明白吗?他永远都不可能再和你在一起了。"周海光有些急躁。

文秀也急躁,盯着周海光。

周海光没抬头,继续说:"文秀,你想想,多少夫妻发生了这样的悲剧,数都数不清,可他们没倒下,又开始了新生活。我不能让你这样一天天地消沉下去。"

"你凭什么管我?你是我的什么人啊?"文秀突然冷冷地说。

"你父亲把你托付给我,我就有照顾你的责任,你不能老这么任性。"周海光抬头,大声说。

文秀受不了这种斥责,哭了:"周海光,我没要你管我,你走呀!"

说着,一脚把水盆踢翻,水,在地上乱淌。

周海光也生了气,站起来:"你要想对得起死去的何刚,还有你的父母和姐姐,就得好好活着。"

说完,转身走出去,步子沉重。

文秀见他出去,不哭,站起来,再踢盆子,盆子滚出去,撞在墙上,又往回滚,文秀还要踢,却全身发麻,倒在地上,倒在乱淌的水中。爬,爬不起来,又哭,哭着喊:"海光……你回来呀……你回来呀……"

喊了两句,没人应,便不能再喊,昏死过去。

黑子住的隔壁房门开了,一个女人探出头来:"你找谁?"

"我是公安局的,我想问隔壁住的是什么人?"问话的是大刘。

"是兄妹俩。"女人说。

"是这个人吗？"大刘拿出黑子的照片。

"就是这个人。"女人说，说完，抬头，"他回来了。"

大刘闪身躲进女人门中。

黑子走来，到门前，在腰间摸钥匙，大刘的手枪顶在他的头上，他不动。

"何斌，我找你找得好苦。"大刘咬着牙说。

"我不想跑，只想做我想做的事。"黑子说。

"素云是怎么死的？"大刘问。

黑子不动，亦不说话。

"是不是你杀……"大刘的枪动了一下。

"不是。"黑子的声音很大。

"素云的女儿在哪儿，小冰在哪儿？"大刘问。

黑子不动，亦不说话。

"你把她……"

"我没有。"黑子的声音更大。

门洞里，颜静躲在黑影里看，看枪口顶在黑子的脑袋上。

"小冰在哪儿？你说，你说呀。"大刘的声音也大。

"我不知道。"黑子嘴硬。

"你说，你不说，我打烂你的头。"大刘气得手颤。

"有种你就开枪，你开枪呀，你打死我呀。"黑子斜眼看大刘。

大刘气得手颤，口也颤，推黑子："走，你要是敢不老实我毙了你。"

黑子很听话，在前走，大刘在后面押着。走到门洞里，很黑，谁也没看见躲藏的颜静，颜静悄悄拿起一根木棍，等着，走到跟前，抡起棍子，照着大刘的脑袋就是一下，大刘倒下。

黑子回头，见大刘倒了，颜静手里还拿着棍子，急忙蹲在地上摇大刘："大刘……大刘……"

大刘不醒，颜静拉他："快跑吧，他死不了。"

两人看看四周没人，跑。

他们跑了很久，大刘才坐起来。

郭朝东的屋子里，只有床头灯开着，暗，暗得柔。郭朝东坐在床上，喝红酒，他旁边是一个女人，不是他的妻子，是另一个女人。

"我这几天没找你，是不是生我的气了？"郭朝东边喝边问。

"我哪儿敢生你的气啊。"女人嘴一撇，郭朝东就势亲一口。

"你媳妇呢？"女人问。

"出差了。"郭朝东说，说着，动手。

女人扭身子："你看你，才几天没见面，就这么猴急猴急的。"

"不急不行啊，我要把以前失去的青春都补回来。"郭朝东说着，关灯，身子变了姿势。

文秀盖着一条被单躺在床上，周海光在一旁守着她。

文秀醒了，慢慢睁眼，便发觉自己几乎全裸，便羞，看海光："海光，是你一直陪着我？"

海光点头，他走出去以后，没有听到文秀的呼喊，但似听到向国华的声音，后悔和文秀发脾气，便回来，回来便发觉文秀昏倒在地上，把她抱到床上，看着。看了多半夜。

"那……"文秀欲语还休。

"我进来时，你昏倒在地上，衣服全湿了。"海光说得淡。

"刚才我的身子又全麻了，我叫你，后来我就不知道了。"文秀说。

"文秀，是我不好，我不该对你发脾气。"周海光说得真诚。

文秀不好意思，无语，看海光。

"文秀，你醒了，我就放心了，好好休息吧，我走了。"周海光说着就要起身。

"海光，还生我的气呢？"文秀拉住他的手。

海光摇头，笑。

"海光，别走了，陪陪我好吗？"文秀不放手。

海光点头，笑，坐下，坐在她旁边："我就坐在你旁边，你睡吧。"

文秀闭眼。闭眼，还抓着海光的手。

这是地道的荒郊野外,荒郊野外一所孤独的小屋,除了几件破烂农具,空无所有，是农人看果园的小屋。

黑子和颜静靠墙坐着，喘。

喘够，黑子才开口："说什么你也不能动真的呀。"

"我告诉你你不信，我舍身救了你，你倒说起我来了。"颜静点着一支烟。

"打警察就是袭警……"黑子说。

"我袭警……不袭行吗？"颜静瞥一眼黑子。

"我是为你好，你怎么不知好歹呢？"黑子气。

"我是为了你，你才不知好歹！"颜静更气。

黑子沉着脸不说话，颜静又补一句："狗咬吕洞宾。"

黑子不生气，看颜静，看得颜静羞，以为他要干什么，可是黑子说让她回唐山，别跟着他了，他会害了她。

"我不，黑子哥，不如我们把小冰交给政府吧，然后我们找一个谁也找不到的地方，快快乐乐地过一辈子。"颜静鼓足勇气说出这话。

黑子不答应："绝对不能那么做，我一定要亲自看着小冰的眼睛治好，然后我就去投案自首。"

"你脑子有病啊，你好不容易才从大狱里出来，为什么还要回去送死呢？"颜静大惊。

"因为我答应过素云，一定要做一个好人。素云死后，我心里一直非常愧疚，我以为治好了小冰的眼睛我心里就会好受些，事实上并没有，这种愧疚感越来越强烈了，它像一座山一样压得我喘不过气来，比压在废墟里还难受，让我这样苟且地活着，还不如让我坦然地死掉。"黑子很深沉，越说，颜静越怕，说完，颜静看着他，好半天才说："你脑子是有病呀。"

"颜静，如果一个人用自己的生命告诉了你什么是对的、什么是错的，那你还会继续错吗？我堂堂七尺的汉子，如果说话不算话，那还有什么脸活在这个世界上？"

颜静的眼睛也湿润了："黑子哥，我不想你死，我离不开你呀。"

"我已经下定决心，你就别说了，你还是走吧。如果有缘，我们来生再做好弟兄。"黑子说得义无反顾。

"黑子哥，你变了。"颜静的声音柔下来。

"是呀，是地震改变了我。"黑子的声音也柔下来。

大刘在检查黑子的房间，捡到一张医院的收据，上面写着小冰的名字，很兴奋。

市委会议室里，梁恒和工作组金组长谈工作。

"和周海光谈过了？"梁恒问。

"谈过了，周海光拒不交代问题，态度极不老实。我已经向省委建议在周海光审查期间，由郭朝东接替他的工作。"金组长说。

"由郭朝东接替他的工作……"梁恒沉吟。

"你有什么看法？"金组长搞专案惯了，喜追问。

"我坚决不同意。"梁恒态度明朗。

"有什么意见，你可以保留。"金组长说。

"既然如此，我没什么好说的了。"梁恒说着便起身。

周海光在自己的办公室里写交代材料，丁汉没敲门就走进来。进门就高声大嗓地说："好事不出门，坏事传千里，没想到啊，我身边也有个抢劫杀人犯。"

周海光哭丧着脸看他，只嘱咐他别告诉文秀，会把她吓坏。

丁汉说："海光，你的事情看来麻烦，主要是你自己很难说清楚，而且这已经不是人民内部矛盾了。"

"我就想不明白，我的表怎么会丢在金库里呢？"周海光皱眉头。

"我说你是真笨啊还是装笨啊，你又没进金库，表怎么可能丢在那里？这件事一定是有人想嫁祸于你。"丁汉到底是记者，看问题敏锐。

"会是谁呢？"周海光思索。

"你问我，我问谁呢，你自己好好想一想吧。"丁汉看他着急。

"我真想不出谁会这么恨我。"周海光的脑子不转。

"我说你呀，刀都架到脖子上了，你都不知道谁要杀你。"见周海光的脑子果真转不动，丁汉更急。

听说郭朝东要当副市长，常辉最高兴，特意在鸿运饭庄请客，没别人，就郭朝东一个。郭朝东准时来到，两人喝，都兴奋，常辉提起郭朝东当副市长的事，郭朝东说："别瞎说，工作组还没宣布呢。"

常辉说："哥们心里明白，不就是问问嘛，你上去了，可别亏了咱。"

郭朝东说这不用说，他会办。

常辉高兴："没想到周海光也会干这种事。"

"提起周海光我就一肚子气，震前这小子就和我过不去，搞走了我的女人不说，震后又在我面前耀武扬威。"郭朝东干一杯酒。

常辉马上附和，说那小子的确不是个东西。郭朝东眯眼看他，看得他发毛，不知自己有什么地方惹得他注意。郭朝东说让他办一件事，常辉问是什么事，郭朝东说："你去公安局，做个证。"

常辉问啥证。

郭朝东说："你傻是不是？证周海光。"

常辉纳闷，不知证什么。

郭朝东说："你就说在七月二十八号看到周海光一个人进了银行。"

这下常辉有点紧张，说话结巴："郭处长，这……是不是有点……我是怕说我做伪证。"

郭朝东一笑，阴阳怪气地说："哦……你是想……和他……"

不往下说，越不往下说越让人害怕，常辉胆怯："郭处长，我只是……说说……我去，我去。"

胆怯的时候却能做胆大的决定，怪。

郭朝东比较满意，做知己状："你呀，就是没有头脑，周海光是苟延残喘，你还不捞点政治资本，等他死了就晚了。"

常辉感激知遇："郭处长是为我好，我懂。我懂。"

何大妈坐在床上缝补衣裳，一人一句地打报告，说文秀阿姨这两天不高兴，偷偷哭。何大妈心一动，走进文秀的房间，见文秀正收拾东西，床上摊着衣裳，手里拿着何刚的照片和那半截火车票出神。何大妈便知道孩子们说的是真的，问文秀是怎么回事，文秀说只想带着何刚到海边看一看。何大妈也伤心，还得安慰文秀："文秀，妈也想何刚，也想黑子，妈的心里也很难受啊。可是妈不愿看到你整天伤心的样子，咱唐山谁家没有死人，谁家没有伤心的事啊，妈希望你坚强起来，希望你快快乐乐地生活，我想这也是何刚希望的。"

文秀说："妈，我知道。"

何大妈便问这两天海光为什么没来，是不是和她闹别扭了。文秀说："没有，他是市长，哪能和咱老百姓一样，一天到晚在家待着呢。"

何大妈说："平时海光再忙，都要来家看看，今天没见他，总觉得少了啥似的。"

文秀说："妈，海光一会儿会来的。"

"只要不是闹别扭，我也就放心了。"何大妈说着走出去。

工作组单独和周海光见面，气氛很紧张。金组长在地上来回走，让人难测高深，郭朝东则负责发问："周海光，这是你的第三次交代材料，你一直隐瞒事实真相。"

郭朝东说着把材料往桌上摔，增加气势。

"我写的完全属实。"周海光没经历过这种场面，很气愤。

"杀人盗窃，这不是一般的刑事犯罪，你必须老老实实交代。"

郭朝东瞪眼，发觉周海光也正在瞪他。

金组长及时插话："我们已进行了详细调查，你还抱有侥幸心理，隐瞒事实真相。"

"如果我们说出来，你可要罪加一等的。"郭朝东顺杆爬，诈。

"周海光啊周海光，你是国家干部，党的政策你是明白的，你自己要好自为之啊。"金组长做痛心疾首状。

周海光拍案而起："我所说的完全是事实，要抓要杀，随你们的便。"说完，往外走。

郭朝东喊："周海光你站住，你这是什么态度！"

周海光不理他，径自离去。

病房里，小冰正坐在病床上听收音机，大刘悄悄走进来，见果真是小冰，险些落泪。小冰在床上摸什么，大刘走过去，拿起床边的布娃娃放在小冰手里，小冰转动着什么也看不见的眼睛，笑："叔叔，你来了，我正听故事呢。"

大刘心酸，轻轻摸小冰的头，小冰把他的手拨开："你是谁呀？你不是我叔叔。"

"小冰，你怎么知道我不是你叔叔？"大刘奇怪地问。

"你的手和叔叔的不一样，你身上的味也和我叔叔不一样。"小冰说。

大刘问她叔叔到哪里去了，小冰却问："你怎么知道我的名字，你认识我？"

大刘说："我认识你叔叔，你叔叔对你好吗？"

"可好了，我要什么叔叔和阿姨就给我买什么，叔叔还说一定要把我的眼睛治好呢。"小冰提起她的叔叔和阿姨，很高兴。

黑子悄悄地走到门口，要进门，看到大刘，一闪，躲在门外，听。

"你的眼睛怎么瞎的？"大刘问。

"被坏蛋打的。"小冰说。

"是拿银行钱的那个坏蛋吗？他长得什么样子？"大刘屏住呼吸。

小冰不说话，想起这事，就想哭。

"小冰，告诉叔叔呀。"大刘催。

"我不告诉你，我妈妈不让我说。"小冰突然说。

大刘没办法，只好说叔叔认识她的妈妈，可是小冰却说："我看不见你，我不信你。"说完，又补充，"叔叔，你的声音可像我大刘叔叔了，我可想大刘叔叔了。"

黑子在门外，急，越听越急。他怕大刘把小冰抱走，又知道大刘目前最主要的是逮他，便故意一碰门，探头，大刘回身，看见黑子，对小冰说："小冰，叔叔有点事。"

黑子转身便跑。

大刘追。

黑子跑到楼下，大刘追到楼下，正在住院部交住院费的颜静看到黑子跑出去，大刘追出去，也跑，向楼上跑。

大刘没追到黑子，急回小冰病房。大惊，小冰已是人去床空。

唐山市公安局大门前，常辉出来，正看见周海光低着头走进大门。看见周海光，常辉心虚，头一低，擦身而过。

周海光低着头走出公安局大门，天已黑，路灯点燃，低着头走，不辨东西，不辨昼夜。四周是死亡一样的沉重的寂静，一脚踢滚一只马口铁的罐头盒子，盒子滚动，滚动的声音才告诉他，他仍在人间。

月亮由窗子探进头来，看文秀，文秀呆坐在床上，无声。

外屋，两个孩子都睡了，何大妈坐在孩子身旁缝补衣裳。

周海光低头走进来，何大妈问："今天怎么来得这么晚？"

海光强笑："单位有事。"说完，进屋。进屋，文秀也是那句话："今天怎么回来得这么晚？妈都担心了。"

海光仍是那句话："单位忙。"说完，坐在床边，无语。

文秀见他眉锁如山，亦无语。

海光忽然抬头："文秀，大妈为咱俩的事着急上火的……"

文秀盯着他，一字一顿："海光，你爱我吗？"

海光为难，踌躇半晌："我们会有爱情的。"

文秀伤心："海光，谢谢你的好意。"

海光急，有些火："难道你要守着何刚的影子过日子吗？你要守着一个已经根本不存在的人活一辈子吗？"

文秀大声喊："海光，你别说了。"

说完，浑身颤。

何大妈匆匆走进来："文秀，你们俩这好好的，咋就喊上了，当心吓着孩子。"

海光低头："大妈，我先走了。"

出门，头一直没抬起来。

文秀看着海光的背影，不禁一阵酸楚。

何大妈说："文秀，你怎么这样无情无意？"

文秀捂住脸，哭："妈，我不知道。我不知道。"

"文秀，你不能再伤害海光了，海光失去你姐姐，心里也很难受。你去墓地看看，那棵小树上挂满了白花，你就知道他是多么思念你姐姐呀。他现在这样诚心诚意地待你，多不容易，你不要再伤海光的心了。"何大妈说着，也落泪，擦着泪出去。

屋里只有文秀的哭声，哭得月光满屋里颤。

狭窄的街道，低矮的平房，各家门口是堆垛的蜂窝煤，是盛脏水的罐子，是破烂木箱和纸箱。

小冰坐在一家门口的小凳上，听收音机，随着收音机里的歌曲哼唱。

大刘一路留神，走过来，远远地看到小冰，一愣，站住，看着小冰站起，走进屋门，跟过去。跟到门口，见屋内没有别人，跟进去，关上门。

小冰听到人声，回头问："叔叔，你回来了？"

"是我，我来找你叔叔。我去医院看过你。"大刘轻声说。

"我叔叔去干活了。"小冰笑。

"小冰，你猜我是谁？"大刘问。

"我不猜。"小冰说。

"我是大刘叔叔呀。"

"我看不见你，我不相信你是大刘叔叔。"

"小冰，你相信我。"

"我不信，我不信。"

黑子走到门口，叫："小冰，你和谁说话呢？"

大刘听到黑子的声音，摇手，示意小冰别出声，但小冰看不见："叔叔有人找你，他说他是大刘叔叔。"黑子回来，小冰很高兴。

黑子一听，悚然："小冰，叔叔买的东西忘了，我去取。"

转身要跑，大刘突然拉开门，枪口顶在黑子的头上。

黑子随他进屋，小声说："别吓着孩子。"

小冰抱住黑子："叔叔，你回来了。一个叔叔找你。"

黑子看着大刘，抱起小冰："他和叔叔以前就认识。"

大刘用枪顶着黑子，搭腔："在唐山的时候我就常去找你叔叔的。"

"你和叔叔是小时候的朋友？"小冰问。

"他整天缠着叔叔，叔叔烦死他了。"黑子说。

小冰笑。

黑子放下小冰："小冰到里屋去玩，我和叔叔有事说。"

小冰进里屋。

"没想到你这么认真，非找麻烦的事做？"黑子看着大刘笑。

"我就爱干麻烦的事。"大刘不笑，动动枪。

"你别缠着我，我要做我自己的事，完了事我会去找你。"黑子看一眼枪。

"该结束了。"大刘毫无表情。

小冰由里屋出来，拿着收音机让黑子给调台，说小喇叭开始广播了。

"叫这个叔叔给你调。"黑子拉着小冰的手，拉给大刘。

小冰拉着大刘的胳膊："叔叔快点啊，小喇叭就要广播了，我要听故事。"

大刘无奈，换一只手拿枪，枪仍对着黑子。小冰拉着大刘往里屋走，大刘边走边用枪对着黑子，黑子冲大刘笑："小冰好好和叔叔玩，别和叔叔捣乱，啊。"

"我知道。"小冰说着把大刘拉进里屋。

黑子大步朝外走。

大刘从里屋追出来："黑子站住……黑子你跑不了……"

黑子已出屋子，大刘追出去。

小冰拿着收音机也走出来，听到大刘叫黑子，愣了，她想起妈妈。

妈妈对黑子喊："黑子，我告诉你，如果让我查出来是你干的，或是知情不报……"

她问妈妈："妈妈，他是谁呀？"

"是坏人。"妈妈说。

收音机落在地上。

黑子快步走到大街上，回头望，望见大刘追过来，走进一家商店。

大刘也追进商店。

何大妈正在擦桌子，周海光进来："大妈，文秀呢？"

"昨天你走后我说了她两句，我一早去了居委会，回来就没见她，也不知道她去哪儿了。"

正说着，兰兰和天歌下学回来，海光问他们见到文秀阿姨没有，兰兰说："早晨上学的时候，我看见文秀阿姨提着一个大包包出门了，我问她去哪里，文秀阿姨说，有什么事让我们找奶奶。"

海光听了往里屋走。

何大妈问兰兰："她还说啥了？"

兰兰说："没说啥。"

海光由里屋出来："大妈，何刚的骨灰盒不见了。"

何大妈立时紧张："海光，你说这孩子能去哪儿呢？会不会……"

"大妈，你别急。"海光皱眉，想。

“她说要带何刚到海边看看，我以为她瞎说呢。”何大妈说。

“文秀也这么和我说过。”海光恍然大悟。

何大妈腿一软，坐在床上：“看来这孩子是真的忘不了何刚了。”

“大妈，你别急，我去北戴河找她。”海光说完，匆匆出门。

海边，黄昏，残阳如血，残阳的血液溅到天上，染红云彩，似有铭心惨痛。

正涨潮，海浪一波一波地涌来，飞溅白色泡沫，拍打沙滩，似有亘古依恋。

文秀怀抱着何刚的骨灰盒坐在沙滩上，长长的头发飘拂，如黑色火焰。

手里是半张车票，眼前是何刚的骨灰盒，骨灰盒上何刚的照片，泪滴下来。泪水洗过的眼睛仿佛能看穿尘世，看到灵魂。

“何刚，我们来了，我们到底来了，我们一起坐在了海边。你看到那滔滔的海浪吗？你觉到那阵阵的海风吗？你觉到我就在你的身边吗？我看到了你，我在那滔滔的海浪中看到了你，在那阵阵的海风中看到了，是你在抚摸我的脚踝吗？是你在吹拂我的头发吗？来，来吧，让我们在一起，把我不曾给你的，都给你……”

泪水一滴一滴地滴，滴落残阳。

暮色混融天空与海洋，海天一色。

灰蒙蒙，冷，海风吹进骨髓，海水却温暖，因为溶解了阳光。

文秀抱着何刚的骨灰，朝海里走。

周海光在灰蒙蒙的海滩上寻找，远远地，看到模糊的身影，如海天中独立的精灵。他喊：“文秀……文秀……”

城市的夜晚，路灯昏黄，小冰一个人，摸索着走，走在一片昏黄中。

摸索着，横穿马路，一辆卡车急刹车，停在小冰面前。

“没长眼睛啊？”司机探出头来，骂。

小冰哭，边哭边走，双手在前边伸着，摸索看不见的世界，摸不到，世界是空的。

司机看出小冰是瞎子，下车，牵着她走过马路。小冰边走边哭："妈妈……你快来接我回家……妈妈……妈妈……"

前伸的小手，是在摸索妈妈。

"小朋友，你家在哪儿？我送你回家。"司机问。

小冰不回答，哭着走。

路堵了，一片喇叭声。

司机放下小冰，朝车跑。

黑子和颜静在马路上找小冰，边走边打听："看到这么高的一个瞎眼睛小女孩了吗？"

路人皆摇头。

僻静的小巷，没人，家家关门。小冰坐在一个门洞里，瑟缩着，哭，黑色的门紧闭，紧闭的门上贴着大红的喜字。

两个青年走到门前，欲进，看到小冰。

"从哪里来的要饭的，还是个瞎子。"一个说。

"晦气。"另一个说。

"小孩，去去去，一边待着去。"一个说。

小冰不哭，也不动，往角落里缩。

一个青年提起小冰："听见没有，滚到一边去。"说完，摔出去，摔到门洞外，小冰摔在地上，又哭。哭着，往回爬，向门爬，门就是家，在空荡荡的世界里，只有门，能够容纳她。

黑子走进小巷，远远地，看到小冰在地上爬。

一个青年提起小冰的耳朵，把小冰拉到巷子中央："小要饭的，往那边走。"

小冰又摔在地上。

黑子急跑过来，抓住一个青年的衣领，一拳，打在小腹，青年捂着

306

肚子蹲在地上。再一拳，打在脸上，青年捂着脸倒在地上，脸比喜字还红，流动的红。

另一个想跑，黑子追上，一脚，踢在小腹上。青年捂着肚子蹲下，又一脚，踢在脸上，青年飞出很远，摔在地上，如被击落。

黑子蹲在小冰面前，看，小冰的脸上有血，黑子用手给他擦。

小冰举起小手，打，打黑子。

"小冰，别怕，没事了。"黑子抓住小冰的手。

"你是谁呀？"小冰哭着问。

"我是何叔叔。"黑子说。

"你是黑子，是坏人。"小冰哭着说。

"小冰，好人能变成坏人，坏人也可以变成好人哪。"黑子说得伤心。

小冰不打，也不哭，抽噎。

黑子给小冰擦血："跟叔叔回去吧。"

小冰扎进黑子的怀里，大哭。

黑子抱起她，顺着狭窄的小巷走，走进一片昏黄。

月亮升起来，月光下的海面黑如夜，如死亡，如沉淀的幽思。

"何刚，走，我们去踏浪。"

文秀抱着何刚的骨灰向大海走，海浪打来，骨灰盒漂走，悠悠地漂，似引路的幽灵。

文秀抓，没抓到，呛一口水。

再抓，没抓到，又呛一口水。

海水苦涩，咸，如人世。

骨灰盒仍在前面漂，悠悠地，漂不远，沉没。

大海收容了何刚。

大海收容得太多，所以苦涩。

眼前什么也没有了，文秀突然觉得空无依傍。她要抓住什么，很快便抓住，好像不是在海上，是在地下，在燃烧的走廊里，何刚拉着她，跑。

她抓住了何刚的手，拉着，向前走。

周海光急急地在沙滩上跑。

文秀对着大海喊："何刚，你告诉我，我该怎么办呀……"

滔滔的海浪中好像有何刚的声音漂："文秀，为了我，你一定要活下来，我不让你死，你一定要活着。"

"何刚哥，你告诉我，我该怎么办呀……"文秀再喊。

阵阵的海风中似有何刚的声音飘："文秀，我爱你，我永远爱你。不管发生了什么，你都要好好地活下去，好好地生活。"

不能往前走了，水太深，走不动，身子漂起来，海浪中如有手在推，往岸上推，是何刚的手吗？

周海光跑来，跑进水中，拉住文秀往岸上走，走上沙滩，文秀一下扑进海光怀里，大哭。

周海光紧搂着她。

"咱们回去吧，小心冻坏了，大妈和孩子都为你担心呢。"半天，海光说。

"海光，再等等吧，何刚还没有走远，我再送送他。"文秀抬头，幽幽地看着海光。

海光点头。

两人并肩站在沙滩上，看海，很久。

月亮看见，文秀的眼中有泪，如珠。

周海光走进梁恒的办公室，看见易局长在里面，就知道是怎么回事了，生气。他刚刚向工作组"交代"了问题，怎么这里又接上了，因此没说话。

梁恒问："海光，会开完了？"

"完了。"周海光给自己倒杯水喝。

"怎么……"梁恒看出周海光神色不对。

"没怎么，找我有啥事？该交代的我都交代了，我没有什么可说的了。"这话是说给易局长听的。

梁恒对易局长说:"易局长,我就是不明白,海光怎么可能去金库,他哪有那个时间?"

易局长对于梁恒当着周海光的面说出这种话表示惊讶:"梁市长,你……"

"我不是包庇周海光,这都是事实嘛。"梁恒不隐讳自己的态度。

"海光我看见了你写的材料……"易局长对周海光说。

"你要问我什么?"周海光也不隐讳自己的对立情绪。

"你在地震后有没有见过常辉?"易局长问。

"没有,就是见到我也不认识他。"周海光说。

"你们不认识?"易局长问。

"不认识。"周海光说。

"我没有要问的了。"易局长很干脆。

"我走了。"周海光更干脆,说走就走。

海光出去,易局长对梁恒说:"常辉的证明材料和素云当时所叙述的时间有很大出入,海光作案的时间只有地震后四点至八点这段时间,而素云生前所述时间是中午十一点多。"

"十一点多海光正在水库上。"梁恒说。

"对,海光的确是在水库上。"易局长说。

"常辉是什么时候看见的海光?"梁恒问。

"常辉说是早上,因为当时没有表,所以说不准是几点钟,我们再次向常辉核实,常辉说他看那人很像周海光。"易局长说。

"这就奇怪了,他们不认识,常辉怎么就能看出那人像周海光呢?"梁恒问。

易局长也认为奇怪。

"莫非海光也进金库拿了钱?"梁恒若有所思。

"从素云在金库里听到的死者临死前的呼喊声,小冰看到的拿钱的人来分析,进金库的只能有一个人。"易局长说。

"不管怎么说,海光肯定不是杀人犯了?"梁恒问。

易局长点头:"但要证明周海光无罪,就得尽快找到真正的罪犯和金库丢失的六万八千元钱。"

梁恒说："我还是那句老话，一定要慎重。"

丁汉约文秀在街上走走，走到一个街心花园，坐下，他嘱咐文秀一定要多注意海光的情绪，海光最近有不顺心的事情。

文秀很奇怪，说她也注意到了海光的情绪不对头。但问他，他总说没事，说没事，又爱发火，于是文秀说起前两天和他耍脾气的事，文秀很自责。

丁汉说："你呀，海光处处照顾你，你也要为他想想。目前是他一生中遇到的最困难的时期，搞不好要出大事的。"

文秀听了很害怕，丁汉反复嘱咐："有什么事你一定要告诉我。"

文秀点头。

晚上，丁汉又把周海光约到小饭馆里，喝着酒，丁汉问最近怎么样，周海光说还能怎么样。丁汉说："我就是怕你思想压力太大，别想那么多，没做亏心事，不怕鬼敲门，但是这件事肯定有人在陷害你。"

周海光不说话，低头沉思。

丁汉说："这件事搞不好，可是要……"

"没你想的这么严重，事情一定会搞明白的。"周海光不知是安慰丁汉，还是当真这么想，反正让丁汉觉得傻："海光，你怎么又犯傻，这几年啥事搞明白过？"

周海光不回答，只嘱咐不要告诉梦琴。

和丁汉分手，文秀的心就重了，晚上躺在床上，睡不着，胡思乱想。等海光，海光又久久不来。

她叫兰兰，兰兰在外面屋应："文秀阿姨，你叫我？"

"兰兰，你睡了吗？"文秀问。

"阿姨，我没睡着，你有事吗？"兰兰问。

"你去叫海光叔叔来，就说我有事。"文秀说。

兰兰起床穿衣,走到门口,文秀又叫:"兰兰,算了,不去了,你睡吧。"

兰兰睡下。

文秀还是睡不着,想看书,看不下,想除了看书,还能干什么,想不出,又叫兰兰:"兰兰,你还是去一趟吧。"

兰兰又穿衣起床,走到门口,文秀又叫:"兰兰,还是别去了。"

兰兰边上床边嘀咕:"文秀阿姨今天是怎么了,一会儿去,一会儿不去的。"这回,她上床没脱衣服。

文秀又叫:"兰兰,奶奶说今晚就住在七姑奶家了?"

兰兰说:"奶奶说她明天回来。"

敲门声。

文秀的心一下轻快,高兴地下床:"海光,你等等,我这就来。"

开门,一愣。

门外站的是常辉,神态很凶,还带着三个人,神态相似,使文秀想起"文革"中抄家的造反派。

"我们是市委保卫处的,周海光在不在这儿?"常辉问。

"不在。"文秀说。

不等文秀让,常辉就走进屋子,里外看,如猎犬,吓得兰兰和天歌也用被蒙着头偷着看他,像看狼。

"我再问你一遍,周海光去哪儿了?"常辉搜索一圈,确实没见海光,再问。

"我不知道。"文秀见到这种样子,反倒不怕,很镇静,冷冷地看着常辉。

常辉等人匆匆走了。

文秀嘱咐兰兰和天歌哪里也别去,她去看海光叔叔,也向外走。

走出屋,便跑,跑一段,跑不动,扶着树喘,然后再跑。

周海光和丁汉喝完酒回来,心烦,直接回自己的宿舍。躺下,睡不着,起来,在灯下看唐山规划图。

敲门声。

穿衣，开门，是常辉。

"周海光，工作组决定对你进行隔离审查。"常辉宣布。

周海光还没反应过来是怎么回事，上来两个人扭起他的胳膊，扭出房门。

文秀匆匆跑来，看到这个样子，大喊："海光！海光！你们不能乱抓人！"

常辉等人扭着海光不停步，海光扭头对文秀喊："文秀，你快回去吧，别担心，我没事！"

常辉等人把海光塞进汽车，开动。

文秀靠在墙上喘，看着远去的汽车，咬牙，追。

隔离室里只有一张桌子，周海光低着头，站着。文秀猛地推开门，闯进来，紧搂住海光："海光，怎么了？出什么事了？"

海光看着文秀："文秀，我没事。"

"你真的没事吗？他们为什么要抓你？"文秀急急地问。

"你别为我担心，我真的没事，真的没事。"海光反不急。

郭朝东和常辉走进来，冷冷地看。

海光也冷冷地看他们，扭头对文秀说："文秀，你放心，这件事一定会查个水落石出。"

郭朝东对常辉使个眼色，常辉对文秀说："向文秀，我们要工作了，请你出去吧。"

文秀恋恋不舍地看着海光："海光，你自己多保重啊。"

"文秀，你要注意身体啊。"海光说。

文秀点点头，走出房间。

文秀出了市委马上来找丁汉，丁汉已经睡下，听文秀说完，边找衣服边说："文秀你别急，我马上去找人打听打听情况。"说着，抓件外衣披在身上，和文秀一起走了。

外地某市医院的病房里，文燕睁着眼睛，静静地躺在床上，一名护士给她搓着胳膊。

一位医生走进来："文燕，你今天感觉怎么样？"

"感觉好多了，胳膊和腿都有知觉了。"文燕说。

医生说："你能恢复得这样快，已经很不错了。"

文燕说："我都要急死了……"

"你不要急，好好配合治疗，欲速则不达嘛。"医生说。

"我懂，我就是急着给家人写封信，告诉他们我没死。"文燕说。

护士说信她可以代写，文燕说就行了。

文燕说："那不行，我爸和我男朋友都认识我的字体，不是我写的他们不信。"

医生说用不了多长时间，她就能自己写信了。

文燕点头。

文秀低着头在街上走，手里提着饭盒。丁汉迎面走来，问文秀去哪儿了，文秀说："我去给海光送饭，可他们不让我见，你去找人了吗？"

丁汉说："我和易局长见过面了，海光的事情不大好办，情况你都知道了吧？"

文秀说："听郭朝东说了，我不信。"

丁汉说："目前的问题十分复杂，你不要太着急，要注意身体。文秀，你一定要相信海光，他是个好人。"

文秀点头。

"我想办法安排你和海光见面，具体什么时间和地点，到时候我通知你。"丁汉说完，走了。

何大妈第二天上午到家，到家，兰兰就对她说："昨晚来了三个很凶的人，找海光叔叔，阿姨出去了，天亮才回来，回来后拿着饭盒又走了。"

何大妈一听就急了，马上要去找文秀，正要走，文秀回来。何大妈把兰兰姐弟两个支出去，单独问文秀是怎么回事，文秀说了昨晚的事："保

313

卫处的人说，海光是杀人盗窃犯。"

"听他们瞎说。"何大妈说。

"妈，我也不信，可他们把海光已经隔离起来了。"文秀说。

"哎，这一天到晚的都是啥事啊，不是你跑了，就是他隔离了。要说黑子杀人我信，说海光杀人盗窃，打死我也不信……"何大妈没办法，只有生气。

文秀说："回头我找梁叔叔问问。"

文秀说找就找，在梁恒的办公室里，梁恒对她说："文秀，你冷静点，我知道你为海光担心。"

文秀很激动："海光是好人，他怎么会去干那种没有人性的事，不能冤枉他呀。"

梁恒说："文秀，你不要那么激动，事情公安方面正在调查中。海光目前只是隔离审查，等事情搞清楚就没事了。"

"梁叔叔，我相信这件事与海光无关。"文秀想从梁恒口里听到一两句有利于海光的话，可是梁恒又实在无法和她说得很明确，只好说："这不是什么冤假错案，这是杀人盗窃案，是刑事案件。海光有嫌疑，接受审查是应该的。"

文秀见梁恒没有明确的态度，进一步申明："梁叔叔，海光不是凶手，他一定不是的。"

"海光是不是凶手，你和我说了都不算，要等公安部门的调查结果。"梁恒和她说，也觉费劲。

"那海光会不会……"文秀没明说自己的担心。

"只要没做亏心事，就没有什么可担心的，你放心，我们不会冤枉好人的。"

文秀只有点头。

黑子和颜静又带小冰到医院看眼，吕医生看了片子，说小冰可以手术了，但不能在这里做，要到唐山做。听罢，黑子和颜静都惊得说不出话来，只有小冰听了拍手笑："哦，太好喽……太好喽……我终于可以回家喽。"

颜静垂头丧气："不能在这儿做吗？"

吕医生说："红十字会组织了一批全国最好的眼科专家，去唐山搞复明工程，我们已经和他们取得联系，你们到唐山后，他们会尽快给小冰安排手术的。"

"手术需要多少钱？"颜静又问。

"政府专为唐山眼睛受伤的人免费治疗，所以不要钱，全免费。"吕医生说。

黑子倒是高兴："谢谢你，吕大夫，我们这几天就赶回去。"

小旅馆里，黑子自己住一个房间，睡不着，在地上走。

颜静和小冰住一个房间，小冰睡得香，颜静却翻来覆去。

颜静起来，走出房间，走到黑子的门前，欲敲门，停下。

门里，黑子走到门口想开门，停下，靠墙呆想。

颜静靠在走廊里，满眼泪水。

黑子靠在门里的墙上，心情沉重。

颜静擦去泪水，举手，敲门。

黑子正好把门开开。

"黑子哥……"颜静叫，叫得异常。

"你怎么还没睡？"黑子问，问得古怪。

"你不是也没睡嘛。"颜静往屋里走。

"我知道你心里不好受。"黑子把门关上。

"我突然感到，自己就像掉进大海里，永远也游不到岸上了。"颜静说着，扑进黑子怀里，抱住他。

黑子也伤心，抚着她的头。

颜静突然放开黑子，跪在他面前，仰脸看着他，满面泪痕："黑子哥，这么些年，我没求过你什么，这回你能听我一次吗？我求你……我求求

315

你了……"

黑子沉默，低头看颜静。

颜静也沉默，仰头看黑子。

一滴泪，落在颜静的脸上。

黑子扶起颜静："颜静，我不能答应你。"

颜静搂住黑子，嘤嘤地哭。

黑子搂着她，任她哭。

经过丁汉的安排，文秀走进周海光的隔离室，是被一名干部领进去的。见到海光，文秀便哭了，不由自主地扑进他的怀里哭。

海光强笑："文秀，不要难过，问题会搞清楚的。"

"我怕你受不了。"文秀哽咽着说。

"你别为我担心，没事儿。对了，你一定要记着按时去医院做检查呀。"海光说。

文秀仰脸，看着海光，点头："海光，你就不要为我担心了，我好着呢。"

"抓我的那天把你吓坏了吧？"海光拉文秀坐下。

文秀点头，擦泪。

海光掏出手绢，为文秀擦泪，文秀仰脸等着："不管发生什么事，你都要挺住，我相信你是无辜的，你自己要多保重身体，我会等你出来。"

一句"等你出来"，如五雷轰顶一般，使周海光震撼，手停下，眼痴了，一切苦难的阴云都被这句话撕碎，挥散，失了踪影。

干部走进来提醒，文秀该走了，海光轻声说："文秀，你回去吧，好好照顾大妈。让大妈放心，你也放心，我没事。"

文秀含泪走出去。

易局长来见梁恒，梁恒见面就问："有结果了吗？"

"结果还没出来。"易局长说。

梁恒沉默。

316

"我们做了细致的调查，周海光在震后的确是在组织抢救，我们问过了超凡，超凡证明海光天亮时和他在一起。在周海光的材料中提到，在早上的时间里他见到了郭朝东，当时郭朝东和一群逃跑的群众在一起，我们问过郭朝东，他说记不清了。但我们找到了当时在场的人，很多人证明当时是有个地震台台长挡住了他们，他们当时很愤怒，打了那个台长，是向市长保护了他。"易局长说。

"这事我知道，后来他就到了指挥部，去了水库。这么说可以排除海光的嫌疑了。"梁恒说。

"我们已经把案件调查的结果向上级作了汇报。"易局长说。

梁恒笑了："太好了，海光的问题总算是搞清楚了，可是真凶要尽快抓到。"

"要侦破这起案件，看来只有素云的女儿是唯一的希望了。"易局长说。

"小冰不是……"

梁恒没说完，易局长便说："侦察员报告，小冰一直跟着何斌，没有生命危险。何斌为小冰治疗眼睛，对小冰很好。"

"哦，这是没想到的……"梁恒说。

"这也不奇怪，地震改变了很多人。"易局长说。

"还没有抓到何斌？"梁恒问。

易局长说没有。

梁恒担心小冰的安全，易局长说："我们接触过孩子，她的眼睛失明了，而且这孩子现在也不轻易相信别人。"

"小冰不愧是警察的女儿。"梁恒笑着说。

"对周海光的审查……"易局长也笑。

"我马上解除对周海光的审查。"

俩人互看一眼，都会心地笑。

周海光由隔离室出来，憔悴不堪，虽只几天的时间，却胜过几年。走出来，走出沉闷的楼道，走到阳光下，深深地吸一口空气，仰头看天，天上明晃晃的太阳炫人眼目。

朝前走，大门口，站着一个人，是文秀，不动，看着他。

他走上前，站住，看着，伸出胳膊，把文秀揽进怀里。

文秀伏在他的肩上，嘤嘤地哭。

周海光由隔离室出来，郭朝东就不出屋了，坐在办公室里生闷气。

常辉则坐不住，来找郭朝东。

"周海光的事你知道了吧？"进门就问。

"知道了，你是怎么作的证，屁用不顶。"郭朝东找到撒气的对象。

"我是按照您跟我说的那样……"常辉分辩。

"我说什么了？我是让你捞一点政治资本。"郭朝东抵赖。

"公安局怀疑我做了伪证。做伪证可是要……"这是常辉最怕的。

"不用慌，我已经保了你。"郭朝东倒镇静。

常辉马上表示感谢。

"谢什么，瞧你没出息的样儿。"郭朝东一斜眼。

"周海光出来会不会对你……"

"我这个人不求什么名利地位，只要能好好地过日子，好好地享受，以前那些不实际的追求，现在想起来都觉得可笑。我现在做事的原则是，人不犯我，我不犯人，人若犯我……"郭朝东没往下说。

"我懂你的意思。"常辉心领神会。

"我就不信他敢打击报复。"其实这才是郭朝东最担心的。

常辉由兜里掏出几封信来："我这里有几封信，是外地寄给向市长和周海光的。"

郭朝东接过信，见信封上是文燕的笔迹，一惊："她没死？怎么可能呢？"

"你说谁没死？"常辉问。

"和你没关系，信先放在我这儿，你去吧。"郭朝东顺手把信扔在桌子上。

常辉出去，郭朝东把信一封一封地点着，烧了。

丁汉请客，庆祝周海光走出隔离室，只有文秀作陪。

一边给周海光倒酒，丁汉一边说："海光，你这辈子比我活得潇洒，该去的不该去的地方你都去了，你也算见过大世面的了。"

"丁汉，你是看我出来了，心里不舒服吧？"周海光笑。

丁汉笑着和周海光碰杯，周海光喝了，丁汉不喝，端着杯问："事情都过去了，你和文秀的事情，是不是也该解决了？"

文秀看一眼周海光，低头。

"大妈为你们俩的事，也没少操心，你们也应该为她老人家想想。其实你们嘴上不说，心里也都有了，那就在一起过吧。"丁汉倒敢当家。

海光看一眼文秀。

文秀看一眼海光，仍低头。

丁汉举杯："来，咱们三人一起举杯。"

海光举杯，看文秀。

"这杯酒就为你们俩祝福吧，来，干杯。"丁汉也看着文秀。

文秀慢慢抬头，看一眼海光，看一眼丁汉，也举杯。酒没沾唇，脸已红。

文燕的坟上又多了几把土，坟旁的小树又多了一朵小白花。

坟前燃着一堆纸，青烟袅袅。

海光和文秀站在坟前。

文秀哽咽着说："姐，我和海光来看你了，明天是我和海光……姐，我们就在一起过了，你别怪我们啊。"

说着，便说不下去，哭。

"我们永远想着你，永远爱你，我们会常来看你的。我和文秀要结婚了，我相信你一定会为我们祝福。"

周海光也满眼含泪。

风吹来，纸灰飞舞，如无数蝴蝶，翩翩地，在晴空飞。

文燕在走廊里焦急地踱步，一直负责她的治疗的惠大夫走来。

"惠大夫，我的检查结果怎么样？"文燕急急地问。

"瞧你急的，其他的检查都没有问题，就是血液化验还没有出来。"惠大夫说。

"我都快急死了。"文燕说。

"还有什么好急的，一年都过来了。"惠大夫说。

"归心似箭啊。"文燕说。

一名医生出来，把一摞化验单放在桌子上。文燕抢过来翻，翻到自己的，看，看完，跳起来："惠大夫，惠大夫，我全合格了。"

"我这就通知院部，给你准备回去的车票。"惠大夫也高兴。

"谢谢，谢谢你了……"文燕拉住惠大夫的手，泪水流下来。

"我们在一起也快一年了，你这一走，我还真舍不得呢。"惠大夫的眼睛也湿润。

文燕的眼泪扑簌簌地往下滚。

何大妈的家里，从地震后还没有这么高兴过。周海光早早来到家里，要和一家人吃一顿晚饭，不让何大妈着手，他和文秀干，让何大妈坐着，看。兰兰和天歌也高兴得到处添乱，弄得何大妈打发他们到外面玩，吃饭再回来。俩孩子跳着跑出去。

一切都弄妥，海光擦桌子，一个人的活儿，文秀也要帮忙，时不时，俩人的目光相遇，便时有红云飞上脸颊。

何大妈坐着看，什么都看得清楚，更高兴："这下好了，不顺心的事总算过去了，咱们这个家呀，往后就能过上太太平平的日子啦。"

"咱们家会一天比一天更好……"海光说。

"文秀，你和海光的事……"何大妈问文秀。

文秀不说话，看着海光笑。

"海光，那阵子文秀天天为你担心，看得出文秀心里有你，就是嘴硬。"何大妈又对海光说。

海光也不说话，看着文秀笑。

"地震周年的日子就要到了，妈说呀，你们明天就把事办了吧。"

何大妈又对俩人说。

海光朝文秀努嘴。

文秀朝海光努嘴。

海光眼看别处。

文秀只好开口："妈，你就别操心了，我和海光都说好了，明天我们就参加市里办的集体婚礼。"

何大妈高兴得拍手："你们这两个孩子呀，总算是……不说了，妈不说了……"

不说话了，却流泪，撩起衣襟擦泪。

文秀和海光看着大妈笑。

"妈，看你高兴的。"文秀说。

"妈是高兴，妈失去了一个儿子，又得到一个儿子，还有两个孙子孙女，震后妈还是第一次这么高兴呢。"

眼泪不住落，边说边擦。

"再过些日子，咱们家就可以搬新房了，妈，您是儿孙满堂。"文秀笑。

"是呀，你说妈怎么能不高兴呢？"大妈笑。

"妈，这都是您老的福气呀。"海光也笑。

低矮的防震棚，竟也能盛下这许多笑声，奇迹。

抗震广场，鲜花，彩带，鞭炮。

欢乐的乐曲。

跑着闹着的孩子。

笑着的亲友。

周海光和向文秀手牵着手,和十几对年龄不一的新婚夫妇排在一起。

何大妈在一边看着，饱经沧桑的老脸上，泪光与笑容齐飞。

梁恒拿起话筒："各位新人，我是市长梁恒，今天给你们当主婚人……"

一片掌声。

"我代表市委、市政府，为今天的新人做主婚人，感到非常高兴。别的祝词我就不多说了，我衷心祝愿，我们唐山人民的生活一天比一天更美好。"

　　梁恒潇洒地挥一下手臂。

　　挥出乐曲。

　　挥出泪光。

　　挥出无数人脸上充盈的笑意。

　　彩色的纸屑撒在周海光和向文秀之间，迷离了视线，迷离的视线五彩缤纷。

　　列车在原野上飞驰，原野伸展绿意。

　　向文燕隔着车窗朝外看，看无边的绿色在阳光下燃烧，看无数的鸟儿在蓝天上飞翔，看农人赶着牛车悠悠地走。

　　看到一个人，一个穿着夹克衫的青年。追，追火车，边追边喊，喊她。

　　火车疾驰，青年疾驰，飞身而起，如鸟，追上来，拍打车窗。

　　车窗开了，青年如风，钻进来，钻进来，就把向文燕抱住，吻，如风吻着大地，如云吻着蓝天。

　　文燕闭眼，任他吻。

　　睁眼，看他，看他阳光一样燃烧的眼睛。

　　他是周海光。

　　文燕醉了。

　　再睁眼，仍是燃烧的绿意，仍是飞翔的鸟儿，仍是农人赶了牛车悠悠地走。

　　没有追火车的青年，没有探身而进的热吻，没有周海光。

　　便又痴痴地笑。

　　唐山火车站完全变了样子，变得让唐山人都不认得了，变得太美、太洁净。

　　黑子领着小冰走出车站，颜静在后面跟着。

没工夫看新车站，没心情看那美、那洁净，只看人，看有没有警察和手铐，如受惊的兔子，翕动着嘴唇，看四周有没有天敌。

"叔叔，咱们到唐山了吗？"小冰仰着脸问。

"到了，咱们到家了。"黑子说。

"叔叔，我要回家。"小冰说。

"小冰的家和叔叔的家都找不到了，叔叔先找个地方住下，然后再找咱们的家。"黑子一边说，眼睛一边扫视周围。

"黑子哥，咱唐山全变了，咱们一点都不认识了，比以前可好多了。"颜静倒是颇兴奋。

两个警察迎面走来。

颜静赶紧住嘴，转身。

警察走过，俩人再不说话，抱起小冰，匆匆地走。

新房还是文秀的小房间，只多了一只衣橱和一只单人床，两只单人床一并，便是双人床。再有，便是墙上的喜字和海光与文秀的结婚照。

灯关了，仍亮，月亮照进来，月亮寂寞，喜看新房景。

文秀穿着一身睡衣躺在床上，海光穿着短裤背心，躺在文秀身边，躺着，不住翻身，睡不着。

文秀扭亮床头灯，看着海光，海光一头一身汗。

"想什么呢？"文秀问。

"没想什么，就是睡不着。"海光说，转身，看文秀。

文秀拿过毛巾，给海光擦汗："你怎么光出汗？不习惯？"

"有点，你呢？"海光憨憨地笑。

"我吗？不告诉你。"文秀痴痴地笑。

"你还是睡一会儿吧，天要亮了。"海光说。

"你睡吧，你累一天了。"文秀说。

"我不累，我睡不着。"海光说。

"啊，我都忘了，你那边挤吗？往我这边靠靠吧。"文秀说。

"不挤。不挤。"海光仍憨憨的。

文秀把他的枕头拉一拉，拉得近了。

海光的头往这边靠一靠，靠得近了。

屋里暗了，月亮走了。

公园里，兰兰和天歌在水边玩。

海光和文秀坐在草地上，看兰兰和天歌玩，看一个小男孩放风筝。

"你看孩子们玩得多开心。"文秀说，她比孩子们更开心。

"孩子就是孩子，他们很快就可以忘掉痛苦。"海光说。

"你喜欢孩子吗？"文秀问。

"喜欢。"海光说。

"要是我不能要孩子呢？"文秀看着海光。

"你还嫌少呀。"海光指指兰兰和天歌。

文秀便看着海光笑。

海光便把笑着的文秀搂进怀里。

街道变了，建筑变了。唐山像一个巨大的建筑工地，到处都有脚手架，到处都有打桩机，无数楼房同庄稼一齐生长。

文燕穿一身发白的军装，背着军用挎包，手里还提一个旅行包，走在街上，两只眼睛不够用，最后连路都不认识了。

"同志，这是哪儿啊？"文燕向行人问路。

"这是花园街啊。"行人说。

"这儿就是以前的花园街？都不认识了。"文燕惊讶。

"你是外地养伤刚回来的吧？"行人问。

文燕点头。

"别说你了，就是没离开唐山的人也不认识唐山了，你看看建得多漂亮。"行人说着走了。

文燕想，与其自己在这里瞎摸，还不如先去何大妈家，何大妈家就在花园街呀，往何大妈家走。

唐山医院的门口，郭朝东慢吞吞地走来，没精打采。

一个女人在门口等他，就是他床上的那个女人，叫小娟，见他来了，小娟问："你怎么这么慢呢？"

"你到底真的还是假的？"郭朝东问。

"我哪儿知道啊，那得看医生怎么说。"小娟说。

郭朝东脸色很难看，看着小娟，不说话。

"走啊，愣着干什么？"小娟说。

"我大小也是个干部，要是……"郭朝东说半截话，那半截不好说。

"这会儿你要脸了，床上的时候……"小娟也说半截话，那半截也不好说。

"你喊什么呀？啊？我的眼睛不舒服，我去看看眼睛，你自己去吧，我一会儿去找你。"郭朝东生气。

"你要不来，我就找你们单位去。"小娟也生气。

"你赶紧的吧。"郭朝东倒满不在乎。

医生正给小冰检查眼睛，黑子和颜静在旁边看。

检查完，医生说："小姑娘，等做了这次手术，你的眼睛就能看见了。"

小冰点头。

医生说："我们早就接到吕大夫的电话，手术我们都安排好了，就等你们来呢。"

正说着，郭朝东走进来："老董，我的眼睛不舒服。"

董医生说："你先等等。"

郭朝东扭头，看见小冰，浑身便冷。

"董大夫，那小冰今天……"颜静问。

"孩子今天要住到医院里，晚上我们安排医生给她做必要的检查。要是没什么问题，明天就可以手术了。"董医生说。

郭朝东盯着小冰看。

"董大夫，手术后多长时间小冰可以看见了？"颜静问。

"大概十多天吧。"

董医生说完，黑子和颜静带着小冰走了。

郭朝东的眉毛扭成绳子，看着他们走。

文燕走进小巷子，小巷子也面目全非：都是简易房，房顶是油毡，压着大量砖头。她向人打听何大妈，人们告诉她一直往前走，到前边再打听，这房子没有门排号码，没法告诉得太详细。走一段，碰到兰兰，没等文燕开口，兰兰就站住，看她，看得她奇怪："小姑娘，你怎么这样看着阿姨啊？"文燕问。

"阿姨，你是医生吗？"兰兰也问。

"阿姨是医生，你怎么知道？"文燕更奇怪。

"阿姨，我看到你救过很多人，那天我背着弟弟在医院，你看了看弟弟，说，弟弟死了。"兰兰的小眼睛直盯着兰兰。

文燕想起这个小姑娘，心里不禁一阵难过："阿姨还记着那个小姑娘呢，没想到就是你啊。"

"阿姨，我叫兰兰，你到这儿来找谁呀？"

"阿姨来找何大妈。"

"阿姨，何大妈就是我奶奶，我带你去。"兰兰拉着文燕的手，一蹦一跳地走。

何大妈坐在床上缝衣服，床上还摆着厚厚一摞崭新的衣服。

海光说："妈，你歇一会儿吧。"

何大妈说："这些衣裳孤儿院的孩子们等着穿呢，明天一定要送去，现在全市各行各业的人们都在为孤儿院的孩子捐衣捐物，妈也要出上点力啊。"

海光笑着说："你天天赶着做，我是怕你累坏了身子。"

"妈哪儿那么娇气啊。"何大妈笑。

海光要去外面提水，外面传来兰兰的喊声："奶奶，有人找你。"

海光提着水桶出门，看到眼前的文燕，惊呆，手里的水桶落在地上，乱滚。

文燕看到海光也愣住。

都不敢相信自己的眼睛，都盯着对方看。

"你……你是……"海光的声音颤抖。

"我是文燕呀……"文燕的眼泪横流。

"你……你是……你真的是……是……你不是……"海光的嘴唇颤，说不出完整的话。

"是我……是我呀……海光……"文燕哭着叫。

"你……不是……死了吗……"海光像是傻了，眼直。

"海光，真的是我，我没有死。"文燕的脸上，惊喜与悲哀一色。哭着，扑上去，扑进海光的怀里。

海光把她紧紧搂住。

脸贴在一起，泪水交流，分不出是谁的。

"海光你好吗？我好想你，我好想你呀。"文燕放声大哭。

海光无声，只是落泪，只是紧搂着她。

兰兰傻了，看着他们，扭头朝屋里跑。

兰兰进屋，何大妈问："兰兰，谁找我？怎么不让他进来？"

"奶奶，我听海光叔叔叫她文燕。"兰兰说。

"你说什么？"何大妈一听就从床上跳下来，脸上每一条皱纹都凝固不动。吓得兰兰问："奶奶你怎么了？"

海光扶着文燕走进来，何大妈一见果真是文燕，一下又坐在床上，两个眼球也凝固了。

"妈，是文燕回来了，她是文燕呀。"海光说。

"大妈，是我呀，我是文燕。"文燕也说。

何大妈无话，依旧痴呆地看着文燕。

"我是从死人堆里被救出来的，他们看我还活着，就把我送到了飞机场，当天就送我到了南京的医院里。"文燕流着泪说。

"妈，她真的是文燕，她真的是文燕。"海光也流着泪说。

文秀本来在屋里休息，听到外面的声音，醒了，醒了，就跑出来，见到文燕，目瞪口呆，定在地上。

"文秀……"文燕见到文秀，叫。

文秀吓得扑到海光怀里，紧抓着海光的胳膊。

"文秀，是我，我是文燕，我是姐姐呀。"文燕见文秀这个样子，伤心。

"文秀，她是文燕，她没死，还活着。"海光也说。

何大妈愕然地点头。

文秀愕然地看。

"姐……姐……"文秀喃喃地叫。

"文秀……"文燕大声地叫。

"真的是你吗……姐……真的是你吗……"文秀的眼泪流下来。

"是我，真的是我……"文燕声音哽噎。

"姐……我的姐姐啊……"一声撕心裂肺的喊，文秀扑过去，把文燕抱住，大哭。

海光在一旁也落泪。

何大妈终于能说话了："文燕，文秀，你们姐俩别哭了，文燕能活着回来这是个喜事啊。"

姐俩抱着，谁也不说话，互相看。

兰兰和天歌站在旁边，也傻看。

"你们两个怎么都傻站着啊，快叫文燕阿姨啊。"何大妈对孩子们说。

两个孩子叫了文燕，何大妈便让他们到外面玩，她也跟着出去。

到了外面，孩子们跑了，何大妈险些站不住，靠在树上："老天爷呀，文燕回来了……这……这可怎么办呀。"

文秀拉着文燕进到自己的房间，海光也跟进去，坐下，文燕问："何刚呢？"

文秀低头，不说话。

海光说："何刚……走了。"

文燕禁不住落泪，扬手为文秀擦去泪水，然后说："我们去看看爸爸。"

文秀放声大哭："咱爸也走了。"

文燕受不住，抱着文秀哭。

姐俩哭，海光站在一边，不知道怎么办好。

哭了好一会儿，稍停，文燕抬头，看见墙上大红的喜字，还有文秀和海光的结婚照，呆了，只看，不说话。

文秀和海光也看着墙，不说话。

海光缓缓走到文燕身边："文燕……我……我……"

文燕不说话，只看着墙上的喜字微笑。

文秀和海光也不说话。

静极。

"海光，这是谁的新房啊？"文燕微笑着问。

周海光垂头，坐在床上，双手搓裤子，半天，抬头："是我和文秀的……"

"真漂亮，真漂亮……"文燕反复地说。

文秀扎到姐姐的怀里："姐……"

"举行婚礼了吗？"文燕问，笑。

海光点头："是市里举行的集体婚礼……"

文燕突然头晕，身子晃，险些栽到地上。

文秀抱住她的肩膀。

海光攥住她的胳膊。

好一会儿，文燕醒过神来，突然甩开海光和文秀的手，哭着往外跑。

海光在后面追。

文秀趴在床上大哭。

天黑了，黑得沉重，连黑夜都惊骇，连路灯都战栗。

文燕仍在跑，在黑暗中跑，跌跌绊绊，如在黏稠的液体中跑。

海光在后面追，追着喊："文燕……文燕……你听我说……"

文燕不停，也不听，捂着耳朵跑，拽着头发跑，跑得比走还慢。

海光拉住文燕的手："文燕，你听我说。"

文燕不跑，但步子没停："不用说了，挺好的。"语气冰冷。

"文燕，你听我把话说完好吗？"海光仍追着说。

"你什么也不用说了，像以前一样，就当我死了。"

"文燕，你听我说呀。"

"我不想听。"

"文燕，你看我。你看我。"

"我不看……"说不看，却站住了。

"文燕，你要去哪里，我带你去。"海光低头说。

"去哪里是我自己的事情。"

说完，继续走。没有目的，没有方向，不知道家在何处，亲人在何方，只是走。

海光在后面跟着，边走边说："何刚死后，文秀整个人都变了，而且她在地震中伤得很重，前些日子昏倒了，我把她送到医院，医生说文秀是颈椎开裂，可能有瘫痪的危险。"

文燕惊愕，站下。

"你父亲临终时把文秀托付给我，让我好好照顾她，我和文秀就在大伙的撮合下走到了一起。如果说我和文秀之间有感情，这感情里更多的是责任。"海光也站下，说。

"我给你们写的信，都没收到吗？"文燕的话语多了幽怨，少了冷。

"信？什么信？我们没收到过你的信啊，如果知道你还活着，你想想，我怎么能……"海光大惊。

"别说了。别说了。"文燕流泪。

海光扶住文燕的肩膀。

文燕扑进他的怀，马上一惊，挣脱，扶住一棵树。

孩子心里没事，早早睡了。何大妈和文秀睡不着，守着两个孩子枯坐，无话。

文燕和海光走进来，文燕看上去已平静，文秀心里还好些，下床，叫一声姐，便也无话，文燕拉住她的手，也无话，文秀的泪又下来。

"大妈，还没睡呢？打扰您休息了。"文燕说。

文燕一句话，何大妈也放了心，忙说："你这是说的啥话，回来了就好，文秀也放心了。"

"姐，咱到屋里去吧。"文秀擦着泪，拉文燕向自己的房间走，海光在地上傻站着，不知道应不应该跟进去。转一圈，走出去，在门外站，看天，天上没有月亮也没有星星。

文秀的屋里，墙上没有了喜字，也没有了结婚照，空如旷野。

文燕拉着文秀坐在床上，轻声问："听海光说你身体不大好？"

"姐……"文秀叫一声，抱住文燕。

周海光站在门外，屋里的谈话听得很清楚："其实，我和海光都是何大妈他们撮合的，其实我们在一起就是个伴儿。姐，我知道你非常爱他，而且他的心也是永远属于你的，就像我永远属于何刚。"

文秀的声音。

"文秀，海光会好好待你的，和他在一起你会幸福的。"

文燕的声音。

"可我不想让你和海光两个人都痛苦。"文秀的声音。

"姐能看到你和海光都活着，就有说不出的高兴，怎么会痛苦呢？答应姐，好好和他过日子……好吗？"文燕的声音。

屋子里，是姐俩儿的哭泣声。

只有哭声说得全面。

海光双手抱头，蹲下，蹲下，又站起。走，走得远远的，扶着一棵树，看天，天上仍是一片浓黑，没有一星亮光。

他又蹲下，双手抱头，哭，如海沸。

第九章　向蓝天放飞灵魂

小冰动手术，黑子和颜静在病房等，小冰让护士推回来，俩人都迎上去："小冰手术疼吗？"黑子问。

"不疼。"小冰说。

"手术时想我了没有？"颜静把小冰抱到床上问。

"想了。"小冰说。

董医生走进来说："小冰这孩子真懂事，配合得非常好。"

谁也没注意，郭朝东来到门口，朝里看。

颜静问董医生小冰要注意什么，忌什么口，董医生说："吃的方面没有什么忌口的，主要是不能哭，不要叫她受惊吓。要是哭了或是受了惊吓，可能会导致失明。"

颜静便嘱咐："小冰可要记住啊，不能哭，一定不能哭啊。"

小冰答应："我一定不哭。"

郭朝东看一眼房间号，悄悄走了。

家没了，恋人成为妹妹的丈夫，在经过地震洗劫的唐山，文燕成为茕然孑立的孤雁。

但还有单位，还有医院，还有那些曾一起与地震抗争的战友。

文燕到医院报道，可是部队要换防，医院要随部队走。

她不愿离开唐山，不愿离开昔日的家园，不愿离开父亲为之倾尽最后一滴血的大唐山，也不愿离开妹妹和周海光。

心痛，却难以割舍。

她决定转业。

文燕到市军转办报到，把档案交给一位干部。干部问她想去哪里，文燕问都有什么地方要人，干部说："震后的唐山最缺人，哪个单位都抢着要人，你看看这些都是用人的单位。"说着，递给她一份材料，文燕正看着，梁恒进来，问一下干部安置情况，文燕听有人叫梁市长，抬头，梁恒一见，呆住了："你是……"

文燕说："梁叔叔，是我，我是文燕。"

梁恒高兴地拉住文燕："真的是你，你还活着。"

文燕拉着梁恒的手，想起爸爸，说不出话。

"你见到海光和文秀了吗？"梁恒问。

文燕说见到了。

"走，去叔叔那里，叔叔有话跟你说。"梁恒说着拉了文燕便走。

文秀经文燕一问，对自己的病不放心，隐约觉得海光好像有什么事情瞒着她。她一个人来到医院，找给她看病的戈医生："戈大夫，我经常感到身子突然出现麻木感，一出现这种症状，我就感到自身无法控制，我到底是什么病啊？"

戈医生似很为难："你的病……"连说了几句"你的病"，也没说到底是什么病，文秀一再追问，戈医生才说："你丈夫没告诉你……"

"戈大夫，请你告诉我。我是患者，我有知道病情的权利。"文秀说得严肃。

戈医生对她说了。

"大夫，你说我会瘫痪？"文秀大惊。

戈医生点头。

文秀眼前一黑，险些栽倒，幸亏戈大夫扶住她。

"你丈夫没告诉你,是怕你受不了打击,现在你既然知道了,就要面对现实。"戈医生说。

"那我还能不能要孩子?"文秀问。

"不能。"医生说得明确。

"我什么时候会瘫痪?"文秀再问。

"这要看保养,从现在起,你千万不要做剧烈的活动,那样会有生命危险。还有,你的病情与心情也有很大关系,所以你一定要保持良好的心态,这样可以延缓病情的发展。"医生说。

"大夫,照这么说,我不是变成废人了?"文秀的语气沉重。

"那倒未必,手术治疗是有可能的,不过风险很大。在地震中你能活下来很不容易,你一定要坚强起来,相信你一定能战胜病魔。"

文秀站起来,谢了大夫,往外走,头始终低着。

走出医院,走到大街上,抬头看天,天是黑的,布满蛛网似的阳光,而自己则像一只被蛛网罩住的飞虫,不能脱身,眼睁睁等待那恐怖的吞噬。

文燕坐在梁恒的办公室里,梁恒由文件柜里拿出一个信封和一支钢笔:"文燕,这是在清理你父亲的办公室时找到的,我把它收藏起来,你回来了,就交给你,好好收起来吧。"

文燕打开信封,里面是一个笔记本和一张全家照。

泪便下来。

"你父亲在震中身受多处内伤,导致肺叶出血,再加上严重的心脏病,我们没能留住他。"梁恒坐在她身边说。

文燕不说话,泪流满面地看着梁恒。

"你父亲临终时,把文秀托付给海光,要海光好好照顾她。"梁恒又说。

"我爸还说了什么?"文燕流着泪问。

"他有个心愿,就是要在唐山修一座国际 SOS 儿童村,他要把唐山的孤儿都接回来,他想到村里去当爷爷,可惜他走得太快了……"梁恒也伤感。

接着梁恒问文燕的工作安排了没有，文燕说还没有，不知道去哪儿。

"目前有个地方很缺人，我想让你先去那里帮帮忙，不知你……"

梁恒没说完，文燕就问："是不是孤儿院？"

"就是那里，你知道咱唐山地震后留下了几千孤儿，目前又很缺乏像你这样有较高文化素质的人当老师，孤儿教育是唐山每一个人都应该关心的事情，这些孩子是唐山的未来。"梁恒说完，看着文燕，等她的态度。

"梁叔叔，你不用说了，我本来就在考虑去孤儿院的。"文燕说。

梁恒很高兴："不愧是当过兵的，思想觉悟就是高。"

文燕便问："海光什么时候恢复工作？"

"我想让海光先休息一段时间，国家地震局在向我们要人呢，还不知海光自己怎么想。"

"海光都在忙些什么呀？"文燕又问。

"他呀，一定是在建筑工地泡着呢。"梁恒笑。

"海光是个闲不住的。"文燕也笑。

周海光在建筑工地上推水泥，干得太猛，弄得开搅拌机的工人问他："师傅，你是不是和谁赌气呢？"

"和老婆呗。"旁边有人答，抬头，是丁汉，海光笑了："你什么时候回来的？"

"一大早下的飞机，我去市委找你，才知道你在这个工地。别和自己过不去，走，那边喘口气去。"

两人边走边说："我告诉你一个好消息，文燕活着呢，她……"

海光没说完丁汉就笑了："我见到了，她和梁恒在一起。"

他们坐在一堆水泥板上，海光的脸便沉了："我很痛苦，你说我到底该怎么办？"

丁汉一笑："我理解你的心情，所以来找你，文燕是你心爱的人，可地震改变了一切，你是文秀的合法丈夫，不要再想过去的事情，和文秀好好过吧。"

丁汉说得轻松，海光听着却沉，压得慌，压得头抬不起来。

郭朝东在自己的办公室里走来走去，如笼子里的狼，边走边琢磨医生的话："吃的方面没有什么忌口的，主要是不能哭，不要叫她受惊吓，要是哭了或是受了惊吓可能会导致失明。"

琢磨出点味道来，站住，拿电话。

公安局易局长在他的办公室里连接两个报告，先是老黄进来说："大刘来电话说，何斌和小冰可能已经回到唐山，大刘他们明天就能赶回来。"

老黄还没走，又有一个民警进来说："报告局长，刚刚接到举报，何斌在唐山医院三零六病房。"

"老黄，立即去医院。"易局长说。

文燕到孤儿院报到，院长是一位姓白的女同志，民政局的老人儿，文燕叫阿姨的。见到文燕，白院长就大惊："我的天啊……你是文燕……你……没……"

"白阿姨，我没死。"文燕把她不好说的话说了。

文燕说她是来这里报到，但是转业手续还没办过来，先工作。

白院长又是一阵兴奋："手续不要急着办，人来了就行了。市里正在办理国际SOS儿童村的手续，到时候你一定会离开重新分配工作的。"

文燕便问："阿姨，我来这里能干什么呀？"

白院长很痛快："儿童村就要批下来了，市委要把孩子们都接回来，为了迎接孩子们回唐山。上边要搞一场晚会，别的单位都在排练了，我正发愁不知道怎么办呢，你来得正好，你妹妹文秀以前不是专业演员吗？你跟她说说叫她给咱们编一个舞蹈，我看你就给咱们负责舞蹈的事吧。"

"那好吧，要什么类型的？"文燕也很高兴。

"不管什么类型，只要健康向上，有真实的感情，像……像……喜

336

儿和大春那样的,像战洪图电影那样的。嗨,只要能反映咱唐山人的都行。"

白院长一边说,文燕一边笑,看来梁恒说得不假,这里是缺人。

小冰躺在床上睡着了,黑子和颜静在一边看着,董医生对黑子说:"孩子睡了,你们也休息一会儿。"

颜静笑着说:"我们不累。"

"小冰说你们待她非常好。"董医生也笑。

黑子说:"小冰就像我们的孩子一样。"

董医生又嘱咐几句要注意的事项,走出病房。

在走廊里,董医生迎面碰上匆匆而来的老黄,郭朝东也来了,远远地看。

老黄拦住董医生:"我们是公安局的,这个人在吗?"

老黄给他看照片,董医生说:"他在病房里。"

老黄带着几名民警就要进病房,董医生拦住他们。

"大夫,他是逃犯。"老黄说。

"我是医生,我的病人小冰,手术后最重要的就是不能哭,不能受到惊吓,而小冰和她的叔叔阿姨感情很深,在孩子心里他们是她唯一的亲人,如果你们现在抓他叔叔,小冰一定非常伤心、害怕,这样孩子的眼睛可能会失明的。"董医生说。

老黄遇到了难题,想。

一会儿,他对几位民警说:"可以肯定何斌不会伤害小冰,为了孩子的眼睛,也为了顺利破案,对何斌采取秘密监视,我马上回去向局里汇报。"

说完,看看其他人,没人说话,便对一位民警说:"你留下来,其他人回去。"

几名民警离去。

郭朝东也离去。

老黄临走对董医生说:"大夫,你一定要治好孩子的眼睛,她对我们非常重要。"

董医生点头。

文秀在街上走，无目的，只是走，走着，竟有幸福感，想到有一天自己不能走。却又悲哀，不知道自己还能够在大地上行走几天。

不知不觉，走到海光原来住的宿舍。远远地，看见海光扛着一块床板走进宿舍，不知他干什么，走过去，在外面看。

文燕在屋里，海光把床板支在两个长凳上，文燕看着，俩人谁也不说话。

海光拿起笤帚扫地，文燕说："你明天叫文秀到孤儿院来找我，我请她帮我编个舞蹈。"

海光点头。

文秀走近窗户，更近地看。

文燕从水盆里拧出一条毛巾，给海光擦汗，海光站直，等着。

目光相遇，目光拥抱了。

呼吸相遇，呼吸拥抱了。

都不动。

目光牵着身体。

呼吸牵着身体。

海光突然把文燕搂住。

文燕略一迟疑，转身。

海光又从后面把她搂住，下巴紧贴在她的肩上，不动，流泪。

文燕任他搂着，不动，流泪。

文秀在外面看着他们，不动，也流泪。咬着自己的手，怕哭出声来。

文燕慢慢转身，紧抱住海光，仰头。

海光低头，俩人抱得更紧，唇，走到一起，难解难分。

文秀看着，扭身，走，走出几步，跑，疯跑。

文燕轻轻把海光推开，含泪看他："文秀是我的妹妹，我们已经没有可能了。"

海光蹲在地上，呜呜地哭。

338

文燕站着，也哭。

文秀一气跑到家里，坐在床上，发呆。

何大妈进来，叫她，不应。半晌，突然问："妈，你叫我？"

何大妈长叹一声，坐下："看你心事重重的样子，妈的心里难受，文燕回来了，你到底咋想的，跟妈说说。"

文秀说没怎么想，大妈不信："瞧你一脑门子心事，还说没怎么想？"

"就是想把海光还给姐姐。"文秀眼睛直直地说。

何大妈的眼睛也直了："你怎么说起傻话了？文燕和海光虽说谈过恋爱，可你们已经结婚了，你也不想想，你姐姐会同意吗？海光会同意吗？"

"妈，姐爱海光，海光也爱姐，你说我咋办？"文秀直直的目光转移，转移到何大妈的脸上，似脸上有答案。

何大妈的目光也转移，转移到墙上："都难啊。"

"妈，我刚才去医院，医生说我随时都会瘫痪。"文秀低头。

何大妈回头："你说什么？随时要瘫痪，我怎么没听海光说过，他知道吗？"

"他早就知道，瞒着我……姐回来了，我也知道了我的病，我不能再拖累海光跟着我受苦了。"

文秀叹一声，抬头看屋顶。

何大妈不言语，低头垂泪。

"妈，我想联系一家外地医院，去做手术治疗。"见大妈垂泪，文秀反显坚强。

"能治好吗？"何大妈抬头问。

"医生说有希望。"文秀说。

"那好啊，只要能治好你的病，也就不会再拖累海光了。"何大妈说。

"去治病前，我想做一件事，妈，你一定要支持我。"文秀再看大妈。

"只要妈能做到，妈一定帮你。"何大妈似也看到希望，老眼看着文秀。

"妈，我要和海光离婚。"文秀脱口而出。

"这事妈不能支持你。"何大妈也脱口而出。

"妈……"文秀叫一声。

何大妈已出去。

天黑了，海光还没回来，文秀在衣橱里找衣服。文燕的挎包掉在地上，挎包里掉出一个笔记本，文秀捡起，看。

"今天的天气很闷热，外面像是要下雷雨，我喜欢雷雨，它救了我。我刚刚苏醒过来，在昏迷中，在那段黑暗的日子了，我的意识里只有你；你就像茫茫黑夜里的一盏明灯照亮着我，你是我生命中的真爱；我十分想念你，为了你我坚强地活了下来；每当我一闭上眼睛，就能看到满身鲜血的你，不知你是否还在人间？海光，不管你去了哪里，我永远地跟着你，永远地爱你。"

文秀看得满面泪水。

"今天天气晴朗，也不热，我的心情非常好。和往常一样，昨晚又梦见了你。明天我就要出院了，我恨不得长上翅膀飞回去，可我一想到和你见面的情形，我就有点紧张，因为我一定会哭的，我不想哭，可我控制不住。"

文秀合上本子，闭眼，让眼泪尽情尽意地流。

外面有停放自行车的声音，是周海光回来了。她赶紧擦泪，靠在床上。

海光轻轻推门进来，文秀故作轻松："你回来了。"

"嗯。"

"姐呢？"

"她不回来了。"海光脱下外衣。

"那姐住哪儿啊？"文秀故意问。

"就住在我以前住的那一排平房。"海光说着，坐到她旁边，给她按摩腿。

海光这样，反让她烦躁，强按："我今天去医院了。"

"你哪儿不舒服？"海光有些紧张。

"没有。"

"那你……"海光看着她。

"海光你轻点，我疼。"文秀烦。

海光的手轻了，仍问："医生怎么说？"

"说我挺好。哎呀，你不能轻点嘛？"文秀更烦。

"你今天是怎么了，我这不和平时一样吗？"海光不解。

文秀低头。

海光不知道怎么好，轻轻揉，边揉边说："文燕让你明天去孤儿院找她。"

"你别按了，我难受死了！"文秀突然打开海光的手。

海光愣愣地看着她。

文秀看一眼海光，又意识到自己的情绪，难受，坐起来，搂住海光，哭："海光，对不起，都是我……"边哭边说。

"文秀，我不怪你，别伤心了，这样对你的身体不好。"海光抚着她的头。

文秀抬头，拉海光更近些，抚他的头发："海光，我知道你心里很苦，有什么话你就跟我说，我什么都能承受。"

说着，搂住海光的脖子，额头顶住海光的额头。

"文秀，你别瞎想。"海光捧起文秀的脸。

"你别总是牵挂着我，还是要多照顾文燕。"文秀看着海光的眼睛。

"文秀，这一切，虽然很多事情无法逃避，但我不会忘记我们是夫妻。我会对你负起责任，要负责到底。"

海光把文秀搂进怀里。

这更使文秀伤心："海光，我相信你，但这仅仅是责任，我们不在一起生活，你就对我不好了吗？姐非常爱你，你回到她的身边去吧。"

海光低头看文秀。

文秀抬头吻海光："考虑一下，好吗？"

海光摇头。

"别硬撑着了，还是离开我吧。你别为我担心，我和妈还有孩子们会生活得很快乐。"说着，往他的怀里靠。

海光也把她搂得更紧："文秀，你别动傻心眼了，文燕最爱你，她不会同意的。"

"你帮我做做姐姐的工作呀。"文秀故作轻松。

"文秀，你就别再往我的伤口上捅刀子了，好不好啊！"海光也带了哭腔。

文秀紧搂住他，脸贴在他胸前，嘤嘤地哭。

黑子和颜静在医院的小路上走，颜静说："黑子哥，我在找大妈的路上碰上了大刘。"

黑子一惊："他……"

"他看了我一眼就走了，就像不认识我。"颜静感觉奇怪。

"打听到我家了吗？"黑子却问起他最关心的问题。

"我找到了。"颜静说。

"见到我妈了吗？"黑子急切。

"见到了。"

"我妈好吗？"

"我没敢过去，从远处看，大妈好着呢。"颜静说。

"见到我哥和文秀了吗？"黑子又问。

"文秀嫂子我没见到，但是嫂子活着呢。听说和文燕以前的男朋友结婚了，和大妈住在一起。"

听了颜静的话，黑子不再言语，往前走，伤心。

"黑子哥，就要到周年纪念日了，咱们回去看看大妈和嫂子吧。"颜静知道黑子想家了。

"我妈以为我早死了，我不能再让我妈伤心了。"黑子说完，仍默默地走。

郭朝东来到小冰的病房，在门口，透过窗户朝里看：小冰睡着了，另一张床上的病人也睡着了。

郭朝东轻轻推门进来，回头看看门口，从衣服里拿出一把三棱刀。

眼凶。手颤。腿软。

硬往前走，走向小冰。

房门突然推开，颜静走进来，郭朝东迅速把刀放进口袋。

"你是谁……"颜静看着郭朝东，有些紧张，走到小冰床前，摸一摸小冰眼上敷的纱布。

郭朝东笑："我来看望病人，还以为是她呢。"

见他笑，颜静也轻松下来："你找的人叫什么名字？"

"也是个小孩。"

"这里没有。"

郭朝东点头离去。

文秀到孤儿院来找文燕，文燕要文秀看一下她的新工作环境。姐俩在院子里走，文燕说："你帮我编一个舞蹈，内容你自己定。我想能反映咱唐山人生离死别的，反映在那段日子里，唐山处处是真情的，一定都好看。"

文秀想一想："只有孩子不行，女的谁跳？"

"你看我行不？"文燕看着文秀笑。

文秀笑了："姐，就你这两下子，也想跳舞？"

"你别忘了，姐在中学的时候还是校宣传队的呢。"文燕不服。

"那就算你一个吧，还需要一个男的。"文秀勉强同意。

"我来找。"文燕说。

"那几个孩子还不够，再多两个就好了。"文秀说。

"就这几个孩子有跳舞的基础。"文燕说。

"叫兰兰、天歌也来参加。"文秀说。

"那好啊，就叫他们来吧。"文燕很高兴。

文秀一边走着，就开始构思。

文燕看着她笑："文秀，你只能动脑筋，可不能自己跳啊，出了事我可对不起海光。"

"姐，我知道你住的地方，编好了我就去找你。"文秀也一笑。

"不用了，还是我去找你吧。"文燕说。

告别文燕，文秀就到报社。找丁汉，丁汉正在他的办公室里。

"我找你是想叫你帮我想办法找一家医院，我想治病。"文秀开门见山。

"你知道了？"丁汉脸一紧。

文秀点头，很轻松。

丁汉放心："这忙我一定帮你，海光也跟我说过这个事，你的病治好了，海光也就轻松了。你别急，其实我一直都在打听呢，我会想办法联系的。"

"那就拜托你了，我回去了。"文秀轻快地站起来，往外走。

周海光在梁恒的办公室里，梁恒找他谈话："海光，总局也来了函，要调你归队。我想听听你的意见，好给人家答复。"

"梁市长，我是目睹了这座城市的毁灭，我不走，我要亲眼看着唐山重新崛起。再说，离开唐山，我也放心不下文秀和文燕。"海光说。

梁恒一笑："其实我也希望你留下来。海光，你还是先把基建和纪念馆的资料收集整理工作抓起来。另外，SOS儿童村的事情，你也抓起来吧，我实在忙得不可开交。"

"梁市长，我有个要求。"海光说。

"你说吧。"

"工作我去做，可这个副市长我是不干了，干点实际的工作我还行，可在官场上我……不适合。等唐山建设好了，我还要回去搞我的专业。要是你不答应，我就还回工地去。"周海光说。

梁恒有些无奈地说："那好，我答应你，不过到那时，就怕你舍不得唐山了。"

俩人都笑。

文秀坐在桌前，在纸上设计舞蹈动作。

耳边响起何刚的口琴声，眼前便有了何刚。

文秀坐不住，打开衣橱，取出一个小包。打开，是何刚的照片，何刚的照片需要收藏了。

便滴泪，滴在何刚的脸上，何刚也像在滴泪。

放下照片，文秀为何刚跳舞，和着何刚的曲子跳。

舞蹈动作便无意间出来了。

夜深了，何大妈和孩子们都睡了，文秀的屋子还亮着灯。

文秀设计出最后一个舞蹈动作，兴奋。迫不及待地走出家门，去找文燕，让她看。

月亮升起来。

月亮升起来是为了给人留下影子。

人没有影子很孤独，有了影子，更孤独。

周海光和影子在一起，他走，影子走，他停，影子停。停停走走，影子很耐心。

面前是文燕的窗口，窗口里亮着灯，想进，不敢进，不敢进，又想进。

文燕已经准备睡觉，拉窗帘，看见门外的海光，想开门，手放下，看。

海光走到门前，想敲门，手放下，转。

文秀远远地走来，看见海光转，站下，看。

文燕看着海光转，逐渐看不见，又急，开门，海光正在门口。文燕看着他，嘴唇动，却无话，转身进门。海光跟着，从后面把她抱住，脸贴在头发上，头发有阳光的清香。

文秀远远看着，泪又下来。

文燕慢慢掰开海光的手："你怎么还不回家？"

"我想你，我心里放不下你。"海光哽咽。

"早点回家吧，文秀担心你。"文燕轻轻说。

海光不说话。

"海光，我们不应该这样。"文燕的话如月光，清冷。

"文燕，我心里实在放不下你。"海光的话如日光，热烈。

热与冷向文秀交相袭击，欲死欲活。

"海光，你也知道，我们彼此的期待已经幻灭了……"文燕幽幽的声音。

"我爱你，我无法丢下你，不去想你。文燕，这些都是因为地震……"海光悠悠的声音。

"对啊，一场大地震，什么都改变了，什么都找不着踪迹了。"

"难道连我们都改变了吗？"

"变了，你变成了我妹妹的丈夫，我变成了局外人。你以后没事的话不要来这里，文秀知道了会很伤心的。"

海光低头不语。

"海光，我们只有短短几个月的恋情，你和文秀天天在一起，生活了一年的时间，经历过那么多的风雨，你们有很深的感情，文秀比我更了解你，文秀她非常爱你。"

海光依旧呆呆的。

"海光，你忘掉我吧，时间会慢慢淡化所有的过去。你回去吧，文秀会担心的。"

海光不动。

"海光，快回去吧，别让文秀等着急了。"

海光点头，转身，离去，几点泪，融在月光之中。

文燕靠门站着，几点泪，挂在脸颊上，不动。

文秀的泪在眼里含着，转身，走。

风琴响，风琴的曲子很熟，是何刚的《思念》。

一位老师弹着风琴，孩子们跟着文燕和文燕请来的江老师排练舞蹈，文秀是导演。

"停。"文秀走到文燕面前："江老师，你跳得很好。姐，这个动作应该是这样的。"说着，示范，文燕认真地学。

"姐，你的腿再抬高一点，对，对，就这样转。"文秀教得认真，文燕学得认真，再认真，也学不像。

"姐，你可真急死我了，这么简单你都学不会，还说你是宣传队的，就你这两下子，怎么跳出感情来？"文秀边说边学文燕的动作，大家都笑。

文燕不服，再来，踢腿，转，摔在地上。

大家又笑。

文燕坐在地上也笑："我不行了，不比当年了。文秀，你把那动作是不是改改，你设计得也太专业了，像我这样笨手笨脚的怎么能跳得了？江老师你说是吧？"

文燕寻找同盟，江老师赶紧表态："是……像咱们这样是觉得难了点。"

文秀说："江老师你以前也跳过舞，再简单点就成正步走了，你说对吧？"

江老师也不得不表态："对……对……"

文燕笑着说："姐求你了，再稍微简单一点点。"

文秀大度地说："好，就再简单一点。"

于是文燕宣布今天就练到这里，孩子们离去，江老师也离去，文秀让兰兰带着天歌也走了，然后对文燕说："姐，咱们出去走走。"

周海光在商店里，笨拙地挑选衣服。今天是七月二十八号，唐山大地震的忌日，也是文燕的生日。他要给文燕买一件生日礼物，最后还是在售货员的建议下买了一条连衣裙。

文燕的宿舍里，桌上摆着蛋糕。墙上，是向国华一家的照片，文燕和文秀站在桌前，面对照片和蛋糕。

文燕喃喃地说："爸，妈，今天是我的生日，也是你们的忌日。我和文秀站在你们面前，我们很想你们。爸，妈，我会照顾好文秀的，文秀海光生活得很幸福，你们放心吧。"

姐俩都看着爸妈的照片，落泪。

敲门声。

文燕开门，是海光，手里提着兜。

文燕很冷，低头垂眉："进来吧。"

文秀很热，眉开眼笑："海光，你来得正好，今天是姐姐的生日。"

海光有些尴尬："我记着呢。"

"我自己都忘了，是文秀提醒我的。"文燕说。

海光把兜放在床上："文燕，祝你生日快乐。"

"谢谢你还记得我的生日。"文燕淡淡一笑。

文秀打开兜，发现里边是一条连衣裙，拿出来，往文燕身上比："姐，你看这裙子多漂亮。"

海光看着文燕，不知说什么。

"海光，这是给姐买的生日礼物吧？"文秀问。

文燕朝海光挤眼睛。

"是给你的。"海光说。

文秀愕然。

七月二十八日的夜晚，唐山是一个燃烧着火焰与哭声的城市。

所有的地震幸存者都走上街头，在街头焚烧冥币。

所有的街道都燃成火龙，火光把一个曾经死寂的城市勾画出辉煌的剪影，投向天穹。

哭声，哭爸，哭妈，哭丈夫，哭妻子，哭儿女，哭兄弟姐妹，大海狂潮一样的哭声席卷大地，直冲天庭，摇落满天星斗。

黑色的纸灰腾空而起，如无数黑色的蝴蝶在夜空中狂舞，如无数死去的亡灵在昔日的家园蝶变。

何大妈蹲在火光中烧纸。

海光、文燕、文秀跪在火光中烧纸。

兰兰和天歌跪在火光中哭泣。

黑子也跪在熊熊的火光中烧纸。远远地，看着何大妈，文秀，文燕，他号啕大哭，只有在众人的哭声中，他才敢哭出自己的声音。别人哭死人，他哭活人："妈呀，我想你，我来看你了。妈，你的儿子不能再给你尽孝了……"

他朝着何大妈连连磕头。

也许，整个唐山只有郭朝东没走到街上去哭，他在自己的家里烦，什么也干不下去，也不知道干什么。

还有一个人也没到街上去，是常辉，他来到郭朝东的家里，是郭朝东叫来的。

"常辉，我待你怎么样？"郭朝东待常辉坐下，便问。

"怎么这么说话？你待我像亲兄弟一样，咱俩没的说。"常辉笑。

"那好，我遇到了一点麻烦事，本来不想找你帮忙……"郭朝东打住，看常辉。

"你的事就是我的事，我这条命是你保的，你就直说吧，跟我还有什么客气的。"常辉忙表态。

"我叫你去杀人……"郭朝东的眼直了，直直地盯着常辉。

"杀人？你又跟我逗……"常辉没在意。

"不是逗，是真的。"郭朝东的眼仍直。

"杀……杀谁呀？"常辉看出郭朝东的眼神不正常、紧张。

"公安局要找的那个瞎子女孩。"郭朝东说。

"杀瞎子……我……我……"常辉的腿颤，舌头也颤。

"她的眼睛很快就要复明了。"郭朝东咬着牙说。

"郭……处长……银行的事……是你……"常辉看着郭朝东很害怕。

郭朝东点头："一旦她认出了我……"

"郭处长，你叫我干啥都行，杀……杀人的事我不敢干。"常辉的全身都颤了，颤着跪在郭朝东面前。

"你想活命，只有杀了那个孩子，如果我完了，你也就完了。你在地震时发国难财，诬告周海光，还有包庇我，你想想你还能活吗？"郭朝东的眼睛盯得常辉发毛，好像郭朝东要杀的不是孩子，是他。跪着，颤，说不出话。

"没出息的，给我站起来。"郭朝东命令。

常辉颤抖着站起来，站着颤。

"常辉，咱俩是一根线上的蚂蚱，谁也别想跑，只有杀了那个孩子，案子就变成了无头案，永远也破不了，保住了我也就保住了你。我可以给你提干，让你过上好日子。"郭朝东反复申明利害关系。

常辉颤抖着看郭朝东，似郭朝东在颤，像地震中积木一样的楼房。

周海光带着文燕来到新建成的 SOS 儿童村，建得很漂亮，红色的楼房掩映在绿色的树林中，绿色的草坪上堆叠着假山，流着潺潺的水。

"文燕，这就是你父亲生前的愿望，这个村子可以收养一千名儿童，不久就可以开村了。"周海光边走边给文燕介绍。

几个年轻姑娘也在这里看，见到周海光，都围上来。她们是想来这里工作，但不知道招工的条件。

周海光说："来儿童村工作是有严格规定的，具体的还是请民政局的老张给大伙说说，他比我懂。"

老张说："SOS 儿童村是一个国际性的民间慈善组织，是以家庭方式扶养、教育孤儿。并用 SOS 这个呼救信号，呼吁全社会都来关心和帮助那些在灾难中幸存的孩子，使那些在灾难中幸存的孩子重新得到母爱和家庭温暖。来儿童村工作的妈妈，要求的条件也非常严格，要求妈妈有很高的文化素质，把小爱化作大爱，把爱无私地献给孩子。在儿童村工作期间，妈妈是不能恋爱和结婚的，还要有爱 SOS 儿童村的精神，我们对妈妈们的审核也是非常严格的。"

几个姑娘听了目瞪口呆。

一个大胆的姑娘说："爱孩子们，我能做到，可不恋爱，不结婚，我觉得就难了点。"

几个姑娘点头。

文燕无言地看着她们。

海光走近文燕说:"文燕,你们那个孤儿院要合并到儿童村来,你考虑一下,下一步去哪里工作。"

文燕点头,点得沉重。

地震中,东湖周围最惨,片瓦无存,由于地震前就是塌陷区,震后也没有重建,这里成为空白。市区建设中清理出来的大量废墟就都拉到这里,堆成大大小小的山头。市里干脆在这里填土叠石、种树栽草,搞成一个最大的花园,成为人们更喜爱的游乐场所。

小冰的眼睛日渐好转,就是闷,整天喊出去走一走,黑子和颜静便带她到东湖来玩。他们在卵石铺就的小径上走,小冰要去划船,颜静说:"小冰,你要听话,要是不小心眼睛弄上水,就不好办了。"

小冰很听话,不再嚷划船:"那我们去哪玩儿呀?"

黑子四面看,看哪里人少,最好没人,找没人的地方玩,他对颜静说:"你带小冰去那边,那边没有人,我去给小冰买点吃的。"

颜静嘱咐小心些,黑子说:"我有数。"

黑子走了,颜静也领着小冰朝没人的地方走。

常辉悄悄跟上来。

颜静和小冰坐在草地上,面对湖水,等黑子。小冰说:"阿姨,这个公园是什么样子,我妈以前怎么没带我来过?"

颜静说:"这个公园是新建的,是咱唐山最大的公园。这里边有山,有水,可漂亮了,等你眼睛好了,阿姨再带你来玩,到那个时候,咱们一起划船、爬山……"

颜静把自己的眼睛给了小冰,代她看。

小冰闻到花的香气,要花,颜静说:"那边路不好走,还是不去了。"

小冰说:"不嘛,我要。"

颜静无奈:"那好,你坐在这儿别动,阿姨去给你摘,你要听话千万别动啊。"

小冰答应，颜静去给她采花。

常辉见颜静离去，从一棵树后面走出来。

黑子买了汽水面包，提着走。大刘在后面悄悄地跟着，黑子没发觉。

小冰高兴地等花，唱着等。常辉向小冰逼近，掏出手枪，想一想，又装起来，空手走。

小冰听到脚步声："阿姨，你回来了？"

常辉站下，看着小冰。小冰拉住常辉的手："你是谁？怎么不说话？"

常辉四下看看无人，一把捂住小冰的嘴，一只手狠掐小冰的脖子，把小冰按在地上。

小冰的两腿乱蹬，常辉稍一松手，小冰咬住他的手，常辉抽手，小冰喊："救我……黑子叔叔……救我呀……"

黑子听到小冰的喊声，紧张，扔掉手里的东西，跑。

跟在后面的大刘见黑子跑，情知出事了，追。

颜静拿着一把花往回走，听到小冰喊，跑。

常辉骑在小冰身上，死死掐住小冰脖子。小冰眼睛上的纱布让血染红，两脚乱蹬。

黑子跑来，见状，不顾一切地扑向常辉，常辉翻倒在地上，黑子骑上去，压着，狠揍。常辉顿时口鼻流血。

小冰趴在地上大声喊："叔叔……叔叔……"血，从纱布下流。

黑子像疯了，抓住常辉的头往地上撞，常辉不停地挣扎。

颜静跑来，见到小冰眼上的血，吓坏，抱起来，小冰哭叫，颜静哄："小冰不哭，小冰你千万别哭。"一边哄一边看黑子和常辉厮打，怕黑子吃亏。

黑子双手掐住常辉的脖子，一边掐一边往地上撞：“我弄死你！我弄死你！”

常辉毫无招架之力，在黑子身下掏出枪，顶着黑子的肚子开枪。两声枪响，子弹穿过黑子的背，黑子双手掐着常辉，眼睛直了，口流血，倒在常辉身上。

大刘快速追过来，边跑边掏枪。

颜静抱着小冰大叫：“黑子哥……黑子哥……”

小冰大声哭。

常辉推开黑子，满身是血地爬起来，跑。

没跑几步，大刘追上来：“不许动，把枪放下。”

常辉站住，转身，看着大刘，枪也对着大刘。

颜静抱着小冰跑到黑子身旁，叫：“黑子哥，黑子哥……”

小冰哭喊：“叔叔……叔叔……你怎么了……”

“放下枪，放下！”大刘怒喝。

常辉看着大刘，举枪，对准自己的头。

枪响，常辉倒下。

远远地，郭朝东走了。

郭朝东来到常辉的办公室，办公室里三张桌子，有一个干部在办公。见郭朝东进来，干部问他有什么事，郭朝东给他一份材料让送到宣传部去，干部出去，郭朝东由衣服里拿出一个厚厚的纸包，放进常辉办公桌下的柜子里。

黑子闭眼躺在医院里，已是奄奄一息，被各种管子缠绕，颜静流着泪在一边看着。

门口站着大刘。

董医生走进来，颜静站起："小冰的眼睛……"

董医生说："孩子的眼睛失明了。"

大刘一听便急："还能治好吗？大夫你一定得想想办法呀。"

"只有移植眼角膜，可我们的眼睛库里没有。"董医生说。

颜静马上接上："医生，用我的。"

"活人是不能捐献眼角膜的。"董医生说。

"用我的，用我的眼角膜。"黑子说话，声音微弱。

两名公安民警仔细搜查常辉的办公桌，两名干部在一边站着。

郭朝东走进来。

一名公安搜出一个纸包，郭朝东的眼睛盯在纸包上。

公安打开纸包，是大摞的人民币。

两名民警把纸包和笔记本装进袋子带走。

一名干部说："没想到啊，工商银行的杀人盗窃案是常辉干的。"

另一名说："要不他怎么能杀孩子呢！"

郭朝东长叹："唉，谁能想到啊。"

病房里，颜静抚摸着黑子的手，流泪。黑子睁眼，看颜静，抬手抚摸颜静的脸，抹去眼泪。

"黑子哥，你怎么样了？"颜静哭着问。

"该哭的时候你不哭。"黑子给颜静擦着泪说。

"我知道我不该哭。"颜静说着想笑，却哭得更凶。

"我终于该走了，别告诉小冰和我妈，别让他们伤心。"黑子说得安详。

颜静看着他，点头。

"记住把我的眼睛留给小冰，我要和小冰用同一双眼睛看世界。那世界一定是别一种样子。"

颜静又哭："黑子哥，你别说了。"

黑子仍说，安详地说："颜静，你让我放心不下。"

颜静流泪，不说话。

"颜静，我爱你，你跟着我受了很多苦。"黑子一脸苦涩。

颜静却笑，流着泪笑："黑子哥，我的好黑子哥，我终于知道了你爱我，只要能多和你待一分钟，我就很满足。"

"你这么漂亮，找个好人家，好好地生活，小冰就托付给我妈吧。"黑子摸着颜静的脸。

"黑子哥，我爱你。"颜静摇头。

"颜静，听我的话，把那个毛病改改，做个好人。"黑子仍摸着颜静的脸。

"我知道。"颜静哭。

"我也想做一个好人，只有等来世了，这样死也算值了。"黑子说话的声音更弱，手由颜静的脸上滑下。

大刘扶着何大妈走进来，何大妈进门，黑子就哭了，连叫："妈……妈……"

何大妈看儿子这个样，也哭："黑子，妈来看你了。"

"妈，周年那天，我站在远处看到了你。"黑子拉住妈手。

"那天，妈梦见你回来了。"何大妈拉着黑子。

黑子笑了，看着妈笑。

颜静见不好，大哭，扑在黑子胸前哭。

何大妈看着儿子，说不出话来，只有眼泪不住流。

黑子拉着妈始终没撒手。

就这样，死了。

黑夜，颜静一个人，在静静的街道上烧纸，只有眼泪，没有哭声。

何大妈坐在医院办公室里，仍在擦泪。

董医生说："大妈，您要当心身子，您儿子生前有个愿望，要把他的角膜捐献给小冰。"

何大妈流着泪点头。

"您儿子自愿献出自己的角膜，我们感到非常钦佩。"董医生说。

何大妈流着泪点头。

"这是一张自愿捐献器官协议书，请您在协议书上签字吧。"董医生说。

何大妈在协议书上签字，点点滴滴，许多泪水也落在协议书上。

颜静坐在小冰床边，给她擦汗。小冰睡着了，胳膊上还吊着输液的管子。

文秀和海光走进来，一见文秀，颜静便抱住，哭："嫂子……黑子哥……"

文秀边给她擦泪边劝："别哭了，别哭了，啊。"

"都怪我不该离开小冰，是我害了黑子哥。"颜静抽噎。

"颜静，不怪你，是有人要杀害小冰。"海光说。

文秀给他介绍了海光，颜静叫了一声海光哥。

海光说："你和黑子的事我们都知道了，易局长和你谈过吧？"

颜静点头。

海光说："虽然杀害小冰的凶手已经死了，但公安局认为事情还很复杂。为了小冰的安全，局里决定明天就送小冰去北京治疗。"

"去北京？"颜静一惊。

"对，去北京，这件事你一定要保密。"海光很严肃。

颜静点头。

"小冰最信任的人就是你了。"海光看着颜静。

"海光哥，那件事小冰对我和黑子哥都不说的。"颜静说。

"只要小冰的眼睛重新复明，她会相信公安的。黑子的事情先不要告诉小冰，等她的眼睛好了再说。"海光说。

"颜静，你一定要带好小冰，立功赎罪。"文秀拉住颜静。

颜静点头。

文秀辅导孩子们跳舞，文燕没来，她便代替文燕。和江老师对舞，个别纠正动作还可以，最后要合成一遍，一位老师弹起风琴，奏出何刚写的曲子，文秀的眼前便花了，四周都是何刚，是何刚对她笑，跳了没有多久，就倒在地上，别人不知道，兰兰知道，兰兰便说："文秀阿姨，你是不能跳舞的。"

文秀说："没事，刚才没站稳。"

文燕匆匆来了，文秀见她便说："姐，你去哪儿了，刚才听白阿姨说，这两天就要演出了，你还不赶快练练，明天就要走台了。"

文燕说："我去儿童村了。"

文秀瞪大眼睛："那儿和你有什么关系，在儿童村是不能结婚的。"

"你怎么知道？"文燕问。

"我刚才听白阿姨说的。"文秀说。

文燕没再说什么，跳舞。

周海光在办公室里看新设计楼房的效果图，丁汉推门进来："真是无官一身轻啊。"

海光笑："看着这么高兴，有啥喜事？"

丁汉也笑："你和文秀托我打听的事。"

"有地方能治文秀的病？"海光站起来。

"我打听到，上海的长虹医院引进了国外先进技术，文秀的病可以治好了。而且我也和医院联系上了，医院说，这种病不能拖，越早治效果越好。"

"这下好了，文秀有救了，要是文秀知道这个消息，准得高兴得发疯。我这就请假带文秀去看病。"海光高兴得像小孩子。

"瞧你急的，我有件事要落实。"丁汉看着他笑。

海光问是什么事，丁汉说："听说你要归队了？"

海光笑："你不愧是记者，消息可真灵通。我是要归队了，不觉得……"

"连市长都不当的人我只能送他一个字。"丁汉说。

海光问是什么字。

丁汉说："傻。"脸上没有一点笑模样。

海光便笑，看着海光笑，丁汉也忍不住笑。

郭朝东来到梁恒的办公室，没什么大事，几件鸡毛蒜皮的事说了，很自然扯到常辉的身上："梁市长，我真没想到，常辉竟然是如此灭绝人性的人。"

"是呀，这是谁也没有想到的。"梁恒竟也有心情和他闲扯。

"那孩子的眼睛……"郭朝东偷看梁恒的表情。

"孩子的眼睛失明了。"梁恒没表情。

"太可惜了，难道就没有办法补救了吗？"郭朝东很惋惜。

"没有。"梁恒答得干脆。

"梁市长，我有一个想法。"听到梁恒的回答，郭朝东有踏实感。

"说来听听。"梁恒很感兴趣。

"有很多家庭都收养了孤儿，我想收养那孩子，孩子的眼睛瞎了多可怜啊。"郭朝东说。

"谢谢你的一番好心喽，孩子让她的亲戚收养了。"梁恒说。

郭朝东很满意，点头。

排练完毕，文燕文秀一起回家，姐俩拉着手走。文秀不忘劝文燕："姐，你还是劝劝海光吧，我知道海光他是爱你的。"

文燕说："文秀，那都是过去的事了，再说他以前爱的文燕已经死了。我也问过海光，他说自从我死后他就慢慢把我淡忘了。"

"姐，他说的你信吗？"文秀问。

"我信，你想想，我们只不过是谈过一段时间的恋爱嘛。"文燕说。

"姐，你不说心里话。"文秀说。

"文秀，姐说的都是真的。"文燕说。

"姐，我带你去个地方看看，你就明白了。"

文秀说着，脚步加快了，拉着文燕走，一直走到东湖公园的边缘。

"你带我到这里来干吗？"文燕奇怪。

"姐，这就是咱唐山人的坟墓，多少人都埋在这里，你就是从这里爬回来的。"

"以前，这里不是一个砖瓦厂吗？"文燕环顾四周。

"早就不是了，大坑填平了，种上了松树。咱再走。"

拉着文燕，又走，到东湖边上，一个小土包，边上种着一棵小松树，小树上挂满白花。

"姐，你看那树。"文秀指一指小树。

"真美。"文燕言不由衷，她认得这里，地震前她和周海光由车站出来，就是在这里坐着。

"那是海光挂上的，他非常想念你，天天都要到这里来陪你，每来一次，都在树上挂一朵小白花，站在那儿和你说话。"文秀说。

说着，姐俩来到小树下，文燕看着自己的坟墓和坟前的小树，小树上的白花，半晌不说话。

"我们结婚那天还来看你了，你能说海光把你忘了吗？"文秀看着文燕。

文燕眼里有了泪光，转身，走。

文秀在后面跟着。

"文秀，姐明白你的心思，可你知道，你这样做，姐就能得到幸福吗？"文燕的步子慢下来。

"姐，海光是你的，我应该还给你，因为我并不爱他，而他爱你。"文秀说。

"文秀，婚姻是人生的大事，我不能由你任性胡来。"文燕说。

文秀见文燕当真生气，不说话，慢慢走。

"文秀，海光是有思想、有感情的人，他不是件衣裳，你说脱就脱、说穿就穿。"文燕的口气略微缓和些。

文秀拉住文燕的手："姐，我跟海光说过了，你和海光在一起吧。"

"文秀……你……"文燕甩开文秀的手，快步走。

"姐，我只是想让这一切都结束，回到以前的样子。"文秀站住不走，大声说。

文燕也站住，回头，满脸泪水，指着墓地："以前的何刚已经没有了，你这么做，对得起死去的爸爸妈妈和何刚吗？如果你再这样任性，我就没有……"

文燕没说完，打住，转身，走。

文秀在后面追。

何大妈收拾着饭桌，好像苍老了许多。文秀进来，何大妈问她吃了没有，她说与文燕一起吃了，心情似也不佳。

海光进家，很激动，进门就对何大妈说："大妈，文秀的病有地方治了。"

何大妈脸色开晴："哪儿能治？我明天就和文秀去。"

"上海长虹医院，丁汉已经联系好了。"海光说。

文秀由里屋出来，满脸喜色："妈，这可太好了，我的病能治好了，我不会瘫痪了，以后也不会拖累你们了。"说着，竟流泪。

"能治好文秀的病，也就去了我的一块心病，海光，你工作忙，我明天就带文秀走。"何大妈更急。

"妈，我跟梁市长请好假了，再说孩子们也离不开你。"海光说。

"这倒也是真的。"何大妈说，说着，再看文秀，文秀又在发呆。

"文秀，你发啥愣啊？是不是不想去治病了？"何大妈问。

"妈，不是，我当然想去了。"文秀愣怔怔地说。

"那你想啥呢？"海光问。

"没想啥，妈，还是让海光送我去吧，这几个孩子交给他不行，他工作那么忙，再把孩子给饿着。海光送我去了医院，就让他回来，等我动手术那天，妈你再来，孩子让我姐和海光一起带，有文燕就可以放心了。"文秀说得很有条理。

何大妈说这样也好，问哪天动身，文秀说大后天，等晚会结束就走，她说："妈，这个舞蹈是我为何刚编的，我不在，怕文燕怯场。"

海光也只好说："那好吧，等文燕跳完舞，咱们就走。"

有谁曾经坐在自己的坟前，对着自己的坟墓说话吗？也许只有向文燕吧？

坐在东湖边自己的坟前，文燕这样想。

夜晚，万籁俱寂，只有夏虫的鸣叫此起彼伏，文燕一个人来到这里。白天，这座坟给她的震动太大，她禁不住要来这里看一看，一个人来看一看、在这里，她简直相信自己已经葬在墓里，而坐在坟前的，是另一个人，另一个向文燕。

但是不能忘记，她清楚地知道自己是谁，自己的过去，自己的爸爸妈妈，她对爸爸妈妈讲话："爸妈，在这个世界上我只有文秀这么一个亲人，可她太任性了，文秀很爱我，她为了我会做出一切的；我想离开这座城市，让他们好好地过日子，可文秀不会让我离开她的，我想去儿童村完成爸爸的遗愿……"

有人来，是海光。

"你来了，我等你半天了。"文燕笑。

"我知道你会到这里来，可是你怎么知道我会到这里来？"海光问。

"我知道，心告诉我，你会来。她也告诉我，你会来。"文燕指一指自己的坟墓。

"文燕，我告诉你一个好消息，丁汉帮文秀联系了一家医院，可以治好文秀的病。"海光来不及探究这里面的奥秘，就因为丁汉的消息而激动。

"是吗，太好了，真为你们高兴，你们什么时候走？"文燕问。

"刚才和文秀商量了，文秀说等你演出完就走。"海光坐在文燕身边。

"文秀一定是怕我演不好。"文燕往旁边挪一挪。

海光点头。

"海光，我找你是想和你说件事。"

"你说吧。"

"海光，我考虑去儿童村工作。"文燕说。

海光吃惊："去儿童村，文燕，这件事你再考虑一下，我总觉得你还是不要……"

"建立儿童村是我父亲的遗愿，怎么，你不支持我去？"文燕看着海光笑。

"孤儿教育是大家都应关心的事，可是你……你再想想吧，三思而后行嘛。"海光说得谨慎。

文燕感到气闷："那好吧，我再想想，如果你见到我的材料报上去了，就是我决定了。"

海光沉重地点头。

再也没话，两人就这样坐着，在一片虫鸣中沉默。

沉默是心灵的放歌。

礼堂里回荡着音乐声，孤儿院的节目踩台，文燕和江老师跳得极认真。但是文燕总觉生硬，文秀和白院长坐在台下看，文秀情绪不高，看着文燕跳，总觉不是那么回事，她拍拍手："不好，不好，孩子们，你们往前边来点，太靠后了。姐，江老师，你们没跳出感情来，再来一遍。"

白院长看得倒蛮好："文秀，你舞蹈编得真好，不愧是专业的。"

文秀一笑："白阿姨，瞧你说的，啥专业不专业的，只要你满意就行。"

舞蹈重新开始。

梁恒把海光叫到他的办公室，问儿童村妈妈的报名情况。海光说："报名的人倒不少，可真正能胜任的不多。主要是文化素质低，但热情还是很高的。"

"儿童村的妈妈们文化素质很重要，不能误了孩子们，明天第一批孩子就回来了。下个星期一儿童村开村，你看怎么样？"梁恒说。

海光说没问题。

"那好，就定下这个日子，你送文秀去上海，什么时间走？"梁恒问。

"我们定在后天，飞机票我已经订了。明天晚上的晚会文秀很重视，她怕文燕怯场，要给文燕壮壮胆。"海光说。

梁恒一笑。

海光也笑。

文燕坐在孤儿院的一棵树下，沉思，眼前是玩耍的孩子们。

白院长叫她，叫了几声，她也没听见。白院长走过来，她问有什么事，白院长说："也没啥事，就是想跟你说工作的事，你知道咱们孤儿院就要合并了，你的工作还没有定呢，我想听听你的想法。"

文燕问："白阿姨，你去儿童村吗？"

白院长一笑："我拖家带口的不符合条件，咱们这里好多年轻姑娘都要求重新分配工作呢。你想去哪儿，跟阿姨说说，阿姨给你找个好单位。"

"白阿姨，我想再考虑考虑。"文燕说。

"也好，不过你要赶快定下来，时间别拖得太长了。"白院长说完走了，文燕继续坐在树下发呆。

文秀一个人来到街道办事处，办事处主任姓赵，一个很泼辣的女同志，和文秀也熟，文秀来找她。

赵主任问文秀有什么事，文秀说："赵阿姨，我是来办离婚的。"

赵主任看着文秀半晌没说话，给她倒一杯水，然后又看她，看得文秀奇怪："赵主任，您是怎么了？"

"我怎么了？我正寻思你是怎么了呢。为啥要离婚？周海光对你不好？"

文秀笑："不是。"

"那是为啥？"赵主任更不理解。

"阿姨，你也知道，我姐姐没死，不是又回来了嘛，她和海光是原配，他们可恩爱了。我的情况你也知道，我和海光是大伙儿撮合的，没啥感情，你说我是不是应该成全他们？"文秀说得轻描淡写。

赵主任发愁："这种情况咱们这个办事处也发生过，可人家都是一起来办的。"

"赵阿姨，我和海光都说好了，我姐也同意了，海光工作那么忙，再说海光脸皮又薄，他哪好意思来。本来是我妈和我一起来的，可孩子都在家里，我妈也离不开，阿姨你就给我办了吧，要不我还得再来一回。"

文秀的嘴很甜。

赵主任半信半疑："你们真的都说好了？你妈也知道？"

"阿姨你要是不信，可以去问嘛。我这就给海光打电话。"文秀手伸向电话机，但没拿，颇紧张地看着赵主任。

"好吧，看在你爸爸是我的老领导的面子上，阿姨就给你破个例，给你们办了。"赵主任很痛快地答应下来。

"谢谢赵阿姨。"文秀很高兴。

"唉，走吧。"赵阿姨叹口气。

地震闹得，离婚都成了求人的事。

儿童村开村在即，民政局的秦主任拿着儿童村妈妈的材料来找周海光签字。他说按照编制多了两个人，要拿下来，拿谁，请周海光定。

周海光一个人一个人地看，最后一份材料是向文燕，履历表上贴着向文燕的照片，对他笑。海光愣了，看一会儿，把文燕的材料放在一边，又挑了一个年龄偏大的，和文燕的放在一起，在其余的材料上签字。

秦主任拿着材料走，周海光往外送，送到门口，又把秦主任叫住，要回向文燕的简历，在上面签了字。秦主任说："这样就多了一人。"

周海光说："她是儿童村所有妈妈中学历最高的，又是党员，还是一名出色的医生，儿童村最需要的就是她这样的人，你去吧，就这样定了。"

秦主任走了。

周海光长叹一声，低下头。

文秀办好离婚手续，高高兴兴地和赵主任告别。走出办事处，眼泪就流下来，赶紧走，走到一个没人的地方，放声大哭，看着离婚证哭，叫何刚："何刚，姐姐都回来了，你怎么不回来呀！"

这一叫，哭得更凶。

直到哭得没了眼泪，文秀才回家，回家就打开衣橱收拾衣服，把海光的衣服找出来。一动衣服，眼泪又流下来。

女人是水做的，多泪。

外面是何大妈招呼海光的声音，海光回来了。

文秀擦去眼泪。

海光进来，见文秀在收拾衣服，便笑："瞧你急的，明天收拾也来得及。"

文秀低头叠衣服："这次走的时间长，把你的衣服找出来，我怕你自己找不到。"

海光说："文秀，你累了一天了，歇着吧，衣服我能找到。"

文秀手没停："海光，你去打一盆水，给我洗洗脚吧。"

海光打回一盆水，文秀也把衣服收拾好，坐到床上。

海光蹲下，脱下文秀的鞋和袜子，把文秀的双脚放到盆里，仰头看文秀："水不烫吧？"

"不烫，你打的水每次都正好。"文秀低头看海光。

海光低头，逐个捏她的脚趾，都捏遍，洗，擦干，站起来。

文秀一直低着头，看海光，海光站起，她一下搂住海光的脖子："海光，你抱抱我，我好想让你抱。"

海光把她抱进怀里，坐在床上，文秀在他的怀里依偎，转泪。海光看不到："要走了，好舍不得你。"依偎在他的怀里说。

"文秀，别伤心，我不是还要去送你呢嘛，等你动了手术，我还会去看你的。"海光低头吻文秀的头发。

"我知道，可我还是舍不得你……"文秀哭出声来。

"要不我请长假，天天陪着你？"海光抚着她的头发，哄她开心。

文秀摇头，泪眼婆娑地看海光："海光，你觉得和我在一起，幸福吗？"

"文秀，你干吗问我这个？"海光奇怪地看文秀。

"你说嘛，我就是想知道。"文秀的脸贴在海光肩上。

"我很幸福。"海光说。

文秀扳住海光的脸，含泪看："海光，如果没有你，我活不到今天，你跟着我吃苦了，我从心里觉得对不住你。"

"文秀，你不能这么说，我们是夫妻。"海光也看着她，看她眼中珍珠一样的泪，泪光中有海光的影子。

"海光，我走后你要好好地照顾文燕，姐姐非常爱你。"

"文秀，你放心吧，我会照顾她的，有事没事地，我会常去看看她。"

"海光，抱紧些，不知怎么的，特别想让你抱。"文秀又偎近海光的怀里。

海光抱得紧了。

文秀大哭起来。

海光低头吻着文秀的头发。

东湖边上，风和日丽，文秀和文燕坐在一块长石上，很高兴，装的。

文燕看着蓝蓝的湖水，也很高兴，真的。

"去看病的事，怎么没告诉我？"文燕笑着问。

"姐，你都知道了？"文秀问。

"是海光告诉我的。"文燕说。

"走台的时候忘了。"文秀说。

"姐真为你高兴，到了上海，给姐来个信。手术安排在哪一天都要写在信上，到时候，我和大妈一起去照顾你。等你的病好点，能动了，姐接你回来，在家里养着，姐好照顾你。"文燕笑。

"姐，我想把海光托付给你，你帮我照顾他。要不，我不放心。"文秀也笑。

"真没羞，要离开他了，知道心疼人了，你就放心地去吧，我会帮你照顾好海光的。"文燕含笑看着文秀。

"姐，你真好，我舍不得离开你。到了上海，我一定会特别想你。"文秀也含笑看文燕。

"姐也想你，明天走的时候姐去送你。"

文秀的头靠在文燕的肩上。

梁恒正在写东西，易局长推门进来，梁恒放下笔笑："哪股风把你吹来了？"

易局长满面春风："有好消息告诉你，小冰眼睛就要好了。"

"什么时候孩子能回来？"梁恒笑着问。

"就这两天，听候医院的通知，我们派人去接孩子。"易局长说。

"郭朝东的事调查得怎么样了？"提起这个名字，梁恒的笑不见了。

"根据调查分析，郭朝东有重大嫌疑。但郭朝东十分狡猾，我们现在还拿不到任何郭朝东的证据。"易局长也不再笑。

"看来只有等孩子回来了。"梁恒说。

"我们安排了人，严密注意郭朝东的一举一动。"易局长说。

"郭朝东有什么反应？"梁恒问。

"他自己以为可以高枕无忧了。"易局长的笑容又出现。

"按我们的计划来吧。"梁恒也微微一笑。

下午，何大妈买菜回来，听到文秀屋里有动静，问："文秀，是你在家吗？"

"妈，是我，晚上要演出，我回来收拾一下东西。"文秀答应着，由屋里走出来，把一封信交给何大妈："妈，这封信是我留给姐的，你记住一定要等我和海光走后，再交给他。"

"有啥神秘的？"何大妈接过信问。

"也没啥，我就是想让她等我走后再看。"

"好，我就等你走后给她。"何大妈把信装起来。

文秀说："妈，我去剧场了。"

何大妈说："快去吧。"

文秀走出家门。

礼堂里很热烈，舞台上一条横幅：欢迎孩子们回家来。

人都坐满了，有孩子们，更有许多大人，大人欢迎自己的孩子。梁恒、周海光和市委、市政府的主要领导都到了。

演出已经开始，是孤儿院孩子们的舞蹈。

台后，化妆间里，文燕换演出服，怎么也穿不好，紧张。一位姑娘催："文燕，快到你上场了。"

"我从来没有上过这么大的场面，实在是紧张死了，我的心都快跳出来了。"文燕急得满脸通红。

"有啥紧张的，上去就好了。"姑娘说。

"我的腿肚子，腿肚子，它老突突地颤。"文燕让姑娘看自己的小腿，姑娘便笑。文燕走出去。

台侧，文秀看着孩子们跳舞，天歌跳得感觉很好，边跳边看文秀，文秀对他竖大拇指。

江老师在一边着急："文燕怎么还不来呀？就要上场了。"

正说着，文燕走来，对江老师说："江老师，我好紧张。"

"放松，放松。上去就好了。"江老师予以鼓励。

"姐，看你紧张的样子，还是我来跳吧，再说我也想跳。"文秀回头说。

"文秀，你可不能跳。"文燕听文秀要跳，比自己跳还紧张。

"姐，这是我为何刚编的，我想跳。"文秀突然激动起来。

"不行。"看文秀这个样子，文燕把自己的紧张忘了。

"文燕，到我们上场了。"江老师说着，已舞上台去。

文燕也要上。

文秀突然脱掉鞋，赤着脚，一拉文燕，自己舞上台去，轻盈如蝶，缥缈如烟。出场，就是一阵热烈的掌声。

文燕急得跺脚。

文秀只穿着素常的衣服，更显天生丽质，舞起来如出水芙蓉在凉风中颤。

海光看到上台的竟是文秀，禁不住轻轻"啊"了一声。站起来，又坐下，他不知道此刻应该怎么办。

文秀舞得投入、自如，尤其是何刚的曲子响起，她的心便飞了。飞到天上去,飞到星星当中去,在灿烂星光中舞蹈,期待,期待着何刚的到来。

何刚来了,拉住她的手,与她共舞,他们在群星当中诉说衷情,在罡风中追逐嬉笑,在云朵上休憩,在月光下接吻。

海光呆呆地看着。

文燕急得满眼泪水。

观众不知道,观众被这只有天上才会有的舞蹈折服,一阵阵掌声迭起。

文秀完全把江老师想象成了何刚,把一腔痴情尽情倾泻出来。

一会儿双手搂住何刚的脖子,何刚把她轻轻托起。

一会儿双手捧起何刚的脸,痴痴地看,两行泪水流下来,泪水滴在何刚的脸上。

何刚慢慢倒下,文秀看着倒下的何刚扑过去,重重摔在地上。

海光站起来,冲上后台。

文燕想冲上去,被人拉住。

文秀看着倒下的何刚,伸出手臂,一步一步,爬。

何刚的眼睛痴痴地看着文秀,有无限期待。

文秀向着何刚爬,终于爬到一起,文秀拉住何刚的手,露出微笑,在微笑中,口中流下鲜血。

大幕在热烈的掌声中徐徐拉上。

海光跑向文秀。

文燕跑向文秀。

孩子们跑向文秀。

所有参加演出的演员们跑向文秀。

海光抱起文秀,叫:"文秀……文秀……"

文秀不应,脸上带着微笑,口中流着血。

大幕的外面,是如潮的掌声,观众用掌声要求演员谢幕。

大幕里,是一片哭声。

文燕和海光走进何大妈的家，家里挂着文秀的大幅照片，何大妈在照片下大哭不止。

"妈，你别哭了，当心哭坏了身子。"海光劝，岂是他劝得住的，何大妈边哭边拍打着海光："我的儿啊……妈的命怎么这么苦啊……我死去的亲家啊……我对不住你们啊……"

哭着，拿出文秀的信交给海光。海光拆开信封，是一张离婚证书，还有一封给文燕的信。海光把信交给文燕，自己拿着离婚证书，跌跌跄跄走进里屋，走进他和文秀的新房，一头扎在还带着文秀体温和香泽的婚床上，大哭："我的秀儿……我的妻啊……"

文燕在外屋看信。

姐姐，你一定在骂我吧？因为我感到两个耳朵都是烫的，心跳也加快了。姐，我们从小到大都在一起，没有分开过，地震也没能分开我们。你为了我不知操过多少心，这些都深深记在了我的心里。现在我的心里真的是好乱，有好多好多的话想和你说，可又不知道说什么。我深深地感受到人世间有很多的情和爱，但情与爱太复杂了……还是说点简单的吧。

文燕看着信泪流不止，走进里屋，把信放在仍然大哭不止的海光身边。走出去，走出何大妈的家门。

姐姐，海光的衣服，我都整理好了，放在衣柜的左边。海光不喜欢白色的衬衫，那件红色的T恤衫，虽然小了点，但是海光特别喜欢，他在地震中腿受了伤，你要给他织件厚毛裤，毛线我都买好了，就放在柜子里。黑大衣上少了个扣子，我还没有给他钉上，扣子在衣服口袋里。床下有一双新皮鞋，是三接头的，你千万不要给他穿，他会说你给他穿"小鞋"，其实是我买小了。海光吃东西口淡，做饭要少放点盐，他特别喜欢吃肉，牛羊肉都对他胃口。晚上睡觉多给他让些地方，他睡觉好折腾，像个孩子似的。常给他盖上点被子。

你生日那天，海光给你买的礼物，我挂在衣橱的右侧，海光有点怕羞……你会明白的，要说的太多了，你慢慢体会吧。我的心情现在好多了，姐，等我回来了，我们一起去爬山、去郊游，去做我们想做的事情，你说好吗？就说这些，咱们上海见。

没有了哭声，只有凝眸，凝眸于文秀的照片。

文燕走，向着蓝天走，向着白云走，向着清风走，向着一切文秀可能去的地方走。不知不觉，走到郊外，不知不觉，走进过去。

文燕和文秀扎着小辫，手拉手背着书包走进学校的大门。
文燕穿一身军装走在乡村小路上。
文秀和社员们拿着锄头蹲在田间锄草，文燕向文秀招手，文秀扔掉锄头，向着文燕飞跑。
文秀和文燕坐在山顶上看远处的山峰，文秀说："姐，我就喜欢和你在一起，只要和你在一起我就有说不完的话。姐，我这辈子都不和你分开，要是复员了就回唐山来，你要不在我身边，我会得相思病的。"

文燕对着蓝天喊："文秀，姐姐对不起你，没有照顾好你，是姐姐害了你。爸爸，妈妈，我对不起你们，我没有带好文秀，她走了。"
哭，大声地哭，把哭声放飞到天上去。
跪在地上，仰面苍天："文秀……文秀……姐姐对不起你……"

梁恒坐在办公室里，郭朝东走进来："梁市长，您找我？"
"啊，你来了，明天儿童村开村了，你们负责的工作都准备好了吗？"梁恒笑着说。
"您放心吧，都准备好了。"郭朝东一笑。
秘书走进来："市长，他们来了。"
"请他们进来。"梁恒说。

颜静和大刘带着小冰走进来。

一见小冰，郭朝东傻了，赶紧背过身去。

颜静让小冰叫过梁爷爷，梁恒问："颜静，你以后怎么打算？"

"梁市长，大刘给我找了份工作，以后我就和小冰一起生活。"颜静说。

大刘看着郭朝东。

梁恒说："郭朝东，这位是公安局的大刘。"

郭朝东回身和大刘握手，不敢看小冰。

小冰看到郭朝东，愣了。

颜静见小冰愣住，奇怪。

郭朝东也忍不住，看小冰。

小冰跑到颜静身边，拉住颜静的手。

梁恒和大刘都紧张地看着小冰。

易局长穿一身警装走进来。

小冰指郭朝东："阿姨，大刘叔叔，就是他拿了国家的钱，还打瞎了我的眼睛。"

郭朝东愣了。

"郭朝东！"易局长大吼一声。

"我……我……"郭朝东不知应该说什么。

易局长盯着他："郭朝东，你还有什么要狡辩的？"

郭朝东腿一软，跪在地上："局长，梁市长，你们饶了我吧……我不想死……"

梁恒拍拍小冰的脸："小冰，你妈妈是个好警察，你是个好孩子。"

易局长指郭朝东："把郭朝东押回去。"

两名公安进来，把郭朝东押出去。

松树林中，又多了一个新的土堆。周海光坐在坟前，面前是燃烧的纸钱。

抬头，看天空，天空有流云走："文秀，你冷吗？都说高处不胜寒，你身体不好，多穿件衣服。路上一定很孤独吧？我都感受到了，找到何刚和爸爸妈妈了吗？找到他们给我托个梦来，我好放心。"

泪流下来，不擦，任它流："文秀，人家说人的一生，能为自己讲出一两个美好的故事来就够了，可你的故事就太多了，你说是吗？文秀，你说得对，人间处处都是情、都是爱，这情和爱实在复杂，说也说不清楚。我希望在我离开这个世界后，还能再见到你。文秀，不管你到哪里，我都会深深地把你留在我的心里。"

站起来，拍一拍墓碑："文秀，你自己多保重吧，我就不远送了。"

鞠躬，凝眸。

再鞠躬，凝眸。

凝眸处，一对彩色的蝴蝶在阳光下起舞。

夜晚无比安静，海光和文燕走在小路上。

"文秀走了我们的心里都很难过，我不应该叫她编舞，都是我的错。"文燕说。

"文燕，你不要责怪自己，文秀是为了何刚，为了她的心。"海光说。

"我去儿童村的决心已经定了。"文燕说。

"我看到了你的材料，我签了。"海光说。

"谢谢你的签字。"文燕说。

来到十字路口，站住。

"我送你回去。"海光说。

"不用了。你以后要照顾好大妈和孩子们。"文燕说。

"我知道。"海光说。

文燕低头向前走。

海光抬头，远远地看，直到看不见，还在看。

眼前一片茫然。

站立于交叉路口，往往使人茫然，茫然于选择的艰难。

蓝色的天空上有白鸽在飞。

悠悠的鸽哨声中，国际SOS儿童村村旗冉冉升起。

少先队员们奏起鼓乐。

孩子们站在旗杆前眼望村旗升上蓝天。

梁恒、周海光和官员们站在一侧，文燕和儿童村的妈妈们站在一侧。

周海光走上前宣布："唐山市国际SOS儿童村开村仪式现在开始。"

掌声。

周海光宣布："现在请唐山市国际SOS儿童村村长向文燕带领妈妈们宣誓。"

掌声。

周海光的眼睛转向文燕，看着她的脸，再也不动。

众人的眼睛也看着文燕。

文燕率领妈妈们走到村旗下，庄严宣誓："我们宣誓，为了人类崇高的情感，我们远离爱情；为了救助孤独的灵魂，我们坚守孤独。用我们至高无上的母爱，在心灵的废墟上浇灌幸福的花朵，用我们无可替代的纯贞，在尘世营造天堂。天堂永远向纯洁的灵魂招手，超越苦难，超越梦想，我们一起张开理智与情感的双翅，在爱中飞翔。"

没有了任何声音，只有誓词回荡。

宣誓完毕，文燕和妈妈们站在村旗下久久不动，每个人都是满眶泪水。

孩子们围上来，围住妈妈们，无数双小手伸向她们，如幼芽伸向太阳。

无数个稚嫩的童音喊着："妈妈……妈妈……"

白鸽在天空飞翔，飞向远方，把孩子们的呼喊带到蓝天的深处。

周海光眼含热泪，仰面看天，他看到蔚蓝的背后那一片纯净。

他走到文燕面前，文燕也看着她，含泪的眼睛无比纯净。

两双手紧紧握在一起。

"文燕，我要永远等着你，哪怕永远也等不到你。"海光说。

文燕无语，只是紧握一下他的手。

同时抬眼，看蓝天上飞翔的白鸽，听蓝天上回荡的声音："妈妈……"

（完）